蝗蟲之年

—上冊—

THE YEAR OF THE LOCUST

TERRY HAYES

A NOVEL

泰瑞・海耶斯 著

尤傳莉 譯

獻給 Alexandra、Stephanie-Marie、Connor，與 Dylan——
超出我所能期望，
更遠遠超出我所應得。

我們見過敵人，就是我們自己。

——沃特・凱利（Walt Kelly），「地球日」海報，一九七〇

明天過後……

第一部

1

我曾經去殺一名男子。在其他時候，我更年輕的那些日子，因為工作的關係，我曾穿過東京亮著霓虹燈的小巷，曾在阿富汗看著太陽升到九圓頂清真寺上方，曾在伊斯坦堡舊城區的海邊等待，同時一個女人淚如雨下。

而這一回，是在愛琴海匯入地中海的東端，土耳其的陽光照耀在一連串的小島上。其中最小的島也是最偏遠的，一波波海浪拍打著礁岩上一艘貨船的殘骸，危險的潮水在隱藏的洞穴間打旋，島上本來有個漁村，但昔日的木船早已消失，現在只剩一片廢墟。

我是在晚春時登陸的，一艘不定期貨船的埃及船長把我載到岸邊，他夠聰明，沒問太多問題。我還記得走過一片寂靜森林時，吹在我臉上的微風和松針的辛香；在我的職業生涯中，總是緊貼著陰影而行。

我那天的目標無疑是個勇敢的男人，據說他是出身紐倫堡——這個美麗的老城充滿了太多陰暗的歷史——的德國人，而當我出其不意地出現在他那棟孤立別墅的廚房裡，我們彼此都知道我歷經了很遠的路途和多年時光，才來到這個致命的交會點。

當時我是中央情報局的成員，有很多年都使用「坎恩」的代號。五年前，這個德國人是美國情報單位在德黑蘭一個可靠的間諜。當時沒人知道，但後來我們很快就發現，他同時也偷偷在接俄羅斯人的案子。現在好像每種工作都被外包了，就連間諜活動都不例外。

在一個安靜的星期一夜晚，他到德黑蘭豪華的埃斯皮納斯宮飯店，在裡頭的小餐廳吃遲來的晚餐，然後他去男廁，把我們在伊朗最有價值的十位線人名單，交給一位莫斯科當局的代表。情報圈裡眾所皆知，俄羅斯和伊朗的間諜單位密切合作多年，所以無可避免地，這份名單最後會落到殘暴的伊朗祕密警察手裡。於是，我們的情報網（歷經多年、付出大量生命和財富而建立起來的，而且更重要的，這是通往伊朗核武計畫的關鍵後門）就在幾個小時內被摧毀了。即使中央情報局不時也會有失敗的任務，但這回依然是一次徹頭徹尾的災難。

因為我們這名間諜背叛而曝光的這八男二女，下場則遠遠更加災難性。他們歷經了一場深夜審判，次日，在德黑蘭最大的廣場之一，工人們開始組裝十架高聳的塔式起重機。雖然一般大眾剛開始沒有太注意，但這些起重機的目的很快就變得相當明顯了：這是要確保盡可能有最多人目睹法庭判決被執行。在中東很多國家，光是處罰罪犯並不夠，還要對其他每個人都有警告作用。

等到高塔豎立起來，水平臂連接好，繩索捲筒也固定在懸臂尾端。於是，在一個春日傍晚，四輛黑色監獄廂型車載著囚犯來到廣場。隨著分秒緩緩過去，一個接一個囚犯被分別裝進籠內，送到各自起重機的頂端。

在那裡，在地面人群的目光中，伊朗伊斯蘭革命衛隊逼著那十名嚇壞的男女走上懸臂尾端的一個小平台。他們在每個囚犯的胸前掛了一面牌子，標明他們是「大撒旦❶」的間諜，然後一個

❶ Great Satan，某些伊斯蘭國家對美國的蔑稱。

慣稱為「伊朗領帶」的套索垂下來，套住他們的頸部。

由於當局的精心策劃，聚集在廣場上的群眾都可以清楚看到上方那十個人影，視線毫無阻礙。襯著清朗的藍天，他們似乎懸在天地之間。以當時的狀況來說，我想也的確是如此。

最接近起重機底部的一小群人——很可能是囚犯的親友——跪了下來，慟哭並祈禱著。他們往上看著一個穿制服的中校爬到一輛廂型車頂端，透過電子擴音器用波斯語講話，聲音迴盪在整個廣場上。他唸出每個囚犯的姓名、罪名，接著是宣判的刑罰。

最後，他放下手上的那張紙，更大聲地說出一個詞，翻譯過來就是「預備」。其中一個男性死囚聽到那個字眼，勇氣盡失：他大叫，祈求真主拯救他。

一如往常，至少在我的經驗裡，這樣的懇求並沒有明顯的效果。訓練有素的革命衛隊成員紛紛走上前，右手放在每個囚犯的後腰上。

隨著這個動作，群眾靜默下來，此時，親友群裡有一個年約六歲的小男孩站起來，往上看著其中一名囚犯——大概是他的母親或父親——然後開始喊著一個名字。他旁邊的一個女人把他往下拉，那男孩開始哭，過了好像很久之後，拿著擴音器的男子又下令：「開始。」

那些衛隊成員動作一致，把囚犯往前推。十雙腳離開木板平台，群眾發出一陣不由自主的吸氣聲。親友們看著囚犯的鞋子或涼鞋如雨點般從空中落下。

他們朝廣場墜下時，捲筒內的繩索也隨之迅速拉出。等拉到盡頭，繩索繃直，套著十個脖子的繩索拉緊，那些囚犯隨著往上一彈，脖子瞬間被繃斷。

群眾裡沒有人說話；當十具軀體在溫暖的中東微風裡輕輕搖晃時，唯一的聲音就是家人們的慟哭聲。

我並不驚訝人群的沉默反應。我不幸曾目睹過一些處決場面——幾次是槍斃，兩次是吊刑，還有一次是一個老人被綁在電椅上，按照死刑獄警的說法，就是被迫「乘著閃電」——我可以跟你保證：當死囚所曾期望的一切都永遠消失之時，他們臉上的驚駭會跟隨你一輩子。凌晨三點，當你最害怕的一切悄悄襲來時，這份記憶就會浮現。

幾天前，在埃斯皮納斯宮飯店的男廁裡，那個男人交出了十個姓名的清單，換來的酬勞是一個公事包，裡頭裝著一筆價值鉅額的瑞士不記名債券。我沒有宗教信仰，沒有人可以這麼說我，但兩千年前聖保羅說過這麼一句話，一旦聽過就不會輕易忘記：貪財是萬惡之根。那一夜在德黑蘭，確實就是如此。

從那個叛徒在小餐廳桌上留下咖啡杯、一件舊風衣、兩根菸蒂、一張揉皺的信用卡收據開始，然後他進入廁所，做了交換，從緊鄰的一家雪茄吧出來，跨上一輛等待的計程摩托車後座，消失在這個大城為止，局裡的分析師估計他總共花了九十二秒。九十二秒把你自己變成一個身價數百萬的富翁，摧毀一整個情報網，簽下十個同事的死亡令。以任何標準來看，他都是非常好的間諜。以一個自學的接案人來說，他非常跳脫框架。

你可以預料到，中央情報局——有嚴重弱點，但偶有出色表現的組織，到當時我已經在裡頭服務了十二年——多方嘗試想找到他，但是沒有一個人接近成功，而且隨著每天都有更多他是雙面間諜的證據出現，他的地位愈來愈高，到最後他成了美國情報界的某種黑暗傳說。更糟糕的是，局裡的分析員努力深入挖掘，發現這些年來他有太多假身分，搞得我們最後不得不承認一個令人膽寒的事實：我們不曉得他的真實身分。或許他甚至不是德國人。

由於他的真實身分成謎（而且我懷疑，也是出於對他神奇消失術的敬意），局裡一個當地的情報人員給了他一個封號，而且很快就流傳開來。她稱他為「魔法師」（Magus），這個詞有深厚的古代根源，意思是「巫師、魔術師」。基督教《聖經》告訴我們，耶穌出生時，帶著黃金、乳香、沒藥去探訪的三名智者都是魔法師。於是，中央情報局這個成立八十幾年來，曾經是諸多間諜黑暗技藝的先驅，終於碰到一個棋逢對手的獨行俠巫師。

不必說，這個覺悟讓我們角落辦公室裡那位衣著昂貴的主管更加挫折，也激勵他加倍努力要找到這個人。相信我，在情報世界的高層裡，從來不缺乏罣固酮。

在一批精心挑選出來的資料收集師和菁英外勤情報員的領導之下，局裡挹注了豐富許多的資源，但是都找不到魔法師的任何痕跡，於是這個問題就來到我的辦公桌上。那是一個星期五，我正要提早去吃午餐——位於維吉尼亞州蘭利、中央情報局總部的那家星巴克，從很多方面來看，都是全世界最忙碌的星巴克——目標是避開中午的人潮。我剛鎖好電腦和藏在地板內的保險箱時，聽到了一個獨特的響聲，通知我剛有重要訊息進入我的收信匣。

我把訊息解密，看到裡頭有一些關於德黑蘭那場背叛的祕密檔案，以及局裡駭侵到伊朗公安警察攝影機所取得那場恐怖公開處決的影片，加上隨後一連串失敗追捕行動的敘述。另外附了一則局長給我的短訊，要我熟悉一下這些資料，星期一黎明前去他的辦公室見他。在這種一大早的時間被他找去開會並不稀奇，局裡有些人聲稱這種黎明約會是一種策略——他們說，他不是工作狂，他只是喜歡製造這種形象。

但結果他們是錯的：局長是個奮發努力、有雄心的男人，雖然知道的人很少，但他成長的環境奇特而艱困。我一直覺得，工作填補了他感情上的空白，而且老實說，局裡有不少怪異、格格不入的人，他這樣並不算異常。

局長一頭銀髮，大學時代賽跑健將的高壯體格依然保持得很好，他名叫理查・魯爾克，但是很多年沒人喊他真正的名了。大家都稱他是「獵隼」——從他還是年輕情報員的時候，當時他曾以美國、以色列聯合任務小組的成員身分進入伊朗，前往一個名為納坦茲的小城，破壞一批藏在附近崎嶇山間的核子離心機。

這個任務的結局是一場災難，但即使魯爾克是小組中最沒有經驗的成員，當時他不單展露出非凡的勇氣，更有在極端狀況下驚人的冷靜：至少有五個為局裡工作的伊朗人因為他才保住性命。他在砲火下的午夜脫逃，小卡車後面載著當地情報網的半數協力人員，一路不停地開車穿過邊境進入伊拉克，這個消息在情報圈裡傳開後，從此「獵隼」之名就跟定他了。

一對迷人的雙眼加上線條明確的下巴，他給人的感覺大概是威嚴多過英俊，但有件事是很確定的：他是我所認識的人裡頭最講究衣著的。無論幾點，無論情勢有多緊張，於清晨在他辦公室或深夜在行動指揮中心看到他，都會發現他穿著一套手工製作的布里奧尼（Brioni）西裝，真絲領帶，裡面是夏維（Charvet）襯衫。就連他的袖扣收藏都令人歎為觀止。

從前線行動退下來之後，他花了幾十年在華府的險峻職業階梯往上攀爬，衣著和形象全都是其中的一部分。在華府喬治城的權力走廊和菁英社交沙龍裡，他被視為有教養又世故，是個優雅且可靠的主管。

我接到他要我去他辦公室的通知時，他年紀在六十來歲中段，老實說，我收到這個通知並不驚訝。我聽過傳言說，最近一次針對魔法師的搜尋行動同樣以失敗告終，我猜想早晚會有個美國情報界的菁英成員會明白，若要對他展開新的追捕行動，我大概擁有所有需要的技能。

由於一連串怪異的狀況，只有一小群間諜專精於進入所謂的「拒訪區域」，也就是完全在敵對勢力控制下的地方，比方俄羅斯、敘利亞、北韓、伊朗，還有巴基斯坦的部落地帶，所以我比大部分人更了解一個被追殺的人要如何避免被發現。

簡單來說，魔法師顯然很懂得如何躲藏。我也很懂。

2

由於我的經驗和不尋常的技能，於是在一個原先平凡無奇的星期五，我本來正急著要去吃午餐，卻停下來瀏覽一批高度機密的檔案。

我打開其中第一個檔案時，有件奇怪的事情發生了：一種前所未有的深深寂靜籠罩著我的辦公室，讓我暫停下來。我望著窗外，發現本來愈來愈大、逼近冬季強風的風勢突然止息，樹上少數殘留的葉子不再瘋狂抖動。迷信或信教虔誠的人可能會說，這種奇異的安靜意味著宇宙要我注意，上天正在標示這個時刻：此時一個間諜情報員打開了一個高度機密的檔案，星辰開始排成一列。

幸好，我不受這類幻想所誤導。在過往的人生中，我從一所評價很高的大學拿到了理學學位，而且向來相信世界是理性的。那一年，我看到冬天狠狠襲擊維吉尼亞州，大部分的早晨，地上都結著一層厚厚的霜，好幾次我看到枯樹上罩了一層冰，於是，我知道外頭的靜默真正的含意：附近開始下大雪了，於是一如往常，蓋掉了世界的喧鬧。

我有點擔心在即將來襲的暴風雪中開車回家，同時關緊窗簾，聽到外頭風聲又開始增強，然後我開始閱讀那些檔案。六小時後，我看完這些文件，坐在更深的夜色中，想著找到魔法師的難度。

讓事情更複雜的是，我確定早在他走進德黑蘭的那個男廁之前許久，就已經準備好一連串的新身分和避難處，會有幾十個地方和姓名被他用後即棄，直到他確定自己走過的蹤跡消失，淹沒在廣大的世界裡。根據局裡的資料庫，全世界至少有兩億個中年白人男性；對於想查出其中一個人下落的情報員來說，這的確是一個很大的世界。

儘管蘭利的檔案裡有他全套的照片和生物特徵辨識資料，但是我毫不懷疑，他一離開德黑蘭，首先會停留的地方就是瑞士的格施塔德或羅倫河畔維拉爾，這兩個高級的村莊不光是有全世界最昂貴的兩所寄宿學校，同時也是另一種截然不同類型機構的家鄉：在村子深處，你可以找到沒有招牌的診所，專門做保密且昂貴的外科手術。俄羅斯總統普丁的情婦就曾在其中一家診所生小孩，而如果俄羅斯人付了你一大筆錢，你就可以來這裡整容，離開時換一張臉，有一條新的髮際線，動手術改變你的指紋，或是植入磁性脛骨以增加幾吋身高。

我獨自坐在辦公室裡，明白自己是被要求去找一個不確定身高與國籍的白人男性，我們不知道他用什麼名字，也不知道他住在哪裡，他的臉我們從來沒看過，留下的指紋也不是原先的那套。或許在他遙遠過去的一些資料會有幫助，只不過我們從來沒查出他真正的身分。在土耳其，這類任務有個說法，他們說那就像是用一根針去挖一口井。

我站起來，走到窗前，打開窗簾看著外頭的黑夜，以為會看到暴風雪來襲，地上積雪很厚。但結果只看到風吹著樹。好奇怪，我心想——這麼一片寂靜降臨，但冬季風暴卻始終沒來。我沒再多想，告訴自己，找到魔法師是一個有趣的難題，但如果你把報復和男性尊嚴從裡面拿掉，這個任務其實沒有什麼重要性：他老早就走了，住在一個荒涼的地方，對任何人都再也不是威脅了。

我看著窗外的枯樹，想著我過世十年的父親告訴我的話——「如果你想要復仇，那就挖兩個墳墓。」然後我考慮著是不是該建議獵隼：局裡最好把力氣用來查出今天的叛徒，而不是去煩心昨天的。幸好，有件事阻止了我。

我追查魔法師的蹤跡，而他留在埃斯皮納斯宮飯店餐桌上那些瑣碎小東西的其中一樣，引導我來到愛琴海的那個島嶼。我知道他獨居，中午的太陽曬在我的背上，盛開的紅色九重葛湧出別墅的圍牆，我手握一把黑色的西格紹爾（SIG Sauer）手槍，從一扇上鎖的地下室門進去，走過安靜的屋內，發現他正在廚房裡的瓦斯爐前煮義大利麵，一邊兀自低聲哼著一首義大利情歌。結果，他根本不是德國人。

他哼到一半停下，感覺到我的存在，然後朝用餐室轉身。我們面對面，中間隔著三十呎宜人的地中海空氣，然後，他毫不猶豫地走了半步，左手被遮住片刻。我一個流暢的動作就撥開手槍的保險，手指按緊了扳機——

但是我沒能繼續下去；在我眼睛看到後，手還沒來得及反應的那幾分之一秒間，他使出了一個超厲害的間諜技巧，讓我耳鳴、半聾地退到房間另一頭，也因此幫他爭取了二十秒時間，拿出他的手槍開火，隨之逃進花園。再一次，他又忙著做最拿手的事情：消失。

但是，在小島上的那幾個小時，真正有意義的根本不是我是否找到他，也不是局裡是否報仇成功。不。重點完全不同：很意外地，魔法師教了我一個聰明的絕招，一個厲害的間諜技巧，最終將會救了我的命。

隔了一段時間後，在一個比我過往所經歷的更重要，也更艱辛的任務中，我穿越時間的汪洋，通過一片被恐懼宰制的土地，來到一個曾經偉大的工業綜合區的廢墟。這是個俄羅斯的設施，位於前哈薩克蘇維埃共和國，雖然現在大概很少人會記得，但這裡曾是人類最大成就之一的基地。就在這裡，我與可怕的機率進行殘酷的徒手搏鬥，就在直視死亡時，我回憶起魔法師曾經做過的。我永遠不會原諒這個人在德黑蘭的背叛，但毫無疑問，我應該大大感激他，而且以我任務的重要性而言，或許全世界也都該感謝他。人生充滿諷刺，這又是另一個例子——其實根本不需要任何例子了。

儘管這個任務是在哈薩克歷史上有重大意義的、破敗的拜科努爾太空發射場結束的，但當初的起點，卻是在幾千哩之外：伊朗、阿富汗、巴基斯坦國界交會處，一個沒有法律的荒野鄉間。這是個致命的三角地帶，地球上速度最快的生物遊隼會在黎明出獵，而一個「拒訪區域」間諜的性命往往只有幾天。

我去那裡，是為了跟一個告密人見面，他知道全世界最危險的恐怖份子集團的許多祕密。我不能說他很勇敢——他想要錢和護照，好讓妻子和女兒過更好的生活——但我知道一點：要是他被揭穿，他的預期壽命會比我的更短。

3

以一趟深入黑暗中心的旅程而言，那不是個吉利的開始。我飛到巴基斯坦最大的城市喀拉蚩那天，這個大城正好創下了史上最高溫紀錄。我走出有冷氣的入境大廳時，熱氣強烈得令我幾乎無法呼吸。

喀拉蚩是全世界十大城市之一，而且很可能是其中最混亂的，有兩千萬居民擠在裡頭，幾乎全都是窮人，城市的一邊是河口三角洲，另一邊是被污染的阿拉伯海。每天五次，市內三千個清真寺裡的喚拜人會叫喚居民禮拜；空氣中充滿有毒的柴油廢氣，飲水也乾淨不到哪裡去。穿過停車場的路上，我看到幾個人圍著兩個中暑倒地的乞丐，其中一個很可能死了。換了一個比較迷信的人（或許是會注意到風暴前寧靜的那種人），可能會認為這是個凶兆。

我開車離開喀拉蚩，往西開了八百公里，盡可能開到最快。我左邊是松石綠的海水，前方除了閃著微光的柏油路面，其餘是一片空盪。漫長的距離在我的後視鏡裡消失，我發現自己來到畢生所見最孤寂、最荒涼的地方之一，最後我停在一片山脊，朝地平線望去，看到前面是一片荒原，由烤得乾硬的泥土、深溝、無法通過的花崗岩懸崖組成，這就是我所看到伊朗伊斯蘭共和國的第一眼。

只有少數美國間諜曾成功潛入這個國家，能夠活著離開的人更少。而現在，再往前三十公里，在我現在看不到的荒原裡，是有重兵巡邏的邊界。我唯一要做的就是偷偷穿過那道邊界，不被看到——像夜裡的鬼魂一般。

4

這個任務的起因，就像情報這一行常有的狀況，是源自一個看似微不足道的事件。一名男子想修理自己汽車的冷氣，因而在替換零件的背後發現貼了一張紙，上頭只有型號和運輸細節而已。對世上任何人來說，這些資訊都毫無意義，只不過他不是一般人，而那張小紙，至少在某一點上，是非常特別的。

前述的男子是一名親信士兵，屬於一個已迅速成為全世界成長最快的恐怖份子組織，該組織自稱為「新伊斯蘭虔誠軍」，其根源深植於基本教義派和反西方的仇恨。這並不稀奇，類似組織有幾十、上百個，但是在現代史上，虔誠軍大概是最新、最暴力的恐怖份子團體。

儘管有二十幾個國家的領袖宣稱，伊斯蘭國這個從敘利亞與伊拉克廢墟中興起的殘酷組織，從來沒有在軍事上被擊敗。但是在不斷的攻擊下，伊斯蘭國的反應就跟一般叛軍或恐怖份子組織無異。它就像癌細胞轉移一般，四散到各方。

於是，伊斯蘭國有了五個主要分支，其中最好的那位領袖（或者是最壞的，端看你的觀點）稱自己為虔誠軍，他們往南流竄，在巴基斯坦和伊朗之間遍佈著花崗岩石柱、古老村落、隱密山谷的邊境找到了安全港。「為什麼上帝創造出邊境地帶？」有個老笑話說：「因為祂想讓阿富汗看起來不錯。」

人造衛星監視、大規模的電話竊聽，加上全面滲透的臉部辨識（高等級的版本現在可以從三百多公里外的太空辨識出不同的人），顯示虔誠軍吸引支持者和戰士的速度之快，連中情局總部裡經驗豐富的觀察者都想不到。最高峰時，伊斯蘭國曾召募了超過三萬名外國戰士，其中有很多已是經驗老到的人，就是從喀拉蚩沿著海岸高速公路，或是從阿富汗沿著沿著古老的鴉片運輸小徑，去加入虔誠軍。

在中情局總部蘭利，自從九一一事件之後，就有數千名工作人員把整個職業生涯投注在監控伊斯蘭基本教義派的風吹草動和暗潮變化。對他們來說，事情變得愈來愈明顯的是，他們正目睹某種勢力興起，而且這種勢力就像伊斯蘭國一樣恐怖，或更糟糕，像賓拉登的蓋達組織一樣致命。但這些分析人員也知道，激烈的言論和大批的追隨者都只是裝飾品。要是沒有一個關鍵的元素，任何伊斯蘭基本教義派團體，都跟美國三百個運作中的武裝民兵團體——這些男男女女在星期五夜晚打扮成軍人，週末時「部署」在附近的森林——沒有差別。恐怖份子團體要成為真正的菁英，而非空有架勢的冒牌貨，就必須攻擊。

目標愈困難，榮耀就愈大，而最困難的攻擊目標，莫過於美國。賓拉登曾以一種奇觀的方式成功了，為其他每個追隨的恐怖份子團體點起了一展明燈。在某種程度上，而且並不容易說出口的是，儘管九一一攻擊的遺址多年前就清理完畢，但我們仍持續活在世貿雙塔的廢墟中。如同一個歷史學者所說的，隨著無法控制的病毒、氣候變遷、災難性的颶風、大洪水、永無休止的恐怖主義，真的，這是一個恐慌的時代。

局裡的分析人員們提交了有關虔誠軍興起的最高機密報告，而且因此把局裡的反恐訊號從橙色轉為急閃的紅色的六小時後，中情局在阿富汗的龐大分站喀布爾站，也聽到了第一陣耳語，這個耳語日後還將持續好一陣子。

+++

有時我會回想起自己在間諜這一行還比較生嫩的時光。當時我在泰國海岸搭上一艘穿越安達曼海的貨輪，緊張得睡不著，因為我必須滲透到緬甸跟一群叛軍領袖見面。於是在凌晨時分，我走上甲板，站在金屬欄杆旁。那就是飛航管制員稱之為「極度清晰」的那種夜晚：沒有一絲聲響，天空清朗無雲，徐徐微風帶走了所有污染，群星在清澈的夜晚閃耀。

貨輪的螺旋槳在水中旋轉翻攪，激起幾十億個微小的海洋生物體，發出一種明亮的光，於是我明白自己周圍環繞著海洋的燐光。上方有銀河，下方也有銀河，感覺上就是在一片點著蠟燭的海洋中航行，這是間諜世界的絕佳隱喻。間諜也是旅行過陌生的異國水域，環繞的不是星星或海洋生物，而是資訊的碎片。不過，其中的訣竅是一樣的——不要把焦點集中在那些蠟燭，而是設法看見光。

聽了幾星期的持續耳語之後，喀布爾站終於這麼做了——目光略過了蠟燭，推斷出虔誠軍正在策劃一個大事件，而且這個恐怖行動會設計得具有重大的戲劇性效果，向過往最黑暗的前輩看齊。

在情報世界，有一個名稱專門保留給這種規模的全球恐怖事件，就是「奇觀」，而喀布爾站毫不懷疑又一個「奇觀」的行動正在發展中。

5

那份來自喀布爾的緊急報告是列為最高等級的機密，只發給「獵隼」魯爾克和他的上司──國家情報總監。報告在前三段就表明，儘管這一個毀滅性的攻擊可能涵蓋西方世界，但目標將會對準美國。

獵隼和國家情報總監這兩位華府的情報頭子，立刻利用美國龐大情報網的各種資源──九十萬名人員，以及超過兩千個政府組織，其中三打是沒有列入官方紀錄的──針對這個形狀不明、幾乎隱密不見的陰謀，設法查出他們所能查到的一切。他們兩人都知道，無論如何都得找出更多蠟燭。

次日，阿富汗一名美國的次要線人在手機裡收到一則加密過的簡訊，叫他仔細留意任何風吹草動。

這個五十來歲的阿富汗男子是中央情報局在該國的數百名特約間諜之一，慣常穿著油膩的連身工裝褲當冷氣技工，平常開著他的活動店鋪，也就是一輛破舊的四輪傳動卡車，車子側面用普什圖文、阿富汗波斯文、英文寫著：無論你在哪裡，無論你的車子是什麼廠牌與車款，「冷氣醫師」都可以修好你車上的冷氣。

在阿富汗、伊朗、巴基斯坦交界的那個邊境地帶，他被視為最優秀的汽車冷氣修理專家。二十五年來，他自由穿梭在那些散佈於邊境地帶的偏遠村落和小鎮討生活，跟邊境巡邏隊和官員都熟悉得可以直呼其名，也總是可以暢行無阻，而他的回報，就是免費幫忙加個冷媒，或是做點簡單的修理。

他的專長是可以找到缺貨的零件，而且雖然他的顧客從來不曉得，也不曾質疑為什麼，但他能弄到這些零件有個好理由：中央情報局每個月會從美國空運零件到他位於喀布爾的倉庫。多年前「獵隼」魯爾克擔任喀布爾站的主管時，想出了這個絕妙的主意：吸收他成為間諜，並提供他所需的一切，好讓他的生意興隆。

「把他藏在明顯可見的地方。那個地區根本是烤箱，人人都需要冷氣。」獵隼當時曾說：「他可以坐在火邊，跟大家一起喝茶，同時仔細傾聽。」

這位技工做的正是如此：多年來，他跟局裡回報了幾百件謠言和情報片段，現在，喀布爾站的聯繫人要求他更加留心。這個技工本來會無視於這個懇求，認為中央情報局發出的緊急指令往往只是要每個人保持警覺而已，但這回的訊息中還有個友善的致意，是來自多年沒聯繫的老朋友「獵隼」魯爾克，要求他盡可能幫忙。

十天後，他在自己位於喀布爾郊區一個工業園區的倉庫裡工作，把中央情報局剛運來的一批零件裝上卡車，旁邊污水處理廠傳來的臭味一如往常濃得讓人受不了，此時，他接到一通衛星電話，要求他緊急協助。這沒什麼稀奇，過去幾年來，他幫這個打來的男子修過好幾次冷氣。這個顧客好像很常開車，說他困在伊朗邊境的一個小村子，靠近札布城——這個當地中心城市常被聯合國世界衛生組織列為全世界污染最嚴重的都市。

換了其他狀況，這位技工會拒絕，因為這個小村離喀布爾超過一千公里，那一帶沒有其他人找他修冷氣，而且他正打算要在喀布爾休息幾天，才要再度上路。

想到要開車穿過札布城那片令人窒息的空氣，就讓人提不起勁；但另一方面，技工一直對那位顧客很好奇。他是阿富汗人，話很少，老是在旅行，以前在喀布爾當計程車司機，現在住在伊朗，看不出他從事什麼工作——或至少他不願意談。或許是半輩子在間諜世界裡打滾所培養出來的直覺，也或許只是出於貪婪，但是那個技工決定要開車過去。中情局喀布爾站付給情報的酬勞很高，而獵隼捎來的訊息更顯示他可以就地喊價。

他連續開車二十四小時，幾乎沒有休息，在那個酷熱的夏日傍晚，他穿越國界進入伊朗，到達那個小村。這個地區的空氣污染主因是持續強風所帶來的沙塵暴，為了避開，兩人就約好在一所高牆清真寺的背風處會合。但其實他們是白費功夫，因為呼嘯的風勢比平常更猛烈，襲擊各個方向，捲走了眾多破爛房子裡冒出的炊煙，攪成一種令人窒息的污濁物，把穿街走巷的男男女女們轉為一個個塵雲中的鬼影。

那個技工的卡車亮著燈，設法在傍晚的昏暗中找路，緩緩沿著清真寺的外牆行駛，最後終於停在一輛熄火的日產途樂四輪傳動車旁。那輛車的駕駛人立刻下車，奔向技工卡車的後方，拉開後門爬進去。他是個英俊的男子，將近四十歲，皮膚顏色有如古老的銅製工藝品，也有同樣的陳舊質地：他顯然在狂風和烈日下花了很多時間。技工扯起一邊嘴角笑了，指著擋風玻璃外那個恍如末日的世界。「以真主阿拉之名……」他以波斯語說著，一邊搖頭。

他離開駕駛座，進入後車廂，裡頭有一張床和幾把放在零件箱子上的椅子，他拿出兩個杯子，點燃一個小酒精爐的火。等著泡茶的水燒開時，他就指著那輛日產車。

「又是壓縮機出毛病了？」他問。

「之前有過，」那個站在後車廂，半籠罩在陰影裡的訪客說：「兩、三個月前，壓縮機從支架上鬆開了，所以我就拉出來重新裝好。」

「那麼，現在有什麼問題？」那個技工問。

「這個。」訪客說。他手裡握著一小片紙——上頭印著兩行英文和數字——舉起來讓那技工看。技工只看一眼就懂了。

「我把壓縮機拉出來時，發現這個黏在壓縮機背面，」訪客說：「我想是有人忘了拿掉。」他把那一小片紙往前湊得離技工更近，其實根本沒必要。技工很清楚那是什麼：一張貼紙標明了編號、一組字母識別碼、這個壓縮機的運輸細節。別的不說，中央情報局是政府機構，從美國運過去的每個零件都會分類並標示，迫使那個技工在收到這些零件後，必須把每張標籤去除。或者，至少他以為自己都去除了。他立刻明白，問題並不是出在那些數字和字母；而是運輸資訊，上頭標示了這個零件是蘭利部門主任為喀布爾站訂購，交予當地線人一一七八九。

後來，我在收集這段敘述的種種片段時，那個技工告訴我，當時泡茶的水滾了，他還稍稍考慮過要抓起他放在乘客座的那把史密斯威森轉輪手槍，但是又打消念頭；他很確定訪客的右手——他看不到，垂在身側——也握著一把槍，正瞄準著他。

即使近乎恐慌，這個技工說他當時找到了片刻的清醒：他意識到這次會面如果只是為了揭穿他，那他早就死了。而編故事說服對方似乎也沒有可能，於是他聳聳肩。「我們都得吃飯嘛。」

「你跟美國人有多熟？」訪客問。

「夠熟了。」

「你是直接跟間諜交涉，或者是透過中間人？」

「直接的。」技工回答。

訪客抬起右手讓對方看，技工發現他握著一把儒格GP一〇〇手槍。他的槍口指著酒精爐，無言地提醒對方水燒開了，於是那技工開始泡茶，雙手抖得好厲害。

訪客雙眼緊盯著技工說：「最近幾年，我們在超過半打的地方碰過面——你以為我是做什麼工作的？」

技工攤開雙手，表示他不清楚。「我從來沒看過你跟別人在一起，所以我不認為你的工作是載著客人進出邊境。我想最可能是做黃金走私，也或許是菸草——不過如果是菸草，我想你的車子會更大。」

那訪客點點頭，但是沒針對技工的理論多說些什麼。「你知道九一一事件讓美國人花了多少錢嗎？」他問。

正在準備泡茶的技工回頭，這個問題讓他大吃一驚，雙手都沒再抖了。「什麼？」

「光是世貿雙塔這兩棟建築物，就價值六百二十億美元。而為了要清理遺址，又花了將近十億美元。」

技工一頭霧水地說：「真有趣。」

「是的，沒錯，」訪客回答道：「這讓人很好奇，不是嗎？想知道他們可能會花多少錢去防止這件事？或是避免類似的事情。」

技工又轉身看著茶杯——這個人是在向他提出什麼？他開始心臟猛跳；自己都不確定是出於貪婪還是害怕。

他回想起喀布爾站加密過的警告，還有獵隼給他的訊息，納悶著這名開著破舊日產車的男子是不是聽說了什麼——中央情報局急著想知道的那些風中耳語。或許不只是耳語。

「我認為，為了這樣的事情，他們應該會花很多錢的。」技工謹慎地回答。

「我也認為是這樣，」訪客說：「之前我問過你認為我是從事什麼工作的。」他沒等對方回答。「我是個信差。」他說。

「信差？」技工問，不確定這到底是什麼意思。「幫誰當信差？」

「唔，不是聯邦快遞，」訪客回答。

6

虔誠軍剛成立時，那些指揮官就做了一個重要的決定。他們明白，跟開發者聲稱的完全相反，其實任何平民能買到的加密手機或訊息應用程式，都不是真正安全的。他們的判斷沒有錯，只要利害關係夠重大，沒有任何設備或軟體是美國國家安全局無法破解的。於是，虔誠軍的領導階層判定：利用人類信差是最安全的溝通方法，而且在諜報世界裡，放棄電子產品也是愈來愈普遍的趨勢，因為紙張無法被駭客入侵，隨身攜帶的文件也不會被竊聽。因此，虔誠軍挑選並訓練數名可靠的、祕密的信差，攜帶文件或口傳訊息，與間諜、供應商、金主等往來聯絡，但是，這個系統有一個虔誠軍領導階層從沒預料到的問題：陰謀愈重大，祕密愈有價值，出賣的誘惑也就愈大。

這就導致了他們的一個信差——有兩個年幼的女兒，以前當計程車司機，對於基本教義派的死板生活方式逐漸厭倦，對種種浮誇言詞感到幻滅，然後他看到了一個可以改變他們全家生活的機會，於是願意冒著被處決的危險去設法抓住這個機會——在伊朗一個狂風吹襲的偏僻角落，坐在一輛卡車上，跟一個阿富汗的冷氣技工談話。這是至尊至大的真主阿拉化身為一個特約的美國間諜，向他顯露。

這位信差是情報圈的業餘者，但不表示他不曉得這一行的一個基本規則：一個祕密可能值一大筆財富，但如果你想從中獲利，就得是第一個賣家。他知道被搶先的危險正在增長之中。

「三個星期前，大家開始問問題，」他說：「男人彼此間開始竊竊私語，有關一件策劃中的大事就有些資訊洩漏出來。這就是為什麼我打電話找你時，我說事情很緊急——美國人可能很快就會聽說了，或者會有另一個人搶在我之前成交。」

「成交？你想把你手中的資訊賣給美國人？」技工問。他從來想不到自己會碰上這個問題——他是靠收集片段零碎資訊謀生。眼前這個人是個信差；他曉得的資訊要重大太多，也有利可圖太多了。「不管你有什麼資訊，」他邊倒茶邊說：「你想要多少錢？」

「二十給我。五給你。」那信差回答。

茶倒了一半的技工放下茶壺，瞪著訪客。他得確定自己沒搞錯。「單位是百萬？」他問：「美元？」

「比九一一要便宜得多。這對美國人非常划算。」那信差回答道：「我還需要一些美國護照，另外還有安全屋，一個不同的身分，一個全新的生活。」

「二千萬美元？」那技工驚歎道：「一個新生活——但是在哪裡？」

那個信差的表情柔和下來。「首先是一個不需要冷氣的地方，還要能看到水面，還要常下雨，」他說。「我查過地圖，或許奧勒岡州吧，或是緬因州。你呢？」

技工搖搖頭。他從沒想過要住在西方，也從沒想過能得到五百萬美元，所以沒有答案。「你希望我做什麼？」他問。

「幫我傳個訊息給你的聯絡人，問他們是不是想買我要賣的東西。」

「我了解他們，」技工謹慎地說：「他們總是會提防陷阱，他們會想要確認、想要證據。我連你真正的名字都不知道，要怎麼跟他們說：我在伊朗認識一個叫穆罕默德的人，想跟你們要兩千萬美元？」

那信差微笑著搖搖頭。「告訴他們，我手上這個資訊，是關於這裡的領導者所說的一場奇觀。」

「一場什麼？」技工問道。

「他們會明白的。跟他們說我是虔誠軍裡一個受信賴的信差，而且我對他們的計畫和領導階層非常熟悉。」

技工的反應是：虔誠軍？就他所聽說的，那些人非常可怕。但是話說回來，為了五百萬，這不是理所當然的嗎？

「中情局會詢問你的資訊、各種細節，一大堆事情。」信差繼續說：「但是你聽好了。控制權在我手上，不在他們手上。我會告訴你我的條件。你有在專心聽嗎？」

「對不起，」那技工回答道：「我正在想拉斯維加斯——我想去看看那裡。」

7

那名技工在外頭呼嘯的風中花了一小時，假裝修理那輛日產車的冷氣，免得萬一有人在觀察他們。接著，他看著信差開車離去，駛入傍晚的昏暗中；然後他匆匆睡了兩小時，就在極度焦慮的狀態中，開車回到喀布爾位於污水處理廠的工坊。

他打開工坊外的鐵捲門，安全進入並關門拴上之後，就透過Tor網路登入暗網，進入一個熱門的聖戰士討論區。

他自稱是一個中年、貧窮，但虔誠的阿富汗戰士，他的貼文——四行，充滿拼字和文法錯誤——是一則簡單而無望的懇求：他希望找一個年輕許多的太太，嫁到他那個靠近興都庫什山的小村。這是他幾年來多次類似貼文的最新一則，全都是想找太太的，而且討論區幾萬名常出現的網友一定會百般侮辱或嘲笑他。顯然，即使在伊斯蘭的地下世界，網際網路還是一個殘酷的地方，但是這個技工知道一件事情，是他的批評者不知道的：雖然這個討論區的所有權深深隱匿，但其實它是由中央情報局控制的。

中情局建立這個深藏在暗網的網站，是為了監督聖戰士活動，同時也盡可能多收集有關使用者的資訊。此外還有另一個目的：上頭的討論區讓敵對領土的線人可以告訴中情局的聯絡人，他們需要會面、協助，或支持。這個技工真正的訊息就藏在那些拼錯的字和亂七八糟的時態裡。這些錯誤的組合，拼出了他想要一次緊急會面。

這篇貼文如常吸引了一大堆辱罵的評論，但其中有價值的只有一個。貼的人是一個自稱AK－四七的聖戰士，使用者頭像是一面焚燒中的美國國旗，但其實這則貼文是一個喀布爾站的中情局聯絡人寫的。他的貼文也經過編碼，在那些譏嘲地建議可以去哪裡找到或買到老婆的回覆中，其實暗藏了中情局給他的會面時間和地點。

三十六小時後，一輛中情局所屬、不起眼但其實防彈的豐田陸地巡洋艦駛經污水處理廠，進入喀布爾南郊一個破敗的工業園區。

這個技工的工坊位置是中央情報局刻意挑選的；當風從北方吹來時（一年到頭，大部分時間都是如此），園區裡的氣味臭得讓人簡直受不了，因此也是避人耳目的理想地點。工人們下了車就奔向有冷氣的建築物內，就連抽菸者都不會在工坊外的陰影中聚集，而且多年來都沒人看過有什麼碰巧來參觀的人。

那輛豐田車蜿蜒駛過一堆堆油桶，停在園區最偏遠區域的一棟建築物外頭。司機是一個阿富汗裔的美國人，四十來歲，也是喀布爾站裡最受信賴的司機，他按了一下喇叭，建築物的鐵捲門幾乎立刻就打開。車子駛入後，直到鐵捲門完全關上了，後座一名頭上纏著阿拉伯頭巾——遮住整張臉，只露出眼睛——的人才下車，之前因為車子的深色玻璃窗，外頭根本看不到他。

他拿下頭巾，原來是個四十出頭的英俊男子，一雙銳利的灰色眼珠，還有兩天沒刮的鬍子。他在美國德州土生土長，名叫克里斯．賀佛森，是中情局喀布爾站的主任。他伸展一下背部——

喀布爾的馬路糟糕得要命——臀部的手槍在他的卡其夾克下方明顯可見，他看到那技工出現時，露出輕鬆的微笑。

那技工走得很快，腳步如常有點拖地；他扭絞著雙手，但完全不是出於焦慮。賀佛森從長年經驗知道（不光是對方要求見面，訊息中還有很多驚歎號），技工扭絞的雙手意味著有大事要報告：他絕對是認為馬上可以賺一筆大錢了。

8

克里斯・賀佛森開車進入工坊十一分鐘後，就準備要離開了。

之前這位喀布爾站的站長進門後，跟興奮的線民握手，婉拒了喝茶，然後兩人一起到他們平常的彙報處：工坊後方角落兩張髒兮兮的扶手椅，幾乎就在三台轟隆作響的發電機旁邊，使得任何人都幾乎沒辦法偷聽。即使如此，這兩名男子還是彼此湊得很近，近乎耳語，賀佛森要技工把他和信差的對話重複講了三次，努力問出種種細節，這才確信自己已經得知全貌，然後他改變了自己的所有計畫。通常他會在工坊裡待上至少一小時，讓人覺得他汽車的冷氣已經修好，但這回他不管了。

他叫來自己的司機，重新纏好自己的頭巾，爬上後座，要司機盡快開到喀布爾北郊的巴格蘭空軍基地，在基地深處那個有高圍牆的園區，是中央情報局的喀布爾站所在地。情報園區裡的防炮彈建築物雜亂無序地伸展，其中最戒備森嚴的部分，是一個防電子雜訊的傳輸區，有包鉛的牆壁和白噪音製造機的嗡響，就在裡頭，他打電話給獵隼，跟他簡報札布城附近那個小村的種種進展。

根據局裡的日誌，獵隼是在華府時間上午十點四十三分接到這通電話。二十八分鐘之後，他就站在他七樓辦公室隔壁的會議室，找來十二個他最熟悉也最資深的主管，一邊參考著他筆記型電腦裡的筆記，把最新狀況告訴大家。

「那個信差——如果他真的是信差的話——提出了一些條件，」獵隼告訴他們。「這是可以理解的，如果他講的有幾分真實，那麼他一定很害怕。他說他不會把任何資訊寫在紙上或存在隨身碟上，以防落入不適當的人手中，否則不光是他，幾乎可以確定會賠上他全家人的性命。

「他說，資訊只能從他嘴裡傳到另一個人耳朵裡，這是唯一可行的方法，」獵隼繼續說：「這表示要有一次會面，而且他告訴我們的中間人說，他不會冒險改變任何日常作息，免得引起猜疑。任何會面都必須在他的地盤上，這個地點不光是他很熟悉，而且是他認為是安全的。」獵隼聳聳肩，看了會議室裡一圈。「根據他的說法，這些條件都是沒得商量的。他說他已經準備好拉倒了。」

他講完之後，有一小段沉默，然後綽號「硬漢」的比爾．葛洛佛開口了，他是助理局長之一，將近六十歲，外表看起來就像一張沒整理的床：身材壯碩，一頭亂髮，皺巴巴的襯衫，永遠都是一臉憂慮的表情。

「他提到一個奇觀，還說了些什麼相關的嗎？」硬漢問。

「沒有，」獵隼回答道：「他想把訊息賣給我們，所以不會免費提供什麼，而且這是假設他真的知道些什麼。」

「多少？」硬漢問：「他想要多少錢？」

獵隼頓一下，再度看著大家的臉。「兩千萬給他，五百萬給中間人，還有慣常的那些：護照、安全通道……」

他沒講完。「多少？」一名男子震驚的聲音從會議桌尾端傳來，說出了在場所有人心裡的話。

「老天在上，」一個坐在會議桌中段的女人說：「兩千萬，獵隼？這可能是本世紀最大的詐騙案，至少是間諜這一行的。」

「沒錯，有可能，」獵隼回答，同時大部分人都點著頭。如果有一件事是間諜世界裡意見一致的（無論他們是為哪一方效命），那就是間諜這一行充滿了各種騙子、偽造者、幻想家，還有出賣者。「他的資訊也可能是真的，」獵隼輕聲說。

「你該不會真的考慮要付這筆錢吧？」桌尾的那個男人問，變得憤怒起來。

「在九一一事件之前，我不會考慮；但是在九一一之後，我不能忽視這種事情。」獵隼說：「這是我們現在的世界，吉姆。」

「不……不。」吉姆回答，搖著頭，其他至少有四、五個人也一樣。很快地，會議室裡就爆出了一陣爭執。主張考慮這個想法的人顯然佔少數，他們抬高嗓門想彌補，大家吵得愈來愈熱烈。

「好了，好了，」硬漢站起來厲聲說，把他的襯衫塞好，要求大家聽他講。會議室裡安靜下來。「那麼我們來擬定文件，好嗎？」

「什麼文件？」吉姆挑釁地問道。他是個聰明且雄心勃勃的四十歲大塊頭，那張坑坑疤疤的臉活像是一段破爛的路。他是最年輕的主任分析師，而且顯然不打算只停留在這個職位。

「我們全都要簽的文件。」硬漢回答。

「我不曉得你指的是什麼。」吉姆說。

獵隼介入了。「硬漢的意思是，我們要擬定一份簡單的文件，詳細列出誰贊成不計成本、繼續執行這個線索，誰又不贊成。然後我們全都簽名。」

「為什麼？」一個坐在會議桌中段的女人問。

「為了節省時間，」獵隼回答道：「在九一一之後，調查委員會發現很難確定攻擊之前的那幾個月內，誰支持什麼意見。用簽名的這個方式，要是我們又被一個奇觀事件攻擊，那麼就不會有疑問——我們把文件往上報，讓上面的人很清楚每個人的立場。」

沒有人說話。「好吧，誰要簽名？」硬漢問。

還是沒有反應。「當事情不再是腦力激盪的練習，當你必須公開表態、進入戰場時，事情就忽然變得不一樣了，」獵隼說。

會議室裡的每個人都變得比較冷靜，同時點點頭：獵隼說得沒錯。然後，獵隼又把目光轉回他的筆記型電腦，再度掌控全局。「現在，我們可以針對這個資訊本身來考慮嗎？要是你們想聽我的意見，我認為這位自稱信差的人所提出的條件，增加了他的可信度。以一個在玩全世界最危險遊戲的人來說，他完全符合你的預期。」

「而且他所要求的數字，也是這樣。」硬漢說：「要求這麼高，他知道我們會嚴密檢查他這個人和他的說法。這傢伙一定很有自信。」他微笑。「或是很會妄想。」

「所以我們要怎麼做？」吉姆問，現在比較好商量了。「要求他拿出鐵打的證明嗎？」

「一點也沒錯，」獵隼回答道：「我們就告訴他，如果要進一步談判，他就得拿出誠意的表示，一些可以證明他在虔誠軍內部，不是要我們的東西。」

每個人都點頭。現在就要看那個信差能否提供鐵打的證明，於是所有主管都開始放鬆。會議結束了。

硬漢從地板上撿起他破爛的夾克，然後走到獵隼旁邊：「兩千五百萬？老天。這是什麼世界啊。」

「是啊，」獵隼說：「九一一所建立起來的世界。」

9

那天下午，中情局總部七樓傳了一則訊息到喀布爾站，再由克里斯．賀佛森帶到那家汽車冷氣修理廠，然後那位技工開車穿過伊朗邊境，在離他們上次會面南邊三百二十公里外的一個小市集裡，由技工親口在那個信差的耳邊悄悄說出：中情局想要鐵打的證明。

這個市集是個髒亂而唯利是圖的地方，充斥著走私販子和騙子，專門坑那些想去德黑蘭的難民。那信差坐在一個空盪的茶攤後面，跟技工說，他料到買家會想要某種證明。幾分鐘後，那兩個男人走向日產車，確定沒有人在觀察他們後，技工拿到了一件東西。他成功地帶著這東西穿過邊境，回到他的修車廠，然後親手交給克里斯．賀佛森。在喀布爾站的總部，這個東西——一張大約名片大小的紙張，但是很薄——就被裝進一個鋼盒，空運到蘭利。

從那裡，那張裁過的、很模糊的照片被運到馬里蘭州的國家安全局，經由影像專家和分析師增強過，發現了豐富的資訊。照片和國安局的報告送到獵隼手上後，他再度召集自己最信得過的同事，儘管照片中的任何資訊都無法絕對確定，但的確夠有說服力，讓獵隼和所有出席的人相信，他們必須跟這位所謂的信差打交道。

七樓決定要派人去伊朗，到那位信差指定的時間和地點跟他會面，四小時後，任務專門小組的成員判定，一個「拒訪區域」間諜——獨行且徒步進入——將會最有成功的機會。

一個星期天凌晨的三點二十二分，就在獵隼簽下一份名為B一七〇六的表格，啟動一項祕密行動的命令之後，我放在床頭桌的加密手機響起鈴聲。我睡眼朦朧地抓起來，發現打電話的人已經掛斷了。我毫不懷疑這表示什麼。

我看著螢幕上顯示的未接電話，是一個我認得的號碼打來的。我知道即使自己回撥，也絕對不會有人接。在我的世界裡，這個電話號碼本身就是一種祕密訊息。

這個訊息告訴我，局裡已經派了一輛車過來，我得準備上路了。

10

凌晨四點，我已經坐在一輛平凡無奇的休旅車後座，右手掌貼在車子送來的一個鋼製手提箱的側面。

這是間諜世界裡所謂「上鎖箱」的高科技最新款，我在心裡數到七，讓藏在鋼製箱身大量的感應器有足夠的時間去辨識我手掌上的各種生物特徵。我放開手，過了一會兒，系統確認了我的身分，手提箱蓋彈開，我看著裡頭一台特製筆記型電腦的螢幕。一個標題為「信差／邊境」的檔案已經打開了，大致告訴我要去哪裡。我感覺脊椎發涼。一定是伊朗，不是嗎？這是到目前為止所有「禁入區域」裡最致命的，於是我惶恐不安地開始閱讀這份長篇幅的詳盡檔案。

等到我們經過蘭利總部大門的警衛室，我已經看完檔案，闔上箱蓋，把手提箱交給坐在前座的保護官，然後我看著車窗外。涼爽的夜間空氣裡，外頭的樹清晰極了，而且——碰巧，考慮到我眼前的任務——一輪新月高掛天空。我再也找不到更美的夜晚，來從事這樁醜陋的任務了。

我又經過了兩個檢查站，才進入蘭利總部的最高警戒區，這個大空間深埋在中央情報局總部暱稱「大氣泡」的禮堂下方。在地下樓的門廳裡，我交出身上的其餘物品：手機、手錶、皮帶、皮帶釦，然後按照吩咐站在一個反向散射的X光機裡，接著，一個安檢人員指示我前往十幾個會議室裡戒備最森嚴的一間。

在兩名警衛的護送之下，我走過空盪的走廊，聽著包圍這個區域的嗡聲製造機所發出來的反竊聽白噪音，然後停在一道高度戒備的門外。我在掃描機刷了通行卡，等著臉部辨識鏡頭確認我的身分，然後看著那道門滑開。

我走進去，發現這個平時很普通的大空間已經變成了一個戰情室。幾名照片分析專家在一個角落裡對著電腦工作，眾多高解析度螢幕從天花板的小隔間裡降下來，包圍了整個空間，使得這個會議室簡直像個IMAX電影院。在一圈硬體設備包圍的內部，放著一張長會議桌，桌邊坐著一小群專精於邊境地帶的情報分析師、所有的任務規劃師，還有七樓的大部分顧問。獵隼坐在會議桌另一端的桌首，成了這個四十幾人馬戲團的團長，他看到我便點頭招呼，示意我坐在桌尾的空位上。

「你在車上看過摘要了？」他沒有任何開場白，劈頭就問。

「我想你拿到鐵打的證明了，否則我不會在這裡。」

獵隼伸手從一張邊桌上拿了一個小小的玻璃板，遞給一名助理，然後在眾人的目光中，那個小玻璃板交給了我。我看到那張很薄的四方形紙片——上頭印著一張勉強可辨認的照片——為了要保護，被夾在兩片防彈玻璃間，現在看起來像個生物標本。我更仔細地看了那張紙，然後露出微笑。獵隼也咧嘴笑了。

「很棒的花招。你用過嗎？獵隼——我的意思是，你在做外勤的時候？」我問。

「我沒那麼老，」他回答，假裝被我搞得很不高興。「但是我看過相關的資料。」

「是啊，我也看過。」我說。

有個資深情報分析師——一個五十來歲的女人，以抽電子菸和言詞尖酸而聞名——被搞糊塗了。「我不明白，」她說：「什麼很棒的花招——一張爛照片？」

獵隼搖搖頭。「他是指印照片的那張紙，瑪格麗特。花招是信差怎麼把這照片安全地運出邊境。」

「那就像是一頁歷史，」我說：「這個點子是二次大戰期間，法國反抗運動人士在對抗納粹時想出來的——」

獵隼插嘴道：「這就是為什麼他問我是不是在做外勤的時候利用過。那是暗示我老得一九四二年就開始做外勤了。」大家都笑了起來。

「當時反抗人士碰到一個問題，」我繼續說：「到處都有告密者和蓋世太保，他們要如何在不同的小組之間傳遞祕密訊息，比方一次補給空投的位置，或是一次聚會的時間和地點。這些法國人都抽菸抽得很凶——就像在伊朗——但是工廠製造的捲菸很貴，所以大部分人都是用散裝菸絲自己捲菸。

「反抗運動的某個人想出了這個點子，把祕密資訊寫在捲菸紙內側，然後捲成一根菸，要是他們被蓋世太保攔下來，就把耳後那根菸拿下來點燃。隨著每吸一口，他們就把證據多消滅一些。」

我指著那張薄紙。「也許我們的信差或中間人知道這個故事；也可能他們是自己想出來的。

總之，他們用手捲菸把資訊運出邊界了。我們對這張照片知道些什麼？」我問。

獵隼指著那些IMAX螢幕。我轉頭，驚訝地看著影像出現——國家安全局的技術人員和會議室角落的那些照片分析人員，已經利用他們龐大的運算能力和機密軟體，增強了大量的畫素，把一張照片裡模糊的形狀和不明確的陰影轉為一千倍大的鮮明圖像。我往前走，看著一批泥磚屋圍繞著一個村落廣場。

「沒有中繼資料？」我問，指的是自動嵌入圖片的時間、日期、GPS位置等細節。

「對。數位照片才有中繼資料，而我們這張照片是印出來的——不過就算這張是數位照片，我也可以保證不會有任何中繼資料，」獵隼說：「正如你從這張捲菸紙看到的，他並不笨。」

我凝視照片，仔細檢視其中細節：「廣場上搭了一張遮陽篷，有一張桌子準備要放食物，幾個男人舉著手在跳舞，一隻山羊拴在木樁上等著要屠宰——某種慶祝會？」我說：「生日宴嗎？」

「我們認為是一場婚禮。」獵隼說：「大概是哪個資深軍官要娶村子裡的年輕少女。」

我看著照片裡的大約二十名男子——不是背對著鏡頭，就是籠罩在陰影裡，或者臉被裁掉了。「他顯然要確保我們不會看見任何臉。」

「他不會免費給任何資訊。不過，他倒是告訴中間人一些資訊，好讓我們相信——他說坐在遮陽篷下面扶手椅的那名男子是埃米爾。」❷

❷ 埃米爾（Emir，或稱大公、酋長），原意為指揮者。在中東穆斯林地區指軍事統帥、行省總督，或高級官員。後亦為中亞某些獨立國家所採用。

我看著照片裡的那名男子，他穿得一身白，從姿勢看來已經不年輕了，照片的邊緣刻意裁掉他的臉。「頭銜並不代表什麼，不是嗎？」我說：「他們總會自稱是什麼重要人物。」

「沒錯，但是每個恐怖份子組織都需要一個救星人物，」獵隼說：「這是他們的埃米爾。大概是學院人士，或是某種宗教學者——總是對聖典內容提出最致命的詮釋。殺掉異議人士，殺掉異教徒，殺掉入侵者。他可以鼓吹起一場風暴，煽動其他人加入戰爭，但是他自己從來不曾加入戰役——」

「聽起來像是五角大廈。」瑪格麗特說。

在一陣鬨然大笑中，獵隼繼續說：「戰鬥和策劃都留給軍事領袖；他們向來是最危險的。」他往前走，指著照片的一個點。「所以我們就要討論這個人了。」

11

獵隼指著一名打赤膊、背對鏡頭的強壯人影，正在跟其他三名男子玩牌，等待慶祝活動開始。玩牌的狀況很不尋常：伊斯蘭教並不鼓勵玩牌，但也不禁止。不過，賭博就是明確禁止的了，所以要是真的有賭錢，那我們就知道這張照片是偽造的，大家都可以回家了。但是，照片裡沒有錢。「他是誰？」我問。

「信差告訴中間人說，他是軍事指揮官，顯然是擬定策略的人，而且非常有智慧——也非常殘酷，」獵隼說：「但是你預料得到，一個想要賣我們情報的人，當然會這樣說，對吧？不過這回，他說的可能沒錯。」

他暫停一下，看了會議室裡一圈，我忽然覺得他看起來好老、好憔悴。然後他低聲說：「他說這個人是阿布．穆斯林．凍原。」

我瞪著獵隼——在場所有人都瞪著他。在那片震驚的沉默中，獵隼繼續看著那個玩牌的男人，一邊思索，玩味那個名字。「來自雪地中的穆斯林……來自荒原……來自淒涼隆冬的男人……」

「凍原已經死了，」我震驚地代表所有人說：「幾年前，他拜訪伊拉克時住在一棟所謂的安全屋，空軍朝那屋子丟了兩顆五百磅的炸彈。」

獵隼苦笑。「空軍就是這樣，不是嗎？就像一個著名的心理學家說過的：要是你能找到的唯一工具是錘子，就會覺得所有東西看起來都像是釘子。

「在那次突襲之後，大家都找不到那棟房子或其他任何東西的太多證據，更別說是DNA了。上帝幫幫我們——用一千磅的強烈炸藥去炸死一個人。五角大廈當然宣布他死了。他們非這麼說不可……不能承認那棟房子裡還有十個平民，就這樣白白送命了。」

「事後進入的鑑識團隊始終沒找到凍原的屍體，但是他們發現了一些遺跡，覺得可能是一條隧道。」他看著會議室裡。「所以，他或許走進那棟房子的前門，但直接就從後門離開了。沒有人知道——他們要不是炸死了他，就是搞砸了。信差就是在告訴我們，那回是搞砸了。」

「如果凍原還活著，」硬漢說：「難怪信差要價兩千五百萬美元——他一定很清楚行情。你怎麼看，獵隼？」

「他是死是活？」獵隼回答。「我不曉得——我們沒有任何事實。要是你問的是直覺？我認為這是莫非定律——任何可能出錯的事，就會出錯。我想這就是他。」

一陣顫動傳遍整個會議室：凍原還活著，這個可能性令人膽寒。奧薩瑪．賓拉登可能吸引了全世界的想像，但凍原絕對已經在恐怖主義的黑暗萬神殿上佔據了一個崇高的位置。

當然，「凍原」不是他真正的姓氏，沒有人查得出他真正的姓氏是什麼。就像阿布．貝克爾．巴格達迪、阿布．穆薩布．扎卡維、或是有些人叫倫敦、布魯塞爾，還有其他很多，他是在中情局總部所慣稱的「鍋爐」地帶——伊拉克和敘利亞之間那片染遍鮮血的土地——初次加入聖戰士軍隊時，採用這個化名的。由於這個姓氏令人想到遙遠的北方，於是每個人都猜測他出身俄羅斯，但是沒有證據可以支持這個說法，因為無論是美國中情局、英國軍情六處，或是以色列情報特務局，都從來沒有人收集到有關他身分的可靠資訊，而成千上萬的外勤情報員、當地特約間諜或線民，也沒聽說有人看過他的臉。

他長年纏頭巾，戴太陽眼鏡，五官總是遮得太嚴密，因而任何臉部分析、生物特徵辨識演算法，或是人像素描專家，都不曾描繪出他的大致模樣。在舉世各個重要且祕密的恐怖份子領袖中，凍原——來自無樹荒原的穆斯林——就像個鬼魂一樣。

不過多年來，幾個西方間諜單位曾攔截到其他恐怖份子談論他的電話和簡訊，於是中情局有了一些片段的資訊。根據估計，他在本應被殺害時是四十多歲；而他在十多歲時據說是街頭暴徒，混跡的城市說法不一，包括開羅、貝魯特、伊斯坦堡，還有其他十幾個城市，端看談論的人是誰。除了一些零星的報導說他曾在軍隊服役數年且表現傑出（但是沒人知道是哪個軍隊），還有一些人說他當過傭兵（但這大概只是浪漫的想像），就沒有關於他的訊息了。接下來幾年的某個時間，他經歷了一場天啟，而就像大部分找到自己宗教信仰的人一樣，他陷得很深。他在一片荒野，或沙漠，或隨便哪裡經歷了這場天啟，離開時就成為伊斯蘭最嚴格、最基本教義派的信徒。

雖然不確定他的背景，但有一件事是人人都有共識的：在他更年輕的時候，就展現出對刺青的熱愛。在他最常被傳誦的一個故事中，據說他皈依伊斯蘭教之後，有一回就用美工刀和砂紙，執行某種土法煉鋼的手術，去除掉身上的許多刺青，包括他刺在胯下的一個裸女。

身為各種恐怖份子團體——而且一個比一個更血腥——的一員，他一路擔任處決者、戰地指揮官，然後成為蓋達組織在兩河流域（西方更熟悉的名稱是伊拉克）的一名領導者。這個伊拉克的分支惡名昭彰，曾對美軍進行自殺攻擊，將美國記者斬首，活埋兒童和他們信仰基督的母親，另外，還曾奴役或強暴數千名少數民族的婦女。這是伊拉克創傷歷史中悲慘的一頁，但是這些事件都只能說是稀鬆平常，只有一個除外：在伊拉克的蓋達組織中，冒出了一個更殘酷且更無情的組織：伊斯蘭國。

其中的一名領導人就是凍原，他直接導致美國派出一架裝著兩個巨大炸彈的軍機，然後將一棟伊拉克的房屋（裡頭可能有隧道、也可能沒有）炸得粉碎。

我心裡想著這件事，站起來往前走，更認真地看著螢幕上的那名男子。照片中只看得到他的背部和肌肉發達的一邊肩膀局部，我讓思緒漫遊，想像自己在那片邊境地帶大約二十個尋常小村中的其中一個。一場婚禮即將開始，我看到自己從放置食物的餐桌後方出現，經過埃米爾，在凍原對面坐下，等著別人發牌給我。這會兒我站在維吉尼亞州的一間會議室裡，看著他對我點頭招呼，那一刻，我試著從他的身體、他的姿勢等等，捕捉到他的點滴。

我告訴自己，因為他肩上掛著一把AK突擊步槍，所以絕對不是什麼烏合之眾的成員，或是只會吹牛皮的小嘍囉，而是危險得多，在貨真價實的軍隊裡受過嚴格訓練的人。然而，有關他的真相至今仍不明；我們查出的片段資訊並不多，而且他周圍的陰影實在太濃重，任何蠟燭的光亮都照不進去。

「現在往後退，好看見整體，」獵隼說：「他的背部，你注意到什麼？」

「什麼都沒有，在黑暗中。」我回答。

「我本來也是這樣想的，但是團隊裡認為或許可以發現什麼，於是國安局用盡了他們能找到的各種方法。」

螢幕上的照片變黑——或者看起來似乎是如此；然後，我看著國安局強化影像的過程。令人不安的細節開始從凍原的背部浮現：一條腿……一個眼睛……

「這是個刺青，」我說，明白過來了。「是他沒辦法去除的？」

「對，」獵隼說：「國安局恢復了部分影像，再推斷其他的。我們相當確定這個影像佔據他的整個背部。」

更多細節逐漸浮現，同時獵隼解釋道：「專家們說，這個刺青如果不是在日本或泰國找僧侶刺的，那麼刺青師就一定曾在這兩個國家學藝。」

影像強化停止了，刺青忽然被技術人員施加的強光照亮。圖案複雜精細，而且遠比刺青所描繪的昆蟲要大得多，除了綠色的眼睛，其他都是不同色調的黑，加上部分展開的翅膀，讓整個圖案看起來神祕，而且極其邪惡。

「一隻蝗蟲。」我說。

「有好幾年，」獵隼說：「什麼事都沒發生，然後一次蝗災出現，勢不可擋，所經之處摧毀一切。或許這事情就跟蝗災一樣。或許他們的時間到了。」

12

看著一張拍攝於六千五百公里外小村的照片，對我們這一小群人來說，那是讓人擔憂得心跳停止的一刻。我不認為這個會議室裡還有誰不相信凍原依然活著，而且忽然間，大家覺得整個世界變得危險許多。

因此，對於這個顯然是情報上的成功——中情局發現了全世界最可怕的恐怖份子之一死裡逃生，而且查出了他所在位置的大致細節——我們並沒有興高采烈；反之，整個會議結束後，大家魚貫走出去時，最壓倒性的感覺是恐懼和焦慮。

至於我，打從我上了那輛休旅車、打開裡面的筆記型電腦時，我的惶恐不安就一路上升。現在，得知了眼前的任務是必須深入凍原的地盤，去見一個自稱願意背叛凍原的信差，這種惶恐不安還伴隨著背後幾道冷汗順著脊椎往下流，讓我幾乎難以承受。

看起來，伊斯蘭國的建立者之一正在策劃一場迫近的奇觀事件，於是我跋涉進入伊朗的準備工作就得加緊腳步，而且比我曾做過的任何任務都要更緊張。有將近一個星期——中間只有吃飯或睡覺才能暫歇——我馬不停蹄地經歷了一連串祕密簡報、會議、懷疑、專家討論，最後幾乎筋疲力盡。到了我離開前一夜，我累壞了，同時盡量設法不要去想自己很快就被伊朗人（或是更糟糕，被凍原和他的軍隊）抓到會是什麼樣，我只能逼自己堅持下去。

雖然當時我才三十六歲，但是我已經從經驗中學會，解救的途徑往往就在最小的細節中，於是我拚了命盡量查出有關那個恐怖份子領導人的一切。畢竟，這可能會決定我的死活。

出發前一夜，雖然我應該去睡覺，等著清晨有人叫醒我，展開我的旅程，但結果我沒睡，而是穿過中情局總部不規則延伸的園區，前往新總部大樓。

這兩棟樓只有六層高，但其實就像冰山一樣，表面上的只有百分之十。我走向一排專門服務廣大地下迷宮的升降電梯，等著臉部辨識攝影機確認我的身分。然後電梯往下降十二層樓，門打開，我走進我們內部慣稱的「大墳墓」。正式的名稱是中央情報局蘭利檔案處（局裡八個龐大的資料儲存設施之一），「大墳墓」這個綽號不光是因為在地下深處，也是因為據說裡頭的檔案掌握了無數屍體埋葬的關鍵。

這裡的資料是出了名的難找，所以看到檔案主任克雷・鮑爾在電梯口等我時，我非常慶幸。他五十多歲，臉上有一大塊紫色胎記——關於他為什麼選擇在地下深處工作，佛洛伊德大概可以長篇大論寫上很多——他不光是在工作上很出色，也是我所見過最正派的人之一。非常聰明，總是試著水平思考，他熱誠地跟我握手，帶著我進入迷宮，走向那些像是牢房般上鎖的房間之一，裡頭有一張硬背椅、相關檔案，以及一台電腦，除了供電的電線之外，跟其他一切都無法連上。

「你挖到什麼了？」我問，此時他在門口輸入密碼。

「有關凍原？每樣都被審閱過上千遍了。」他說，然後打開門。

三小時後，我努力保持清醒，快要看完那些數位檔案了，每一個檔案都確認了克雷剛剛告訴我的：裡頭沒有什麼可用的，只是一些原始資料——模糊不清的電話截聽片段，還有在開羅暗巷裡買來那些難以看懂的資料——西方間諜機構就根據這些，建立起他們聲稱對凍原的少量所知。

最後只剩三個檔案，看起來毫無差異，於是我挑了其中最大的那個檔案。立刻出現在螢幕上的那個影像是衛星影片，裡頭是一個男人在一個焚毀村落的廢墟裡，他身後的街道上散落著大約二十具屍體。他戴著伊斯蘭國制式的墨鏡，臉和身體因為穿戴的頭巾和鬆垮的長袍而看不出特色。他有可能是在伊拉克或敘利亞任何戰區裡的任何戰士。

只不過，根據影片附上的研究筆記，一個頗受器重的當地線人那時站在離車子幾百碼之外，聽到了三名資深聖戰士告訴其他戰士，說那個男人其實就是傳說中神祕的凍原。

我往前坐，仔細看著影片播放，然後把注意力轉向那份研究筆記。上頭說，當時拍攝的人造衛星正對準敘利亞最暴力的區域，浮水印的日期顯示，影片是在本該炸死他的那場空襲八個月之前拍到的，我把影片倒退，按暫停，重新一格接一格地審視他。儘管螢幕拍攝到的畫面對於辨認他毫無價值——比凍原玩紙牌的那張照片還糟糕——但我的疲憊感卻突然消失。我再度想像自己面對著阿布．穆斯林．凍原，來自淒涼隆冬的男子。

我按了播放鍵；影片顯示他進入一輛不起眼的豐田四輪傳動車，而等到我看完了那部分的研究筆記，不禁讚賞地搖著頭：局裡的這個分析師非常聰明，光是根據那輛豐田車輪胎陷入沙地的深度，就判定這輛車的車身附加了很多重量。在骯髒的烤漆之下，車身有沉重而專業的裝甲防護。

那輛車開走了，我看著最後幾段筆記：人造衛星追蹤這輛車三小時，直到它消失在摩蘇爾那些小巷和隱藏車庫所構成的迷宮裡，而摩蘇爾這個混亂的城市有將近兩百萬人口。所以就是這樣了，我告訴自己：凍原的匆匆一瞥，據說是他，而我對他本來所知就很少，這一整夜的工作也毫無幫助。

這一夜浪費掉了，雖然我還沒看完，但是我知道剩下的兩個檔案也不會比我之前看的那幾十個檔案更有價值，於是就放棄了。我站起來，伸展一下發痛的背部，然後要拿桌上的遙控蜂鳴器，好通知克雷我弄完了，請他把門解鎖。

我突然停下來，一隻手還僵在半空中。我突然有了一個想法，但這個想法是哪裡來的、會不會行得通，我都不曉得。我轉身按了遙控蜂鳴器。但不是要離開，而是需要克雷的協助。

13

克雷朝我微笑打招呼，同時指著那些數位檔案。「就像我說過的，裡頭的資料少得可憐，嗯？」

「或許吧。」我回答。

他疑惑地看著我，然後注意到螢幕上凍原的影像。「我還記得在他被殺掉之前那些年，局裡還在尋找他的時候，我曾把這個檔案叫出來上百次。」他打量我好一會兒。「他沒死，對吧？」

我很驚訝。「你怎麼會這麼說？」我問，不想回答，但也不想撒謊，尤其不想跟他。

「因為你是禁入區域的情報員；因為那些檔案本來好幾年都沒人來碰了，但是在過去二十四小時，卻被調閱了七次；最後，因為如果五角大廈說你死了，那就幾乎可以確定你還活著。」

我大笑。「是啊，」我終於說出來。「看起來他還活著。」

克雷對這個消息沒有反應，但他的表情顯示他很欣賞我的誠實。「我說過，或許這些檔案裡的資料不是少得可憐，」我解釋道：「如果你願意試試看的話，我們說不定可以挖出底下還有什麼資料。不過這得跳脫框架去思考。」

他笑了。「唔，那你就來對地方了。」他走向房間角落，抓了另一把直背椅，然後坐下來。

「我明天要離開，」我解釋道：「就算七樓有人認為這個點子行得通，也來不及找他們幫忙了。你還記得檔案裡是怎麼說的嗎？他們追蹤凍原的車子三小時。」

「是啊，我記得，」克雷說：「有什麼出了錯，對吧？好詭異。」

「一定的。」我回答道：「他們沒辦法朝他發射飛彈，只能確認是他沒錯，所以他們想錄下他的聲音——筆記上說國安局利用了他們所有的技術。只要能拿到他講話的片段，他們就可以拿來跟人造衛星裡每天收集到的無數錄音檔比對。一旦比對到符合的，他們就會曉得凍原人在哪裡，也曉得他說了些什麼。」

「但是他們始終沒錄到聲音，不是嗎？」克雷說。

「根據這個檔案，他一上車就睡著了。整段車程沒講過半個字。」

克雷和我相對苦笑。「我記得，」克雷說。

「但其實不是，」我告訴他。「他們的確拿到了聲紋——只不過沒人意識到。」

「什麼？」克雷回答道：「你剛剛說，他從頭到尾都在睡覺。」

「他是在睡覺沒錯，但是車子沒睡。」我說：「開車三小時後，他們就有了那輛豐田車引擎的完整聲紋了。」

「這能有什麼幫助？」克雷大笑說，不當回事。「在鍋爐地帶一定有一百萬輛豐田的四輪傳動車。」

「但是全車都有裝甲防護的有多少輛？」我回應道：「四輛？五輛？說不定更少。為了載運額外的重量，引擎必須轉得更快，於是發出完全不同的音調。」

克雷沉默了，看著我。「你要我們從那個地方尋找各種錄音，但是不要管人聲——只是要找符合一個引擎的聲音？」

「運用的技術是一樣的，克雷，」我說：「凍原是伊斯蘭國的建立者之一，那輛是他的戰鬥車。他必須受到保護；他不會搭其他車行動。只要能找到符合的車子聲音，我想，就能聽到他在車裡頭說話了。」

14

我在「大墳墓」的後勤辦公室裡漫遊，這是位於那些囚室般小房間後方的一個巨大空間，裡頭有四十名男女工作人員坐在一台台電腦前，而我就在這些電腦之間默默穿行。那些工作人員戴著頭戴式耳機，正在聆聽一輛被確認是湅原的戰鬥貨車（多虧車上引擎那種與眾不同的聲調）裡乘客的動靜。

在湅原據信被炸死之前的那段期間，克雷就已經利用人工智慧，過濾大量鍋爐地帶的存檔衛星監視影片，我們的獨特系統也找出了那輛戰鬥貨車移動中的無數例子。接下來，我們只要聆聽車上的人講話，設法從他們的談話中搞清誰是領袖，其中哪個人是湅原。

一開始我滿懷希望，但是過了兩小時後，我逐漸體認到現實。即使是聆聽那些車上的人講話都困難重重：講話的聲音往往很模糊；要是冷氣開得很強，他們的話就老是聽不清楚；另外，當然了，當車子經過各種戰爭區域時，就會有小型武器開火和爆炸的聲音。更糟糕的是，我們真正能聽到的內容幾乎完全是瑣碎小事：八卦，抱怨食物，討論後勤與補給，從拉卡到摩蘇爾的最快路線。這可真是「平庸之惡」啊，我心想。

最後，我失望地走到克雷旁邊。「該停止了，」我說：「這樣查下去不會有結果的。」我得去趕飛機了。克雷點點頭，但是還沒來得及下令，辦公室另一側的一個檔案員就大聲喊道：「克雷，」那個二十來歲長髮男子的聲音沒有高低起伏。「你可能想聽聽看這個。」

克雷盯著他一會兒，然後攬著我的肩膀，帶我迅速走向那台電腦。「來吧，」他說：「這個你或許會想看一下。」

我不曉得他在講什麼，從那名年輕男子的口氣，絕對聽不出他發現了什麼不尋常的事情。克雷看到我一臉困惑，於是露出微笑。

「達倫的聲音向來就有點像機器人，」克雷解釋道：「他來這裡五年了，這是我頭一次聽到他講話這麼興奮。」他帶著我走向辦公室另一側，同時朝那個年輕檔案員喊道：「怎麼回事，達倫？」

「四個男人在那輛戰鬥貨車上，」達倫說：「一定是天氣不錯——窗子都關上了，冷氣很弱，沒有槍砲聲，從檔案看來應該是長途旅行，講了很多話……」

這傢伙真奇怪，我心想。克雷和我來到他旁邊，他的電腦螢幕有一半是多種顏色的長條圖，另一半則是譯出的英文，為了要追上講話的速度而滾動得很快。我正要開始閱讀，但達倫插話。

「他們剛離開一個村子，裡頭有許多人家在屋裡被活活燒死——沒有人提起是故意還是意外的。」

達倫顯然沒有處理過伊斯蘭國的資訊，才會認為有可能是意外。「什麼語言？」我問。

「海灣阿拉伯語。」他回答，口氣還是跟之前一樣沒有起伏。

「麻煩用擴音機放出來。」

達倫看了我一眼。海灣阿拉伯語很難學好，但是我向來對語文很有天分。年輕時，我從俄語開始，很快就碰到更困難的——土耳其語和兩種最普遍的阿拉伯語。多年來我一直持續加強，現在已經流利得幾乎經得起任何考驗。

達倫聳聳肩。「你說了算，先生。」

他調大音量，我頭一次聽到了那些說話聲。大概是因為剛把許多人家活活燒死在屋內的影響，這些人開始討論他們看過的其他殘酷事情。我走近螢幕，看著那輛豐田車的影像，叫達倫注意坐在後座、靠副駕駛那一側的人。

「那是最安全的座位，」我解釋道：「後方的裝甲是最堅固的，而且任何人想攻擊他們的話，都會瞄準司機和他那一側。」

達倫調整了一下控制選項，增強清晰度。坐在安全座的那名男子開始講話，在深色玻璃車窗後頭看不見。我排除一切雜念，專注在他的聲音。其他檔案員開始圍過來，但是我完全不管他們，只是繼續聽著那個聲音，專注到我覺得那個人像是在對著我講話。

「無論他是誰，」我說：「海灣阿拉伯語都不是他的母語，但是他講得不錯，非常不錯，畢竟在鍋爐地帶待了很久。你從譯文裡也看得到，司機問起他們所見過最可怕的事情——」

我講到一半停下，傾聽著那四個男人間的一陣穿插動作，試圖想像他們之間的肢體語言、行為，總之是各種非口語的溝通。然後我突然直起身子，示意達倫暫停錄音檔。

我繼續盯著螢幕上那輛豐田車的暫停畫面——我很確定，然後吐出一口氣，這時才意識到自己之前憋著氣。「坐在安全座的人是他，」我說：「從譯文裡看不出來，但是聽聽其他三個人的停頓，還有口氣，他們都聽命於他。他是他們的指揮官，這輛車是他的戰鬥車。」

有史以來第一次，美國情報機構聽到了傳說中阿布・穆斯林・凍原的聲音，然後我轉向達倫。「再按播放，」我說：「我們來聽聽他說了什麼。」

15

「我聽說過這麼一個少年的故事，」凍原說，向車上的一小群人說出他所目睹過的恐怖事物。「他在邊境的一個礦城長大，那種地方就像某個人說過的，街道被染得比夜晚更黑。

「那裡有可怕的冬天，無盡的森林，還有一條大河。就好像人生還不夠艱苦似的，這個男孩跟小他四歲的弟弟還沒有母親。他們小時候，父母就分開了，母親帶著兩個女兒回到故鄉伊拉克。

「那種狀況一定很辛苦，但是兩個男孩的父親從來不曾動搖，」凍原繼續說：「他為兩個兒子奉獻一切，在那個殘酷的環境裡父兼母職，兩個男孩逐漸長大，他們不光是愛他，而且對他只有毫無保留的仰慕。」

凍原暫停一下，我花了好一會兒才明白他是停下來喝東西。「這位父親在全世界最骯髒、最危險的鑽石礦裡工作，」他說：「但是每年春末雪融之後，他就會讓兩個兒子坐上他那輛破舊的四輪傳動車，掛上拖車，上頭放了帳篷、武器、工具，還有至少夠過四個月的補給品。

「他們會在森林裡開車好幾天，最後來到一個充滿沼澤和無盡平原的地區。到達之後，他們就會搭起營帳，開始尋找長毛象。」

16

「他是說長毛象？」克雷問，示意達倫暫停音檔。他大笑。「長毛象已經滅絕多久了？」

「我很確定是五千年，或一萬年吧，」我回答道：「但是我不認為這個父親是在尋找活的動物，他是想尋找遺骸。」

克雷和其他人收住笑聲。因為局裡的規定，我不能談以前出過的任務，所以我也不能告訴他們我是怎麼知道的，但是身為一個俄語流利的「禁入區域」間諜，我去過俄羅斯六、七次。有一次，在穿越那個國家的火車旅程途中，我聽說了一個利潤豐厚的奇怪行業。「西伯利亞的長毛象挖掘人是某種傳奇。」我說。

每個人都看著我，包括克雷。「有超過五百萬年，西伯利亞一直是大批長毛象群的家園，」我繼續說：「這種動物在那片廣大的地景中出生、長大，等到死了，屍體就沉入泥土和沼澤中，緩緩腐爛，最後只剩下象牙，不受土壤、水、時光的影響。

「長毛象的最後遺跡就在那裡，」我說：「本來永遠不受侵擾，但可惜有非洲的野生動物盜獵人。他們把大象和犀牛獵殺到幾乎滅絕，終於迫使全世界採取行動，禁止象牙交易。被牽連的最大受害人就是香港的專門工藝師傅，他們靠著在象牙上頭雕刻精巧的鄉村生活而謀生。這種工藝品在中國非常昂貴，而且是身分地位的象徵，一件往往要超過一百萬美元。

「沒有任何象牙，這種工藝和整個行業就完了，直到有個人明白，從西伯利亞沼澤裡找到的象牙，在法律上沒有問題。長毛象牙的價值一飛衝天，住在邊境的人很快就明白，一根象牙可以賣到的價格等於五年薪資。要是挖掘人運氣好，挖到他們所謂的墳場，有四頭或更多長毛象骨骸，他們就可以在幾天之內發財，永遠逃離西伯利亞。」

我聳聳肩。「長毛象挖掘人是真實存在的。」我朝達倫點了個頭，示意他繼續放音檔，於是我們再度聽到了凍原的聲音。

「在這個男孩十六歲、他弟弟十二歲的時候，他們第五次進入荒野，這回挖到了大寶藏，」他說：「當時他們陷入了深度到腋窩的爛泥裡，正用一個發電機和一把高壓水槍沖掉一條小河邊的岸上軟土，此時弟弟看到了第一根象牙。

「他們三個徒手又抓又扒。那根象牙和成對的另一根非常大，但是最棒的還不是這個——在十碼之內，他們找到了其他四具長毛象遺骸。父親和兩個兒子發現了一個墳場。

「有了十根象牙，他們就有錢了，換了其他的挖掘人可能還會繼續留下來找象牙，但那個父親並不貪婪，而且每一年他都看到更多男男女女來到荒野遊蕩。幾乎所有人都是受到象牙價格暴漲所吸引，他覺得這些人看起來就像亡命之徒，於是覺得這是離開的時候了。」

我們聽到凍原暫停一下，又喝了口飲料。「我猜想那裡沒有警察吧，」克雷評論道：「那裡大概就像執法警長出現之前的美國荒野西部。」

大家笑了起來，同時凍原又繼續說下去。「這一家三口把象牙拖回自己的營地，一路小心不要踩到線外頭。之前設置營地時，這位父親採用了挖掘人之間常用的一個作法：營地四周圍繞著絆索、鋼齒捕熊夾，以及其他的陷阱裝置。

「那位父親為霰彈槍裝上子彈，看守著那些象牙，同時派兩個兒子沿著上游走十六公里，去找他們停泊的平底鋁製小艇。那位父親的計畫是把象牙裝上小艇，丟下其他一切，順流而下到最接近的城鎮。他幹嘛還在乎他的車子和設備？這一家人將會永遠離開西伯利亞。

「兩兄弟正在前往小艇的半途中，忽然聽到一個模糊的爆炸聲。」凍原說，接著又暫停，但這回沒有他喝水的聲音。

我們沉默等著，直到他又繼續，「兩個男孩已經習慣了炸藥，但這個聲音不一樣，而且是來自他們營地的方向。兩個男孩開始往回奔跑……

「他們到達時，帳篷已經被炸爛，霰彈槍的殘骸在地上，遠些的角落有一堆皺巴巴的染血破布。象牙被偷走了，他們花了好一會兒才明白——那團破布就是他們的父親。

「他還有呼吸，一隻小腿幾乎斷開，只剩軟骨還連著，大量的血染紅他的襯衫和牛仔褲。兩個男孩看到他原先已經設法用止血帶綁住那條腿，以保住自己的命，接著顯然昏迷過去。不過對於刺入他胸部的那十幾個彈片，他就完全沒辦法了。

「那父親一定是感覺到兒子來了，因為他又振作著甦醒過來。兩個男孩把他抬上一個床墊的殘餘部分時，他勉強說出有三男一女。他們避開營地陷阱的方式，就是從樹叢間發射一枚火箭推進榴彈，擊中了他們烹飪的爐子，接著一堆金屬彈片吞沒了他。

「比較年長的兒子才十六歲，但是他努力冷靜思考。他盡力把父親的傷口包紮好，用他們半毀掉的急救包幫父親注射了一劑抗生素，然後用加壓繃帶試圖止血。

「他跟弟弟說，他們要救活父親的命：他們會用船載他走。沒了象牙和補給品，他猜想他們花兩天可以到達最接近的城鎮，得到醫療協助。但首先，他得開車經過森林去找他們的小艇，所以他抓住弟弟的雙肩，吼著要他別再哭了，然後叫他去發動車子。

「正當他準備要再幫父親注射一劑抗生素時，他弟弟出現在營地另一邊，又開始哭了，朝他哥哥喊著說：兇手不光是拿走了象牙，也帶走了他們所有的柴油。

「那個哥哥知道，小艇和四輪傳動車沒有燃料，他們被困在荒野裡了。父親得不到醫療救助了。」

17

「兩兄弟輪流抱著父親，」在車中沉默了一會兒之後，凍原又開口了。「他們讓父親繼續活了兩天——四十八小時的譫妄狀態，中間穿插的少數清醒時刻，他就告訴兩個兒子自己有多麼愛他們。

「那是兩個男孩有生以來最漫長的兩天，等到父親最後死去，那個弟弟最擔心的是要怎麼埋葬他。他哥哥雙手抱住他，跟他說埋葬的事情先不急，他們還有個差事要先做。

「他立刻進行第一個步驟，」凍原說：「他從小就在荒野中待過很多時間，所以有辦法追蹤野兔好幾哩，能分辨遠處大灰狼的叫聲，而且步槍的準頭好得嚇人。追蹤四個劫掠者——幾乎可以確定是從大城來的——對他來說毫無問題。」

「那些兇手是開著小艇沿河流上溯而來，等在靠近營地的樹叢間，然後其中一個往前爬，發射了榴彈。那位哥哥強忍著憤怒，叫弟弟幫他忙，去找回父親原先佈置在營地周圍那六個沉重的捕熊夾。

「你們看過捕熊夾嗎？」凍原問他的同伴們。「重達二十三公斤，兩個鋸齒爪連著大彈簧。一旦動物踩到觸發裝置，兩個鋸齒爪就會閉合，兩排鋒利的金屬鋸齒會刺入皮肉和骨頭裡。

「他們把那些捕熊夾放上小艇，肩上背著精確射手步槍，小艇沒開引擎，」凍原說：「兩個人順流而下，直到他們發現一個區域有攪亂的爛泥，看到了那些劫掠者的小艇藏在河岸上。

「他們等到入夜後，才走進樹木和灌木之間，沿著一道踩過的野草所形成的路徑，來到三頂帳篷、一個燃燒的火堆，以及兩輛載著這些人進入荒野的破舊豐田陸地巡洋艦休旅車。

「兩個男孩利用父親的望遠鏡，看著營地裡的人：總共有四個，包括三名男子和一個四十來歲的女人，全都穿著各式T恤和軍用工作服裝，以及沉重的靴子。在一個舊雨篷下方，放著十根長毛象的象牙。

「其中的領袖是一個粗暴男子，應該才三十來歲，有雙下巴和大肚腩，看起來已經很頹廢了，」凍原說：「他的拳頭像五公斤的鎚子，臉上有一些監獄刺青：一個史達林像，一個雙眼流淚的骷髏頭和交叉的骨頭，額頭還有個黑桃A，死亡牌。

「兩個男孩觀察時，那幫人已經吃完飯，開始了幾個世紀以來的俄羅斯傳統：打開伏特加的瓶蓋，開始拚命似地痛喝。兩個男孩等著酒精發揮效用，希望最後他們喝得爛醉倒下。

「三小時後，果然如此。然後兩個男孩從樹叢裡出來，趕緊動手把那些捕熊夾佈置在帳篷附近，確保固定得夠深。

「佈置完畢後，他們又退回營地周圍的樹叢裡。那個女人是第一個出現的，要去臨時茅坑上廁所。她因為酒醉而踉蹌又搖晃，身上的迷彩工作褲鈕釦都解開時，她踏到一個陷阱。

「捕熊夾迅速閉合，鋼齒夾碎她的腳踝，那女人痛得大叫。第一個有反應的，是跟她一起睡覺的那個男人——看起來三個男人是輪流跟她睡覺，」凍原說，我們聽到他的同伴們喃喃說了一些阿拉伯語的罵人話。

「那位夜間伴侶從帳篷裡出來，」凍原說：「他困惑地四下張望，然後看見她在陰影裡。他朝她踉蹌走去，走的路線稍微有點不一樣，然後踩到另一個陷阱。他叫得比那女人更大聲，倒地縮成一團，拚命想掙脫。但是毫無希望。

「剩下的兩個劫掠者睡在另一個帳篷，他們十分謹慎地出來，兩人都拿著突擊步槍。他們立刻看到兩個同伴的腳踝被夾住，無法動彈，只有嘶喊聲劃破森林的寂靜。

「那兩個男人——其中一個是領袖——站在帳篷外，被酒精搞亂的腦袋試著想推斷那些捕熊夾是哪裡來的。

「那個領袖的同伴——一個二十來歲的男子，一頭直髮且滿臉痘疤——小心翼翼地往前走。一步……兩步……抬起他的腳要踏第三步……不確定地放下，然後觸發了剩餘三個捕熊夾的其中之一。他痛苦地扭動，讓鋼鋸齒在他腳踝裡刺得更深，他扯著那陷阱，大喊著求助。

「那個一臉邪惡的領袖不打算幫忙。他意識到他們的營地被攻擊了，於是舉起步槍對著樹叢，開始要退入帳篷。

「此時，那個年長的男孩已經瞄準男人，開了火，從四百碼外擊中他一邊膝蓋骨，子彈穿過，粉碎了那男人的關節。男人倒下，步槍飛起來。他現在沒法走路了，只能爬或跳。那男孩等了幾秒鐘——等到那男人痛苦地半翻過身——又開火，毀掉男人的另一邊膝蓋。

「四個劫掠者都喪失行動能力後，兩個男孩才從樹叢裡走出來。雖然捕熊夾和子彈已經讓那四個大人清醒了，但他們瞪著眼睛看，不敢相信攻擊者的年紀這麼小。於是，他們認為或許可以哄騙、賄賂，或用花言巧語說服兩個男孩幫忙，但他們很快就放棄這個念頭。

「年長的男孩把那個領袖的步槍踢到一旁，叫弟弟抓住男人的一條腿。在男人的嘶喊聲中，兩個男孩把他拖離帳篷旁，來到營地中央的一棵樹下。

「年長的男孩滿意了，一邊手臂攬著弟弟的肩膀，帶著他來到靠近火堆邊的一張長椅坐下，兩人就坐在那裡，等著大自然以及血的氣味發揮作用。他們在等狼群到來。」

凍原暫停一下，在錄音的車內或在蘭利都幾乎沒有人發出聲音。「講到大自然，大家都會談壯觀的日落或是沙漠裡風吹過沙丘的景象，」最後他開口了。「但是他們錯了——大自然並不美，而是很殘酷。」

18

「一小時後，第一隻狼出現了，」凍原說：「兩兄弟看到，火光圈子外的黑暗中，出現了一對晶亮的黃眼睛。

「狼通常是六隻一起、成群出獵，年長的男孩知道那隻是帶頭的公狼，其他的狼就在牠身後的黑暗中。四個大人也看到了那對黃眼睛，雖然他們來自城市，但是對荒野的所知夠多，於是又開始嘶喊起來。死亡化身為利爪和四十二顆牙齒，來到神的寓所了。

「那隻領頭的公狼往前走一步，」凍原繼續說：「牠喉嚨發出一種吼聲，示意其他狼準備飽餐一頓。兩個男孩的工作完成了，於是退後，找到了通往河邊的小徑。他們轉身朝河邊走，打算在小艇上等到狼群吃完離開後，再回來取象牙和燃料。對這兩兄弟來說，那些象牙特別珍貴，因為那是他們的未來。他們才走幾步路，就聽到領頭公狼發出攻擊的嗥叫聲，然後是第一個痛苦不堪的尖叫。

「對那個弟弟來說，即使隔了一段距離，那些聲音都變得難以忍受，於是他開始哼唱一首俄羅斯民謠，好把那些聲音蓋過去。但是效果不大——當狼群攻擊時，其他被害者的尖叫和嘶喊也出現了。

「對那個弟弟來說，那些聲音似乎都融入了他們父親死前的叫聲，於是他的哼唱開始停頓、重複著某些歌詞，就是唱不出下一個字，他努力著，想繼續唱下去。

「那個夜晚拖得好久，那些叫聲和弟弟的唱歌聲終於都消失了。到黎明時，森林又恢復安靜。」

他的故事講完了。

19

我在螢幕前轉身，努力收攏紛亂的思緒。是誰告訴凍原這麼一個非比尋常的故事？我納悶著，然後我腦中靈光一閃，明白了……

這不是娛樂士兵們的戰爭故事，而是他自己的故事——他就是那個十六歲的男孩。我轉向克雷和其他人，他們依然一臉驚駭與震驚。「那是他。」我告訴他們。

他們瞪著我看了片刻。「你指的是，講話的是他？」克雷問。「這個你已經說過了。」

「不，我指的是，他敘述的故事是他的出身。在一段漫長的車程中，他的戰鬥車上有三個高階軍官同行，他是在告訴他們——沒有明講是自己——是什麼讓他成為現在這個樣子。強硬，殘酷，不寬容，充滿報復心。改變一切的那一刻，是在許久以前西伯利亞的凍原上。」

環繞著我的那群人中，有幾個一臉困惑。「聽聽他中間的停頓，」我說：「聽到他有多常停下來喝水嗎？他是在利用這些停頓，掩飾他談到自己父親時的激動。」

過了一會兒，其中幾個人點頭。「對，你說得沒錯，」克雷說：「你當初打電話來的時候，我還很懷疑你能從這些老舊的檔案裡得到什麼情報，但我不認為你當初是在找什麼情報，對吧？你是在找更深層的洞見。」

「應該吧。」我回答。

他微笑。「好，那我想你得到了。」他開始要請組員們離開。

「那個男孩變成了男人，不是嗎？」我說。

我轉身，再度看著螢幕上的那輛貨車，想著坐在安全座上的那個恐怖份子。「人類的過往有一種強大的引力，不曉得有誰真能逃離這種力量？。」

20

在暮色四合的黃昏中，一架機身印著「綠色能源公司」的商務噴射機正在一個高度警戒的機棚外等著我，引擎旋轉著。

前一夜，我筋疲力盡地回到簡樸的房間，爬上床睡覺。我已經決定不要告訴獵隼或其他任何人有關我深夜調查的結果：我的任務是進入伊朗去見一個信差，而有關一段四年前車程的任何資訊，並沒有情報價值。

次日下午，我把自己剩下的最後幾件東西丟進一個袋子裡，搭上一輛專車，載我去四十公里外的安德魯空軍基地。五十分鐘後，我走進那個高度警戒的機棚，踏上停機坪，登上綠色能源公司的噴射機。

機師檢查完畢後，我面前的螢幕開始播放一段稱頌該公司成就和廣泛商業利益的影片。其中沒有一句話是真的。要是有人費事去調查綠色能源公司的背景，就會查到他們登記為私人公司，有個非常專業的網站，總公司在德拉瓦州一個昂貴的商業園區，還有一堆資歷顯赫的高階經理人。但是你查不到一個有人接的電話號碼，或是這些高層經理人實際存在的證據。

就像其他高階情報機構——俄羅斯的、沙烏地阿拉伯的、英國的、以色列的——中央情報局控制了一個網路，有幾十個、或許幾百個圈內所謂的「專利事業」，這些表面上合法的私人公司，是用來取得武器、買技術、執行祕密行動的。綠色能源公司就是這些地下單位中最大的之一，專門從事私密的的運輸工作。

這家公司總共控制了超過六十架飛機，從G5商務噴射機（有的還有艦尾鉤，可以降落在航空母艦上）到全世界最大的運輸機AN-225。實際上，在越戰中惡名昭彰、中情局所屬的私人航空公司「美航公司」從來沒有消失，只是換了個公司名稱，同時配合環保的趨勢。綠色能源公司根本不懂風力發電，就算旗下飛機摔在風力發電場也一樣。

那段影片突然結束，機艙內的燈光亮起，同時飛機開始在跑道上滑行。我看著窗外，發現太陽已經落到地平線之下——這是攝影師所說的「魔幻時刻」，地面籠罩著一片金光。

飛機轉彎之時，由於光線和視覺上的巧合，我發現窗上出現了自己的清晰鏡影。我一時驚訝，還沒有機會找藉口，就明白這份工作讓我付出了多大的代價。我身高超過一百八十三公分，但是現在看起來並不像；我有一種疲憊感，彷彿多次任務的焦慮已經壓垮了我。而且，就連我為了進入伊斯蘭世界而刻意留長的短絡腮鬍，都無法遮住臉上那些憂慮的線條。

這一切，加上我深色頭髮上的點點灰斑和眼角的細密皺紋，讓我想到一位局裡的老手——一個擁有傳奇生涯的女人，曾去過各地，見識的比我更多——有一回告訴我的。「一個情報員出生證明上所寫的資料並不重要，」她說：「沒有年輕的禁入區域間諜，所有這類間諜都很老。」在那個黃昏，我明白了她這番話的意思。

但是，我繼續看著自己的鏡影，心知我的同居女友會有不同的反應。她會叫我想開一點。

「所以你看起來比實際年齡老，」她大概會這麼說：「這不表示你沒有價值。看看英格蘭的巨石陣，那裡也是被毀壞的廢墟，但是大家還是很喜歡。」

21

她名叫麗貝卡，從小在西維吉尼亞州一個小鎮的邊緣長大，她家旁邊就是一條貨運路線，那是該州幾十個類似的小鎮之一，充滿了她所謂的「絕望建築」：用木板封死門窗的倒閉商店、廢棄的房屋，還有大片荒廢的工業廠房遺跡。

這些窮鄉僻壤位於煤礦產地，因為煤礦和鋼鐵業而崛起，但是當這些產業消失，小鎮就完了，整個阿帕拉契山脈地區幾乎到處都是這樣。這樣的環境已經夠慘了，但更糟糕的是，麗貝卡才出生幾個星期，她母親就死了——又一個鴉片類藥物氾濫的受害者——於是她從小由祖母撫養長大。或許這是福氣，她祖母熱愛閱讀，性格堅毅，從她身上，麗貝卡也從小養成了熱愛學習和頑強的精神。

等到我坐在綠色能源公司的噴射機上時，麗貝卡．麥瑪斯特已經和我交往六年了。我不得不說，那是很辛苦的六年：有大量的爭吵，有很多局裡的祕密，而且有太多絕對無法跟她討論的奇怪任務。但總之，我們都有辦法維繫下去。

有天夜裡，又一次和好的性愛之後，我們裸身躺在床上，我問她，我們能一直持續下去，她認為是為什麼。「那就像是大家說的英雄，」她微笑著說：「榮耀不是屬於倒下的人，而是屬於倒下又爬起來的人。」

我大笑。「那麼我們應該得到情報十字勳章，或是國會榮譽勳章了。」我看著柔和燈光下的她，一時認真起來。「我想要謝謝你。」我說。

「謝什麼？」她回答。

「謝你堅持下去，謝你一直努力。大部分的人老早就會放棄了。」

「你說得沒錯，」她說：「我都在想什麼啊？」

她臉上的表情，她眼中的笑意，都讓我想到我們第一次見面時的情景。那是一個星期五晚上，在紐約蘇荷區的一家時髦酒吧，裡頭充滿了自私的人，每個人都在講話，但是沒有人要聽。那天很巧，我獨自進去，想找洗手間，而她被朋友安排要跟一個陌生男子初次約會，結果被放鴿子。當時她坐在一張靠近廚房門的餐桌旁，高個子、衣著入時，隔著擁擠的空間，我立刻就注意到她。

當時她二十五歲左右，一頭長髮——當天稍早為了這次約會而去做了金色挑染——往後梳而露出整張臉，讓她看起來很自然。她看起來像那種熟悉戶外的運動健將，但我說不上來她美不美。我唯一能說的，就是她高高的顴骨、性感的嘴唇、靈動的眼睛，在我眼中是個大美人。

「還記得我們在蘇荷區認識的那個晚上嗎？」她問：「關於樓梯旁邊那個傢伙？」

那是個英俊男子，一堆人圍繞著他。根據侍者告訴麗貝卡的，他經營一個健身的手機應用程式，追蹤的粉絲有五百萬之類的。

「那時你走過來跟我自我介紹，然後我告訴你那個人是誰，還記得你說了什麼嗎？你說社交媒體上的網紅就像桌遊『大富翁』裡的有錢人。」她想著笑了起來，看著我。「那一刻你就贏得我的心。我當時心想，或許就是在這裡，我終於發現了一個真正的人。」

她用手指撫過我的臉頰。「如果要我坦白，」她說：「我第一次看到你在注意我，我就喜歡你的樣子。你有一種獨立、自主的氣質，讓我感覺跟你在一起會很安全。

「你還有其他吸引我的地方，而且到現在還是一樣。你挺直的鼻子和下巴的明確線條，好像在說你可以很堅決、不屈服。」

她的食指碰觸我的額頭，然後繞著我的雙眼劃圈。「然後還有你的眼睛：眼窩很深，所以看起來好像你正在觀察，總是在觀察。感覺很可怕，好像你知道的比你說出來的要多。我想，對於一個在蘭利工作的人來說，這樣很完美。即使到今天，有時候我還是覺得難以判斷你眼珠是灰色還是綠色。」

她輕吻我的眼皮。「這是你五官中最好的，你知道——而且遙遙領先。別忘了這一點，」她說：「這對眼睛幾乎讓你看起來很聰明。」

22

我感覺綠色能源公司的噴射機在跑道上轉向，聽到引擎聲音一路增強到怒吼。日落時分結束，夜晚就要降臨了。

窗子上我的鏡影淡去，最後只剩麗貝卡曾充滿深情提到過的那對眼睛，但今晚這對眼睛不是灰色，也不是綠色，而是金褐色。對很多西方人來說，阿拉伯人都有深色頭髮和褐色眼珠，但是我曾經多次出任務，從西撒哈拉到巴基斯坦，見到過很多藍眼珠。儘管如此，我即將要進入一個與世隔絕的角落，在那裡，要融入環境才能保住性命，而我原先的眼珠顏色會吸引到額外的注意，那是我不需要的。

過去很多年來年，隱形眼鏡是局裡唯一的辦法，但慢慢地，從俄羅斯邊境警察到伊斯蘭基本教義派份子，人人都學會一招：只要朝一個嫌疑犯臉上丟沙子，然後等著看就行了。一旦沙粒滲到隱形眼鏡和瞳孔之間，就會疼痛難忍，於是這個嫌疑犯無論有多好的掩護身分，都必須拿掉眼裡的隱形眼鏡。

有一回在哥倫比亞，一個販毒集團的首領發現一個中情局情報員戴了隱形眼鏡改變眼珠顏色，於是就在美國大使館外，挖出那個活生生、不斷尖叫的情報員的眼珠，把他丟在那裡。經過這個事件的刺激，中情局的先進科技部門開發出一種有色薄膜，可以動手術黏附在虹膜上。沙子無法滲透，而且要藉助專門設備才看得出來，這表示一個情報員可以把自己的眼珠改變成任何必要的顏色。而我的眼珠現在就變成了金褐色。

我轉頭，窗玻璃上我的眼珠消失了。夜晚終於完全降臨，一時之間，在黑暗中，面對著即將展開的新任務，我想著五天前麗貝卡醒來時，會發現我又離開了。

分別對我們來說向來很辛苦，尤其在交往初期，她完全不曉得我工作的真相，狀況就更複雜了。我們在紐約認識時，她曾問我做什麼工作，我跟她說我是石油產業分析師，正要去挪威北部大城特羅姆瑟參加一個國際會議。

我是真的要飛去挪威，那個會議也是真的，我的確是登記的會議代表，但是實情就到此為止了。我要獨自去出一個任務，進入俄羅斯，而上述那些實情則是我的「門面身分」——我所使用的、精心設計過的偽裝故事。

六個月後，我們雙方顯然都很認真對待這段關係，於是我告訴她我不是什麼分析師，也跟任何能源業無關，而是為中情局服務。她震驚地瞪著我，花了好長一段時間慢慢消化。

「那你在裡頭是做什麼的？」最後她終於問：「去殺人嗎？」

「我不能告訴你。」我回答。

她繼續瞪著我，震驚轉為懷疑：我不但之前完全誤導她，現在還不肯解釋我的工作是什麼。

「不是我不肯，」我說：「是因為局裡的政策，我只能透露我是在中情局工作，除此之外都不能說。任何人都不能例外。」她還是什麼都沒說，顯然很困惑，她新生活的基礎動搖了。「我知道這很難接受，」我說：「但這是規定。如果你想要，我可以把規定的文字拿給你看——」

她搖頭。「或許這是政策，但是我不相信人人都遵守。情報圈一定有很多人知道他們的伴侶在做什麼工作。」

「或許你說得沒錯，」我說：「可能有很多情報員跟自己的情人或配偶分享資訊，但我相信他們大部分是地上工作人員。」

「所以你是地下工作人員了？」她說，抓住我話中的漏洞。

我這才明白自己說太多了——如果我還沒犯規，也夠逼近了。身為一個禁入區域間諜，每件事都得保密；沒有迴旋的餘地，因為不能有。「就當我沒講過吧，」我回答，口氣比我打算的要嚴厲。「我不該說的。」

她吃驚地看著我。我想，我不讓步的口氣表明我已經快要違反某種重大的守則。就這樣，完全出於偶然，我讓她相信：任何關於我工作的進一步資訊，都不是我有權透露的。於是，我們沉默相對，在一起卻相隔遙遠，麗貝卡看著自己握緊的雙手。

當時我們在緬因州一家小旅館，大廳裡只有我們兩個人——在麗貝卡的建議下，我們開車北上去看變色的秋葉——幾秒鐘過去了，唯一的聲音就是壁爐裡燒火的嗶剝聲。我從她的表情看得出來，她無法決定要繼續下去還是跟我分手，在感情和理智之間左右為難。「我一直有這麼個夢想，」她低聲說：「開車沿著海岸北上，看看秋天的紅葉……跟某個人……某個我準備要付出真心的人。」

我盯著她——這會兒我明白為什麼她一直熱心安排這趟旅行。有好一會兒我說不出話來。

「對不起。」最後我輕聲說。

她搖搖頭，擠出微笑。「我猜想，夢想有可能很愚蠢的。」

「剛好相反，」我說：「要是你希望能實現，首先你就要做夢。」

她的嗓子幾乎發啞。「唔，我絕對是做了夢：只是我不曉得自己是否希望能實現。」她暫停下來，直到她控制好情緒。「那你呢？一直夢想著要去中央情報局工作嗎？」她微笑。「或者他們是唯一肯雇用你的？」

「大概吧，」我回答，也露出微笑。「不，我本來是海軍的下級軍官，在潛艦服務。後來才去中央情報局。我在語言方面的技能被證明很有價值，這一點剛好是他們需要的。」

她驚訝地看著我，她不曉得我在語言方面有天分。「什麼語言？」她問。我後悔地看著她。要是她知道是哪些語言，就會曉得我專精的是哪些國家了。

「對不起，」她說，明白過來了。「又是規定了？」

我點點頭。壁爐裡的一根柴火垮下來，爐裡揚起一陣火星；我們又沉默了一會兒。我想兩人都不曉得該如何前進，或是後退。「我們一起喝點酒吧，你覺得怎麼樣？」她最後說。

我們目光交會，我看到她的眼神變得柔和。她默默跟我十指交扣，握緊了，我開始想著，我們或許已經度過最糟糕的部分了。

我點了一瓶葡萄酒，而且謝天謝地，我們持續談下去，一開始有些遲疑，但接著就愈來愈輕鬆。間諜都早早就學會傾聽比說話更重要，而且我很高興她帶頭，告訴我有關兩年前她祖母（也是她從小唯一的家人）過世所帶來的傷痛。那短短幾個小時裡，我得知許多關於她的事情，她也有足夠的時間適應新的現實。對於我的工作，她後來只提起過一次。

那是幾個月後。當時看到我跟之前一樣不肯多談，她似乎明白：再怎麼問也不會改變結果。而且往後都會是這樣的狀況……

23

只不過祕密很難守住——隨便去問任何間諜都知道——而最難以守住的地方之一，大概就是你和伴侶同住的家中了。

一張皺巴巴的遠方火車票；深夜來電的號碼，回撥從來沒有人接聽；搭乘的私家飛機沒有任何追蹤資料；然後是夜間盜汗和受傷——一道湊合縫起的刀傷、一根斷裂的骨頭，或是肌肉拉傷——麗貝卡一定覺得很明顯，我過的並不是情報分析師的生活。無論「地下」的意思是什麼，顯然都是個危險的地方。

在緬因州談過的幾個月後，我們開始同住，搬進了馬里蘭州一條樹木茂密的街道上，這棟牧場風格的房屋離馬路有一段距離，要刻意繞一段路才能看到鄰居。對我這樣的人來說非常完美。一個星期五下午，搬家後的紙箱都還沒拆完，我提早下班回家，一反常態地把車子停在車道上，而且我沒從後陽台進屋，而是走前門。我沿著走廊往前時，聽得到麗貝卡在廚房裡，我走進去，正要跟她打招呼。

她背對著我，正在準備晚餐。陽光從大窗戶照進來，一片金光灑在她的頭髮上，我暫停下來，只是看著她。她沿著流理台走了一步，陽光把她穿的白洋裝照得幾乎透明，也展現出她苗條的身軀。我正想著每回躺在床上緊擁著她，同時心中充滿種種祕密的恐懼和黑暗的回憶，此時她轉身看到我。

她臉上掠過一抹驚慌。「你嚇到我了。」她說。

我充滿愛意的招呼頓時消失。她眼睛紅紅的，之前哭過。「怎麼了？」我問。

她搖搖頭，意思是沒事，但是一個星期前我從敘利亞出差回來：我們單位的人有時描述這種任務是「自備套索」。而結果就跟我們大部分人擔心的一樣糟糕，但是我算是運氣不錯，離開敘利亞而進入黎巴嫩時，只有小腿的一道割傷，還有肩膀被一把自動手槍的子彈擊中。

在貝魯特的美國醫院裡，醫師縫好了我腿上的割傷，也取出了我肩膀裡的子彈。但是我回家時，兩處傷口還包紮著，而從麗貝卡的舉止——不時偷偷看我一眼，夜裡睡不著——我知道她一直在想這些傷。

「不——告訴我，」這會兒在廚房裡，我對著她說。

「打從緬因州那天之後，我就很少問起你的工作，」她說：「而且這星期我從來沒提起過你的傷，我只問你是不是還好，」她繼續說：「但是很辛苦，非常辛苦——」

「我知道，我相信很辛苦，」我說。

「不，你不知道，」她嚴厲地繼續說：「你犯了一個錯。」我看著她，被搞糊塗了，不明白她指的是什麼。「你星期一去醫院檢查，」她解釋道：「然後把你肩膀的X光片帶回家。很不幸，你把片子留在汽車後座，所以我看了。」

我沒回應，只是深吸一口氣——虧我還是情報員，我心想——過了一會兒，我們的目光相遇。「你應該把那些片子毀掉的。」她說。

她說得沒錯。我唯一的藉口是那天我的肩膀痛得要命，一心只想趕緊進屋吃醫師給我的止痛藥。現在我很清楚這段談話會發展到哪個方向了。儘管麗貝卡童年的環境很拮据，但是在祖母不斷的鼓勵之下，她向來是個好學生，到了十四歲那年，她一時興起，參加了一個作文比賽，主題是談研習其他文化的價值。對於一個住在阿帕拉契山區一棟組合屋的小女孩來說，這個主題似乎無論如何都無關緊要，但是麗貝卡做了一些研究，運用她日漸增加的才智，最後贏得了首獎。

那個獎品是讓她去日本當一年交換學生，主辦單位支付所有費用，這個經歷改變了她的一切。她熱愛日本文化，學會了基本夠用的日語，而且在命運的安排之下，她寄宿家庭的父母親都是醫師。於是大部分的週末，她都跟著他們去東京大學醫學部附屬醫院（全世界最佳醫院之一）巡房，這些經歷讓她回到美國時，已經立定未來的志向。

她打兩份工讀完中學，進入大學，拿到醫學院的入學許可，然後背負了龐大的學生貸款，現在她是醫星華盛頓醫學中心的急診室醫師，也是她住院醫師的最後一年。

別的不說，這表示她懂得如何判讀X光片，這會兒我看著她走出廚房。

24

她去了車庫一會兒，回來時拿著一個大信封；然後她把片子拿出來，舉起對著陽光。

「依照我的專業意見，」她說，轉頭看著我，跟我四目相對，「會造成這種損害的原因只有一個。很不幸這種狀況我看過很多次，我們的急診室治療過的槍傷數量，勝過華府的任何醫院。這是一顆子彈造成的，對吧？」

我點點頭，沒錯，是一顆子彈。她指著X光片上的穿入點，劃過子彈的路徑。「只要往左一吋，而且稍微往下一點，你就死定了，」她說。她的聲音變得更小，努力不要流露出情緒，但是一時之間，她的眼睛漲滿淚水。

「我知道差一點，」我說：「幫我取出子彈的外科醫師告訴我了。」

她壓抑住種種感覺，絕望地搖頭。「好吧，我不會要求你說出任何祕密，」她冷冷地說：「我只希望你告訴我——我會怎麼知道？」

「知道什麼？」

「知道我不必再等下去，知道你不會回家了。知道你已經……」她的聲音愈來愈小。

我幫她講完。「知道我已經失蹤了？」我想我們兩個都不想說出「死亡」這個字眼。

她點點頭。「是的，失蹤。這個字眼很好。」

「他們有你的詳細資料，麗貝卡——他們會告訴你的。」我回答道：「我前一陣子已經安排好了。」

「謝了。」她諷刺地說：「但是會怎麼進行？有人會打電話，通知我去某個辦公室嗎？我會被帶去蘭利嗎？」現在她的聲音裡充滿了憤怒。「這種事情不可能要保密，我只想知道該有什麼心理準備。」

是啊，沒錯，我心想。你想知道該害怕什麼；你想知道妖怪會是什麼長相。我看了窗外一眼，夜晚已經降臨，而且這種事情有什麼好保密的？她說得沒錯，她有權利知道；我工作的組織有義務要讓她知道。

「會有一輛汽車來找你，」最後我說：「他們會刻意安排一輛普通的四門轎車，就是那種不起眼的，但是每個部分看起來都像是政府用車。車子不會慢慢經過屋前好幾次。裡頭的人會很清楚他們要找哪一戶。」我繼續說：「他們會先打電話去醫院，確認你沒上班，然後他們稍早會派人開車經過，確認你在家。」

她的身子垂垮下來，很震驚那種監視，那種安靜、有效率地安排。

「一個大概四十來歲的男人會下車，來敲門，」我說：「他會給你看有照片的中情局服務證件，確保這是正式拜訪。那個證件是真的，但是上頭的名字是假的——這是標準程序。要是你夠理智，就會請他進屋，」我繼續說，盡可能保持冷靜。「你大概不會想在門口經歷這一切。他會說他很遺憾，但是你的伴侶因公出差到國外時，死於車禍，或是包機墜地，或是諸如此類的。」

「不過那都不是真的，」麗貝卡說。

「他可能會有一段新聞影片，說是德國電視台播放的，其實是他們努力創作或從其他影片裡拼湊的。看起來會很真實，不過沒錯，其實不是真的。」

「但是沒關係，對吧？」她問，口氣顯然非常不以為然。

我聳聳肩。「這不是什麼壞事。局裡不能透露情報行動的任何訊息，以防萬一危害到任務或其他人的性命：另一方面，他們必須向情報員的伴侶解釋這個損失。所以還有什麼辦法？」

「好吧，所以他們會撒謊，」她說，吸了一口氣。「繼續說吧。」

「那個男人會充滿同情，但他的任務是確保你接受他們對於種種事件的觀點。如果你問你的伴侶出差是不是為了辦中情局的業務，他會說，『是的，絕對是。』你想知道是什麼樣的業務？他會告訴你是去德國跟我們的情報搭檔會面，或是其他同樣乏味的事情。無論你問其他什麼，他都只會堅守這個說法。」

「所以，事情就這樣結束了？」她說：「如果他沒有其他要說的，沒有進一步解釋——怎麼，他就離開了？」

「他會繼續跟你交談，他不會急著走，但是沒錯，差不多就是這樣了。」我回答道：「他會給你一個電話，要你需要什麼都可以打。他也會告訴你，如果他知道更多細節，都會跟你保持聯絡，但他其實不認為會有更多細節了——那只是個可怕的意外而已。」

「那他會打電話來嗎？」她問。

「他非打來不可，」我說：「接著會有葬禮的種種安排。在他跟你談話的時候，他會說因為意外中起火焚燒得很嚴重，所以只能採取閉棺葬禮，不能讓親友看到遺容。」

她懷疑地看著我：我提到這件事本身就很奇怪。「他為什麼會這麼說？焚燒？這有什麼重要的？」

「因為……」我說：「聽我說，不要跟他們爭執，他們不會讓步的。」

「你是指開棺葬禮？」她問。

「是的。幾乎可以確定，那具棺材是空的，或者裡頭裝的是別人的屍體。」

她瞪著我。這是她沒料到的，因此大受衝擊。在此之前，儘管這個話題很令人沮喪，她都還有辦法應付：她的淚水消失，額頭深深的焦慮皺紋也比較不明顯了。身為醫師，她有應付死亡的經驗，但現在我工作的現實又猛烈襲來。

「整個葬禮都只是個騙局，對吧？」她低聲說：「為什麼？」

「不是騙局。我只能說，在我們單位所碰到的大部分案例，想要取回屍體根本危險到不該考慮。我這份工作的性質就是這樣。」

「啊！老天，」她說，垂著頭，一手揉著臉。「你剛剛說『失蹤』是對的，要是你死了，你就完全失蹤了。」她輕聲說。

我伸出雙臂抱緊了她。

「棺材是關起來的，」她說：「然後他們就只是把國旗折好，交給我保存？」

「是的。」我回答，她的頭緊靠著我的肩膀。

「然後他們就離開，我只能盡力重新開始生活？沒有別的了？」

「對，」我低聲說：「沒有別的了。」但其實不盡然，還有一件事，但我看不出有告訴她的必要。

十年或二十年後，當我參與的那個任務已經沒有任何情報價值了，麗貝卡會接到一封當時主管的信，邀請她到舊總部大樓的大廳參加一個列為高度機密的小儀式。

那是個壯觀的空間。一面石牆上刻著聖經《約翰福音》裡的句子，也是中央情報局的非正式格言：「你們必曉得真理，真理必叫你們得以自由。」而在對面的牆上，是幾排小星星，星星下方的一個展示座上放著一本名冊，上頭寫著幾十個情報員的名字。麗貝卡會受邀見證我的名字被列入那本名冊中，同時為我的星星揭幕。每個名字和每個星星，都記錄著一個殉職的員工，這是中央情報局的榮譽牆。

那封來自當時主管的信會問麗貝卡，經過了這麼多年，她是否願意參加這個儀式。我相信屆時她已經結婚且生兒育女了——她一直想要小孩，而且這事情造成了我們之間持續且嚴重的麻煩，即使我們都一致認為：我的工作無法提供穩定的家庭生活。

這會兒我坐在飛機上，引擎聲響亮刺耳，照亮的跑道似乎延伸到無盡，我希望到時候她能撥出時間、而且有興趣去參加那個儀式。最重要的是，我希望她會懷著愛意記得我。

飛機升空時，我看著窗外，看著壯觀的雷暴雲頂從東方滾滾而來，直撲向我們。風暴中的騎士，我心想——這就是我們，也是我們唯一期望成為的。風暴中的騎士。

25

隔著閃爍的熱浪，這個綠洲在一片沙丘之海中聳立，熱風吹得椰棗樹搖晃，一大片綠色海水在正午的陽光下閃閃發光。

就像人權改革，就像新時代的新經濟，就像太多沙烏地阿拉伯王國日常生活中的種種事物一樣，這個綠洲只是個海市蜃樓。它在該國首都利雅德的哈立德國王國際機場遠端顫抖扭曲，機場裡有五座航廈，矗立在一片宛如月球表面的地景中。

剛過中午十二點，綠色能源公司的灣流噴射機降落在北跑道上，朝幻想中的綠洲稍微轉彎，滑行到機場中一個高度警戒的區域。我望向窗外，看到許多機身上印著「沙烏地阿拉伯」簡單字樣的客機，顯示是該國國王的私人機隊。離我們最接近的是一架新的波音七三七，我想到這位國王曾特別打造一架飛機的內部設備，專門用來載運一百隻他珍愛的獵鷹，不曉得會不會就是這架。

這架飛機後方是一架空中巴士A三八〇，依然是有史以來最大的客機，階梯被鍍金的電扶梯取代。根據報導，機上的入口門廳有一個噴泉，每個洗手間都是純金的設備。就像美國作家、編劇多蘿西・帕克（Dorothy Parker）說過的，「如果你想知道上帝對金錢的想法，只要看看祂把錢給了什麼人。」

我們的飛機轉彎，在靠近王室航廈處停下，不是因為我是什麼貴賓，而是因為這是機場裡最僻靜的區域。這些事情是獵隼安排的，他預先打電話給沙烏地阿拉伯情報總局的局長，沒透露我任務的細節，只要求他安排讓一架無正式飛行紀錄的中情局噴射機降落，然後為機上唯一的乘客提供交通工具。他們不必進一步討論細節——兩個人都知道雷達追蹤檔案會刪掉，飛航控制塔台的日誌也不會提到這架灣流噴射機。這是一架幽靈飛機執行的幽靈飛行，在這個充滿海市蜃樓的國家裡，只是又一個海市蜃樓。

引擎關掉時，我望著窗外。無論是不是王室，這都是個淒涼的地方；沒看到任何人，只有沙漠的風狠狠吹襲著巨大的機棚，熱氣從一千英畝炙熱的柏油地面升起。機師走出駕駛艙，對著我搖頭。「根據前面的溫度計，柏油地面上是攝氏五十一度。」

「不過是乾熱吧？」我問。

他大笑著打開機門，要往下展開階梯，同時我抓起行李袋。我們都對著強光瞇起眼睛，努力想看看有沒有人來迎接我們。「他們在爭取時間調整攝影機，」我說：「然後他們就會用臉部辨識軟體看能不能比對出符合的。」我退回飛機內。「沒必要給他們方便。」

機師微笑，指著一個機棚：一輛中型灰色賓士車從陰影中出現，緩緩駛過停機坪，停在階梯旁。

我低著頭下階梯，來到車旁——正是利雅德的高級飯店會用來接送顧客往返機場的那種車。司機過來拿我的手提行李，他的穿著也完全像是那種飯店司機，只不過他並不是。他是沙烏地阿拉伯的情治人員：三十來歲，薄唇冷臉，眼神冷漠，就是情治人員的典型模樣。

他一言不發地等著我進入後座，然後他自己上了駕駛座，駛過柏油地面，離開機場的王室區域，進入環繞機場的十二線高速公路。他飛快開了大約二十公里，通過一個四葉形立體道路交叉點，然後停在一座專飛國際航線的航廈外。偽裝到此結束：對任何看到的人來說，我只是一家高級飯店的客人，由飯店司機送來要搭飛機。以我來說，是要飛到巴基斯坦的金融中心喀拉蚩。

祕密世界的格言之一：絕對不要在沙子上留下足跡。

26

喀拉蚩。我能說什麼？乾淨大概不是這個城市的強項。這裡是全世界污染最嚴重的大都會之一，還飽受嚴重水患之苦。暴風雨不時來襲，雨水再加上難以負荷的下水道系統，使得污染的水淹沒了全市的大街小巷。然而，一年又一年的大量降雨，卻沒有帶來什麼改變，愈來愈多疾病爆發，人口增加到更多，不同的恐怖份子團體持續發動攻擊，尤其是針對西方人。

離這個混亂的城市二十四公里，在前往海德拉巴的途中，經過一個巨大的巴基斯坦空軍基地後，真納國際機場在一片平坦而毫無特色的地景中聳立。我飛去的那天，入境的流程似乎跟下水道系統一樣無法負荷，降落兩小時後，我才終於來到一個入境證照查驗櫃檯前。

櫃檯後的那名男子五十來歲，一身乾淨無瑕的灰黑兩色制服，袖子上有警佐的山形袖章，他看了我護照上的照片，對照著我本人，然後把護照放進一個資料讀取機。

我拿的是沙烏地阿拉伯情報總局所提供的該國護照，此時我沉默地等著軟體檢查我的資料細節。要是當初中情局聯繫巴基斯坦三軍情報局，跟他們說我要進入這個國家，我就完全不必擔心了。我們沒有這樣做，是因為巴基斯坦雖然名義上是我們的同盟，但他們會問我來訪的目的，而無論我們告訴他們什麼故事，他們都會跟蹤我，想查出我這趟任務的真正目標。

真相是，美國情報界沒有人信賴巴基斯坦人，他們不但被抓到窩藏奧薩瑪．賓拉登，而且多年證據顯示，他們總是玩兩面手法。中情局總部相信，要論背叛，巴基斯坦人是其中翹楚，無人能及。在蘭利總部七樓辦公室的人都相信，要是巴基斯坦情報人員發現了我真正的目的，就會告訴虔誠軍有關我即將抵達的消息，好從這個恐怖份子團體處獲得一些籌碼。

在巴基斯坦人打的算盤裡，如果一個美國間諜的死，可以換取虔誠軍答應不攻擊該國境內的目標，那就太划算了。

一秒秒緩慢過去；我盡量不要露出焦慮的表情，只是像一般訪客，偶爾看一眼那個資料讀取機，同時開始設想最壞的結果：要是護照或我這個人被視為有嫌疑，我就會被當場逮捕，然後被以我們情報圈所謂的「極端程序」進行訊問。曾經歷過的人說，會被關在一個很冷的混凝土囚室中，而灌鉛的橡膠水管是巴基斯坦人偏好的刑具。

資料讀取機終於開始閃燈。那名警佐看了螢幕一眼，把掃描過的護照拿開，然後關心地看著我。他用海灣阿拉伯語開口了。「我得問你幾個問題，」他說。

他的口音和文法並不完美，我猜想他講這種語言，是為了搞清我是不是真的是沙烏地阿拉伯人。「沒問題。」我回答。幸好，我的阿拉伯語好得足以讓任何人相信這是我的母語。「我能幫上什麼忙？」

「法律規定你必須完全誠實，」他說，指著一個告示牌，上面用各種語言解釋：提供假資訊的人會受到嚴厲的懲罰。

「那當然。」我說，好像我心裡一點撒謊的念頭都沒有。

他問我幾個尋常的問題：出生地、來訪目的、打算待多久。最後他顯然對我的回答和我對這種語言的駕馭程度很滿意，就在我的護照上找了個空白頁，蓋了幾次，然後把護照遞還給我。「祝你在巴基斯坦玩得愉快。」

我點點頭，提起我的行李。我沒有其他行李，於是穿過海關，經過那些正在彼此聊天的制服人員，然後走向通往入境大廳的自動門。

門滑開了，我置身於一波波不和諧的音樂、幾十種不同的方言、香料茶的異國芳香中。我擠過湧動的人潮，左轉，進入龐大的入境大廳。我以前沒來過這個機場，但是幸好之前曾花了幾個小時記住整個機場的佈局圖，所以我很清楚自己要去哪裡。

我經過一群穿著傳統的夏爾瓦卡米茲（及膝長衫搭寬鬆長褲）的男子，他們正要進入禮拜室，然後我往前走五十碼，看到一個牌子，上頭的圖像標示著洗手間。這就是我在找的：洗手間旁邊有一個大大的區域，擺滿了一排排自助付費的行李寄存櫃。

一如我在蘭利所聽過的簡報，十七號櫃在後方的角落裡，因為位置最偏僻而被挑上。我確定四下無人，就把隨身帶著的密碼組合輸入，打開鋼製櫃門。裡頭有一個大信封，是中情局在巴基斯坦首都伊斯蘭馬巴德的站長前一天放進去的。裡頭有一張北停車場的地圖、停車位號碼、一張要插入繳費機的停車票，以及一組車鑰匙。

於是，在一個七月的星期二下午，一個禁入區域的間諜——曾是美國海軍潛艦部隊的低階軍官，在奇怪的狀況下被潛艦部隊刷掉，然後多虧他的語言技巧而被中央情報局雇用，雖然是生於佛羅里達州洛克薩哈契的美國公民、卻拿著沙烏地阿拉伯護照入境——就這樣突然悄悄抵達巴基斯坦最大機場的一個行李寄存櫃前，而且就要勇敢面對喀拉蚩被污染的骯髒空氣，坐上一輛他這輩子從沒見過的破舊汽車。

伊朗的國界就在往西八百公里外，十分鐘後，他就會謹慎地駕駛以避免吸引任何注意，車下的道路大部分又平又直，在仲夏的太陽下熱得像個平底煎鍋，他要去見一個他不知道姓名的男子，去一個他只在地圖上看過的地方，在那裡，最小的錯誤都會讓兩個人送命。

歡迎參加牛仔競技比賽，我心想，把汽車的車門解鎖。

27

我謹守時速限制，沿著孤單的莫克蘭海岸公路行駛，這是通往伊朗邊界最快的路線。夏日酷熱，我腦袋裡反覆播放著搖滾樂團AC/DC的一首老歌：通往地獄的高速公路，確實如此。

我開的這輛白色豐田皮卡車，大概是阿拉伯世界最常見、因此也最難追蹤的汽車，使用者包括誠實的公民、毒品運送人、政府包商、恐怖份子，以及介於其中的任何人。

我左邊是阿拉伯海，右邊則是欣戈爾國家公園，這是全世界最令人驚歎的地景之一：有如科羅拉多高原的紀念碑谷般、形狀誇張的岩石在沙漠中聳立，乾旱的平原上有奇特的泥火山在冒泡，還有未曾開發的峽谷底部，生滿了綠色的熱帶蕨類。

在閃爍熱浪的包圍中，有如失落世界的欣戈爾逐漸遠去，然後我繞過偏遠海港瓜達爾的外圍。一路難得看到別的車，我逐漸逼近伊朗邊界，到了剩沒幾哩之時，我在一片山脊停下來，注視著遠處的伊朗良久，想著對我這種人來說，這是全世界最危險的國家之一。然後我往右轉，顛簸著駛入一條破爛的路。在這條路的盡頭，是個沒沒無聞的小鎮，叫做滿德，裡頭有一些泥土色房屋、高高的牆，以及迂迴的泥土路。

小鎮外圍有一座紅磚砌的倉庫，一半的屋頂沒了，幾十輛四輪傳動汽車的殘骸堆積在野草中。這是滿德的修車廠，那些生鏽的破車就是備用零件的來源。我的故事——萬一有任何人問起的話——就是我在瓜達爾發現我這輛豐田車的前懸吊系統壞了，得趕緊換掉。我的背部被震得發痛，可以證實車子的這個毛病是真的，我在路上有好多次不斷詛咒蘭利對細節太重視了。

那個懸吊系統的毛病是編的；真實的狀況是，那個修車廠用來儲存一桶桶廢機油的工具小屋裡，有一名男子正在等著我。那是個四十來歲的巴基斯坦人，是我們伊斯蘭馬巴德站長信賴的情報員，他前一天抵達，開著一輛有封閉式車廂的卡車，裡頭載著三匹小型馬，還有我需要的其他設備。

他把車停在修車廠外空地的角落，走向那裡僅有的兩個人：修車廠老闆父子。然後，在喝了必有的一杯茶後，他說，如果他們忽然覺得自己有急需，要趕去喀拉蚩拿某些備用零件，他願意給父子每人各五十萬盧比。他建議說，這樣跑一趟必須花至少兩天。多年來，這家修車廠的老闆什麼都見過：運毒販子、恐怖份子、騙子、巴基斯坦的保安部隊，還有不少人就像眼前這個喝著茶的男人一樣，他猜想是情報員。他很務實，不受意識形態的影響，什麼人他都打過交道：他唯一的準則，就是給他的錢夠不夠多。

「每個人三千。」他用烏爾都語說。

那情報員聳聳肩。「當然了，我提出五十萬，而你只要三千……」

他們大笑——彼此都知道，修車廠老闆談的是美元，而三千美元比原先的五十萬盧比可是加了一大截。那位中情局情報員對於他所協助安排的任務一無所知，但他知道非得辦成不可。他為了做個樣子而還了價，然後舉起雙手表示投降。

店主和兒子咧嘴笑了，他們收下現金，開著店內最堪用的一輛車，展開一趟意外的旅程，計畫要藉此機會去喀拉蚩知名的巴圖清真寺參加禮拜，這座由白色大理石打造的建築物，是全世界最令人驚歎的清真寺之一。

我到達時，把車停在看不見的距離外，走一段路來到修車廠，踏入散落著垃圾的後院。此時只有微弱的星光，我幾乎是隱形的，但這個夜晚一片死寂，那個情報員一定是聽到了豐田車接近的聲音。我原先還不曉得，但他沒有按照計畫在工具小屋內等我，而是在倉庫牆壁旁的陰影深處，手裡拿著一把儒格SR四〇手槍指著我，這把槍的威力足以在我的胸部轟出一個棒球手套那麼大的洞。老實說，要是他沒有佔好位置、準備要開槍，我會很失望的。這是情報世界的另一個信條：只有多疑才能倖存。

他等到我走過他面前才開口，這樣我拔槍的速度就不可能比他快。「你就是那個要找散熱器皮帶的傢伙？」他問，用的是事先講好的台詞。

「前避震器。」我回答，這個正確的回答讓他走出陰影，伸出手來跟我握。

「歡迎，」他說，然後立刻指著那個存放廢機油的工具小屋。「我已經把所有東西都打開來，放在裡頭了。另外，我會去把馬牽過來。」

他走向卡車時，我進入小屋，開始打量他帶來的東西：我審視那些弄髒的衣服，檢查一把AK－四七自動步槍的機械裝置，然後又研究那三個馬鞍。那些馬鞍非常破舊，其中一個木鞍座斷掉過，又修得很糟糕。顯然，對於任何想搶劫我的人，這些東西毫無價值，只除了……

藏在那些中空木鞍座裡，縫進皮墊內，或是藏在沉重鞍袋和馬毯裡布的，是四本貨真價實的美國護照——分別是那個阿富汗信差、他太太、兩個小孩的——還有價值五千美金的巴基斯坦托拉金條：這些小金條有獨特的圓邊，是在這一帶流通了兩百年的一種貨幣。

這種金條無法偽造、無法追溯來源，而且容易隱藏，因此可想而知，廣泛使用於毒品交易，但就是同樣的這些特質，使得那位信差堅持要用金條來處理我們之間同樣祕密的事物。七十條托拉和四本護照是表示我們的誠意，那位信差希望能保證他和家人都拿到美國公民權，金條則是用來應付眼前的種種費用，等他到了美國的安全屋，也提供了他原先承諾的所有資訊後，將會收到兩千萬美元的其餘尾款。

我用手電筒檢查一切，從馬鞍到封好的食物容器上的巴基斯坦標籤，這一切都是中情局的特別工坊所製造的，我找不到任何出錯的地方：那些標籤發黃且有污漬；毯子上的每條線都很老舊；馬鞍上的針眼被撕扯過，皮革肚帶染了汗漬，黃銅釦因為多年使用而滿佈刮痕。這些東西太了不起了，證明了製作者的技巧高超。負責製造的主管是一位女士，曾在好萊塢擔任美術設計師；要創造出真實的幻象，還有誰能比得過一位曾獲兩次奧斯卡提名的高手呢？

我開始把那些設備重新打包，此時聽到那情報員穿過院子，帶著幾匹小型馬走向小屋。那些小型馬老邁而精瘦，多年的重負讓牠們的背彎下，但看著牠們柔和的眼睛和鬆弛的下巴，我覺得真是美麗的動物。

「對不起，」那情報員說：「這是我盡力所能找到最好的了。」

我起身迎向牠們。我向來喜歡馬——早在有歷史記載以前，牠們就只想當人類的朋友，然而我們除了惡待牠們，其他做得很少。領頭的那匹馬滿身鮮亮的栗褐色，一隻前腳有點歪，我猜想牠那腿膝蓋有關節炎。牠身上還有很多疤和傷痕，一隻耳朵缺了一角，臀部有一大塊禿了。我搔搔牠的鼻子，輕聲說：「你跟我一樣，看得出年齡了。沒關係，你知道愛爾蘭人是怎麼說的，對吧？要走艱難的路，就需要一隻老狗。」

牠用鼻子摩擦我的手，用吻部做了馬會做的那種事情，像是在微笑。「牠叫什麼名字？」我問那情報員。

他斜眼看著我。「我怎麼會曉得？」他說，聳聳肩。

「那如果我碰到一個伊朗巡邏兵或一群恐怖份子問起，」我回嘴道：「你說我要怎麼回答？說我不知道這匹領頭馬叫什麼名字？」

「對不起，」他尷尬地說：「我都沒想過。可以編個名字嗎？」

我再度看著栗褐色領頭馬晶亮的雙眼，還有牠垂下的半隻耳朵。「我要叫牠薩卡博。」

「什麼？」那情報員問道。

「是阿拉伯語，」我回答道：「意思是一隻馬移動時優雅得像流水一般。」

28

快要檢查完小型馬和設備時，我的加密手機響起鈴聲。我從長年的經驗知道，一旦任務開始，手機鈴響絕對不會是好消息。

打來的是獵隼，他立刻進入正題。「這事情我還沒告訴任何人，」他說：「六小時前，喀布爾站報告了冷氣技工和信差之間最近的一次會面。」

我絕對不需要任何讓事情更複雜的狀況。「繼續說吧。」

「那信差聲稱他剛得知，所謂的奇觀事件會在十六週後展開，」獵隼平靜地說。

「感恩節。」我說。

「充滿象徵意義，」他回答道：「一年裡最忙碌的旅行日——」

「有可能是信差想跟我們施壓，」我說：「他給了我們一個日期，讓我們恐慌，這樣我們就會接受他的條件，趕緊談定。」

「有可能，」獵隼說：「你想要取消任務嗎？」

他說得沒錯。「你說你還沒告訴任何人？」

「對。」他回答。

「為什麼？你不信任他們？」我問。

「你想像一下，如果消息走漏——一個恐怖份子復活，一個預定在感恩節發生的奇觀，大部分的西方世界都是可能的目標，而且會怎麼發生還不清楚？光是那種恐慌，在一天之內就會把我們毀掉一半了。」

一個截止日期正是我眼前需要的。「謝謝你告訴我這個好消息。」

29

這個夜晚沒有月亮，本來在這種緯度、遠離城市時，通常會覺得星星近得可以碰觸到，但現在，就連星星都被阿富汗颳過來的猛烈風暴給遮得模糊了。

薩卡博帶頭，其他兩匹小型馬很怯懦，被即將來臨的風暴搞得很害怕。我緊握住牽馬繩，帶著牠們走出灌木叢，深入崎嶇的山脈間，循著一條古老的走私小徑往前。這條路線是蘭利一名目光銳利的分析師在一批幾乎被人遺忘的紙本地圖裡找到的，地圖的年代早在蘇聯入侵阿富汗之時，往後幾十年少有人跡，於是長長的小徑上長滿了草木，有些地方幾乎無法通過。

此時，我們離開巴基斯坦的滿德小村已經三小時了。之前我整理好行李之後，跟那位情報員一起吃了一頓飯，然後走向小屋的門。我看著眼前古老的地景——夜幕已經降下，附近的平頂房子幾乎都看不見，被塵土和山蒿遮得模糊不清。唯一的聲響就是不知哪些人家院子裡傳來噴水池的潑濺聲。我急著要趕路，加上沒有任何人的跡象，也沒有光線，該動身了。

那情報員也知道。他協助我把最後一批補給品裝在那些小型馬的背上，看著我握住牽馬繩、拿起那把老舊的AK－四七。我檢查過裡頭裝上了子彈，確認關好保險，然後背到肩上。這是一把好武器，這一款槍向來如此。不過，我肩上這把又老又舊，不是任何人會挑去跟人交火的。不過，就像一樁禁入區域任務的一切——從馬鞍到我褐色的眼珠——這把自動步槍也不是表面上的模樣。

那情報員和我相視微笑，你可能以為他會祝我幸運或說再見，但是情報世界向來不講這類話；情報員認為那太考驗命運。每個人都想要相信運氣不會在我們的任務中扮演任何角色，想要相信所有的分別都只是暫時的。明天或後天，我們就會再重逢，在某個異國酒吧裡舉杯大笑，談著我們在一個叫滿德的偏遠小村裡共進晚餐的那一夜。當死亡就像一隻忠實的獵犬般，總是在你伸手可及之處，我們就必須相信我們總是有未來。

所以，我們的傳統不是說再見，而是挑一個城市，任何你喜歡的城市，用來當成告別詞。

「我們在伊斯坦堡見了。」那情報員低聲說。

我微笑。「在伊斯坦堡見了。」我也照傳統方式說，然後牽著小型馬往前走，這個夜晚太黑暗，於是才幾分鐘，那個情報員和整個滿德小村就看不見了。現在，我停在小徑切入山坡的那段路上，往上看著一處懸崖，那裡幾年前就已經局部崩塌，於是落下大量的碎石，擋住了小徑。顯然，我是無法通過的。

無論是否有截止日期，現在我唯一的辦法就是左轉，走下一道陡峭而危險的斜坡，到下方的山谷，找一條路繞過這個山崩處，然後設法在前面接上小徑——在黑暗中，在一片陌生的土地，而且沒有地標，甚至沒有星星可以指路。

就算我能走下這片山坡且不受傷，還有一半以上的機率，我會在山谷裡碰到其他障礙，或是發現自己走進一個此路不通的峽谷。明智的作法就是等到天亮，但早在我離開蘭利之前，就已經推斷出我最大的危險是被人看到：夜間趕路、白天睡覺要安全得多。

總之，眼前似乎沒有正確的答案，我可以冒著在黑暗中迷路的危險，也可以冒著在白天被人看到的危險。沒有人能判斷哪個比較有成功的希望，只除了一件事——我肩上的步槍。

30

新兵入伍時，大部分會被長官反覆教誨：救你的不是武器，而是訓練。我明白這個觀點，但是我敢打賭，任何想出這句格言的人，從來沒有碰到過像我的AK－四七這樣的武器。

自從我們第一次跟信差接觸，他就為彼此的關係做了種種規定，而且沒得商量——事關他的性命，而且我們知道，為了保護自己，他會不惜一切。他的眾多條件之一，就是由他決定我們要在哪裡及如何碰面。

身為一個恐怖份子的信差，在此之前則是喀布爾的計程車司機，他對情報世界的專門技術毫無經驗。然而，他顯然非常聰明，已經想出一個受過高度訓練的外勤情報員會做的招數：他列出四個不同的地點當成我們的會面處，其中只有一個是真的。

之前在蘭利時，我們猜想第一個是湊數的，因為那裡離虔誠軍的可能基地最遠，他也最難到達。第二個我們認為是他的監視處，他會躲在那裡，用他的雙筒望遠鏡觀察，評估我的狀況，而且看我是不是有遵守他的規定。第三個，我們認為才是最後真正的會面處。就像每一個祕密計畫，我們總是擔心會發生一些出乎預料的事情，所以第四個地點應該是備胎。不過，我們是否了解他的計畫，其實都沒有什麼差別，因為反正我們得遵守他的規則。

為了避免任何混淆或錯誤，他提供了四個地點的確切經緯度（寫在捲菸紙上，透過中間人轉交)。這些座標的任何一個,看起來就像這樣:26°18'20.45"N 61°57'26.95"E。

這表示,總共有超過九十個數字、字母、符號。雖然我帶著清單會比較容易,但是太冒險了,因為我可能會被攔下搜查。或許我可以記住,但我們不得不問:期待一個處於高度緊張狀態,夜復一夜迅速移動的情報員能記牢這些資訊,是實際可行的嗎?只要有兩個數字顛倒,一切就完了。

就算能找到一個辦法,讓我能記清楚這些座標,阿富汗信差的計畫還有一個問題。我在荒野裡長途移動後,要怎麼找到那些確切的地點。這四個地點不是村落或城鎮,而是一些偏僻的地方:兩條山間小溪的匯流處、一口乾井,或是一個廢棄的棚屋。

儘管有種種缺點,但中情局確實有開發新技術的豐富經驗。這個機構曾創造出全世界最厲害的加密儀器,可以讓任何通訊都無法被解讀。不過,他們不是拿來自己用,而是在瑞士設立了一個看起來完全合法的「專利權」公司,把這個儀器賣給全世界好幾十個政府。由中情局技術支援部所設計出來的這個系統,有一個祕密後門,多年來都讓中情局可以破解這些政府所掌管的每個通訊。據說中國把這個教訓學得很好,十年來也在玩同樣的遊戲。

以中情局的專業技術水準而言,創造出一個方法——以便精確指引我到四個不同的地點——看起來並非不可能。事實上,前一年,在一個至今仍然列為機密的任務中,技術支援人員就曾協助兩名情報員開車走偏僻道路,穿過哈薩克東部的高山,偷偷進入蒙古。他們開著一輛堅固耐用的六輪傳動車,所以有很多地方可以隱藏一套特製的衛星連接GPS系統,無論如何,這顯示了我們可以做到什麼程度。

我這個任務的問題，就是我會帶著三匹小型馬徒步旅行，就算你能找一個利用科技的解答，又怎麼能把設備縮小或隱藏？答案就在我登上飛機兩天前，剛過午夜時送到。電話鈴響，一個我不認得的聲音要我去大氣泡下方的會議室。

我抵達時，會議室裡已經充滿了技術服務人員，以及所有參與策劃這個任務的人員。我穿過人群後，看到一把半拆解的AK－四七自動步槍，放在一張長桌上。我只要稍微看一下就知道，儘管這把槍看似破舊，但完全可以正常使用，每個可以移動的零件似乎都是特別設計且打造的。毫無疑問，這是一把精確射手步槍。

獵隼站在桌首，朝一個技術支援部門的主管點了個頭，示意他可以開始了。那個主管是個魁梧男子，他一開口，我就認出他是剛剛打電話給我的那個人。

「我是軍械師，」他說：「唔，不光是軍械師而已，反正我一開始是軍械師，但現在是負責大部分的技術問題。」他指著那把步槍。「拿起來吧。」

我懂武器——從小在佛羅里達州長大，身邊環繞著槍枝——而我雙手一拿起那把步槍，就知道它跟我剛剛看到的一樣好，輕巧且非常平穩。「你覺得怎麼樣？」那位軍械師問，同時我打量著他的作品。

「非常特別，」我回答道：「像是一個戴著天鵝絨手套的鐵拳頭。」

那軍械師大笑，指著固定在槍管前端一個老舊且有刮痕的望遠瞄準器。「看一下。」他說。

我舉起槍，指著所有人上方的高處，透過瞄準器看出去。「你看到了什麼？」他問。

「放大的目標區，」我回答道：「十字瞄準線，有關射程和放大的數據——沒有什麼不尋常的。」

「但其實有。」那軍械師回答道：「那個鏡頭是特製的，在德國由全世界最好的光學鏡頭工廠所製造。我們拿掉了廠商的名字，免得引起任何猜疑，但是你再也找不到更好的瞄準器了。」

我點點頭，放下步槍。我心想，如果我打算要射中任何人，這樣的確很棒。但是這把槍並沒有解決我的導航問題。

「現在，把你的手指放在這裡，」那軍械師說，他扶著我的食指，放在扳機外護弓上一個包了橡膠的部位。「放在那裡至少三秒鐘，它要讀取你的指紋，免得無意間被其他人觸發。」

「好的。」我回答，但我數了五秒鐘，好像還是沒有任何事情發生。整個會議室看起來也同樣失望。

「現在你透過瞄準器看出去，」那個軍械師指示我，於是我舉起步槍，湊近眼睛。

我咒罵一聲。瞄準器的隱藏功能現在解鎖了：那些玻璃鏡片成了一整套GPS與地圖測繪系統。那個軍械師得意地笑了。「很不錯，嗯？」

我點頭，非常佩服。那個軍械師拿起一個電視遙控器，同時一面從天花板降下的大型螢幕顯示出瞄準器裡看到的畫面，好讓每個人都能看到。整個會議室突然爆出一陣熱烈的掌聲，我把槍遞還給那位軍械師。「軟體和電池在哪裡？」我問。

他從一個皮革囊裡拿出幾個小工具，接著他把步槍放在桌上，熟練地將木製槍托拆下來。

「我們把螺絲和其他設備藏起來，以防萬一有個討厭的聰明人想把槍托拆開。」

我低頭看著他拆解後露出的那些凹洞，裡頭裝著鋰電池和電路板。毫無疑問，這是設計和工程學的一大成就。「這跟手機用的GPS系統完全沒有關係。」那位軍械師解釋道：「這就像個衛星電話，是以完全不同的方式得到資料。你是完全獨立的。」

這會兒我想到兩天前聽到的那些話，感謝眾星賜給我那位軍械師。然後我舉起槍，食指放在護弓上，啟動系統，把瞄準器指著那片崩塌處。瞄準器上立刻顯示出那片懸崖和底下碎石堆的確切GPS座標。我記住那個座標，於是，無論下方的谷地發生了什麼事，我都不會迷路了。反正我總是可以回到這條小徑，等到天亮，再找另外一條路過去。

下一步就是要走下那片陡峭的斜坡，不要受傷或摔死。若是有一點月光就會很有幫助，我心想，小心翼翼地朝下坡踏出第一步，感覺石頭和泥土立刻在我腳下崩塌。緊接著，我往下墜落。

31

那些馬救了我。這三匹全都是土生土長的山區小型馬，我本來在薩卡博的側面往下滑，不知怎地就抓住了牠的馬鞍，然後設法拉起自己，站直身子。

有薩卡博帶頭，三匹小型馬憑直覺就知道如何踩在那些下方看似空盪的位置。有十來次，牠們的馬蹄在燧石上敲出火花，還有兩次，我後方的那兩匹馬滑了一下，眼看就要直墜到幾百呎之下的岩石上。但這兩次，牠們都在最後一刻又踩牢地面，把自己從邊緣拉回來。

等我們走到谷底，牠們的胸部起伏得好厲害，脅腹冒出白色泡沫，而我則是滿身大汗。任何指揮我的主管都一定會叫我必須繼續前進，因為之前被迫離開那條小徑，我的進度已經落後，何況現在還有個截止時間。但是沒辦法，我得先讓三匹馬喝水，也給牠們一點恢復的時間。

我取下牠們背上的囊袋、餵牠們喝完水後，就把原先綁在薩卡博馬鞍上的步槍解下來，打開導航系統看資訊，好確認我們要走哪個方向，才能繞過那些崩塌的岩石，然後我們走入谷地中更大片的黑暗。

我們拖著腳步往前，薩卡博的關節炎顯然非常難受，二十分鐘後，我們通過一條乾涸的溪床，進入一片斜坡森林，裡頭充滿乾枯又扭曲的樹。我們身在一個沒有路的死亡世界：環繞著大批幽靈般的樹幹，頭上是彎曲的樹枝，把周圍變成了草木形成的峽谷。

我這輩子沒見過像這樣的森林，而且愈往前走，四下就變得愈寂靜。我不記得自己做了決定，但我帶著馬往前走時，就開始盡量不發出聲響。更深入那片未知之地，靠著步槍的瞄準器指引，我進入一片枯死的幼樹林中——這些樹在蓬勃盛年之時，就被什麼給弄死了——那些小型馬彼此湊得更近；顯然有什麼讓他們不安。

巴基斯坦有狼，但我知道危險的不是狼，因為馬的移動速度很快，而且一聞到狼的氣味就會狂奔。不，我愈來愈相信罪魁禍首是這個地方；我感覺到這裡曾發生過某種非常邪惡的事情，而相關的記憶或證據仍圍繞著我們。

我持續往前，三匹馬貼在一起，薩卡博儘管膝痛仍勉力前進，我腦海裡浮現出久遠以前的一段話。「雖然我行過死蔭的幽谷，也不怕遭害……」

我說過我不是基督徒，但我母親是，而且我小時候的每個星期天，她都會帶我上教堂。當時所接觸到的一些事物，後來長駐我心頭，而且大概永遠不會忘記。眼前我腦中默唸著聖經的《詩篇》第二十三章，同時往右邊看，在一個比較不黑的區域看到了幾道長長的犁溝，所在的那片土地勉強可以算是一片田野。周圍環繞著樹，土溝兩邊所堆的泥土形成了一個個土墩，在多年的風吹雨淋之下變得平坦，有些地方幾乎模糊難辨。然而，這個區域看起來還是有種農耕的性質，讓我感到震驚：哪個心智正常的人會想要在這樣的地方開墾？

幾分鐘之後，我帶著三匹馬走進一片人為的空曠地。我已經看過夠多的事物陰暗面，知道一排深深插入泥土地、高度到胸部的粗木樁是做什麼用的。男男女女背對著這些木樁，雙手被迫往後環抱著木樁並被綁住，讓他們動不了也逃不了。

我之前提到過處決是很可怕的事件，而且往往充滿儀式和典禮之感，但不是在眼前這樣的地方，不是在荒野裡一片枯死的森林中。這裡至少有二十根木樁，我心中毫不懷疑，這片空地是刻意規劃過，以便盡可能快速且有效率地殺死幾十個動彈不得的囚犯。

看著那些木樁，我想起自己很靠近全球主要海洛因生產地之一。這一行牽涉到太多金錢了，任何事情都有可能：哥倫比亞和墨西哥的毒品戰爭每天都有人被殺害，就是一個明證。但眼前這個太井井有條了，感覺上是軍人所安排的，大概是巴基斯坦軍隊或三軍情報局對抗一個威脅到政府的叛軍團體。在伊朗最通行的波斯語和巴基斯坦最通行的烏爾都語中，「斯坦」（stan）這個字大致可譯為「土地」，而「巴基」（pak）意為「和平」。所以，巴基斯坦（Pakistan）意為和平的土地。顯然不是每個人都牢記其中含意。

我的目光沿著那些木樁往下，看到了子彈擊碎木頭的痕跡，顯然我站在殺戮場的中央。難怪森林中寸草不生；彷彿大自然已經放棄了。我剛剛看到的那些犁溝和土墩顯然跟農耕毫無關係。那是亂葬崗，而我以前也見過類似的幾處：波蘭的納粹死亡營，柬埔寨大屠殺之後、樹上垂下來的數百個套索，還有西班牙佛朗哥政府用來屠殺人類的鬥牛場。德國人是清教徒，柬埔寨人是佛教徒，西班牙人是天主教徒，而在這片森林裡殺人的幾乎可以確定是穆斯林。如果我從人生裡學到了一件事，那就是邪惡沒有歧視，人人機會均等。

我走進這片空地才幾分鐘，就已經覺得夠久了。但是我沒有穿過處決場，因為我不想踩在那些土地上。等到我轉身帶著三匹馬回到樹林，走一大圈繞過那片空地時，那些馬也似乎鬆了口氣。

現在，薩卡博走得比較輕鬆，我們的進展也快得多，直到最後，地面終於變得比較好走，岩石轉為一片片連綿的細瘦灌木，枯樹也開始稀疏起來。

我們走出樹林，來到一大片遍佈枯草的泥土地，我看到從阿富汗吹來的風暴已經消散，蒼白而慘淡的月亮從雲層後頭浮現。

我回頭，朝幾小時前離開的那片懸崖望去，在黯淡的月光下，我確認我們已經繞過了那片山崩地。我取下步槍，利用裡面的望遠瞄準器掃視北方的區域，找到了一道平緩的斜坡，可以帶我們回到小徑。一等到GPS系統啟動，我就會知道自己確切的位置，也可以計算一下。雖然我們進度落後，但如果加快腳步走到天亮，那麼或許就可以補回來了。

我掏出一把方糖，給每匹馬各幾顆，然後再度上路，朝那道緩坡走。直到我們回到小徑，我回頭望著谷地內那綿延數哩的枯樹，這才想起在蘭利的準備期間，我曾看到古老的紙本地圖上標示了這片森林。

當時我沒在意，因為我計畫中的路線應該在上方很遠處，但現在我知道，無論為這片森林命名的人是誰，都一定來過這裡。他們稱此處為「絕望森林」。

32

那四座鋼製三腳塔矗立在荒野中，高度超過十層樓，顯得陌生而充滿威脅。這些三角塔位於一片懸崖頂端，後方升起的太陽照出剪影，上頭接著巨大的圓盤形雷達天線，會掃描伊朗全境、波斯灣水域，以及更遠處沙烏地阿拉伯的魯卜哈利沙漠。

這個環繞著通電圍籬的基地，是巴基斯坦最前哨的監聽站：織物氣球保護圓盤形雷達免受持續強風的吹襲，鋼製框架支撐著幾十個可抓取大量電子通訊的控制板。而這些設備的周圍，則是一些低矮的建築物，有的是存放電腦設備的，另外還有十幾個營房，可以容納被派來保護這個基地的軍隊。

曾親眼看過這個地方的西方人大概屈指可數，而我站在一小片樹林間，隔著一個深深的峽谷眺望。現在只要天色再稍微亮一點，我就得隨時轉頭，開始尋找真正的目標：一條通往東北邊、更窄的小徑。

一整夜，我都帶著三匹馬沿著那條古老的走私小徑，盡快趕路，以彌補之前繞路的時間。之前在蘭利總部的計畫中，我得在天亮前趕到這些三角塔，這裡也是通往東北方小徑的交叉點，只要能找到這條小徑，我就趕上進度了。一找到小徑，我的下一步就是找個僻靜的地方，餵飽自己和馬，睡過這個白天，準備好天黑之後朝東北走。局裡負責研究和繪製祕密路徑的團隊——綽號

「貓途鷹」（Tripadvisor）——曾建議，在接近三角塔之處過夜，應該比其他任何地點都好：要去那個監聽站只能搭直升機，或是一段令人筋疲力盡的陸路旅程，表示這個地帶實際上是荒無人煙。

此外，這裡很少會有來自國外的隨機敵人：運毒人、恐怖份子、走私者絕對不會想接近一個監聽站，因為會有遇到軍方武裝巡邏隊的風險。

我覺得比較安全了，於是轉身背對著那些鋼製三角塔，開始尋找那條通往東北方的小徑。十分鐘後，我找到了，小徑幾乎被灌木叢和林下草木遮蔽住，看起來似乎是無法通行的。我心裡有這個念頭，就知道自己不可能睡覺了，於是我奮力穿過樹枝和灌木，走了一百碼，這才鬆了口氣，發現整個地景都改變了：草木退開，眼前是一條大小石頭構成的小徑。

這條小徑絕對可以通行，我暫停一下，往前看去。前面八公里外有個堆石標，標示著與伊朗之間的國界。

雖然巴基斯坦邊境已經非常危險，但伊朗則是更要危險太多倍。一旦我越過那個堆石標，能保護我的只有一樣東西，不是美國政府，不是外交干預，不是懇求對方慈悲，或訴諸紅十字會、日內瓦公約、國際法。

我是個間諜，唯一保護我的就是我的步槍，還有我使用的門面身分。

33

我的門面身分是沙烏地阿拉伯人，來自該國西北端的小城市塔布克，此處聞名的有血紅的夕陽，以及先知穆罕默德（願他安息）曾停留在此，從一處泉水處喝水。

那就是我的家，但我會來到邊境，帶著三匹小型馬徒步跋涉，就得靠門面身分的其他部分來解釋了：如果我被其他的伊朗公民、虔誠軍成員、伊朗令人害怕的革命衛隊攔下來詢問時，我就得靠自己講的身分故事。

出發前，我在蘭利總部的地下室裡開會好幾個小時，和一群任務策劃師、分析師、高階主管拼湊出一個虛構人生。幾乎從一開始，決定這個虛構人生中最重要的屬性——他的國籍——就不是出於選擇，而是必要性。

不幸地，多年來我精通的語言中，並不包括烏爾都語或其他巴基斯坦通行的語言，這些語言我只曉得一些字彙而已。顯然，我們必須按照我會講的語言，來編造我的門面身分。而由於我旅行的區域是伊斯蘭世界，所以當然是選擇阿拉伯語。又因為我們可以仰賴利雅德的政府提供任何協助——而且不會問任何問題——所以我的門面身分，就是沙烏地阿拉伯王國的公民。

這些決定（包括語言和國籍）都是在一小時內做出來的，所以，不同於大部分局裡的會議，這次會議的進度快得不得了，光是這一點就應該讓我體認：這實在是太順利了，不可能持續；接著，大家為了我預設的家鄉塔布克爭執起來，而且立刻吵出熱度。

塔布克的人口八十萬，為了要不要利用這裡當我的家鄉，會議室裡分成兩派：一派認為，挑一個比較小的城市，遇上同鄉的機率比較小；另一派相信，雖然挑一個大城市，遇見同鄉的機會增加，但是大都會自有一種匿名性和安全性。最後決定的，就是利雅德或塔布克二選一。

大家一直爭執不休，直到最後，獵隼想知道我的看法。當每個人都轉過頭來面對我時，我提醒他，我前一次出任務，因為身上中彈而被送到貝魯特的美國醫院。「那次怎麼樣？」他問。

我說，幫我取出子彈的外科醫師非常出色，手術後他到恢復病房來看我，說我的那隻手臂將可以恢復到原先九成五的活動能力。「我猜想我臉上一定顯示出失望，因為我希望是百分之百，」我解釋道。「那位外科醫師說，百分之百有可能，但是多年來，他曾看過同事執行過幾十次複雜的手術。

「他告訴我，他因此深深領悟到一件事：那些醫師常常會後悔，想要做出小調整，想予以改善，決心要做得完全正確。但是在許多時候，他旁觀其他醫師做出小調整，最後搞得整個手術完全失敗。他聳聳肩跟我說，『完美』是『很好』的敵人。」

「好吧，我懂了，」獵隼笑著說：「塔布克或許不完美，但是很好了。」

「一點也沒錯，」我回答道：「沒有人能預料我在那邊會遇到什麼人、他們來自什麼城市或小鎮，」我說：「這事情沒有正確的答案——那就塔布克吧。現在這個確定了，有沒有人可以告訴我……」我看了會議室一圈。

「一個牽著馬的沙烏地阿拉伯人，身上的武器只有一把AK－四七，徒步來到全世界最危險的地方要做什麼？」

34

每個人都想過這個問題，但會議室裡很少人願意回答，因為他們擔心講出口的話會危及自己的事業。中情局裡這種事很多。

然後從會議室另一端，我聽到一個女人輕聲開口了。事實上，那聲音小到我都聽不清她說了什麼。「可以麻煩你再講一次嗎？」我說。

她很年輕，至少比起會議裡其他看著她的三十個人要年輕，而且她身材嬌小，一頭剪短的深色頭髮，穿著深藍色套裝。雖然她的五官悅目，但並不顯眼，除了那對眼睛。她的雙眼閃著生命與智慧，在這個時代尤其少見；顯然，她沒有一輩子都盯著手機看。

她名叫麥德琳（不過那一刻我想不起她姓什麼），我本來猜想她二十出頭，但接著我想到幾個小時前有人介紹我們認識時，說她從哈佛大學畢業後去歐洲三年加強語文，之後才進入中情局，所以我猜想，她的實際年齡要再大幾歲。

在我們稍早的短暫會面中，她同樣小聲地告訴過我，我們的人造衛星曾拍下許多走向虔誠軍基地的恐怖份子士兵照片，而過去八個月，她主管的小組都在忙著幫其中的每一個士兵建檔。這個差事一定很累人：要鑑別出他們的身分，並搞清他們在伊斯蘭地下世界的旅程。

現在她坐在會議室的另一頭，面對著幾個美國情報界最有權力，也最不耐煩的人士，正努力要爭取他們的注意。她又講了一次，但聲音幾乎沒有更大。

你有三十秒時間，我心想。你得吸引他們。大聲說，吸引全場……

我本來不認為她辦得到。我知道在局裡的兩萬名工作人員中，類似這樣的人很多——害羞或笨拙，通常就是非常古怪——做研究或分析工作的尤其如此。全美國大概有一半跟社會格格不入的人都來中情局工作了，有時我還納悶，不曉得另一半不來中情局的人，會去做什麼工作。

「對不起，」她最後終於說：「我會盡量講大聲一點。我剛好喉嚨發炎。」做得好，我告訴自己——喉嚨發炎？這就是為什麼我沒去當分析師。

她看著我開口了：「你剛剛問，你以一個沙烏地阿拉伯人的身分，有什麼理由去那麼危險的地方。我建議的故事是，你要去找你的哥哥。」

獵隼和其他幾十個人都盯著她。她是會議室裡資歷最淺的人，她會被找來開會，只是因為她對虔誠軍召募新兵的知識，我想任何人都不曉得她的建議是否可取。

我當然也是如此，但我也記得自己之前在她眼睛裡所看到的。「好吧，」我說：「我姑且贊成。那為什麼我會離家三千公里，要去找我哥哥？」

「因為你父親罹患癌症快死了，」她回答道：「他只剩下幾個星期，或許一個月的生命了。你哥哥比你大三歲，而在沙烏地阿拉伯，長子有種種特別的責任。他會成為一家之主。你母親和沒出嫁的姊妹都必須聽命於他。你父親一直懇求能見到長子一面——希望能給他建議，最後一次擁抱他。」

整個會議室仍保持沉默，但現在那是充滿興趣的沉默。「那我們要尋找的那個長子，為什麼會跑去那個邊境地帶？」獵隼問。

「因為他加入了虔誠軍，」麥德琳說：「所以住在塔布克的父母知道，他因此大老遠跑到那個邊境地帶。」

「好吧，繼續，」獵隼說，然後又忽然開口。「對不起，請問你的名字是？」

「麥德琳，」她回答道：「麥德琳・歐尼爾。」

「現在我想起來了。愛爾蘭人。」獵隼自信地說。

「猶太人，」她微笑回答道：「我曾祖父從波蘭移民過來時，抵達波士頓，我想他明白當時的風向如何。」

我們所有人都大笑。「只有在美國才會這樣。」獵隼說：「繼續說吧。」

「在我編的故事裡，那個哥哥向來虔誠；有些人說他有一天會成為教長，」麥德琳說：「但結果，他以另一個方式服侍阿拉。他去了敘利亞，加入伊斯蘭國，從摩蘇爾打到拉卡。我們全都知道那段路的戰事有多慘烈。」

的確很慘烈，我心想。總共四百哩路，每一步都是屠殺。我回想伊斯蘭國發動的敘利亞內戰和種族清洗，真正恐怖的狀況能登上夜間新聞的並不多。我看到的是機密影片（大部分是無人機拍攝的），那些照片可怕得難以想像。如果我對自己要對付的人還有什麼疑慮，也立刻被我腦中播放的那些影片驅散了。

「在作戰中，那位哥哥成了伊斯蘭國的一位指揮官，」麥德琳繼續說：「不過沒人曉得他的軍階有多高——」

我忽然明白了。「這個人——你在講的這個指揮官，」我說：「他是真實存在的，對吧？你講述的，是你曾研究過某個戰士的真實故事。」

「你腦筋動得真快。」她微笑說：「是的，他是真實存在的，而且更好——他是在沙烏地阿拉伯出生、長大的。我這個故事融合了事實和虛構，希望能為我們爭取到最好的機會。真正的那個人是個戰場指揮官，」她繼續道：「但很快地，伊斯蘭國在每個前線都遭到攻擊。俄羅斯、土耳其、美國、敘利亞，全都排好隊要摧毀他們，於是他們一度擴張得很大的領土，就縮小到只剩一個叫上巴古斯的小地方，在這裡進行最後一戰。此時，伊斯蘭國大部分的領導階層都溜走了。」

獵隼舉起一手阻止她，「那個所謂的哥哥也是其中之一嗎？」

「是的，」她說：「就像其他倖存者一樣，他知道有個跟他一樣狂熱的團體正在形成，於是他前往邊境地帶，加入了虔誠軍。」

獵隼點頭。「好吧，」他說，開始在會議室裡踱步。「為什麼在沙烏地阿拉伯的那家人不打電話給他？很多恐怖份子有衛星電話——他們為什麼不通知他父親病危的事情，叫他回家？為什麼要派他弟弟去找他？」

麥德琳點點頭。「那位哥哥的確有電話，家人也很多次試著打給他，但是都沒成功。從伊拉克到虔誠軍基地是一段將近五千公里的旅程。這家人認為他電話搞丟或壞掉了。他們甚至還聯絡過其他家庭，查到了一些可能在那個區域的戰士的電話號碼，想設法傳話給他，但是都沒有回音。」

獵隼保持沉默，評估著，思索著，然後做了總結。「那個父親病危……只剩幾個星期……那家人試過各種辦法想聯繫長子……打過電話，找人傳訊……父親的時間愈來愈少……」他看了會議桌一圈。「他們走投無路了。得派個人去找他，對吧？」

「而最合理的人選，」麥德琳說：「就是他的弟弟——我們的情報員。」

每個人都轉向我。我搖搖頭。「還有一個問題，」我說，這事情在我心中一角已經醞釀好幾分鐘了，剛剛才冒出頭來。「我要找的那個哥哥是實際加入虔誠軍的真人。這是個真實故事，也是這個故事的優點，對吧？」

「一點也沒錯。」麥德琳說。

「那麼，我是在追逐一個真有其名的真人，而我來到那個邊境地帶，姑且說，我碰到一個虔誠軍的巡邏兵吧。我跟他們說自己在找誰，他們說我運氣很好，於是帶我去見這個人。他立刻說我不是他弟弟，那我就死定了。」

「那是個問題沒錯，」麥德琳說：「這樣的事有可能發生，只不過，你的哥哥、也就是我們在談的這個真實存在的人物，他出發去加入虔誠軍，但是始終沒到達他們的基地。我跟你保證，你絕對不會碰到他。」

「為什麼？」我問。

「因為他的路線經過阿富汗，離虔誠軍控制的區域將近五百公里時，他就因為有恐怖份子的嫌疑，被一個美國特種部隊的空降巡邏隊抓起來了。」

我瞪著她。「他現在人在哪裡？」我問。

「他們對他進行了臉部辨識，確認他曾任伊斯蘭國指揮官，對他進行訊問——」

「哪裡？」我又問一次。

「摩洛哥，」她說：「在一個叫歐瑞卡的地方，被關在我們的祕密監獄裡。你永遠都不會見到他。」

這是個非常出色的作品；以我來看，中情局從來沒有創造出更好的門面身分故事了，而且這是麥德琳．歐尼爾獨力創造出來的，她才二十八歲，只是一個沒沒無聞的研究人員，穿著樸素的套裝，之前以最優等成績從哈佛大學畢業，而且從她那天在會議室的反應看來，她注定會攀上美國情報界的最頂端。

35

就這樣，我假扮成一個要尋找哥哥的沙烏地阿拉伯人，在那條往東北的小徑上回頭要去找我的馬，同時看著峽谷對面的那些三角塔。很奇怪，隨著天色變得更亮，那些三角塔看起來似乎就更險惡。

那些鋼製的支撐架——黑色的，上頭還有一道道污垢和鏽痕——看起來更加鮮明，唯一活動的跡象是許多小龍捲風撲打著那些織物氣球。不過，現在我可以清楚看見一些鳥類和小動物的燒焦屍體，顯然是冒險太接近那裡，撞上了通電圍籬。看著眼前種種：無謂的死亡、孤寂、荒涼，以及荒蕪的地景，讓我充滿一種不祥的預感。於是，當我牽著馬走到看不見那個監聽站的地方，幫那些馬卸下背上的重擔時，就覺得鬆了一口氣。

光線比我預期中更快充滿地平線，於是我知道得趕緊行動；我只剩下幾分鐘了。現在我身在一個不同的世界，儘管我跟薩卡博和其他兩匹馬一樣餓得要命，但是沒有時間讓我吃東西了。我趕快餵牠們吃飯、喝水，然後看了一下手錶。

錶面上的沙烏地阿拉伯王儲看著我。蘭利總部的某個人想出這個主意，讓我戴上該國很流行的這種手錶：王儲的臉刻在金色錶面上，他的下巴昂起，充滿智慧的雙眼望向未來。我還有七分鐘。

我裝滿一缽水，小心翼翼地開始執行伊斯蘭教裡的小淨儀式：清洗雙手、臉、手臂、雙腳，好準備禮拜。我洗完之後，就把一個絲墊從馬身上拿過來，再度看了一下手錶，但其實不是看時間；幸好，我戴的這款手錶也有朝拜指南針，會指向麥加，那是我禮拜時必須面對的方向。

我把捲起的絲墊打開，跪在上面。如同我之前說過的，我沒有宗教信仰，所以就算上帝或阿拉在聽，我也不曉得要跟牠們講什麼。對我來說，宇宙是一片無盡的黑暗，我們每個人都必須點燃自己的蠟燭，但我所相信的種種，無論對錯，都對這裡毫無影響。我正要走向伊斯蘭世界的中心，打扮成沙烏地阿拉伯人，因此是有宗教信仰的人。任何我沒看到的觀察者——一個拿著雙筒望遠鏡的虔誠軍偵察兵，或是一個在監聽站觀察無人機影片的巴基斯坦士兵——只要看到有個人沒有在正確的時間進行小淨，或是沒有跪下來進行晨禮，他就立刻知道這個人是冒牌貨。

因此，我在荒野裡跪在一小塊絲毯上，孤單又飢餓地垂下頭，但是我沒有禮拜，而是忍不住想到席捲全世界種種看似不相干的浪潮，現在一路帶著我來到一條形跡模糊的小徑，往前將會到達一座小小的堆石標。

我估計已經過了八分鐘，足以讓一個真正的穆斯林完成禮拜，就站起來。雖然我很想煮一餐、吃飽了睡覺，但我還有一件事要做。我拿出衛星電話，確定畫面中沒有任何監聽站——我最不需要的，就是招來巴基斯坦的士兵——我讓自己的背景充滿巨大的岩石，希望這些岩石夠壯觀，可以說服任何隱藏的觀察者，我是在自拍。

根據我們當初在蘭利擬定的計畫，這張照片將會傳送到沙烏地阿拉伯一個我父親名下的電子郵件帳戶，表面上是讓他知道我很平安且有進展。但其實，蘭利會取得這個帳號的郵件，從嵌在這張單純照片中的中繼資料，就可以看出照片拍攝的時間和我的確切位置。實際上，我是在向他們報告我還活著，此時是黎明，而我在通往那條東北小徑的交叉口。

我沒告訴蘭利的是，雖然他們要我每天從途中發一張照片，但這將是我發的唯一一張。我找到一個沒人看到的點，把那個衛星電話砸成碎片。我確定那些晶片和電路板都完全毀掉了，才收拾起殘骸，扔進一個岩石縫隙中。

跟虔誠軍神祕的領導階層一樣，我也不信任電話。蘭利的高層主管、任務規劃人員、技術專家都跟我保證過，我用的這個衛星電話裡只有一堆假名、搜尋歷史，以及其他證實我門面身分的資訊。但是我強烈意識到，只要一個不正確資訊的片段——錯誤的日期或沒有妥當刪除的檔案——就會破壞掉我精心構築起來的假身分。

我完全相信，毀掉這個電話會讓我更安全，但我也同樣確定另外一件事：從現在開始，我就真的只能靠自己了。

36

在伊朗境內走了兩夜後，我來到那個信差所提供的第一個會面地點，結果是個破舊的小屋，兩條長滿野草的小徑在附近交會，這個地點太偏僻了，要不是有步槍裡的地圖裝置，我根本不可能找得到。

有關那棟小屋，我想不出更好的描述，只能說是多年前湊合著一些舊木料和防水布所拼湊起來的，建造的人大概是從阿富汗來的運毒人，我猜想，他們是利用這裡當成長途跋涉的休息站，接著就要去波斯灣和貨船會合，而這條貨物運輸鏈的最終點，就是全世界無數的街道。

天快亮時，我看到了這個地方，緊貼著一處懸崖，防水布在灼熱的風中翻拍。我之前在三角塔那邊睡了一夜後，天剛黑就離開，至今已過了兩個白天了。我帶著三匹小型馬，走上那條朝東北的小徑，一路順利，速度很快，幾乎沒有停頓，在一片清朗無雲、繁星燦爛的天空下，經過了堆石標國界處。往前再走五公里，我登上一個小山頂，看到眼前是一片廣大的平原。在平原之上，一枚弦月高掛伊朗的天空，我想這是個預兆，只是完全不知道是吉兆還是凶兆。

接下來的日夜，我都沒看到任何生命的跡象：沒有旅行者，夜裡沒有看到火光，也幾乎沒有什麼野生動物，只除了有天清早一隻遊隼在我上方懶懶地兜著圈子，尋找獵物。看著這片古老的土地，加上走了這麼久都一片安靜，我很容易想著那隻遊隼、我自己、三匹小型馬是地球上僅存的生物。

我第一次看到這棟小屋時，中間隔著一道崎嶇的深溝，於是我綁好三匹馬，握著AK－四七準備好，爬過灌木叢。有二十分鐘，我蹲在一排樹木間，觀察並傾聽。

我確定附近沒有人躲著在等，也看不到有任何人要來赴約，於是拿著步槍做好準備，繞著那間沒有窗子的小屋走，來到屋後，我發現地上散佈著幾十個變白的骨頭，被野狗啃食得很乾淨；我大略估計，那些殘骸至少是五個人。看起來是被大口徑的自動武器擊中身亡——就是伊朗軍隊或敵對的毒品幫派會使用的，我心想。這些骨頭應該在這裡有好幾年了，而且我不相信這幾年有人來過這個地方。

我走近屋門，看到鉸鏈上一堆蜘蛛網。我推開門時，那金屬鉸鏈發出刺耳的尖響，我的槍口掃過屋裡，看著地上被風吹進來的落葉，一堆堆曾經包過鴉片磚的塑膠膜，還有一個廢棄小火堆裡燻黑的石頭。裡頭沒有人。

我退出來，回到放馬的地方，從薩卡博的尾巴取了幾根馬毛，打成一個結；我把那馬毛綁在門的鉸鏈上，不顯眼，但如果你刻意找，就能輕易發現。這是我們事先講好的暗號；要是那信差中途有事耽擱而太晚到，這個暗號可以告訴他我來過，已經前往下一個會合點。

我餵了馬，把牠們綁在一根木樁上，回到小屋裡，在燻黑的石頭裡點了火。我確保這個火堆可以燒很久，然後出去，抓著睡袋爬到懸崖上。我找到一處岩架下方的黑暗處，攤開我的睡袋，背對著岩壁，確定我可以一覽無遺地看到那小屋。

任何接近的人都會看到那些拴著的小型馬，注意到燒火冒出的煙，然後立刻判斷旅者在裡頭。要是他們更接近且決定進屋，首先是那些馬，接著是門鉸鏈發出的尖響會吵醒我，我挑這個地方睡覺，一部分也是因為從這裡開槍的話，完全不會有任何東西擋住。

我確認步槍的保險打開了，然後安頓下來，很有把握自己可以安然入睡。我從經驗學到，有關禁入區域的任務有一點很重要：惡夢不會發生在你睡著時，而是從你醒來才開始。

37

在這段漫長跋涉中，到目前為止，我心底始終懷著一個不太可能的期盼，就是那信差會在第一個會合點等我。我很清楚，要是我必須展開第二段路程，危險將會大幅增加：路上會碰到多太多倍的人，而且我必須更深入伊朗。

抵達那棟小屋的二十四小時後，我別無他法，只能啟程走向第二個會合點。接下來四天，我帶著那三匹馬沿著愈來愈寬、愈來愈清晰的小徑往前走，雖然夜間移動意味著我沒遇見任何人，但我有三度聞到風中的煙味，心知附近有小聚落或其他旅人的營火。

為了趕時間，我不得不持續逼著那些小型馬往前，所以不意外地，到了第五天晚上，薩卡博的關節炎開始讓牠難以忍受，也大幅拖慢我們的速度。有的人可能會說，聰明一點的作法就是把牠背的東西卸下，放牠離開；但我對馬夠了解，可以料到這樣根本沒用。馬是群居的動物，牠們會在群體中尋找安全感。如果我放走薩卡博，牠只會跟在我們後面，而因為牠是領袖，其他兩匹馬也會不斷停下來等牠。

而且老實說，我得承認還有一個因素。在我們共處的短暫幾天裡，我已經開始欽佩牠忍痛前行的決心，而且當我要求牠做一些困難的事情，比方帶著我走下一片山坡，此時我很欣賞牠溫柔雙眼看著我的神情。老實說，我太樂意有牠為伴。

於是，我盡可能減少牠背負的重量，繼續往前，但我們的進度愈來愈落後。來到蘭利的電子地圖上標示為「白石高原」的起點時，我知道照進度來說，現在我們應該已經穿過此處了。但我還是必須在高原邊緣跪下來，進行晨禮。

我跪在那裡時，心裡決定要在白天穿過這片高原，繼續往前走。以我們拖慢的速度，現在離第二個會合點還有十二小時的路程。我估計，要是我們休息，就得冒著太晚抵達、錯過那位信差的風險。白天穿過高原會增加危險，但我本來就一直在想，隨著小徑轉為馬路，而且愈來愈多人利用，如果我白天移動，可能比較不會引人猜疑。

我站起來，帶著三匹馬往前，很快就發現，「白石高原」這個地名不是隨便亂取的。這些白石頭有各種不同的大小和形狀，逼得三匹馬得挑著路走，但奇怪的是，很快地，我們就發現一片平坦的地區，長著茂盛的野草和灌木，但是很寬且很長，看起來是幾十年前就清理過，完全沒有石頭。

這讓我們可以大幅加快腳步，薩卡博尤其輕鬆許多，直到我們走到另一頭，看到一個壞掉的目標塔和一個破爛的風向袋，我才明白我們剛剛走過的是什麼：一條克難的飛機跑道，老早就年久失修，現在已經不能使用，原先大概是由毒品製造者建造的，以便運輸更多貨物出去。

我停在那個目標塔旁，看著前方遠處聳立著一座陡峭的懸崖，崖壁上有點點洞穴。那裡居高臨下，不但俯瞰著這個高原，也俯瞰著之前我走過的那個谷地，所以看起來是個絕佳的地點，可以讓一個帶著雙筒望遠鏡、想偷偷觀察我的人（比方那位信差）躲著，好確認我是否獨自前來、沒被跟蹤。

監視有一個法則：如果他們可以看見你，你也可以看見他們，於是我的雙眼沿著那些洞穴和岩石看著，希望能發現什麼微小的動靜，但什麼都沒有。我當然不想繼續站在這裡不動，審視那些山坡，引來注意，於是我把步槍從一邊肩膀取下，稍微抬起，又背上另一邊肩膀。

對於任何在觀察的人，這個動作看起來就像一個旅人在調整自己的設備，但是對一個透過雙筒望遠鏡、急切的觀察者而言，步槍稍微抬起的那個片刻，是在打招呼。

結果，我根本不必費事——那位信差不在那裡。他在這條路往前幾哩之外。

38

這次任務中，我犯了很多錯，這一點我毫不懷疑，而且我相信大部分在敵區的情報員都一樣。不過，有件事我絕對是正確的。我沒放走薩卡博，而是把牠留在身邊，於是牠第二度救了我的命。

我離開那個破爛的風向袋後，就利用步槍的地圖功能，指向北邊，找到我要找的那條小徑。望遠瞄準器裡的圖形顯示，那條小徑會帶領我穿過疏林丘陵，進入一個夾在懸崖峭壁之間的崎嶇峽谷，然後，再走十六公里，來到一條道路，由此可以通往第二個會合點。

我說服自己，信差已經看到我了，而且可以確認我沒被跟蹤，於是我更有信心會跟他在即將到達的目的地會合：一批荒廢的破屋，沒有屋頂且破爛，根據一個越過上方的人造衛星顯示，這批破屋的中央是一口幾十年前就已經乾涸的水井。

在計畫階段時，局裡估計我對那個信差的提問會花大約二十四小時，等到我盤問完畢、確認他講的是實話，我就會給他護照、錢，還有一個我背起來的十一碼電話號碼。接著，沒有任何耽擱，我們就各奔東西，他回家做一些安排，帶著家人安全越過邊界，進入阿富汗。在這方面，我完全幫不了他——他跟我一起走只會讓危險大增，而且無論如何，他對地形和隱密小徑要比任何人都熟悉。

一旦他穿越國界進入阿富汗，只要用一塊托拉金條，就可以跟某個運毒人或公務員買到一個手機。他會撥那個十一碼的電話號碼，接著二十分鐘內，特種部隊待命的直升機就會去接這家人，載他們到喀布爾，然後九十分鐘後，他們將會坐上一架開往美國的飛機，送到一個中央情報局的安全屋，然後面對最嚴密的偵訊。

至於我，我估計從現在開始的兩天後，會開始漫長的回程，沿著原來的路線回到三角塔，然後下坡到滿德小村，那裡會有貨車等著我和三匹馬。眼前，不知不覺間，我逼著三匹馬沿著小徑走得更快。

下降的太陽剛碰到地平線時，我已經深入疏林丘陵，此時，出於巧合，就在我們通過一片多岩石的斜坡時，後方那匹馬的馬鞍歪了。牠嚇到了，雖然我又把馬鞍扶正綁牢，但也決定暫停一下，好讓牠的恐慌感消退。我利用這個時間確認前方的路徑，於是往前走，爬上一座小山，望著下坡的長路，然後看到通往那個峽谷的入口——兩座懸崖間一片參差不齊的裂口——就在我眼前。我停下來，還在樹林間，太陽在我的背後，於是我籠罩在樹影深處。

我站在那裡看著逐漸暗下來的峽谷，忽然有個想法，而且我真的說不上來為什麼。或許那只不過是專業的評估。*要是我想埋伏著突襲某個人*，我對自己說，*那裡就會是個完美的地點*。

我沒動，繼續仔細打量那個峽谷，想看下頭那裡是否有什麼觸發這個想法，但是沒看到什麼引發我注意的地方。我看不到任何需要擔心的，只看到風吹起塵土，落日把懸崖照成粉紅到橘的色澤。即使如此，我還是忍不住覺得那些岩石或某個近處一定有個什麼困擾我。大部分人會稱之為直覺，但我常覺得那比較像是某種訊息，一種模糊的溝通，從腦中一個比較古老、更原始的部分傳來。它會注意到某些被理性思考忽略的微小跡象，在遠古時代，當人類離開火邊，冒險進入谷地，除了感官知覺和少數原始的武器可以防身外，這類直覺有可能保住我們的命。

我的目光再度掃過那些岩石，還是沒看到什麼具體的——只有一個遙遠的奇怪聲音，我一開始聽不出是什麼——於是我聳聳肩，猜想就像那匹馬幾分鐘前一樣，我只不過是被無關緊要的東西嚇到了。我回去牽馬，帶著牠們往前。我們來到我之前站過的地方，我掃視著峽谷，薩卡博暫停下來，我還不必看，就確定不是因為他的膝蓋。

我想催牠往前，但牠不肯動。我們站在那裡好一會兒，周圍環繞著樹影，我凝視著峽谷時，問了牠一個無法合理解釋的問題。我不曉得自己為什麼會問，也不曉得那是什麼意思。「你聽得到什麼？」我問牠，想著那個我之前無法辨認的聲音。牠轉頭，清澈的雙眼看著我。「你可以聽到槍聲，對吧？」

我在想，會不會那個峽谷裡困擾我的就是這個。不是現實，但好像是某種來自未來的回音，穿過遙遠時空的阻隔，傳送給我。在寂靜中，我轉頭看著站在那裡不動的薩卡博。「我想我也聽到了，」最後我終於說，然後微笑。「來自未來的槍聲？別告訴任何人，好嗎？」

我腦中理智的、拿到理學學位的那部分告訴我，我對「非常規戰爭」的知識影響了我此刻的想法。我知道如果真的有埋伏，敵方一定會躲藏得很好，槍聲會是我知道他們在場的第一個跡象。如果他們希望活捉我，就會瞄準三匹馬，把馬先撂倒，好防止我想騎馬跑掉。

我跟馬站在昏暗中，試圖思考，納悶著我的想像是否不受控制了。我長途跋涉來到一個比時光還古老的地方，此處的星辰延伸無盡，邪惡似乎緊緊纏繞著一片森林，這片土地會折磨西方人的靈魂，容易引發奇怪的想法。然而……

我告訴自己，要是我真的相信理性的解釋，那麼我就該用力拍打薩卡博，逼著牠移動腳步，跟我一起走入峽谷。等我走到小山谷的另一頭，我可以嘲笑自己，繼續走完最後的十六公里，轉入公路，前往會合點。但如果我相信那些來自原始人時代的訊息，或者以為我可以聽到根本還沒開火的槍聲，那我就得回頭走一小時，丟掉一些裝備，繞一大圈避開這個峽谷。相信你的理性，還是相信你的直覺？這是重要的抉擇。

39

我沒預料到，為了繞過峽谷，必須走過那麼崎嶇的地形，於是更拖慢了我們的速度，而且因為現在是白天趕路，最後我們不得不在一個迎風的山坡過夜。

結果，我直到次日過午許久，才來到通往會合點的那條道路，我唯一能期望的，就是那個信差大概會比我更想見面，於是決定冒險在那邊等我。我到達時，很不幸，那條泥土馬路寬闊且很多人，而我最不需要的就是冒險或浪費時間，去回答旁邊路人的問題。不過，我夠幸運，找到了一條理想的陡峭小徑；不光是荒涼無人，而且當我爬到一座山脊的頂點時，發現這條小徑跟下頭的泥土馬路是平行的。

那條泥土馬路是這個地區三條主要道路之一，這說明不了什麼，但是根據地圖，三條主要道路有一個交會點，是一個破爛不堪的市集，由一小群結構物所形成。實際的會合點還要往前走八公里，從我這裡走過去不到一小時。至少，我已經距離很近了。

在一開始的上坡之後，這條小徑變得平坦，我們的腳步也加快了，於是我比預期中更早看到那個市集。這個進度讓我受到鼓舞，又設法加快腳步，而且當我用步槍瞄準器檢查那一小群建築物時，也沒停下腳步。那個聚落的主要部分是一群煤渣磚棚屋，以大型軍用帳篷連接起來。跟平常一樣，最熱鬧的交易區是武器區，我的步槍掃過巴祖卡火箭筒、數不清的突擊步槍、手槍、火箭推進榴彈，甚至還有地雷。誰會想要地雷，我心想，然後才明白：鴉片農，為了保護他們的作物。

緊鄰著武器區、也是其次熱鬧的，是十多個鴉片商，他們帶著古董秤，檢查生鴉片含水量（愈低愈好）的化學工具包，以及發電機供電的壓平機，以製造出用塑膠膜封裝的鴉片磚，最後貼上標籤，上頭印著品牌和純度。我的步槍持續往左邊移動，朝向一家雜貨店掃視過去，依然注視著瞄準器裡，然後完全停下。我看到那個信差了。

就在我離開蘭利之前，他曾透過中間人提供一張他自己的照片，這樣我們碰面時，我就不會有任何疑慮，知道就是他沒錯。我知道自己不能把照片帶在身上——要是照片被人發現，他就死定了——所以我花了時間好好記牢他的臉。

我完全確定，十字瞄準線裡的人就是他。他就在那個道路交叉口的中央，也就是那個聚落最繁忙之處。他離地十呎，雙腳被綁在一起，雙手張開，被釘在一個沉重的原木十字架上。他遭受釘刑了。

40

幸好他已經死了，至少那種極度的痛苦結束了。釘刑不光是處決而已，那其實要把人折磨至死。

釘刑在古羅馬時代開始普及，這種刑罰特別設計要讓痛苦持續幾個小時，有時甚至是幾天，整個身體的重量只靠釘子支撐，迫使雙手和雙腿痙攣且僵硬，變得比較像是爪子。受刑者四肢不能動，在疼痛不堪中逐漸脫水，而且口渴不已。同時，地心引力緩緩迫使體內器官往下，開始壓住橫膈膜。一旦橫膈膜的移動受限，人還可以吸氣，但是吐氣就會變得愈來愈困難，每一口氣都是無盡的、極度的疼痛。最後，受刑者再也無法吐氣，就會死於窒息。

我放低步槍。讓我心亂的不光是他被殺害，也是他被殺害的方式。這比任何掛在他脖子的牌子都更能說明這個信差背叛了虔誠軍，也背叛了自己的宗教信仰：他並不比基督徒高明。

那個交叉路口顯然是刻意選擇的，好確保這個區域的每個人都會看到或聽到，而且我知道我們再也找不到任何人——無論是虔誠軍內部的士兵或當地村民——會願意透露任何有關虔誠軍的組織或計畫了。就算沒有別的損失，這也是一次情報方面的大挫敗。同時，我懷疑那個信差也被某個人背叛了（大概是一個信任的朋友），而虔誠軍領導階層第一個會做的，就是先刑求這個信差，逼他講出自己的種種安排。這一點顯然成功了，否則他們還會繼續折磨他。這表示他們知道我要來了，而且他們曉得四個會合點，也已經派人在峽谷中等待。我之前聽到的，的確是來自未來的槍聲。

一開始的震驚剛退去後，我又趕緊舉起步槍。我不想看瞄準器裡的景象，但是剛剛第一眼認出那位信差時，我也看到了一件事，現在沒把握自己是不是眼花了，所以一定得確認才行。如果我沒看錯，那麼在很多方面，都比一個前任喀布爾計程司機被釘上十字架痛苦而死，還要更令人驚恐。

我把十字瞄準線指著那些鴉片商，接著持續往左轉，同時逼自己做好心理準備。我看到一大群人——男人穿著夏爾瓦卡米茲長袍，女人則從全套的頭紗到長長的布袍都是黑色的——在交叉路口徘徊，有的在慟哭，有的只是無聲地抗議。

一小群人聚集在一個小丘前，懇求著三名蹲在靠近丘頂的全副武裝男子。從三人所在的位置，對交叉路口的視線一覽無遺，而且他們顯然是虔誠軍派來的衛兵，駐守在那裡，好確保不會有人想放掉那個被害人，或是介入他們精心安排的這一幕。

三個衛兵看起來都像是狠角色，都是有著憔悴瘦臉的戰士，皮膚被太陽曬得粗韌，或許是敘利亞人或伊朗人。他們的年齡差別很大，胸前披掛著子彈帶，手裡拿著突擊步槍，他們旁邊生了一堆火，放著一把茶壺，正在跟彼此聊天，沒理會那些抗議，甚至有個哭泣的男人幾乎是拜倒在他們面前，他們也沒看一眼。無論那男人說了什麼，無論他懇求什麼，對那些衛兵都完全不起作用。

那個哭求的男人六十來歲，灰色絡腮鬍，儘管是拜倒的姿勢，但感覺出奇地威嚴，如果你告訴我他是村裡的長老，我也不驚訝。不只如此，他看起來像個父親或祖父。

我的十字瞄準線緩緩經過他，繼續往左，儘管我的步槍一直在移動，但看到我在找的畫面時，並沒有減少那種衝擊性。就像我之前匆忙看到的那一眼，一個女人和她的兩個幼女被以鐵鍊拴在十字架底部，被迫坐在死屍的下方。我很確定懸在上方的就是她們的丈夫和父親，而本來預定要給她們的護照，還藏在我的馬鞍墊布裡。

我無從得知她們是否被迫看著釘刑，但是在某種意義上，她們眼前的命運更糟糕。在那種曬得人視線模糊的炎熱中，她們面前沒有食物，只有每個人一碗水。那不是三個小丘上的衛兵好心。一個人沒食物也可以活很久，往往可以熬上兩個星期，但是在高溫環境下，不喝水大概兩天就會死亡。那些水放在那裡，是要延長她們死前的痛苦，盡可能延後她們的死亡：當那女人和兩名幼女緩緩餓死時，住在附近區域的居民就得看上好幾天。

我吐出一口氣，努力想控制自己的憤怒，然後更仔細地看。那個母親蜷縮成胎兒姿勢，而因為她穿的黑布袍，看起來就像一灘黑色的水窪。有關她的一切都顯示她被之前發生在丈夫身上的事情，以及她和兩個幼女即將來臨的死亡壓垮了。她看起來甚至沒在哭，只是崩潰又筋疲力盡。離她很近的兩個小女孩，年齡大約四歲和六歲，正在喊叫求助。一開始，我很驚訝她們沒有依偎著母親以尋求安慰，然後我才明白那是不可能的。三個人全都被鐵鍊拴住了，刻意不讓她們可以爬向彼此碰觸或表示愛意。這樣能確保她們都會孤單死去，沒有任何安慰。

至於那個祖父，換了誰不會去懇求那些衛兵呢？但是我知道沒有用。要是有奇蹟發生，那三個衛兵肯聽，他們會說自己只是看守的人，無權作主解開那一家人的鐵鍊。

就在我觀察時，一個大約八歲的小男孩從人群中跑出來，沒被父母發現，奔向那兩個小女孩。他手上拿了一些水果片和一個木頭玩具，正要給兩個小女孩。人們開始大喊又尖叫，想要阻止他——

三個衛兵本來正在喝茶，此時領頭的那個站起來，舉起步槍大喊。他的身高超過一百八十三公分，體格魁梧，蓄著滿臉大鬍子。他曾經掉了一顆上門牙，於是最顯眼的特色，除了襯衫上的軍階徽章之外，就是一顆金門牙。他不停朝那男孩大喊，用步槍瞄準。看著那男人的模樣和這可怕的一幕，我真沒把握他不會開槍，但幸好，一個陌生人從人群中跑出來，抓住那男孩，把他往後拖。

我放低步槍，轉身望著別處。此時下午過半，還有幾個小時的天光，我可以在天黑前走不少路。毫無疑問，我非走不可。這個任務結束了——在這裡我得不到有關一個即將發生的奇觀的資訊——而中情局對於這類狀況的規定很清楚：我得立刻終止任務，盡快撤離。我被派來執行一個收集情報的任務，沒有別的，無論在敵對領土發生什麼令人憤慨的事情，都跟我或局裡無關。

要是我想回到巴基斯坦，任何分析都會指示我立刻回頭。同時希望虔誠軍的人還在峽谷裡等著，但只要他們明白我遲到或繞道，就會開始搜尋。到了明天中午，我猜想，他們就會派出無人機升空，而我唯一的機會就是盡可能跟他們拉開距離。

顯然，每一分鐘都可能很關鍵，我唯一要做的，就是別去想眼前可怕的這一幕。有些事情一旦看過了，就永遠忘不掉，而那兩個垂死的小女孩，連要握住彼此的手都沒辦法……

我起身準備離開，但心知這一幕的記憶將伴隨我的餘生，永遠忘不了。

41

我站在那裡不動。在起身和邁出步伐之間的那個小小空隙，我開始想著搭飛機回家，想著看到我的國家從雲層中浮現。

但是，隨著每一分鐘過去，我通往安全的途徑愈來愈窄，我還是停在原地不動，想著麗貝卡，想著她一直好想有自己的孩子。有一回在一個安靜的時刻，她跟我說，建立自己的家庭是她無法退讓的條件。我猜想這是因為她破碎的童年，但無論原因是什麼，她很明確地讓我知道，如果必要時，她會不惜跟我分手。

換了別人，一個不同的或更好的中情局情報員，可能不會把自己伴侶的夢想，拿來跟現實中兩個蜷縮在路上的小孩對照，但是就像我之前說過的，我知道他們的影像會永遠糾纏著我，而這個現實已經開始了。

在我站著不動的那短暫幾秒裡，我很確定麗貝卡會期望我怎麼做，而且同樣重要地，我會期望自己怎麼做。我拿著一把原型的AK－四七步槍，每個零件都是特別打造的，整個武器平穩得像一把狙擊步槍，而且上頭裝了全世界最佳的望遠瞄準器。

說真的，我還能要求更多嗎？

42

時間並不重要——稍後會變得很關鍵，但眼前並不是。當我走回那些小型馬時，我低頭看著手錶上沙烏地阿拉伯王儲充滿遠見的臉，估計再過四十分鐘，太陽就會落到我的正後方。

難得一次，我對日落的興趣跟黃昏禮拜無關；我希望太陽就在我的正後方，這樣如果交叉路口的群眾轉頭看著這片山脊，就會被我背後照過來的炫目陽光弄得目盲。

我卸下薩卡博和其他兩匹馬身上的東西，抓了藏著四本美國護照的馬鞍墊布，把襯裡拆開，找到那些裝著護照的防水袋。這些是貨真價實的護照，只缺照片和個人詳細資料，所以在黑市裡非常值錢。但如果落入虔誠軍或任何恐怖份子團體手裡，也會非常危險。我撕下那些紙頁，然後利用一把象牙柄的小刀，把那些紙頁割成碎片，再埋在灌木叢裡。

我拿起薩卡博背上的老舊馬鞍，用同樣一把刀（很尖，而且刀刃非常銳利）在皮革上以阿拉伯文刻下一段話。我寫說這匹馬名叫薩卡博，牠和另外兩匹馬一直忠實又勇敢，超乎任何期望或期待。

我們在一起的旅程結束了。發現牠們的人，請把牠們視為至尊至高者阿拉的贈禮，我寫道。讓牠們退休後在田野吃草，待牠們以愛與尊重。這是真主最低的要求。在袋子、馬鞍、鞍墊內，你會發現足夠的錢可以支付牠們所需的一切。

價值五萬美元的黃金，應該能涵蓋這一切了，我悲傷地想。

我站起來，把所有值錢的東西裝上三匹馬，然後把寫著訊息的馬鞍固定在薩卡博的背上。我撫摸牠有如天鵝絨的鼻子，看了牠溫柔的雙眼最後一次，然後微笑著看牠縮回嘴，咧嘴露出牠獨有的那種傻笑。我把牠轉身，拍了牠的臀部。牠困惑地看了我一會兒，然後，因為沒有牽引繩，牠明白自己獲得自由了。

牠大步前行，沿著小徑往回走，另外兩匹馬也跟著，接著，我懷著比原先預期更沉重的心情，看著他們一路走遠，直到再也看不到。然後我看一下手錶——離日落還有十二分鐘。

43

我已經確定好自己要伏臥在哪裡：步道上方十呎的一片泥土地，那裡有寬闊的射擊範圍，身後的太陽會有炫目的光，而且上方有一棵樹懸垂下來的樹枝，會把我籠罩在陰影裡。

我爬上那裡，短短幾分鐘就把岩石和泥土堆成一個小土墩，打算用來支撐我步槍的槍管，同時也可以壓低聲音。為了讓聲音更降低，我把之前刻意留下來那三條沉重的馬鞍墊蓋在步槍上。我的計畫是發射出所謂的「幽靈子彈」——那個交叉路口的人根本看不見，也聽不到是哪裡來的。這表示當第一個衛兵倒下時，剩下的兩個比較沒有時間反應，更別說尋找掩護了。

沒有人說過我是神槍手，我自己更不認為如此，不過，此時只有輕微的側風，從一段距離外開槍有難度，但仍在這把步槍的準確範圍內，何況有這麼出色的瞄準器，我想我應該辦得到。最困難的部分，將是要迅速從這個衛兵轉到下一個，鎖定，然後開火。我也擔心一旦第一個衛兵（更尤其是第二個）倒下後。那些群眾就會明白出事了，我怕他們會開始移動，擋著讓我沒法開槍。

人群是難以預料的，更別說有幾十個人已經很痛苦，其他人也急著想幫那個女人和她的孩子，但是我無法控制他們會做什麼，心知自己只能見招拆招。所以，當我壓低身子趴伏在地上時，我對自己的能力和群眾是有些擔心的。我挪動一下身子，直到感覺輕鬆自在，然後調整了我的克難消音設備。然後我才將步槍抵住肩膀，打開保險，隔著瞄準器看出去，清楚看到目標場景。

一陣憤怒湧上來。那個姊姊（六歲的小女孩）拖著鐵鍊，設法張開四肢、趴在泥土地上，成功地碰觸到妹妹伸出來的手，然後顯然盡一切努力要安撫哭泣的妹妹。

那個母親也改變姿勢，她坐起身，還在哭，但是跟自己的孩子比劃著，想勸她們分開來。可想而知，那個妹妹根本不聽，拒絕放開姊姊的手指。

然後，隔著瞄準器，我看到那個母親擔心的原因：有金牙的那個衛兵離開小丘，拿著他的步槍，走進人群。人們嚇壞了，紛紛讓開來，讓他大步走向那兩個小女孩。

那個母親開始叫得更大聲，哀求兩個小孩放手。那位祖父面對十字架跪著，喊著要兩個小孩分開。

正當我在觀察時，金牙衛兵又走了三步，抬起腳，用力踢了那個妹妹的手腕，逼得那個妹妹鬆手，迫使兩人牽住的手指分開。他拿起拴著姊姊的鐵鍊，用力一拉，把她往後拖過泥土地，直到她完全跟母親和妹妹分開。

他把鍊子另一頭拴著的木樁從土裡拔起來，走近十字架底部，然後把木樁插在孩子死去父親的腳下土地，不准再有任何人碰觸別人的手。他檢視自己調整過的成績，轉向那悽慘的一家人，指著他們的水碗，顯然命令他們喝水，他可不打算讓她們死得太快。

透過望遠瞄準器，我看到他站著完全不動，微微轉向我，等著那母女三人拿起碗來喝水。十字瞄準線正對著他的胸部。這不是我原先計畫或想像的；我本來希望三個衛兵很接近，這樣我可以很快連續攻擊，在幾秒鐘內把他們三個都撂倒。但眼前的現實就是如此。

只是輕輕壓一下，幾分之一秒……單指施予十磅的壓力……半輩子的訓練和經驗，帶領我來到這個地方和這個時刻……我不禁想問，我沒在峽谷裡送命或許是有原因的——或許那模糊的槍聲只是我的想像……或許，就像一股奇異的寂靜籠罩全世界，有其他更多含意。這樣可以幫助一個已經一無所有、連希望都不剩的家庭……

我扣下扳機。

我沒擊中金牙衛兵的胸部。或許風勢比我原先評估的要強，稍微改變了子彈的方向；或許我的手指太緊繃，扣扳機時太用力了，更可能是我沒有吸氣並憋住，而是氣得在吐氣時開火；無論原因是什麼，槍管一定是稍微抬高了。

這已經足夠讓子彈錯過他的胸部，還有頸部，結果擊中他的嘴巴。我不認為自己有可能看到——那大概又是我的想像——但我向上帝，或真主阿拉發誓，我看到那顆金牙爆炸。

幾分之一秒後，幾乎他頭部的每一個器官都被扯裂了。因為我開槍的地方比他高，那顆子彈是以往下的軌跡射進他嘴巴，接著切斷他的脊髓，從他的後頸穿出。一般腦袋的重量大約五公斤，而金牙衛兵的頭失去了脊柱的支撐，就往後甩，接著半垂在他的背部，只剩幾條破碎的肌肉連接著。他倒地時，幾乎是被斬首了。

人群震驚地瞪著倒下的身軀。我的步槍沒有發出任何聲響，寂靜籠罩著那個交叉路口，沒有人明白發生了什麼事。每個人之前都望著金牙衛兵，深怕他接下來會做出什麼事，此時不曉得怎麼回事，他就成了一團模糊的血肉，靜靜倒在泥土地上。

我很慶幸看到另外兩個衛兵甚至沒意識到他們的同伴死了。我很快轉動步槍，抬高槍口指著那個小丘。透過望遠瞄準器，我看到三個衛兵中最年輕的那個，仍在一個臨時湊合的遮陽篷下面打盹，另一個衛兵則背對著交叉路口，正在泡茶，此時他忽然停下，轉身，大概搞不懂為什麼四下突然變得安靜。

他注意到領頭的衛兵躺在地上的一灘血泊中，於是立刻手忙腳亂要去抓他的步槍，那把槍原先撐靠在一塊岩石旁。我必須趕緊開槍，眼前的當務之急是要趕快殺掉這兩個衛兵，免得他們抓起電話打去峽谷討救兵。

幸好，那個泡茶的衛兵為了想去抓自己的槍而犯了一個錯，因為他根本不曉得發生了什麼事，抓步槍也根本不會有幫助。無論他在敘利亞和伊拉克幹的壞事有多殘忍，他顯然非常外行。一個專業軍人會遵循一條鐵則：安全第一，武器其次。

他一時沒有尋找掩護，給了我瞄準的機會，但即使如此，我開槍時他還是在動，正在朝他的步槍爬過去。他原先一定是蹲著，也或者我又射歪了，總之射中他的地方比我預料的高，轟掉他頸部和胸部上端的一大塊。從他脖子噴出的鮮血看來，那顆子彈割斷了頸動脈，讓他活命的時間大概只剩三秒鐘。

他倒在地上，但我已經把槍管轉向，去找那個在遮陽篷下面打盹的衛兵。我很快就找到，但此時他已經站起來。他可能比較有經驗，或是比同袍更恐慌，他沒去找武器，而是奔跑著要找掩護。

他快步跑過那個小小的營地，衝向一堆大石頭，但是經過他們的補給品時，他的手抓起一個背包，大得足以裝一具衛星電話、電池、一個充電器。我並不慌張，我的十字瞄準線已經對準他，確定無疑。我開始要扣下扳機。

一張臉忽然跳進我瞄準器裡的畫面。

是那個祖父。即使沒有槍聲，他大概已經明白有人在開槍，於是原本跪在地上的他跳起來，要衝下小丘去找他的女兒和孫女。

他的臉在瞄準器裡顯得好大，就擋在那個打盹衛兵前面。我的手指趕緊停下，免得把那老人的頭轟掉。

本來我以為只要簡單開三槍就好，現在卻變成一場危機。在那個恐怖份子打電話之前，我大概還有兩秒鐘可以殺了他。我把步槍上蓋的馬鞍墊布拿開，趕緊站起來，想改變射擊角度，避開中間的阻擋。

那個祖父依然在我瞄準器的畫面裡，打盹衛兵的軀幹已經躲在一塊大石頭後方，所以我只能看到他的雙腿和雙腳，這個目標實在不理想，但我只剩幾分之一秒，非得開槍不可。我站著扣下扳機，連開四槍，看到至少其中一槍射中那打盹衛兵的腿。

他大叫著坐在地上，去抓中槍的右膝蓋，想要止血。他軀幹的一部分短暫從大石頭後方探出——

我又連續開了四槍，看到那塊大石頭被擊出碎片和火花，其中至少一槍擊中他的胸部。他往前倒下，露出更多身體，我又開了四槍，緊接著又四槍，至少確定其中三槍擊中他的腰部以上。我停下，繼續透過望遠瞄準器看著：他完全不動了，然後我看到一大片血從石頭後方流出來。

我放低步槍，呼吸急促，嘴巴發乾，一道道汗水從臉上流下。我筋疲力盡地往下看著交叉路口，看到那個祖父已經穿過人群，跪在金牙衛兵的屍體旁。

他從衛兵沾了血的子彈帶拆下一串鑰匙，趕回女兒身邊，解開拴住她腳踝那根鐵鍊的掛鎖。他溫柔地扶著她站起來，把她緊擁在胸前——他可能年紀大了，她可能已婚且為人母親，但她永遠都是他女兒。

他們一起轉身，匆忙去解救那個比較年幼的小女孩。小女孩大哭著撲進母親的懷抱，而祖父則又趕緊去找比較年長、剛剛很勇敢的姊姊，解開了掛鎖。他抱起她，走向她的母親。

死裡逃生的這一家人彼此擁抱，看起來像是一幅經典大師筆下的油畫場景：一身黑的女人；灰色大鬍子、土褐色衣服的祖父；兩個小女孩緊抓著母親；他們站在被釘死於十字架的男人下方，形成一幅完美的畫面；風吹著塵沙，掠過乾燥的地景，太陽現在只剩丘陵上方的一道銀邊。

他們繼續站在那裡不動，害我擔心起來。快跑，我腦袋裡對他們說。他們就要來了，有人會告訴他們的。快跑，趕緊逃去阿富汗。

我不明白其他人為什麼沒有朝他們喊，但是當我看向人群，這才發現沒人在看那家人，而是都朝我的方向看。剛剛我不得不站起來，槍聲也不再被悶住，於是他們就曉得我的位置了。

我不知道他們是否看得到我——或許我背後還是有足夠的陽光，可以防止他們看到——但是如果他們看得到，那麼也只看到一個陌生人，從衣著的模樣看來是旅行者，獨自站在山脊上，襯著落日只是一個剪影，他的身體交錯著上方樹枝投下的陰影，手裡拿著一把古老的ＡＫ－四七步槍。對他們來說，這個陌生人為什麼要射殺那三個衛兵一定是個謎，而且很可能永遠都是個解不開的謎。

人群中有一個二十來歲的男人，高大而英俊，舉止看起來像個軍人，他走向那個十字架，彎腰拿起金牙衛兵的步槍，然後往上看著我。他把步槍舉過胸部，朝空中猛地舉高。

那是致敬，他就一直舉著步槍，同時所有人都雙手舉到頭部上方猛拍。我獨自站在暮光中，往下看著，不禁納悶，要是他們知道這個山脊上的陌生人曾是美國——他們被教導稱之為「大撒旦」的那個國家——的軍官，現在是間諜，是否還會這麼敬佩我。

我願意想著其實不會有改變，把我們分開的那道語言、文化、政治的鴻溝，現在由共同的人道關懷搭起橋樑，至少暫時是如此。

我也把步槍舉到頭部上方致意，然後發現，他們看得到我，至少是剪影，因為那個交叉路口發出一陣歡呼。舉著金牙衛兵武器的那名男子放低手槍，群眾開始動了起來，紛紛回到市集裡，或去找他們的小孩，然後開始準備晚餐。同時我看到，那位祖父匆忙帶著女兒和孫女走向幾匹小型馬，然後牽著馬朝向最遙遠的一條馬路——最終通向阿富汗的那條路。

他們必須開始逃命。過了幾分鐘，我也開始逃命了。

44

我拿了四個皮革水袋、一個裝食物的背包、烹飪設備，揹上一邊肩膀，另一邊肩上則揹著步槍，然後我開始想找一個低窪的地方。我知道我沒辦法帶著食物走，因為我得趕路，隨身帶的東西要盡量輕便，所以上路後，我可能會有幾天沒法吃東西了。

我得現在趕緊進食，十五分鐘後，我離開了那條被人踩出來的小徑，深入一些林下灌木叢，發現了我要找的：一片樹林圍繞著一小塊空地，旁邊還有一堆岩石，在漸暗的夜色裡可以遮住火光。

我趕緊動手煮吃的——路上帶著準備好的口糧一定會讓我暴露身分——正開始大口吃著煮得很糟糕的咖哩飯，急著想吃完就上路，此時，我聽到一個腳步輕輕落地，只是片段的動作，從我後方的灌木叢傳來。我繼續吃，動作和肢體語言都沒顯露出我聽到什麼。或許是什麼動物，但我認為不是，接著我聽到一個更接近的衣服窸窣聲，就更確定了。有經驗的戰士（比方虔誠軍的人）就是會這樣接近目標，同時我知道還會有其他人從不同方向接近。

我盡可能動作自然地把手中的白鐵盤放下，不慌不忙地伸手要去拿一袋水來喝；但直到最後一刻又不拿，手迅速掠過水袋，抓起ＡＫ－四七；緊接著我身體往林下灌木叢翻滾，離開火光；停下時成趴姿，步槍抵著一邊肩膀，本能地瞄準那個腳步落下的位置，正要扣下扳機，此時——

「把槍放下。」一個聲音從我後方傳來。我之前的判斷沒錯：這個突襲組織良好且執行得很專業。他們在漸暗的天色中、從不同的方向接近我的臨時營地，這一點可以確定。但我原先沒料到的是，那個腳步聲和衣服窸窣聲只是聲東擊西，轉移我的注意力，真正的危險其實是在反方向。這不是我唯一犯的錯：我本來假設，那些等在峽谷裡要突襲我的恐怖份子得花好幾個小時，才能趕到那個交叉路口，所以這幾個小時的時間我是安全的；但我猜想，我沒料到的是，這個區域還會有另一支虔誠軍的巡邏隊，或者這些人是被派來支援釘刑現場的衛兵。

我沒辦法，只好聽話把步槍放下。

「往你右邊滾三圈，」我身後那個聲音說，同樣是講阿拉伯語。他要確保我碰不到步槍，於是我遵照他的指示做。

「手放在頭上，起來跪著，」他說。我起身跪著，而因為我已經被繳械又幾乎沒法動，於是那些人一如我的預料，紛紛從岩石或樹後頭冒出來，總共有十多人。

我看著他們，難以置信又驚奇。即使在微弱的火光中，我仍能認出其中幾個人：他們之前曾出現在釘刑周圍的人群中。

「你可以拿你的步槍了，」我身後那個聲音說。我轉身，看到是之前去拿金牙衛兵步槍的那個士兵。他微笑。「在我們看到你怎麼對付那些衛兵之後，沒有人想在接近你時被開槍。我們決定要先幫你繳械——對不起。」

「沒關係。」我說，大感解脫，拿回我的步槍，但完全不明白他們有什麼目的。

那個士兵顯然是這群人的領袖，而且組織了這次來訪，他比劃著示意，要他的同伴澆熄營火。「火焰不是問題，」他解釋道：「不過他們有狗，要是風吹向正確的方向，狗會聞到煙，就像我們剛剛那樣。」

狗，我心想，這是個糟糕的意外。我來到伊斯蘭國家，卻一直沒想到這一點；因為宗教的種種原因，虔誠的穆斯林不會養狗當寵物。不過，現在我想到了，他們也不禁止為了其他目的養狗，比方打獵。

「謝謝。」我說，指著被澆熄的火，然後看著另一個人倒掉我的咖哩，換上一堆熱騰騰的香米飯，外加幾勺燉肉，我猜是山羊肉。毫無疑問，這是他們所能提供最好的食物，裝在特製的容器裡，是從他們靠近市集的營地裡帶來的。

其中兩個訪客年紀比較大，從模樣看來，或許是非常熟悉沙漠生活方式的貝都因部落的人。他們正在裝滿幾個特殊的薄皮水袋，遠比我原先的皮革水袋要輕，而且讓我可以揹得動的水幾乎加倍。

「我們猜想你得放棄你的任何馱馬——牠們太容易被看到，也太容易被追蹤了。你唯一的機會是走路，另外萬一你不曉得，在這個地方，口渴和受傷會很快輕易害死你。脫掉你的鞋。」

「什麼？」

「脫掉鞋子。」他又說一遍，示意一個灰鬍男子過來。那男子手裡拿著幾雙涼鞋，跟其中幾個男人穿的一模一樣。「這些是市集裡的一個工匠做的，」士兵解釋道：「是你所能找到最好的。」

「這涼鞋是特別針對這裡的崎嶇地形，舒適又穿不壞。你穿著這種涼鞋可以爬上峽谷的崖壁，而且相信我，你會去爬的——如果你想要有一絲機會，就得去他們的四輪傳動車和半履帶車無法追蹤的地方。」

我點頭，這一點我已經想過了。我脫掉鞋子後，灰鬚男子就讓我試穿不同的涼鞋，挑了最合腳的一雙，準備用一把長刀再調整。我轉向那個士兵，指著其他的人。「你們全都曉得我是誰？」我問。

「當然了，」他回答道：「你是個不知名的旅行者，獨自站在一條小徑上，看到一個協助小孩和他們母親的機會。很不幸，我們其他什麼都沒看到，落日照得我們不可能看清。然後你就消失了。」他又露出微笑。

「被釘上十字架的那個人，你認識他嗎？」我問。

「不認識，」他回答道：「大家在市集裡看過他，只是路過。據說他老是在旅行，但是沒人曉得去哪裡、為什麼。他們把他帶來這裡時，他還活著，只剩一口氣。他們折磨他，把他放在一條毯子上，從一輛平板貨車的後頭拖下來。

「我們五個人是朋友，帶著家人來這裡。」他指著排列在那塊小空地周圍的人說。「我們正在採買補給和彈藥的時候，他們就命令我們出去，叫我們挖一個坑，好豎起十字架。他們也把十字架帶來了，重得要命，比不信神的罪孽還重。」他說，又露出溫和的微笑。「他們把十字架平放在地上，被害人就在我們後頭，我們開始挖——」

「你剛剛說他當時還活著，」我說：「他有沒有說什麼話？」

「詛咒了一大堆，雖然他已經很虛弱了。」那士兵回答道：「他說他堂弟也是虔誠軍的成員，偷聽到他跟他太太的談話，出賣了他。」

我聽了很震驚——被你自己的親戚出賣、釘上十字架？有時這個世界的邪惡似乎永無盡頭。

「他一直在說他做的每件事都是為了家人，」那個士兵繼續說：「從他倒著的地方，他可以看到自己的太太和女兒，每隔幾分鐘，他就會想要喊他們，跟他們說對不起。」

光是想像就夠讓人難過了，我又繼續鼓勵他講下去。「他有沒有說過有關一次會面的事情？」我問。

「中間有一度，他看著我們說，如果有個旅行者來，請告訴他，他之前跟他們說的一切都是實話。每個字都是真的。」

我想了一會兒那張捲菸紙上的照片，有關一個奇觀的資訊，還有日期——這一切，我們本來以為可能是為了抬高價錢而已——於是我很確定，一個遭受折磨、即將被釘上十字架的男人沒有理由說謊。

「他說，他本來再過幾個小時就要跟某個人碰面，」那士兵繼續說：「但是不可能啊，他一定是在胡言亂語，因為根本沒有人來。我們不曉得那個人會是誰。」他對著我嘲諷地抬起一邊眉毛。

我微笑。「他有沒有提到一個計畫、一個時間和地點？一個國外城市，或是好幾個？」我努力想讓自己聲音保持冷靜且克制，但是我太絕望了，想要盡可能挽回一些什麼。

那個士兵搖頭。「他快死了，然後他們開始把他搬到十字架上。這回他真的是在胡言亂語了，他說印度有個城市，邪惡曾隨風而來，那裡是永無止盡的悲劇。」

「什麼？」我說，立刻警覺起來。「印度的一個城市？」

「就像我剛剛說的，他真的是在胡言亂語，」那個士兵回答道：「他幾乎全在談他的家人，想要跟他們告別。他們已經把他搬上十字架，接著就把他的手腳釘在上頭，然後將十字架豎起來。剩下的你都看到了。」

「講這樣的話真奇怪。」我說，其實是在自言自語。我已經吃完了燉羊肉，灰鬍男子也完成了涼鞋的試穿和調整。「邪惡曾隨風而來？」

「你得走了。」那士兵說，比劃示意他的同伴拿起自己的武器和設備。「既然你沒來過這裡，所以我們也不能道別了，對吧？」

我們相視微笑。「我知道你不是信徒，」他繼續說，比較嚴肅了。「但是總之容我這麼說，願真主阿拉保佑你。」

「也保佑你，」我照著傳統方式回答。他轉身朝其他人示意，我沉默看著他們遁入黑暗中。

我站在黑暗中，現實朝我逼近：現在什麼都沒有了，沒有了原先的任務，只剩一個垂死男人講過的一些話。一個在印度的城市，他所說的一個無盡悲劇的地方，怎麼可能會是恐怖份子攻擊西方的目標，或是能為此提供任何線索呢？

45

我開始收拾自己所剩不多的物品，很慶幸有那頓像樣的食物和輕便的薄皮水袋，但是除此之外，沒有什麼能減輕我心中那種厄運逼近的感覺。

身在全世界最敵意國家之一的深處，我知道自己沒有平安回到巴基斯坦國界的希望，打從我決定幫那一家母女的那一刻，就很清楚這個現實。

我得徒步走很長的路，被迫要避開每一條小路，穿過無盡的乾旱地形，一路沒有食物，甚至沒有水。更糟糕的是，一旦虔誠軍聽說那個交叉路口所發生的事（我猜想大約再過一小時），他們就會知道是誰幹的，會朝這個區域派出大量步兵、四輪傳動車、無人機，而且現在我知道，還會帶著狗。

多年被跟蹤、被追逐的經驗讓我知道，如果我想要活下來，唯一務實的選擇就是請求支援：中情局必須盡快把我救出敵區。

當然，如果有電話就好了：我可以打一通加密電話給局裡。但是去想這件事也沒有用，我告訴自己，我無法更改已經發生的事情。眼前缺乏任何通訊方式，就我看來，要傳訊給蘭利，唯一有希望的辦法只有一個。

為了達到這個目的，我蹲下看著手錶。因為這個手錶是專為穆斯林設計的，錶盤邊緣有顯示每天五次禮拜的時間。這表示黎明還有十一個小時，也就是說，我還有十二小時十九分鐘去安排我必須得做的一切，好傳訊給蘭利：就算沒有碰到任何阻礙，這個時間也極其緊迫。

我抬起步槍，眼睛湊到瞄準器上，食指貼著扳機，啟動地圖顯示功能。才幾秒鐘，我就找到我正在找的，發現我要走的路線，幾乎是往正南方。

我要走陸路回到白石高原。要是能趕到那裡，或許還有機會。十二小時十八分鐘。

46

我動身時是一個糟糕的夜晚，整趟任務裡最糟糕的，而且很快就變得更糟。我在黑暗中跌倒又踉蹌，跑過一片地圖上未標示的荒原，我設法留在稜線上，但是有無數次不得不往下進入峽谷，然後爬上崎嶇的山坡。

才頭一個小時，我的衣服就被扯破了，因為我碰到無數顆尖銳的岩石，還有一次得帶著步槍穿過一片荊棘類灌木叢。至少有四次，我臉朝下趕緊趴在泥土地上，因為被鳥嚇到了，我以為那些鳥是裝了夜視鏡或熱影像儀的無人機。

然後，就在天快亮時，藉由步槍瞄準器的地圖功能，我終於看到那個掛著破爛風向袋的目標塔。我把水袋扔在目標塔底部，脫掉襯衫當袋子，開始收集小白石，愈多愈好。

之前在蘭利漫長的準備期中，我不光是在電子地圖上看過這個高原，也檢視過幾乎整條路線上的幾百張衛星照片，包括環繞高原地區的許多高解析度照片。所有的照片都列為機密，有國家安全局標誌的浮水印，而且清楚印著來源和拍攝的時間與日期。於是，我知道每一天通過阿富汗的伽利略四號間諜衛星都遵循著由日出決定的時間表：它會在日出後一小時十九分鐘，準時通過高原及其周圍的上空。

在一般的狀況下，這類間諜照片可能拍了好幾天都不會有人看，但是我有一個優勢。因為我沒有利用衛星電話每天上傳照片，蘭利那邊會假設有事情出錯了，所以我確定，每天人造衛星通過這裡所拍攝的幾千張照片，都會被逐分鐘檢視，而且會立刻試著查出是否有我或我的屍體。此外，如果過去的狀況有任何參考價值，蘭利總部七樓的主管們應該已經通知我們在阿富汗的所有間諜，要隨時待命，準備必要時出動救援。

不過首先，我得發出一個訊息，然後——如同信徒常說的，如果這是神的旨意——才會有救援到來。一次又一次，我收集了石頭，扔在幾天前我牽馬經過的那條平坦的舊飛機跑道旁。等到石頭收集得夠多，而且天亮了，我就走回風向袋，喝我每小時可以喝的那一口水，然後坐下來思索我要發出什麼樣的訊息。就在此時，我看見了那架無人機。

那是以電池提供動力的無人機，非常安靜；我本來根本不會曉得它正在接近，但是此時無人機沿著這條舊飛機跑道的東緣飛行，升起的太陽正好照著它的機身。我坐的位置有一部分就在風向袋下方的陰影中，剛好有足夠的時間在飛機接近前撲在地上，貼著泥土，幸好我的衣服和赤裸的背部都很髒，就跟任何迷彩服裝一樣管用。

我從眼角看著那架無人機，希望它不會降低高度，在我上方盤旋。所以當我看到它的陰影掠過風向袋的另一頭，愈飛愈遠時，真是鬆了一大口氣。我數到二十，抬起頭來，剛好看到它向左急轉，飛過高原的邊緣，然後消失了。然而，這不表示威脅結束了。從它固定高度、直線、急轉彎的飛行方式來看，我猜想這不是隨意的搜索飛行。看不見的操縱者是在做地毯式搜尋：早晚它還會再回來，從不同的角度。

不管無人機還會不會來，我打開了步槍的地圖功能，開始尋找一條路，好讓我們的伊朗間諜有機會來接我，協助我穿過國界，進入巴基斯坦或阿富汗。花了幾分鐘，我找到了一條偏僻的小路——大概不會比一條泥土小徑好到哪裡——是我辛苦跋涉兩天或三天可以到達的。在炙熱的高溫下，我計算我的水只夠喝三天，沒法撐更久了。

總之，那條偏僻小路連接到兩個省城，表示會匯入更寬、更好走的道路網，也讓救援小組可以更快來接我。此外，地圖上也顯示途中有一條小橋，是一個很容易找到的會合點。我又重新檢查一次我的種種推估，記下座標，然後奔向我收集來的那堆白色小石頭。

在伽利略四號經過我頭頂之前，我還有三十二分鐘。

47

我的訊息必須簡單，而且夠大，檢查衛星照片的分析師和研究員才會立刻注意到。一開始，我要先拼出代表求救的S-O-S。

我挑了這條飛機舊跑道上最乾淨的一段，很有把握那些純白色的石頭放在乾枯的草上會是鮮明的對比。不過耗費的時間比我預料的久，不但排石頭花時間，不斷注意遠處的高原角落是否有無人機，也很花時間。

我快排完下一部分——M-A-N-D-E-A-D（人已死）——此時又習慣性地看一下天空：太陽斜照著跑道，我看到那架無人機迅速飛過來。

我趕緊趴下，身體盡量蓋住那些小石頭排出的訊息，只把頭抬起一吋，看無人機飛到哪裡。它沿著這片平地的遠端，飛得很低，就在濃密樹林旁靠我這一側，看著整片森林，我猜想操作員應該是假設，任何正在逃命的人都會待在有掩護的地方，絕對不會跑出來空曠之處。我趴著完全不動，肋骨和鼠蹊壓著幾分鐘前排好的那些石頭，搞得我焦躁難耐，一直忍不住想動。我幾乎不敢呼吸，等著看那無人機是否會轉向我。

趴在那邊，觀察著無人機沿著林木線飛，知道現在它隨時會看見我並改變分向，我忍不住想起昨天在交叉路口所發生的事。我毫不懷疑，要是我當時不理那三母女，轉身朝邊界走，我的處境會比較好過，所以在我眼前的危險狀況下，我很自然地問自己：當時出手相救是不是做錯了。隨著無人機飛得離我更近，我想起自己以前的人生志願，還有我一直希望能指揮的那些海軍船艦，接著我想到小時候母親告訴我的一件事。我已經二十五年沒想到過了，但我猜那事情在我心底深處早就扎根，只等著衝破泥土、迎接陽光的那一刻。

母親沒受過高深的教育，但是就如同我之前說過的，她信仰虔誠。她一輩子曾佩服得五體投地的公眾人物只有一個：馬丁・路得・金恩博士。當年金恩博士在華府林肯紀念堂二十五萬人面前演講〈我有一個夢……〉時，她才十來歲。聽到這場演講的經驗永遠伴隨著她；她跟我講過那天的事情好多次，多到我都數不清了，而且她幾乎可以背出整篇演講詞。

但是我小時候那天，她告訴我的卻是頗為不同的一場演講。那是佛羅里達州夏末一個大熱天的暮光時分，我們坐在陽台上，看著螢火蟲出現，一個十歲的小男孩跟他母親相伴，心情輕鬆。她當時低聲說：「他教了我簡單的一課。他說，如果看到一個人在街上被人攻擊，大部分人都會問自己：如果我去管，我會怎麼樣？

「但是金恩博士說，這個問題錯了。」她繼續說：「真正的問題是：如果我不管，那個人會怎麼樣？我希望你永遠記住這段話。」

如果我不管，那個人會怎麼樣？我回想。不，我不後悔幫那兩個小女孩。

風開始變強了，捲起沙礫撲向我的雙眼，但我還是完全不敢動彈。那無人機跟我完全平行，飛進樹影又飛出來——要是它會轉向我，那就一定是現在了。

那無人機持續往前飛。緩緩地，我又開始敢呼吸了。它的出現浪費掉我寶貴的時間，但我完全沒動，直到我相信它已經離開視線。然後我趕忙起身看手錶，離衛星經過還有九分鐘。我開始用跑的，沒有時間去抓水袋來洗掉我眼中的沙礫了，我排完了訊息，還剩兩分鐘。在舊日飛機降落跑道的正中央，我站在那些白石子排成的訊息旁邊，趕緊拆掉我的頭巾和其他外衣，只剩一條卡其褲。我頭往上抬，凝視著天空。

我得確保衛星拍到我時，可以拍清我的臉，讓局裡辨識出那是我，但我知道他們也會從照片裡找出一大堆其他身體數據（比方身高、胸圍等等），好確定不是有人冒名頂替我，也避免他們自己落入陷阱。

脅迫，我突然恐慌地想到有這個可能，心知局裡有多麼多疑。我猜想他們會擔心可能有人拿武器躲在樹下瞄準我，如果我手上沒拿著武器，看起來就像是被脅迫的。現在只剩一分鐘了，我奮力跑向風向袋，抓了步槍和水袋，回到原來的位置。我打赤膊，往上看著天空，想著伽利略四號旋轉著接近了，同時我一手握著步槍在腰側高度、準備開火，保險打開了，彈夾裝滿了，看起來大概像個奇怪的預言者，或其實更像個瘋子，然後我倒數計時。

數到零。我可能趕上了指定的時間，但不曉得衛星會經過頭上多久，我希望能為自己爭取每一個機會，尤其是我不確定自己的手錶是不是真的那麼準確。

接下來四分鐘我站在那裡，不敢動且一無遮蔽，想著再過幾分鐘蘭利會有什麼反應。我知道，首先他們會接到國安局打來的加密電話，以他們慣有的方式輕描淡寫，說他們剛收到一些有趣的照片。接下來，局裡就天翻地覆了。

48

由於一個獨特的狀況，關於那一夜在蘭利的種種，麥德琳·歐尼爾目睹得比任何人都多，所以她的敘述當然是最清楚的。

後來她告訴我，那天晚上她正單獨在自己的辦公室工作。自從我進入伊朗之後，局裡就再也沒收到我的照片，所以上司要她去研究以前的檔案，設法查出我的路線上是不是有任何人（除了虔誠軍之外）可能殺了我，或是把我抓起來。綁架勒贖在當地絕對有可能，除了毒品之外，那是整個地區唯一成長中的產業。麥德琳說，因為沒有任何照片，也沒有人要求付錢，局裡的想法是我進入伊朗後立刻碰到麻煩，當場就死了。

快到晚上十點，她聽到自己辦公室門外走廊盡頭的門打開了，一個人跑進來。她打開自己的辦公室門，剛好看到助理局長「硬漢」葛洛佛站在外頭，手機貼著一邊耳朵。

「他們發現他了。他還活著，」硬漢朝走廊裡正要回家的研究主任喊道：「他們要你馬上過去會議室。」那位研究主任看著硬漢，然後一言不發地轉身，把鎖上的門解開。

硬漢看到麥德琳，先喘口氣。「國安局十分鐘前拿到衛星照片，」他吸著氣說：「他站在一個舊機場之類的。」

他轉頭要走，但又改變主意。「你也下來會議室吧，」他說：「獵隼聯絡不上他兩個執行助理，正在抱怨個沒完。一個小時前是他自己叫助理下班回家的，但是別跟他說這個。你之前幫忙完成了門面身分故事，他會很高興看到你的。」

結果，麥德琳發現自己成了獵隼、中情局各部門、國外幾個工作站、國安局，以及國家情報總監這幾個單位之間的臨時聯絡人。

她跑向走廊另一頭，等到她進入地下室的會議室時，這個地方再次充當戰情室，裡頭有一大堆人員。在那片混亂中，麥德琳看到獵隼站在另一頭，感到有點震驚。他向來穿著的西裝外套現在被扔在一旁，正式襯衫的頂端鈕釦解開，愛馬仕領帶也拉鬆了，金色袖釦放在口袋裡，漿過的法國袖口往上捲到手肘。

出了名尖酸的資深情報分析師瑪格麗特也才剛進會議室，吸了一口手裡的電子菸，盯著獵隼。「怎麼——」她說：「現在他隨時會脫掉他的古馳樂福鞋，換上戰鬥靴了。」

顯然，獵隼多年來第一次進入戰鬥模式，麥德琳看著他發出一個又一個命令，從華府其他每個權力機構找來支援。後來她說，以他在壓力下的果斷和冷靜，她在他身上看到的不光是個極其熟練的情報官員，也看到當年在伊朗踩下油門，贏得巨大榮譽那個勇敢年輕情報員的所有特徵。

他轉身，看到麥德琳站在進門處，於是打手勢要她往前走。

「『硬漢』葛洛佛說我或許可以幫上忙，」她解釋道。

「當然可以，」獵隼回答道：「首先——查出那兩個該死的執行助理發生了什麼事。」

「你叫他們回家了，但是硬漢叫我不要提。」麥德琳回答。

獵隼驚訝地注視她片刻，我想他已經習慣別人對他唯命是從了。然後，他朝她露出和藹的微笑。「硬漢非常有智慧。你以後聽從他的建議會比較妥當。」

麥德琳大笑，但硬漢穿過人群走過來，手機又貼在一邊耳朵上了。他停在獵隼面前。「第一批照片傳來了。」他說。會議室的燈光暗下來，每個人都轉頭看著那些IMAX螢幕。

顯然，我以十六K解析度在黑暗中出現，打赤膊站在半個世界外的機場上，我的影像在全會議室的許多螢幕上重複出現。

瑪格麗特吹了個挑逗的口哨，在全場歡呼聲中引來一陣笑聲：我還活著，而且他們找到我了。獵隼立刻要大家安靜，不想只相信表面。

他轉向硬漢：「進行生物特徵辨識，不光是臉，他的身體也要。別管瑪格麗特怎麼想，他脫掉襯衫是要讓我們確認那是他。感謝老天他有在動腦子……」

螢幕上的那張照片換了，因為人造衛星的位置而解析度更高。裡頭的我一手握著步槍在腰側高度，另一手指著望遠瞄準器。

「保險打開了嗎？」獵隼問坐在角落的那組照片專家。

他們商量了一會兒。「打開了，」其中一個回答。

「彈夾是滿的？」獵隼問。

「後膛是打開的，膛室裡有子彈。彈夾看起來是滿的，」那個照片專家回答。

「很好，」獵隼說。會議室的所有人都看著他。「他是在告訴我們，他沒有被脅迫。他已經鎖定目標、子彈上膛，準備要開火。」

「但是那個瞄準器呢？」硬漢問。

「我想他的意思是，他會利用裡面的地圖功能——或許他可以找到某個地方。」獵隼邊想邊說。「他需要我們幫忙……所以他是……」

硬漢把手機放到耳邊，聽著，然後說：「好，傳過來吧。」他是在跟控制室講話，然後轉向獵隼。「下一批照片裡有訊息——」

他還沒講完，螢幕上就出現照片了。每個人都盯著看我用白石子排出來的訊息。獵隼解譯：「SOS。信差死了。地圖座標的一部分，然後是SFGG。」

他頭一次露出憂慮的神色，轉向半打坐在桌前、面對著電腦螢幕和大疊紙本圖表的地圖專家。「他是想跟我們約一個會合點，」獵隼說：「一部分的座標夠嗎？你們可以用這個找出一個地點嗎？」

「不行，」那個資深專家說：「那只有一個繪圖點，我們還需要另一個參考值。他有給其他的資訊嗎？」

獵隼搖頭，往前走，站在最接近的螢幕前，瞪著那些白石頭。「SFGG到底是什麼意思？」

沒人有答案。過去短短幾分鐘瀰漫全室的興奮已逐漸消失，沒有會合點的確切位置，局裡什麼都做不了。「SFGG……」獵隼又說了一次，幾乎是耳語。

「為什麼不把整個座標給我們就好呢？」硬漢懊惱地問。

「因為他很聰明，」獵隼說，半迷失在思緒裡，試圖想像這四個字母會是什麼意思。「他一定覺得虔誠軍隨時都會到達。如果他給了完整的座標，雖然他還是設法逃掉了，但是虔誠軍可能會看到訊息，那他就絕對不能去那個會合點了，因為他們會去那裡等他。所以他就把地點弄成密碼。」

「而且他認為我們夠聰明，可以猜得出來，」瑪格麗特說。

「或許這部分他猜錯了。」獵隼說，繼續專注看著螢幕，好像那些字母可能會給出答案。其他每個人也同樣看著螢幕，三十個腦袋裡浮現出半成形的想法，然後又紛紛放棄。

「如果他不能用地圖座標，」獵隼說：「或許會用那裡地景上的某個東西，是可以辨認的。一個地標？」他看著會議室裡。

「一座山，一條河……」硬漢提議道：「某種地形特徵？」

獵隼點頭。「沒錯，類似那樣的。」但這似乎沒有幫助。他還是站在螢幕前，看著那些字母。「SF。」他說。

「舊金山（San Francisco）？」硬漢問。「那是他最喜歡的城市之一。我們每次告別時，他就會說我們舊金山見。」

獵隼轉身看著他。「或許他覺得你會記得這事情。」他再度看著那些字母。「舊金山……金門大橋（Golden Gate），」他得意地說：「一座橋！」

每個人都花了一會兒消化這件事，然後硬漢很快轉向地圖小組。「接近那個座標的地方，有一座橋嗎？」他問到。

整個會議室似乎凍結了，人人等著旁邊地圖組的人掃描圖表，把資訊輸入他們的電腦。「找到了！」那個組長說：「至少要走兩天，或許三天，要穿過沒有道路的地形。這是一條木橋，位於一條乾涸的溪床上，二十碼長——」

他接下來的話沒人聽見了，因為此時一張新的衛星照片出現在螢幕上，裡頭是一條破爛的橋，整個會議室爆出一陣歡呼。獵隼在喧鬧中對著地圖小組和任務規劃團隊大聲說。

「現在我們知道他人在哪裡，也知道他要到哪裡去。我們要怎麼救出他？列出四個提案。」

負責任務規劃的十二個人點頭。獵隼再度看著我和那條橋的照片，看著麥德琳和硬漢。「徒步走三天，」他低聲說：「要是他沒有足夠的水，在那樣的氣溫下……可能會是個問題。」

49

八小時後，隨著黎明到來，坐在地下會議室裡的獵隼疲倦且蒼白，原先高雅的衣服現在變得皺巴巴，此時他決定了計畫。

他從四個提案中挑選的那個，具有最成功情報行動的兩大特點：迅速且相對單純。而且至少在一開始，似乎運氣不錯。這點運氣是西方國家無法控制伊朗核武計畫的直接後果。儘管這個失敗有可能會釀成大災難，但這表示中情局在伊朗境內的人力資源，比幾乎其他任何敵對國家都要多。

蘭利花了很多年建立起這些人力網絡，就在我出發展開長途跋涉、前往那條橋時，獵隼手上有幾十個伊朗的通敵者、當地情報員、付費線人，和黑水公司散佈各地的接案人可以運用。如果沒有他們，我想他根本不會想展開救援行動，而且幾個月後，就會有一具空棺材葬在華府的一個墓穴中。

在聽過那些任務規劃人員解釋各個提案，又迅速提出一連串問題後，獵隼站在那邊思索好一會兒。「我們得問自己——我們在這裡真正要做的是什麼？」他誇張地說：「我們是要開辦Uber——伊朗的第一個叫車服務，」他繼續說：「我們要去那條橋接我們的情報員，五小時後在阿富汗境內放他下車。」

「這三個太複雜了，」他指著牆上螢幕秀出的那些提案說。「要靠一連串的事件都進行得完全正確。這樣的狀況從來不會發生，至少我所知道的所有情報任務是這樣。

「這個很直截了當，」他說，指著螢幕上的一個計畫，裡頭有兩名男子的臉。「他們兩個都在伊朗，而且他們的工作都是缺席三、四天也不太會被注意到的。其中一個是經驗豐富的司機，經歷過很多緊張的狀況；另一個有通訊和電腦技能，大概會很有幫助。我們就找他們。」

螢幕上的那兩名男子都至少三十來歲，儘管他們所持有的身分證件上顯示他們是伊朗人，但其實他們是外國公民。

「他們是黑水的人嗎？」瑪格麗特問。

「沒錯。」一個任務規劃人員回答。

「黑水」由兩個前海軍海豹部隊軍官在三十年前創立，至今仍是一個龐大的公司。一般大眾知道的並不多，因為這個公司的名稱、經營權都改變過許多次，但在情報世界裡，大家提到時還是稱之為「黑水」。他們建立的第一個訓練機構位於北卡羅萊納州的「大陰暗沼澤」，而「黑水」之名就是向這個地方致意。

這家公司成立的目的，一開始是要為美國在戰區和類似地區的外交人員與官員，提供專家級的保護，後來又增加業務，跟中情局簽約提供機密服務。幾年後，他們更進一步拓展業務範圍——深入更黑暗許多的水域——建立起全球性的傭兵事業。

他們從來不缺新兵，黑水公司付的高薪吸引了各式各樣的人，從打過非洲鮮為人知戰爭的老兵，到中情局前情報員，以及曾在陸軍三角洲部隊、海軍海豹部隊服役過的軍人。黑水公司的傭兵大多數是男性，加上少數女性，來自超過四十個國家，受過各種軍事或情報訓練。「你知道黑水是什麼嗎？」有一回獵隼跟我說：「是超級增強版的法國外籍軍團。」

就像局裡大部分人，獵隼不喜歡黑水公司——他覺得他們旗下的接案人至少有一半毫無忌憚——他尤其不喜歡的是，中情局和美國政府花了鉅額金錢和時間訓練出來的許多情報員和軍人離開，只為了原先不可能領到的高薪。儘管如此，接下來獵隼證明了他絕對不允許私人好惡影響他對任務的判斷，以及他要把我救出來的決心。他轉向麥德琳說：「打電話給黑水，跟他們說我們要用這兩個人五天。對，我知道他們的第一個問題會是什麼——說我們稍後會解決費用的問題。」

麥德琳開始聯繫黑水的一位資深主管，同時看到會議室螢幕上那兩名男子的種種檔案、照片、其他機密細節。獵隼正調出所有的資料，開始詳細規劃救援任務的種種細節。

第一張照片秀出的是預定的負責人，也就是開車的駕駛員。他護照上和身分證件上的姓名是賈威．戈爾拔尼，四十五歲，在「巴基亞塔拉軍醫院」當工友，這家位於德黑蘭郊區的醫療機構深受伊朗革命衛隊官兵信賴。在另一個現實中，他名叫詹姆斯．威金森，美國父親和伊朗母親已經離婚，他曾是中情局的保全官，職責包括保護出訪的貴賓。他是個肌肉壯碩的大塊頭，雙眼冷漠，反應敏捷，個性積極，他有一回在巴格達的一個短期任務中駕駛一輛裝甲休旅車，展現了他開車的本事，很快就成了專門駕駛人，完成了全世界最艱難的駕駛逃脫術課程。

後來他離開中情局，是因為有人告發他家暴、在杜拜的酒吧喝酒喝很兇——在一些店名像旋風俱樂部或瑞斯基這樣的地方，那裡的女人價格只比雞尾酒貴一點——但是憑著他對波斯語和海灣阿拉伯語的知識，黑水立刻就找上他。他們重新訓練他收集情報，幫他創造了一個假身分，然後安插他在那家醫院工作。很快地，他就發現在倒便盆和拖地板時可以得到多少資訊，而且酬勞有多麼豐厚。

麥德琳等著黑水回覆時，看著螢幕上秀出那位司機的副手是巴曼．阿維司塔，三十五歲左右，看起來瘦削、非常緊張，他父母在一九七八年的革命期間逃離德黑蘭，在倫敦為一家人建立新生活。

巴曼是個好學生，在倫敦帝國學院攻讀電腦科學，從小在家裡講波斯語，痛恨什葉派領袖，黑水很快就注意到他。他們幫他製造了一個新身分，派他去德黑蘭，讓他在米爾達馬德大道開了一家電腦修理店。在這個門面身分之下，他把賈威和十來個其他間諜所取得的情報，譯成密碼並傳送出去。如果他被抓到，或者他的設備被發現，他就只會成為又一具在公共廣場上從起重機懸吊下來的屍體而已。難怪他看起來很緊張，麥德琳心想。

她聯絡上黑水的高層主管，跟他說中情局需要這兩位接案人的服務（但是沒解釋原因），然後就掛斷。再一次，她看著牆上螢幕那兩名男子的照片，再過幾個小時，這兩個人就會從德黑蘭出發，展開一場狂野的、長達千里的賽跑，設法去援救我。

她當時不曉得，蘭利也沒有人曉得的是，當賈威．戈爾拔尼的豐田車啟程前往那條舊橋時，車上不是兩個人，而是三個人。

50

我一確定人造衛星已經離開我頭頂之後，就花了十五分鐘把白色小石頭弄亂，毀掉我精心排好的訊息。

儘管在空曠處多花任何一點時間都很危險，但我不打算留給虔誠軍任何線索——或許他們做過很多可怕的事情，但他們並不無能，我知道自己所能做出最糟糕的事情，就是低估他們破解密碼的技巧。要是蘭利可以解碼，他們也可以。

等到訊息完全毀掉之後，我才拿起步槍和水袋，走向樹林，展開我前往那座破爛舊橋的漫長旅程。以任何標準來說，第一個白天都是糟糕的旅程：我一路行走、攀爬、踉蹌，始終待在樹下或陰影深處，高溫直逼世紀最高紀錄，腳下的泥土烤得乾硬，植物枝葉失去了所有色彩，熱氣化為閃爍的波浪往上湧。

一整個白天，即使太陽凶狠炙人，我還是每小時只喝兩口水，專注在前面的路，設法忽略平淡地景上冒出來的海市蜃樓：涼爽的綠洲在地平線的邊緣召喚……巴格達的遺跡從一個峽谷中浮現……紐約曼哈頓的摩天大樓在遠處山脊現身。最後，在太陽逐漸退場後，這些幻景消失了，但是黑夜沒有帶來什麼寬慰：我走得太慢，而且我心裡明白。

就像任何乾燥的環境一樣，日落後的頭幾個小時，徹骨的寒冷降臨。我拉緊身上的衣服，每四十分鐘就檢查一次GPS，而且為了省水而放棄每小時要喝的量，只有渴得受不了時才喝一口。雖然我入夜後仍繼續走，但還是兩度累得沒法再走一步，於是找了個緊靠山坡的避風處，睡了幾小時。第二次暫歇之後，我來到一處高高的山脊，在月光下，我回頭望著走過的路徑，看到一長串山谷和平原。三盞燈，彼此相隔遙遠，像烽火似地閃爍著，從火光舞動的方式，我知道那是被風吹動的營火。生火的人很有可能是開著四輪傳動車的搜索隊，無疑是派出來要找我的。大家都知道夜裡要評估距離很困難，但我猜想他們追在我後頭的距離，最多不會超過兩小時。

這又多了一個讓我繼續往前走的動機（其實我已經不需要更多刺激了），但我擔心的不是追兵和他們的狗，而是無人機。幸好，就在天亮前，我進入了一個崎嶇的峽谷地帶，更多的植物不光提供我非常需要的樹蔭，也更有掩護，儘管走得疲倦至極，但這一整個白天，我都仍然領先那些開著豐田四輪傳動車的追兵。

然而，等到天黑之後，我就麻煩了。我通過峽谷區的速度比原先預定的慢很多。隨著星星開始出現，不會有被無人機發現的危險，我找到一個地方，可以避開我這輩子所遇見過最冰冷刺骨的風，然後我打開步槍裡的GPS系統，計算自己走了多遠，往後還剩下多少路。

結果證實了我最害怕的事情：本來我估計要花二到三天跋涉的路程，因為棘手的地形和令人虛弱的高溫，現在變成要花至少四天，很可能會要五天。我想尋找另一條更快的路線前往那條橋，但是找不到。我也沒辦法加快速度；實在做不到。飢餓已經讓我的胸口不時痙攣，雖然還可以應付，但水就完全是另外一回事了。幸好我一直盡量節省，不過儘管如此，在明天中午之前，最後一袋水也會喝光了。

我嘴巴發乾、舌頭腫脹、渴望糖份、心跳急速——全都是脫水的症狀——已經狀況不妙了，我知道二十四小時內，我就會開始出現幻覺，變得愈來愈沒有方向感，然後，在無情烈日下踉蹌而行，我還沒抵達那條橋，就會因為缺水而倒地死去了。這些分析不是出於驚慌或恐懼，只是數學和生物學而已。

我又看步槍裡的地圖，就我所能看到的，只有另一個選擇：在一堆混亂的崎嶇懸崖下的山麓丘陵裡，有一個小村。離我原先預定的路線很遠，我完全沒有這個小村的資訊，但是沒有差別，因為那裡是我唯一能及時找到水源的地方。我計算了一下，以我減慢的步伐，走到那個小村要大約六小時，所以我去小橋的會合點，就又得多花上半天了。

我低頭看著手錶，計算著：花六小時的話，我會在天亮之前抵達那個小村，這樣我就有足夠的時間去村裡的公共水井，裝滿我的水袋，然後回到黑暗中消失。顯然我沒有時間可以浪費了，於是我趕緊從棲身的那個岩架下方爬出去，爬上一道陡峭的岩壁，一邊又想到了狗。不是那些要追逐我的，而是會在小村裡等我的……

根據伊斯蘭第二聖典《聖訓集》——先知穆罕默德（願他安息）的言談紀錄——「天使不會進入有狗的房屋。」於是，穆斯林不會養狗當成寵物，但是伊斯蘭教——很可惜，以我的立場而言——並不禁止把狗養在室外，以守護房屋或村莊。我知道狗的嗅覺比人類強很多，而且我有回看到一則報導，說在某些狀況下，狗可以嗅到將近二十公里外的人。我不知道這是不是真的，但是守衛狗會製造的最大危險就是引起村民的警覺，我不想冒這個險。所以，我決定在村外大老遠就停下來，必要時繞一下，要從逆風的方向進村，確定風持續吹著我的臉才行。

於是我就這麼做了，但結果，終於進入那個奇怪而黑暗的小村後，沒多久，守衛狗就變成我最不必擔心的事情了。

51

我到達那個小村時，比預定的晚了一小時，此時東方的天空開始亮起來。因為被看到的危險大增，於是我躲在幾碼外的一堆大石頭後方，第一次看到了那些聚集在一起的土黃色建築物。我拿下肩上的步槍，單膝跪在泥土地上，隔著瞄準器看。

這個村子位於一片小山崖底部，在風吹塵沙和風滾草的撲擊之下，那些泥磚建物一部分建在岩石內，介於洞穴和房屋之間。換了其他人，看到大概會覺得這裡很貧困，但以我的處境來說，我想我沒見過比這裡更迷人的地方。

儘管我遲到了，看到街上沒有動靜還是鬆了一口氣，我想如果自己動作快的話，應該有足夠的時間可以悄悄裝完水離開、不會被看到。我把握昏暗的天色，半蹲著身子衝過兩叢發育不良的樹，經過幾十輛四輪傳動車的殘骸。在這一帶，村外堆著大量廢棄汽車是很常見的。大家開著破舊不堪的車（幾乎都是豐田車），用烙鐵和金屬鐵絲修理後勉強上路，直到最後完全不能用為止。

此時，這些車已經沒有價值，就丟在村外生鏽，成為備用零件庫，以供任何需要的鄰居。即使如此，廢車的數量還是遠遠超過這個小村的規模，但是我已經沒有時間去多想這個問題；我得繼續前進。我躲在兩輛廢車間，再度使用步槍的望遠瞄準器：村裡還是沒有任何生命的跡象，但有別的東西吸引了我的注意力。我頭一次看到那個搖晃又生鏽的鋼製結構聳立在幾座洞穴屋上方，看起來像是鷹架。頂端的金屬葉片正在迅速旋轉：那是風車，把水從深井或是地下蓄水層裡抽上來，好給全村使用。

現在我知道該往哪裡去了，同時期望村裡的女人都不會早起來挑水回去給家人使用。我開始在所剩不多的黑暗中移動，來到村子外圍，溜進一條泥磚牆間的窄巷。在一條巷子後方，我聽見一扇遮光窗板或是門砰地打開，於是立刻停住，想著會不會有人已經起床，正要出門。

沒人出現，我也沒再聽到什麼，只有風聲嗚咽吹過迷宮般的小巷。如果我不是那麼累，或許會更注意這片寂靜。但結果，我只是繞過一個轉角，看到前方是一個類似村廣場的地方，中央有個巨大的石槽，風車的金屬葉片在高高的上方急速轉個不停，清水溢出石槽邊緣，在地板上形成一灘灘水。

我躲在一棟房屋的陰影深處，那屋子的地基位於一個傾斜處，遮光窗板緊閉，我注視著石槽的水一會兒，幾乎不敢相信，然後我卸下肩上的水袋，匆忙走過去，同時不斷四下張望，擔心隨時會有人用波斯語朝我大喊站住。

結果沒有人聲；只有我涼鞋拍擊泥土地的聲音，同時我朝水槽走得愈來愈近。快到伸手可及之處，我一手已經攏成杯狀，正要伸進水槽裡——然後停下不動。

我低頭看著水槽周圍的爛泥和沙土。我向前走時一定注意到了，但是直到此刻我才意識到：在那些表面結成硬殼的沙土上沒有動物的痕跡。水在這個環境是極度缺乏的，但是泥土上卻沒有任何腳印，沒有鼠類、野豬、狐狸在黑暗中來喝過水的痕跡；甚至沒有飼養的山羊或牲口，也沒有人的腳印。

我緩緩看了這個村子一圈——雖然天空早已破曉，但還是沒有生物的跡象。只有風，還有遠處一扇門或遮光窗板又被大風吹得發出砰響。沒有洗好的衣服掛在曬衣繩上，沒有小孩的玩具落在屋子門口，也沒有屋內點火冒出來的煙……

「我是個旅行者——」我大聲用阿拉伯語喊道：「我需要幫忙。」我的聲音在泥磚牆之間迴盪來去，但是沒有回應。這是個死去的地方，而且我忽然明白，已經死去好幾年了。

我轉回身面對著水槽，目光落在一面牌子上，那牌子表面覆蓋著灰塵，用螺絲固定在風車底部。我一手伸進水裡面，正打算擦拭那牌子，又突然停下。我還沒開始擦，就曉得上面寫著什麼了。我的手刺痛，低頭一看，發現變得紅腫，而且開始冒出水泡。

幾滴水流下牌子，於是上頭的波斯文和烏爾都文逐漸可以辨認出來，但我不認識那些字。然後水又洗出了另一個標誌：一個大骷髏頭、下方兩根交叉的骨頭，這是國際通用的有毒標誌。

52

沒有水，而我估計還要花三天才能趕到會合點，眼前也想不出什麼解決的辦法。我決心不要向恐懼和悲觀屈服，但是也無法決定要怎麼做，只能走到廣場邊緣，坐在一張石凳上。

我沿著一條寬巷子往前看，升起的太陽照下來，然後我看到枯萎的灌木叢中沒有任何跡象顯示這片土地曾用於農耕：沒有破爛的籬笆、長滿雜草的農田，也沒有毀壞的牲口飲水槽。坐在寂靜中，我想著在水變得不能喝之前，這個村子要怎麼維持下去。我能想到的只有一個。這個小村在山脈的陰影深處，山間交織著走私人和運鴉片人利用的隱密小徑。水一直就是走私者的一大難題，但是他們帶的水愈多，留給走私貨物的空間就愈少。我猜想，這個擁有一口深井的小村必然被走私者視為天賜好禮，讓他們可以在此補充飲水，再展開下一階段的艱險旅程；而對村民來說，相關的收入要比農耕來得有利可圖太多。

我往上看著仍有一半籠罩在陰影中的山脈，似乎無法通過。對於任何政府來說，想要找到或攔截走私物品的希望太渺茫了。這會是一場非常昂貴且注定失敗的戰役，然後我明白了，他們發現一個簡單得多的方式來切斷這條走私路線：在井裡下毒。

當然了，這對村子裡的人家造成毀滅性的後果：直升機在井裡投下幾噸毒藥之後，才幾分鐘，他們就失去了自己的家園和謀生來源。他們在此生活所留下的唯一痕跡，就是一個不宜居住的小村，還有一大堆廢棄的汽車。現在我明白為什麼有那麼多汽車了：由馱馬走山間小徑來到這裡的鴉片，會裝上汽車運到海岸。我記得剛剛看到許多汽車改裝過，以避免被政府巡邏車攔下：那些是六輪傳動車，特別改裝後的油箱加大，可以裝更多燃料和——

無論我的身體是否累垮，忽然間都不重要了；我的思緒變得清晰起來。我幾乎是不知不覺間站起來，然後踉蹌著開始奔跑，我找到最接近那棟洞穴屋的門，撞開來，然後開始搜尋。

53

我找到了十個不透水的容器：舊鋼桶、空塑膠瓶、內鋪薄山羊皮的木桶，現在都放在那些廢棄的舊車旁。

我花了三小時在村裡搜尋，等我來到那些堆放著廢棄休旅車的地方時，太陽已經高掛天空。幸好，我鑽進一輛日產途樂底下時要涼快多了，這輛車缺了一個輪子和三個車門，但是符合我設定的規則：這是比較新的車子，看起來會有完全密封的散熱水箱，也減少裡頭液體蒸發的機會。

我躺在車底下，拿了一個木桶放在水箱的放水塞下方，準備要接住從裡面流出來的水。我唯一要做的就是把放水塞轉開來，但是試了兩次，水塞已經腐蝕而黏死在原地了。

於是我握住一根連接到散熱水箱底部的橡皮管，用我的象牙柄小刀割斷。一道細細的、鏽紅色的液體滴答流出，散發出冷卻劑（或稱防凍劑）的氣味：這個散熱器一定是有裂縫，裡面的液體要不是漏掉，就是蒸發掉了。我爬出車底，移到下一輛車，是由舊荒原路華改裝的六輪車，這輛缺了後軸，不過後頭焊接了一個長距油箱。我打開引擎蓋一看，就發現裡頭裝了一個很大的輔助冷卻系統。

我抓了幾個容器，滑到車底，努力轉開放水塞。這輛車的冷卻水箱顯然更結實，大概也更耐用，還是保持完全密封的狀態：好幾加侖的鏽水——裡面有某個比例的冷卻劑，但是同樣是水——流出來。我大感解脫地看著，覺得持續幾個小時的緊繃逐漸鬆開一點，然後看著水繼續裝進一個鋼桶。等到快裝滿時，我把水桶拉開，換了一個新的容器裝。儘管我渴得要命，但是根本不考慮喝一口——還不行。

全世界幾乎每一個散熱水箱裡，裝的都是一半蒸餾水、一半防凍劑，這個混合液是設計來防止引擎在佛羅里達州之類的炎熱環境中過熱。問題是，根據每瓶防凍劑上的警語，防凍劑的原料是乙二醇，毒性很強，即使吞食少量都會致命。我可不會傻到去冒險喝任何可能有含乙二醇的東西，就連最微小的量都不行。不過，面對這個問題，我有一個優勢：雖然多年來我多次懷疑其價值，但我擁有一個理學學位。

這是我在安納波利斯的美國海軍官校花了四年的結果，當時在副修幾種外國語文的協助下，我以第三名畢業。然後，我又經過了候補軍官學校的短期訓練班，拿到了軍官資格，口袋裡也有點錢，展望未來前途，比我在佛羅里達州洛克薩哈契家鄉所能想像的更大有可為，於是我買了一輛二手敞篷車，沿著海岸深入老南方的核心，在認識麗貝卡之前，我一直覺得那是我畢生最美好的夏天。

我的目的地是南卡羅萊納州的查爾斯頓，又一個有黑暗歷史的美麗城市。眾多建造於南北戰爭前的優美大宅或垂掛著松蘿鳳梨的老櫟樹，都無法掩蓋這個城市一度是全世界最大奴隸港的事實。我開過艾希立河，抵達海軍的核子動力學校，對於一個有志於指揮潛艦的年輕軍官來說，這是必然的下一步。核子動力學校有傳奇性的地位：被普遍認為是美國軍隊中最艱難的課程，比俗稱「捍衛戰士」（Top Gun）的海軍戰鬥機武器學校還嚴格。

所以，此時我仰躺在正午太陽下一輛報廢車的下方，猜想如果我能了解一艘潛艦的核子反應爐，那麼就一定有辦法建造一個水蒸餾系統。我打算把這些污染的水拿去村裡的共用廚房燒開，利用這些車裡拆下來的軟硬水管，把水蒸氣導引至傾斜的汽車擋風玻璃，形成水滴。把鐵鏽和防凍劑留下後，純水的水滴會形成細流，流下玻璃斜面，進入我的水袋。

我爬出這輛六輪傳動車下方時，心裡就懷著這個計畫，然後又滑進一輛報廢豐田車下方，切斷散熱水箱的軟管，看著另一道髒兮兮的液體流進容器內。

54

正當那套臨時拼湊的淨水系統在不斷冒煙時，我就去廚房外陰影處一張我佈置的床上休息，只是每隔一段時間進去鍋爐室般的廚房，把一桶桶汽車水箱收集來的髒水倒進大鍋裡。

一旦這個系統開始運作，我就看著第一批水滴極其緩慢地流下玻璃，進入我的水袋。即使已經累積了一杯的量，我還是得慢慢喝，否則會讓我脫水的器官無法負荷，濾掉我身上的鹽份。儘管我很小心，接下來幾個小時還是嘔吐了四次，同時我的身體也在努力恢復正常。不過，隨著補水而來的是嚴重的飢餓，這一點我完全沒法多做什麼，但顯然我已經體重大減，身上的長褲老是往下滑。

我脫掉長褲，抽出那條有銀釦的舊皮帶，根據我的門面身分故事，那是我父親送的禮物。我攤開皮帶，利用象牙柄小刀的刀尖在皮帶上多戳兩個洞，好讓我可以把皮帶繫緊一點；雖然我沒東西可以吃，至少也不必一直忙著提起褲頭。總之，在調整皮帶時，我注意到皮帶釦已經鬆開，大概很快就會脫落了。於是我坐在床上，從我的T恤割下一條窄長的布，在等著水袋補滿的空檔，就做一點戰地的縫補工作。

我不能說結果有多麼精緻，但是管用，直到幾天後我才明白，修好皮帶和銀釦的這個簡單行動，將會有深遠的影響。

55

接下來三天，在那把AK－四七步槍的指引下，我大部分時候都在星光下趕路，但是有四次，雖然是暮光時分或清晨，我都還是在戶外，而且每次都看到遠方的黑色無人機。

旋翼嗡嗡作響，下方吊掛著一批攝影鏡頭。這些無人機比我所見過的更大也更精密，讓我相信虔誠軍為了想找到我，已經動用了一切可用的軍備。因此，這一天在破曉之前，當我爬上一處山崗，又下了一道陡峭的斜坡，終於看到我正在尋找的那條道路，心中真是大感解脫。一如我所預期的，稱之為道路是太美化了，上頭深深的溝紋保證能毀掉任何汽車懸吊系統，而且每一個轉彎都掩蓋在風吹形成的沙堆中。

我轉彎避開那條路，回到荒野中，繞向南邊，朝那條橋走去。因為我已經遲到太久，所以我很確定任何救援小組都提早好幾天到達了，我也同樣確定他們絕對不會冒險在這條路上開來開去。這表示他們得躲在某個地方，而現在我得找到他們。

我一回到灌木叢裡，還在黑暗的掩護中，找到一個可以避開刺骨強風的地方，就打開我步槍裡的地圖裝置：我要找個地方，對救援小組來說夠近，可以監視著那條路；但是也夠隱密，以防他們的車子被人從空中或地面看到。我花了幾分鐘檢查各種可能地點後，只找到一個解答：如果是我，我會躲在橋下。

我找出一個跟那條馬路平行的路線，然後開始徒步穿過矮樹叢，我想像這個救援小組（按照一般常規，會有兩個人）坐在陰影裡，聆聽著車輛駛過上方木板橋面的嘩啦聲，不時被旁邊林下灌木叢的任何聲音搞得心驚，等著一個他們從未謀面的間諜出現。

四十分鐘後，我來到那條橋往上游三百碼處的乾河床。雖然此時還看不到橋，但是我知道在哪裡，於是在黎明的灰光中，我悄悄朝那個方向移動。繞過一個轉彎之後，我終於看到了橋——舊得可怕，大概是石輪馬車的時代建造的。長度二十碼，木板嚴重下彎，一端的支架快要崩塌了，但是橋還是夠高，下頭可以容納一輛汽車。

然而，眼前的這一幕完全不對，所有的一切都錯了。

56

那輛車是四輪傳動的豐田車，看起來正在路邊大修：引擎蓋開著，工具攤在一張防水布上，千斤頂撐起一邊前輪，輪胎放在旁邊。

或許這是精心安排的場景，想說服任何剛好看到的人，讓他們以為司機正在修車，但司機（或任何其他成年人）在哪裡？坐在車旁的那個少女是誰？她當然不會是任何救援小組的成員。

河岸上有一堆枯樹，看起來是以前某次洪水被沖上岸的，我就站在這堆枯樹的陰影深處，觀察著那少女縮著身子蹲在一個行動瓦斯爐旁。因為她實在太瘦了，所以我猜她大約十七歲，而且在我搞懂她在這裡的意義之前，我絕對不打算再走近了。正當我在觀察時，她雙手放進一盆水裡撈了點水，抹過頭部——她是在執行小淨儀式，為晨禮做準備。她用水抹過頭髮後，就抬起頭，然後似乎直直看著我。

我往那些枯樹陰影裡退得更深時，才明白她不是在看我，而是看著我背後的某個人：從聲音聽來，他正拉起一把手槍的擊錘。

我稍微轉移重心，準備轉身撲向他。「想都不要想，」那男人嚴厲地用波斯語說。我猜想他是看到我轉移重心，知道我打算作什麼。

「我不會講波斯語，」我用阿拉伯語回答：「我是個旅人，剛剛被搶了——」

「是喔。把步槍扔下，動作要很慢。」他說，現在是字正腔圓的阿拉伯語。

我拿下肩上背的步槍，讓它落地。

「往後退六步，然後轉過來面對我，」他說。

我開始走。無論他是誰，總之都很內行。隨著每退一步，我就離步槍愈遠，而且一旦我轉身，步槍就在我後方，看不到也拿不到。

我走完最後一步，轉身。看到有兩名男子，都離我大約六公尺半，這個距離（按照一般手冊上的說法）一般男人若往前衝，花一秒半可以跑完。而這一秒半就足以讓持槍者舉起武器隨便開兩槍了，而因為距離急速縮短，所以幾乎可以確定會有一顆子彈命中目標。就像我剛剛說的，他們可不是外行人。

無論我往前衝得有多快，我都不認為站在前方那個拿著史密斯威森M五〇〇轉輪手槍、瞄準我心臟的男子會失手。他年紀四十五歲左右，穿著舊牛仔褲和一件有污漬的襯衫，看起來雖然很凌亂，但顯然是老大；他身材壯碩，胸膛寬闊，有薄薄的嘴唇和冷酷的雙眼。一個殘酷的人，我心想。

他朝旁邊的同伴比劃一下，那是個至少年輕十歲的男子，瘦削而神經質，頭已經開始禿了。他手裡握著一把貝瑞塔M九手槍揮動著，因此比他的老大更令我擔心。他看起來好激動，有可能隨時恐慌起來就亂開槍。

他看到老大的手勢，就繞到我背後，我猜想他是要去拿那把AK－四七。這是標準程序：盡快控制住武器。但接著他做了一件我沒想到的事情。他朝老大講了些波斯語，雖然我無法確定，但是聽起來是唸出了一串號碼和一個日期。如果是那把步槍的序號和製造日期——壓印在槍管上——那麼蘭利那邊的檔案應該有登記，而且可能提供給某個人。

那個老大已經在跟我講話。「SFGG這四個字母是什麼意思？」他暴躁地用阿拉伯語問。

我看了他一會兒——他們一定是救援小組，想確定我的身分，但那個女孩是誰？

「是什麼意思？」他又問，聲音更大，更嚴厲。

「舊金山金門大橋。」我用英語說。

他沒有反應，只是也改成用英語。「你結婚了？」

我搖頭。「有個同居女友。」

「名字？」他立刻問。

「麗貝卡。」

這個蘭利也知道，人力資源部的主任盧卡斯．柯瑞根（雙眼碧綠又冰冷得像河中石頭）對於我們表格裡的最接近親屬是很注重的。

那個老大顯然滿意了，放低他的史密斯威森手槍。「你還自稱是專業的？」他冷笑。「你真的搞砸了，對吧？」他示意同伴把步槍交給我。

我看著他，老實說，我沒有鬥嘴的心情。「你的意思是遲到了？」我問。

「不，」他說：「不先檢查周遭，就接近一個營地。你真以為我們就只會坐在這裡，等著隨便什麼人朝我們開槍？」他指著我的水袋，沒等我回答就又繼續。「無論耽誤你的是什麼，」他說：「顯然都不會太糟糕——你還有很多水。或者你只是運氣好，發現了一口井？」

「你說得沒錯——只是運氣好。」我說：「那個女孩是誰？」

「我麼會曉得？」他回答，轉身開始走向那輛車。我正要發脾氣，但他又開口了。「她住在一個難民營，裡頭專門收容逃出祖國的阿富汗人。其他事情我就沒多問了。」

「那她為什麼在這裡？」我說，準備必要時就揍他了。

「來幫忙救你的命，」他說，還是很憤怒。「或許也能救我們的。她是個擋箭牌，我們可以躲在她後頭。如果我們碰到巡邏隊，你是沙烏地阿拉伯人，好嗎？不過，你的太太是阿富汗人，這個女孩就是她妹妹。你是來找她的，一切讚頌，全歸真主，你在一個叫伊朗沙赫爾的難民營裡找到她。現在我們要回德黑蘭安排她的旅行文件，然後你就可以帶著她回沙烏地阿拉伯，從此過著幸福快樂的日子。

「這次的任務太臨時了，這是我們所能想出最好的辦法，」他繼續說：「四天前，我凌晨三點接到一通電話，叫我開車來這裡援救一個沒辦法自己離開的情報員，這個情報員有可能會害慘我們所有人。你大概要抱怨自己餓了，所以就吃吧。」

當然了，我很餓，但是我沒動。「那你是誰？」我問。

「在這個劇本裡？」他回答：「我和這位巴曼——」他指著那個神經質的傢伙，「是本地人，會講阿拉伯語和波斯語，所以你雇用我們來幫忙，但是現在我們決定不收你任何錢了。你知道，因為我們是人道主義者。」

他大笑起來，但是我沒笑。「你們兩個都是黑水的人吧？」

「你說呢？」他回答：「你可以叫我賈威．戈爾拔尼——這是我住在這個爛地方用的名字。」

「找她來是你的主意？」我說，指著那個女孩。「你真的期望一個這樣的難民少女，要是碰到什麼壞人開始盤問她，還可以堅持你編的那個故事？」

「對，我還真的相信，」他冷靜地說，接過一盤那女孩從爐子上拿起的咖哩和饢餅。

「真主幫幫我們。」我說，不敢置信地搖頭。

「不，幫我們的是我，」他說，又生氣了。「事實上，我很確定她不會說錯任何話。你知道，無論你們局裡的人怎麼想黑水，但其實我們不是笨蛋。她不會說錯任何話，因為她又聾又啞。」

我瞪著他一會兒，然後轉身看那名少女——現在我看得出她比我一開始以為的更面黃肌瘦，她蹲坐著，穿得一身黑，她的頭髮現在包著頭巾，她那張臉憔悴而凹陷，不是飢餓就是創傷造成的。很不幸，我原先猜的年紀是錯的——我不相信她超過十六歲。她轉身往上看著我，讓我難過極了——我這輩子沒看過那麼溫柔的雙眼。

「她知不知道，如果這事情出錯，他們會殺了她？」我問戈爾拔尼。

他滿嘴食物，又大笑。「你以為我瘋了嗎？要是我這樣告訴她，她就不會來了，不是嗎？」

「那她為什麼要來？」

「我提出要給她一支新手機當報酬。這些小孩真該死，嗯？」他諷刺地說，然後又笑了。我從來沒見過這麼愛笑的男人，尤其這些事情一點也不好笑。「她原來的手機看起來是被偷了，」他解釋道：「她溝通的唯一方式就是用手機打字。所以她沒有什麼選擇，對吧？我跟她說我們要來接一個菸草走私人——沒什麼大不了的，我們以前做過幾十次了——而且我們需要一個人幫忙減輕我們的嫌疑。」

「她叫什麼名字？」我低聲問，但他聳聳肩，要不是不知道，就是沒興趣。「在你的手機上打字，可以嗎？」我說：「問她叫什麼名字。」

他看了我一下，大概想找個理由拒絕，但接著一定覺得不值得。他在自己的手機上打了字，拿給她看。

她在上面打了字回覆，戈爾拔尼遞給我。我有點驚訝她回答了——在阿富汗，女人的名字傳統上只有近親知道，對其他外人要保密。在公開場合，她們只是家庭裡最年長男性的女兒、姊妹、母親。但是，她在難民營待過一段時間，想必因此改變了她，因為我按了翻譯功能之後，看到她打的是「拉蕾」。

我對著正要把車輪裝回車上的巴曼喊，但顯然也打算讓戈爾拔尼聽到。「她名叫拉蕾——好嗎？大家都記住了？」

「好啦，沒問題——拉蕾。」戈爾拔尼輕蔑地說。

我轉身去拿她裝在盤子裡給我的食物，露出微笑以表達謝意。我永遠忘不了她臉上驚訝的表情：我想她一定已經很久（大概從她上次見到她父親以來）沒看過男人對她微笑。當然了，她立刻尷尬地別開臉。

我用饢餅挖起一口咖哩，我無法判斷是不是真的很好吃，我只知道那是我這輩子吃過最美味的食物。我轉向戈爾拔尼：「你的計畫是什麼？我要怎麼離開這裡？」

57

這個計畫太好了，所以我假設是蘭利總部那邊擬定出來的。

「我們從這裡，會往北開到一個小城市，有大約五十萬人口，」戈爾拔尼說吃邊說，還是很暴躁。「不能開太快，不然看起來像是要逃離什麼，一切都得表現得完全正常才行。因為這樣，還有路況的關係，大約要開四小時。在那個城外，有個廢棄的採石場，我們過來的路上查過了。我們開進去，給你一支手機，然後……」

他拉開豐田車後頭一塊沉重的防水布，露出兩輛幾乎全新的越野摩托車。「你騎走其中一輛，我們就揮手跟你深情告別，然後你自己騎到邊界。」

「巴基斯坦邊界？」我問。

「不，」他回答：「札赫丹位於三國交界處。離阿富汗跟巴基斯坦的國界一樣近，大約都是五十五公里。」

「但是阿富汗的領空是我們的。」我說。

「恭喜，現在你開始會思考了。你越過國界，用手機打給裡面唯一設定的號碼——」

「無論接電話的是誰，他們都在等著我打去？」我插嘴問。

「讓我講完，可以嗎？特種部隊，他們過去三天都在待命。十分鐘後，一架直升機就會飛過去載你了。」

他講話的時候，我打量著那兩輛越野摩托車。「這會是一個大問題。」最後我說。

「什麼？」戈爾拔尼問，就要發火了。

「你騎過越野摩托車嗎？吵得要命，尤其是在這種安靜的地方，」我說：「任何搜尋的人都會大老遠就聽到——只要派出無人機，他們幾分鐘內就會找到我在哪裡。我沒有機會跑贏他們的。」

「還真的，」他說：「嘿，巴曼，我們怎麼都沒想到噪音的問題呢？」然後他轉回頭來看著我。「這些是電動車。」

「好吧，」我回答，但是有件事我很確定：這個計畫不是戈爾拔尼想出來的。就像我前面說過的，這個計畫有種種局裡的特徵：我可以想像整個團隊關在會議室裡，IMAX螢幕上播放著地圖、城市、衛星照片，大家設法要規劃出一個陸地的路線，忽然有人想到越野摩托車的主意，接著另一個人說摩托車必須是電動的，否則會有噪音的問題。然後獵隼就說，他絕對不會讓兩個黑水公司的傢伙在德黑蘭買電動越野摩托車，留下那麼明顯的線索讓伊朗公安警察追蹤。然後一個很有野心的傢伙，大概重視自己的前途遠勝於我的安危，就建議在美國買摩托車，空運到喀布爾。此時，獵隼開始指揮起來，叫麥德琳去聯絡阿富汗最有權力的軍閥艾哈邁德・沙阿・多斯圖姆閣下，說需要他最好的走私人員把一批貨物盡快運到札赫丹。為了回報，中情局會協助他有關那些不斷從阿富汗赫爾曼德省流入伊朗或塔吉克的鴉片磚，無論運到哪裡，都佔全世界海洛因供應量的九成。等到麥德琳掛上電話，報告說那位軍閥要她轉達對獵隼最溫暖的問候，說能幫助中情局向來都是他的榮幸，然後整個會議室就突然忙碌起來，二十四小時後，摩托車拆解成零件，裝上幾匹馱馬，朝邊境走去，然後送到札赫丹或是任何戈爾拔尼能收到的地方。要是他想讓我相信這兩輛電動摩托車是他的主意，總之是他憑空變出來的，那也無所謂；反正摩托車歸我，榮耀可以歸給他。

「電池續航力？」我立刻問：「可以騎多遠？」

「這就是為什麼有兩輛，」他回答：「我們需要一輛備用的，以防萬一有什麼問題。更重要的是，趁你休息的時候，這位汽車大師——」他指著巴曼，「會修好豐田車，然後把備用那輛的電池加在你要騎的那輛。有兩顆電池，夠你騎到喀布爾的半途了。」

我跨上那輛摩托車，開始讓自己熟悉。「你剛剛提到休息；我不需要休息，一等他修好，我們就可以走了。」

「不，不可以，」他回答。「現在一大清早，沒有人會在外頭走動的。不，我們得讓自己看起來很正常。而且總之，路上的車子愈多，我們就愈不可疑。我們十點出發。」

我點頭。「他們有無人機，我過去幾天看過四架。」

「我們看到的更多，」他回答：「巴曼已經搞定了，」他轉頭朝同伴喊道：「嘿，巴曼，讓他看看你的那個小玩意兒。」

巴曼從地上起身，還是一樣神經質，從豐田車的後座拉出一個硬殼公事包並打開來。裡頭的東西看起來像是特別改裝過的筆記型電腦，周圍包著黑色泡棉。「這是我自己組的，」他得意地說：「基本上是個掃描天線，會接收到操控者用來飛無人機的無線訊號。只要追蹤這些訊號，跟衛星GPS系統連接，我就可以知道是不是有無人機接近我們。」

「掃描範圍呢？你可以追蹤多遠的？」我問。

「大約三公里，」他回答：「有時更遠。」

「好，」我說：「很厲害。」

的確如此。只不過，後來我們發現，在螢幕上看到無人機是一回事；但坐在一輛移動的車子上要避開他們，就完全是另外一回事了。

58

儘管路況很糟糕——凹凸不平，厚厚的風積沙堆，還常常碰到崩塌處——但是這輛豐田車可以曲折前進，還能在彎道甩尾。我受不了這個傢伙，但我不得不承認，戈爾拔尼真是個厲害的駕駛人。

巴曼坐在他旁邊，那個硬殼公事包打開來。他調整電腦、查閱地圖的同時，一團團塵土雲在我們周圍湧動，太陽在蒼白的天空形成一個火紅的圓盤，讓他看起來像是巴黎—達卡拉力賽的領航員。

眼前自由幾乎在望，我忙著檢查步槍後膛、清理擊發機制時，也不斷從巴曼肩後看一下螢幕上的地圖，急著想確認上頭沒有出現黑色小圓點（表示無人機）。還剩三小時，我告訴自己。

拉蕾坐在我旁邊，縮在她的角落裡，顯然跟一個男性陌生人靠得這麼近很不自在。我檢查步槍時，她一開始曾表現出興趣，但很快就判定窗外的景色比較吸引人，於是就轉過身去，半背對著我。我清槍完畢，正要把清潔棒放回管子裡，此時，戈爾拔尼忽然加速駛過一處不平的路面；我們被甩得半離座，我一手抓住車門上方的把手，隨著所有座墊都移位，那根清潔棒嘩啦摔到車內地板上。

拉蕾從車窗前轉過身來，看向腳邊，想看是什麼發出那個噪音。我已經伸手要撿回來，那一刻我們的目光相遇，兩人同時明白了一件事：如果她是聾子，怎麼聽得到清潔棒摔地的聲音？我們目光相持好一會兒，本來我可能會說些話或做些動作，表示我會幫她保密，但是沒有機會。

「無人機！」巴曼喊道，無法掩飾聲音裡的恐懼。

我的目光離開拉蕾，看著電腦螢幕。「哪裡——是在漫遊還是跟隨？」我問。

「跟隨。」他說，指著螢幕上迅速朝我們移動的那個黑點。

「多遠？」我問。

他開始計算。「該死，這個玩意兒正在快速前進。」一個倒數時間出現在他的螢幕角落。「十分鐘，現在就在我們的後方，沿著馬路直線飛過來。」

我呼吸沉重，脈搏加速，努力想著該怎麼辦。其他人沒注意到，但是，拉蕾的目光看著我，又轉向巴曼，接著又轉回我身上，意識到有糟糕的事情發生了。顯然，她的聽力一點也不差。

「你沿著這條路開，」我對戈爾拔尼說：「我得下車——怎麼做？」

「不行，」他厲聲說：「我們已經編好故事了——」

「那個故事或許能對付路上臨時盤查的巡邏兵，但是碰到像操作這樣一架無人機的巡邏隊，就不可能了，」我說：「那個故事連五分鐘都撐不過去。他們會把我們分開偵訊，把這個故事給完全破解。」

「他說得沒錯，」巴曼說，聲音沙啞。「他們一盤問細節，我們就完了。」

「他們要找的人是我，」我說：「你們有身分，有相關證件，有正當工作——我什麼都沒有。如果沒了我，你們很有機會脫身。」

戈爾拔尼瞥了一眼筆記型電腦螢幕：那個小黑點更接近了，飛得又快又直。「我們還有七分鐘，」巴曼說。

拉蕾也看得到那個小黑點，雖然她可能沒完全搞懂怎麼回事，但也知道得夠多了。

「我不懂自己為什麼要淌這趟渾水。」戈爾拔尼生氣地說，控制著方向盤，甩尾，差點失控，但是又把這輛沉重的車子拉回路上。

「為了錢？」我說。

他沒理會我。「好吧——前面有個狹窄通道，上頭有幾棵樹伸出來，」他繼續說，踩著油門。「那架無人機得拉高飛越那些樹。在前面還有八公里——」

「我一下車，就繼續走路，」我說，抓了水袋，確定望遠瞄準器牢牢固定在步槍上，然後用座位上鋪著的一條毯子包住步槍。如果失去或毀壞那個望遠瞄準器，我就完了。「我會繞一個大圈，」我又說：「然後在前面他們設置的路障或諸如此類的地方找到你們。你們就把車停在路邊，假裝又是車子故障，在那邊等我。」

我轉向巴曼，他正忙著在敲鍵盤。「我們能先趕到那個窄道嗎？」

「不可能，」他說：「以這玩意兒前進的速度，三分鐘內就會追上我們了。說不定更快。」他又修正自己的話。「兩分鐘。」

我趕緊縮到地板上——我不能冒險讓他們看到車上有第四個人。巴曼看著螢幕上的時鐘。開始倒數著幾分幾秒。我從座位下方抓出一片骯髒的防水布，蓋住自己。

「十七秒。」巴曼說。

我只有眼睛露出來，往上看到拉蕾瞪著我，我輕點一下頭，設法安撫她，只希望她能脫離這個險境。

「離那個窄道還有多遠？」我朝戈爾拔尼喊。車子一個急轉彎，幾乎轉了一圈，又修正過頭，接著又打直，在懸吊系統上穩住。

「六公里。」他說，嘴巴乾得連說話都有困難了。

「三十秒，」巴曼報告。他剛剛的判斷沒錯：在我們趕到那條窄道之前，無人機早就追上我們了。

「它在哪裡?!」戈爾拔尼喊道：「它不見了，現在應該會出現在後視鏡才對——」

「我不曉得，」巴曼回答，他的聲音又變得沙啞。「一定是往上飛了。我得重新設定——」

我聽到他迅速敲著鍵盤，改變地圖參數，一時之間車裡一片沉默——然後拉蕾尖叫起來。

我轉頭看：就在她驚駭的臉後方，隔著窗玻璃，我看到了那架無人機。它之前一定是往下撲飛過來，有如一隻高科技的獵隼，現在正停留在窗玻璃外頭，跟我們的車子保持同樣速度，機上那些有如小眼睛般亮晶晶的攝影鏡頭盯著她，同時掃視著車子內部。

我很確定它看不到我，因為窗玻璃上滿是塵土，而且我整個人蓋著防水布，只露出眼睛。但是拉蕾就跟它面對面，相隔才二呎，整個人驚呆了，那無人機似乎在注視著她，四個旋翼呼呼轉著看不清，黑色的身軀感覺好龐大，頭部有一批突出的天線。它就像一隻巨大的昆蟲，我心想，一隻超大的黑色螳螂。

我看到拉蕾開始發抖，就要哭出來了，於是一手從防水布底下探出去，握住她的一邊膝蓋想讓她冷靜。然後那無人機猛地往上飛，消失了。

拉蕾往後垮坐，全身顫抖地啜泣。「它走了，」我說。

「沒有——它在前面！」戈爾拔尼喊道：「蹲低身子，它在往後飛，離擋風玻璃兩呎，攝影鏡頭對著車內。」

「丟掉那個追蹤器，藏起來。」我朝巴曼喊。

「已經藏了。」他往後喊，聲音顫抖。「放在地板上了。」

「一開到那個窄道，就把電腦扔出車窗，」我命令道：「要是讓他們發現這個追蹤器，你就死定了。」

「一公里，」戈爾拔尼說：「你準備好了？」

「對，」我回答，其實我沒有。我設法移動一下身體，隔著戈爾拔尼座位旁的開口，看著擋風玻璃外。那條窄道就在正前方——寬度只能容下一輛車，兩邊都是陡峭的崖壁，茂密的灌木和喬木在崖壁上扎根，樹蔭懸垂在路面上方，其中一些幾乎就緊貼著我們的車頂。那架無人機沒有別的辦法，只能往上飛，越過這段。

「三十秒，」巴曼喊道：「二十秒……十秒……」

車子被昏暗淹沒，我們進入那些懸垂樹木的陰影中。「無人機飛走了。」戈爾拔尼朝後座的我喊。現在無人機已經往上飛，讓我們不受監視大概一分鐘，或許更短。

巴曼降下他的車窗，我看到筆記型電腦被扔出去，然後我起身坐回位子上，抓了包在毯子裡的步槍，把水袋背在一邊肩膀，然後抓住車門上的把手。

「我不能減速——他們可能會計算時間，」戈爾拔尼說：「我會甩尾駛向一個沙堆，這樣或許可以給你一個機會。四秒……三秒……」

我看著拉蕾——她在哭，搖著頭，看到我要離開很恐慌。或許她以為我可以保護她，不明白那是根本沒希望的。我看了戈爾拔尼的時速錶一眼：時速八十公里。這樣不會成功的——

「兩秒……一秒……」他喊道，然後我感覺車撞上沙堆，車尾甩出去。「上！」

我推開門，先丟步槍，自己隨即跳出去，設法轉動身體。訓練時說要縮起頭，一邊肩膀著地，然後身體滾動，但是我還來不及思考，更別說滾動，就撞上地面了。

我的頸部和一邊肩膀承受了最糟糕的部分。我覺得自己的背部猛扭，同時伸出一手要緩衝，於是手掌狠狠撞上地面，身體順勢在空中翻了個筋斗後，一邊臀部著地，搾光我肺部的空氣，緊接著我又空翻一圈，撞向地面，然後我才翻滾著停下。

我簡直不敢相信自己還活著。我試探著吸了口氣，成功了，然後又吸一口。我坐起身，看看四周：是那個沙堆救了我，因為多年無雨，無情的北風吹來了最細、最深的細沙，形成了這個龐大的沙堆。

剛剛那輛豐田車捲起的塵雲仍懸在上午的空氣中，也遮糊了天空。如果那架無人機的操作員決定讓它回頭的話，這些灰塵就還能暫時保護我。我手忙腳亂爬起來，半跛著沿馬路往前，抓了我的水袋，找到了包在毯子裡沒有損壞的AK－四七步槍，然後開始沿著峭壁找地方往上攀爬。

最關鍵是要盡快找到掩護，一旦我爬到峭壁頂端，就要轉往北邊，跟下面的馬路平行往前，確定那輛豐田車在我看得到的地方。我得在第一個機會出現時跟那輛車會合，而且我知道，一旦我做到這件事，接下來開到採石場，然後換騎越野摩托車，全部加起來，我離自由就頂多只有一百四十分鐘了。

一百四十分鐘的好運——這個要求想必不會太過分。

59

我辛苦跋涉半小時，快步穿過艱險的地形，在一處山脊上的一片巨石柱間找到掩護，接著利用步槍的望遠瞄準器檢查前面的路，沿著一長段泥土路直直往前看。

我看到那輛豐田車。就在我視線的邊緣，被地面升起的熱浪扭曲了。那車停在一個路障前，前面還有許多敞篷小貨車和四輪傳動車，那架無人機在上空盤旋。有兩輛敞篷小貨車鉤著運馬的貨車廂，讓我擔心起來，因為這表示有人正騎著馬，去搜尋無人機和汽車到不了的山溝或峽谷。搜尋網正在收緊。

我兩度眼睛離開瞄準器，眨一眨，再看，但是在豐田車周圍那些移動的人群中，還是找不到戈爾拔尼、巴曼，或拉蕾。我本來就料到他們會被攔下，但是不曉得他們只是被帶去問話，或者被抓起來了。我們已經走了這麼遠，現在若是有任何阻礙，都會是一個沉重的打擊，但是不曉得到底發生了什麼事，讓我覺得更難受。

要是他們被抓了，我得知道這表示我得設法獨自前往邊界，而且得趁著虔誠軍和他們的無人機還沒有新的規劃時，立刻就動身。我打開地圖系統，擬出了一條路線，打算沿著馬路到一處山脊，那裡的視野會比較好，或許可以看清路障那邊發生了什麼事。

我緊貼著有掩護的地方，吃力地爬下那些巨石柱，找到一條我在地圖上看到的崎嶇深溝，可以通往我規劃的那個觀測點，然後就順著那條古老的乾河床行走。過了二十分鐘，我沿著深溝轉了個彎，更深入艱險的地形，很快地，我就意識到這個地方有一點很奇怪：幾乎一點聲音都沒有。

這份寂靜持續變得愈來愈有壓迫感，深溝開始變窄，唯一的生命跡象是一隻黑鳥——翼幅寬闊，我從沒見過這種鳥——乘風高飛。同樣的那陣微風開始吹進深溝裡，經過山坡間的洞穴和裂口，發出嘆息。

在前方，有兩顆緊貼的巨大岩石，幾乎擋住了去路。我找到了一條從中穿過的小徑，踏入一個幾乎隱藏的地方——

然後我看到他們，在一小塊空地上等待著：三十名粗暴男子，毫無疑問是恐怖份子。他們經歷過現代最致命的衝突之一，倖存下來，然後穿過半個大陸，決心要建立一個新世界。

我已經徒步奔波了一百六十公里，把自己的耐力推到極限，我曾在星光下前行，目睹過大部分人一輩子都沒見過的事物：營火在敵方領域裡閃爍，海市蜃樓真實得我幾乎可以碰觸，無比莊嚴的遊隼，還有一個死去的男人掛在十字架上。

現在，安全處幾乎在望，距離自由只剩一百四十分鐘。此時，在一個無名之地的岩石夾縫間，我終於跟那些我曾希望永遠不會碰到的人面對面。我就要成為虔誠軍的囚犯了。

60

那三十名男子大概是由虔誠軍的兩支巡邏隊組成的，他們圍繞著那片空地，形成一個典型的伏擊隊形。其中四個人騎著馬：相貌凶狠，輕鬆跨坐在馬鞍上，突擊步槍對著我，頭上纏的頭巾垂下，戴著深色墨鏡，子彈帶斜背在胸前。

我想，每個禁入區域間諜到了某個階段，都想像過自己被抓到的那一刻會是怎樣，我也不例外。但我從沒想到會是像眼前這樣。沒有人講話，沒有人朝我下令，也沒有瘋狂的射擊。唯一的聲音就是風吹過深溝的輕嘆，還有幾支加密的無線電對講機發出講話聲。無線電當然很老派，但是每個恐怖份子都知道極度難以破解、追蹤、竊聽。拿著無線電的那幾個男人，連同其他十多個人站在幾輛四輪傳動車後方，把車子當成掩護；同時另一群人分散在周圍的懸崖上，完全控制了這塊小空地。一個男人站在高高的一處峭壁上方，是唯一沒用武器瞄準我的。他的脖子上掛著一副雙筒望遠鏡，我這才明白他一定觀察我至少二十分鐘了。難怪他們在等待。

面對他們壓倒性的人數優勢，我站在那裡完全不動，免得他們有開槍的念頭。我這條命顯然落到他們手裡了，但是我可不想因為不小心或誤解而送命。

我一直認為，沒有什麼能比得上一個間諜在敵方境內的恐懼：在蒼白月光下溜過一道國界，或是奔過一片裝設了活動感測器的森林，站在火車月台上，保護自己的只有一件薄大衣和假證件，等著登上一列夜間火車駛向莫斯科，或是其他悽慘的地方；嚴冬裡蜷縮身子坐在座位上，聽著鋼製車輪轉動，神經瀕臨崩潰，因為你看到保安警察在車廂內移動，檢視著一張張臉，隨時都可能大聲下令，拿槍指著你，伸手要你拿出車票或國內護照；列車駛入一個接一個荒涼的火車站，你望著窗外那些異國人群，想辨識出哪些是便衣警察；筋疲力盡但無法入睡，因為腎上腺素大量分泌，還有濃得像柏油的咖啡（賣你咖啡的老女人身上有泥土味，懷念地談起史達林或其他屠夫），同時你默默看著年輕新兵要出發去奔赴戰爭，他們喝了一肚子劣質伏特加，按捺不住想打架；而且從頭到尾，隨著愈加深入黑暗，你都不會忘記，在小鎮邊緣、路燈消失的地方，始終有一條水溝在等著你的屍體。

我見識過這一切，以及更多。但就在眼前，七月一個星期三接近正午之時，在盛夏的伊朗，我得知有一種恐懼遠比上述種種更糟糕：那是你明白自己無路可逃，希望就在你身後幾碼之處死滅。然而，有時即使你拿了一手必輸的牌，還是得玩到最後，於是我開口講阿拉伯語，大聲得讓每個人都能聽見。「我是個旅人，」我說：「來自沙烏地阿拉伯，我需要幫忙。我被搶劫了——」

幾個人大笑起來。四個騎馬人裡頭，離我最近的那個回頭朝身後的某個人大聲說，聽起來是亞塞拜然語——跟土耳其語關係密切的幾種語言之一——而且儘管我並不精通，但是我的土耳其語還不錯，相當確定他講了「上校」這個字眼。

大部分的士兵，包括在山坡上那些，以及那名帶著雙筒望遠鏡的瞭望兵，此時都回頭看著另一個騎馬人，他在後方，本來半藏在峭壁投下的陰影中，我原先幾乎看不到，此時他騎馬往前。

我心有旁騖，想找尋那些士兵的任何一個小錯誤，藉以轉為我的優勢，但我還是感覺到一波尊敬的浪潮掠過這群軍人——他們的打扮可能像游擊隊或非正規軍，但此時他們就像在接受閱兵似的，一個個立正站好。死神駕到了，我心想。

他年約四十，很高，超過一百八十八公分，精瘦的身軀有很多肌肉，而且毫無疑問，他有美國軍人常說的「領袖架勢」。他尊貴且威嚴地騎在馬上，有挺直的鼻子和修剪過的黑色大鬍子。從外貌看，他其實跟幾萬名決定在鍋爐地帶發動戰爭的前線戰士沒什麼兩樣。但他身上還有別的——我強烈感覺到他的五官有一部分斯拉夫特徵，而且猜想他有巴爾幹國家的血統，在那些國家，早在幾世紀以前，伊斯蘭教就已經在各個偏遠村莊和荒涼山脈間扎根。當地的生活很艱辛，培育出來的戰士也格外令各方恐懼。

他穿著T恤和褪色的牛仔褲，腳上是戰鬥靴，一條棉圍巾像頭巾似地纏繞在頭上，尾端垂在背部。他的一邊前臂有刺青，是西里爾字母拼出來的文字，對大部分人來說大概沒有什麼意義。但是我學過幾種以西里爾字母拼寫的語文，認得出那是一份日期和地點的清單。我困惑了一會兒，然後恍然大悟：那是他曾打過仗的戰場。

無論這個人是誰，都見識過很多戰爭。

61

正當我打量他的時候，他在離我沒幾碼的地方停下，一手輕鬆握著克拉克三四長管手槍，從馬鞍上看著我。我一邊肩膀還背著AK－四七步槍，一手抓著水袋，站在那片沉重的寂靜中，盡可能迎視他的目光，同時想到了戈爾拔尼和巴曼。

我不太相信他們的遭遇會比我好，但我希望那些圍著他們汽車的士兵能饒過拉蕾一命。那個女孩是無辜的，而且要不是戈爾拔尼跟她撒謊，她就還會待在一百六十公里外的難民營。現在我們也只能聽天由命，但我們三個是情報員，我們知道自己承擔的風險。

「在路上被搶了？」馬上的那男人用很不錯的英語低聲說，聲音裡充滿假意的關心。「很遺憾聽到你被盜匪劫掠了，你應該更小心一點的。這是個奇怪的世界，在這裡，事情有可能變得很糟糕——相信現在你已經明白了。」

我假裝聽不懂他講的語言；現在除了我的假身分，沒有別的能救我了。「我來自沙烏地阿拉伯北邊的塔布克。」我還是用阿拉伯語說。

「啊，塔布克？聽說那邊的夕陽很美。」他微笑著回答，還是講英語。「我從來沒去過，但是我認識幾個戰友，跟你一樣是沙烏地阿拉伯人，他們提到過那裡的夕陽。可惜那些人今天不在這裡，否則你可以跟他們分享家鄉的故事。像我們這樣的外國人，能跟同鄉聊一聊，總是很愉快的，不是嗎？」

我聳聳肩，意思是聽不懂英語。他的目光始終沒離開我的臉，我從他眼中看到了之前沒注意到的：一種銳利的怒氣，一種恨意，衝著我來。那似乎是……似乎是非常個人恩怨的性質。我不認識這個人，這輩子從沒見過他，所以他為什麼這麼恨我，我完全不懂。因為他知道我是美國人嗎？我納悶著。

「塔布克非常特別——」我用阿拉伯語說，因為沒有別的辦法，只能繼續應對下去。

「沒錯，」他說：「先知——願他安息——曾在那裡飲用一處天然泉水。我很高興中情局原來也會查維基百科。」

「我不懂英語，」我用阿拉伯語說：「我來這裡是要找我弟弟——」

「是嗎？我也失去了一個弟弟，」他繼續用英語說：「很不幸我找不到我弟弟，因為他被殺害了，遭到射殺。或許過一會兒，等我們確定一些事情，就可以幫你找到你弟弟。」

他是在玩弄我，但是我得陪著他玩下去，希望找到一個機會，或是半個機會，能讓我抓住：我多爭取一分鐘，敵人就少一分鐘，我這麼告訴自己。我攤開雙手，好像完全聽不懂他講的英語，但是他不理會。

「即使在邊境地帶，今天也是很不尋常的一天，」他說：「在一片乾河床，兩支巡邏隊發現一個沙烏地阿拉伯國民，說要尋找自己的弟弟，路上被搶劫了。三十分鐘前，我們在路上碰到兩個男人和一個女人，他們跟我們說了一個老套的故事，交代他們為什麼要旅行。那個女人很年輕。」他聳聳肩。「你不會剛好知道她什麼吧？」

我什麼都沒說，但聽他提起拉蕾，我的恐懼更增幾分。「不知道？她對你是個陌生人？」他問。我沒有表示自己懂英語，只是假裝茫然地看著他。

「她表現得好像是聾子，」他繼續說：「但是我懷疑，如果有個人逼她尖叫得夠大聲，她的說話能力可能會恢復。有人可能會說，這是個奇蹟。你覺得呢？應該逼她尖叫嗎？」

我們看著對方，他手裡還是輕鬆握著那把長管槍，翻身下馬，走上前來。他停在我前面幾步，我很想挺直身子、站得高高地面對他，但我做不到；我沒那個力氣。

「如果我們找到那些搶你的盜匪，或許就可以用她來換你的東西，」他提議道：「我有個想法，我相信無論是那些盜匪，或是這一帶的其他歹徒，都可以好好利用一個年輕女人，就算很瘦都沒關係。」

這可不是空話；在敘利亞，伊斯蘭國曾把幾千個女人賣去當性奴隸。我和那名恐怖份子之間的沉默延長，其他士兵或四個騎馬的戰士都沒吭聲，接著，我又看到那隻翼幅很寬的黑鳥，在我們上空盤旋。

「這是個好主意吧，沙烏地佬？」他問，更有威脅性，也更堅持了。「要逼她尖叫，還是把她賣給那些盜賊？你喜歡哪個？」

我沒回答，繼續看著無雲天空的那隻黑鳥。我心想，那上頭沒有宗教，沒有什麼好恨的，也沒有什麼值得為之而死的。

「或許我們應該兩個都做，」最後他說：「這是你的意思嗎？尖叫和賣掉——兩個都做？是啊，我也是這樣想的。」

所以，最後就是這樣的收場了，我心想，還是看著那隻鳥。任務再也不重要了；儘管一開始我們抱著那麼高的期望，做了那麼多規劃，但是我知道，任務已經跟那個信差一起被釘死在十字架上了。至於我自己、戈爾拔尼、巴曼，是逃不掉了。我們很快就會走到無可避免而致命的結局，但我知道這短短幾分鐘可能是唯一幫拉蕾辯護的機會。救你能救的，我心想。

「放了她吧。」我低聲用英語說，等於承認他已經知道的事實。

「所以你會講英語？」他假裝驚訝地說：「那麼你剛剛講的夕陽、泉水呢？難道你根本不是塔布克來的？」

我沒理會他講的話。「那個女孩是被拐來的，帶著她是為了拿她當掩護。她有資格——」

「她什麼資格都沒有！」他咬牙怒斥，放棄了原先禮貌的面具。「你們在另一場戰爭時是怎麼說的——把他們全都殺了，讓上帝去分辨出好人跟壞人？」

「越南是很久以前的事情了。」我回答。

「什麼都沒改變。我一路看到你們跟你們的盟國在伊拉克、敘利亞、黎巴嫩、加薩、伊朗做了些什麼。」他的聲音像錘子般，狠狠說出每個地區。「我親眼看到學校和醫院都照樣被轟炸。不，那個女人年紀夠大了，她知道自己在做些什麼。任何人都不能通敵。任何人。」

「他們給了她一支手機當交換的，」我說：「想像你為了手機而送命？《古蘭經》裡說過：

『遵守你對真主的責任，善待婦女。』」

他瞪著我，大概是很驚訝。「據說在你們的文化裡，為了達到自己的目的，就連魔鬼也會引經據典。」

「那個女孩無依無靠，孤單一個人，」我說：「她是難民，他們是三天前在一個難民營認識她的。」他不理會，朝我走近一步。我努力想著該說什麼，好引起他的共鳴。「她年紀還小，她犯了一個錯，」我說：「我只是要求你饒了——」

他幾乎站在我可以碰觸的距離，打斷我的話。「你現在沒資格談條件，」他說：「你什麼都別想要求，我也什麼都不會答應，懂嗎？」再一次，我看到那種狂怒是衝著我來。

我繼續講話，徒勞地想繼續爭辯，但是他不理會，開始繞著我走。兩步，三步，他走到我的背後。我沒轉身，但是可以感覺他在我後方。我感覺到他走近我，心裡在納悶：我最後就是會這樣嗎？從那把長管手槍射出一顆子彈，或是朝我的頸背砍下致命的一刀？

我挺直身子，想像著那把槍舉起、指著我耳後的一個點。我感覺到他的手碰觸我的頸側——然後，過了一會兒，他取下我肩上的步槍。終於，他決定把我繳械了。

我聽到步槍嘩啦落到地上，感覺到他走開了，我得硬撐著不要腿軟跪下。我鬆開緊咬的牙關，吐出氣來。等到我稍微恢復鎮定，他又回到我前方。

「遠方有一個邊疆地帶的小城，」他說，比較小聲，現在似乎冷靜下來了。

我疲憊地看著他，心臟猛跳，而且現在被搞糊塗了。他為什麼忽然跟我說這個？另外他是誰——這個充滿領袖架勢的騎馬人？我又看了一下他前臂的刺青；有超過十二個國家使用西里爾字母，包括俄羅斯、車臣、烏茲別克，所以我什麼也猜不出來。

但我沒有時間多想了，我得專心。「那個小城位於荒野之中，緊鄰勒拿河畔。你知道浩蕩的勒拿河嗎？」

我搖頭。

「當然了，」他說：「西方人都不知道。你們以為布達佩斯就是文明世界的盡頭了。勒拿河有五千公里長，是全世界十大河流之一。」他繼續說：「那條河很狂野，是一種永無止盡的自然力量：供應食物、水、交通、美景。還有死亡。每一年春季融雪時，都會淹死幾百人。這就是西伯利亞，在一個墜入地獄的世界裡，那是最後一個偉大的邊疆。」

「西伯利亞？」我說，現在聽得很認真。「邊疆？」

「是的。」他回答。

「我不明白……」我說，希望他告訴我更多。

「為什麼我告訴你有關西伯利亞？你很快就會曉得了。」他說：「我不是出生在那裡的——我弟弟和我由我父親撫養長大。他來自舊蘇聯，他帶我們去那裡，因為他在全世界最髒、最危險的鑽石礦之一找到工作……」

我想到一個男人坐在鍋爐地帶的一輛戰鬥車上，跟一群高階戰士說起自己的出身——一個男人談著邊疆地帶，一條浩蕩的大河流，還有那裡的嚴冬，他父親在地下挖礦，獨力撫養兩個兒子。於是我明白，而且非常確定眼前這個人是誰了。面對我的就是阿布・穆斯林・凍原，曾是蓋達組織在伊拉克的首領，伊斯蘭國的創建人之一，也是虔誠軍的軍事指揮官。

我想像他小時候在森林裡奔跑，學習追蹤、打獵、存活。我想像他、他弟弟、他父親在河畔，滿懷希望地挖掘長毛象骸骨。最令我印象深刻的，就是那些狼群。

「這個小城名叫波克羅夫斯克，」他說，把我拉回眼前。「我在那裡待了十二年，蒙真主的恩典，那些日子造就了今天的我。

「那是個荒野中的邊境小城，」他繼續說：「九千名人口困在大河和一大片延伸到世界盡頭的落葉松森林之間，架高的老舊木屋建在樁柱上，跟地面的永凍土層隔開來。每天早上，都會有濃霧從北極飄來。」

我盯著他的臉看。這位可能是全世界最危險的恐怖份子，終於有個來自西方的情報員見到他了，而我唯一能想到的就是好可惜，見過他也沒有任何用處了。我想著這些，於是沒注意到凍原是從什麼時候開始沒再輕鬆握著那把長管手槍。這會兒我才發現，他一定是把槍舉起來，開始瞄準。

「『悲慘』這個字眼不足以形容這個地方，但我就是在那邊自學英文的，」他繼續說：「那裡有個俄羅斯老人，曾在英格蘭求學，就像波克羅夫斯克大部分人一樣，他也是在逃離某種事物。」

「他有很多藏書，大部分都是詩集，但是也有小說。《憤怒的葡萄》、《大亨小傳》、沙林傑、海明威。有整整十年，我僅有的同伴就是那些書，還有我弟弟。我弟弟是我所見過最好笑的人，也是讓我保持清醒的人。我這輩子深愛過的兩個人，就是他和我父親。」

他停下來，迎視著我的目光。「你剛剛問我為什麼談起西伯利亞，」他說：「我要告訴你：在那個交叉路口，睡在遮陽篷下的那個人就是我弟弟；就是他，被你射中七槍死掉了。」

他扣下手槍扳機。

62

從僅僅一公尺半的距離外，那顆子彈射入我的左腳，一大片血花灑在乾燥的土地上，一股劇痛沿著我的腿往上竄，直抵鼠蹊。

我踉蹌著，感覺到水袋從我手上飛出去，先是單膝跪下，然後整個人倒在乾透的地上，同時一陣反胃之感湧上來，幾乎就要把我淹沒。我只好用力咬住下唇，嘴裡嚐到鮮血，想盡辦法不要暈倒；我終於明白，為什麼經驗豐富的刑求者幾乎總是用錘子打斷囚犯的腳骨。

「你在中情局一定是很重要的人物，才會派你來出這個任務。這樣值得嗎？」凍原問，看著我努力喘氣，我顫抖的雙手想脫掉涼鞋和襪子。

我沒理會他，幾乎沒注意到他走到我身後，從地上拾起那把AK－四七。我設法脫掉了鞋襪，低頭看著那鮮血淋漓的醜陋傷口，血湧出來，還夾雜著骨頭碎片。我試探地摸了腳底，確定了我害怕的事情：穿過腳掌的子彈出口比入口要大許多，於是我知道自己連站著都幾乎不可能，更別說走路了。

一波波疼痛的浪潮襲來，我努力撐住，同時詛咒自己——我無法阻止他開槍，但我明知道伊斯蘭國作戰的戰場上沒有束線帶或手銬，後來就順應情勢，普遍的做法是射擊囚犯的腳，讓囚犯只能單腳跳，就算逃掉也跳不了多遠。我早該料到他會這麼做，那麼至少我會比較有心理準備。

反之，我只是坐在地上，在一片疼痛的迷霧中，努力思考必須採取什麼步驟治療自己。對我來說，日正當中的天空開始變得黑暗，我得把自己從半昏迷中拖回來，逼自己振作一點；無論如何，我得想辦法清洗、止血、包紮傷口。

我四下張望，想找我的水袋，發現凍原已經走向他的馬，正把我的AK－四七綁在他的馬鞍上。我正想爬去拿水袋，此時有個男人的聲音——是阿拉伯語，響亮且帶著強烈的旋律感——從一輛四輪傳動車上傳來，那是車上的音響所播放的錄音：喚拜人正在召喚人們做禮拜：晌禮就要開始了。

凍原忙著要完成小淨，就從他的鞍袋裡抽出一條髒兮兮的白色棉布，朝我扔過來。「先幫你的腿止血吧，然後包住傷口。」他命令道：「我相信你曉得該怎麼做。」

他轉身，走向那些汽車，留下我半爬半跳地去拿那條棉布。雖然我很感謝他給了我，但我知道這完全不是出於仁慈。

這是壞消息：他想讓我活著，這表示接下來他要折磨我。我不曉得他有什麼打算，但是我不禁再一次想到捕熊夾和狼群。

63

一千四百年來不變的伊斯蘭喚拜過程持續約五分鐘，等到快要結束時，我雙手還是痛得顫抖，但已經扯下一條布，綁在我膝蓋上方，而且抓了旁邊地上的一根小棍子。

這根棍子是戰場醫療的重要零件；我遵照幾年前學到的，利用這根小棍子當槓桿，把止血帶束緊，直到壓住動脈、停止流血。接著，我拿了一個水袋，盡可能把傷口洗乾淨，然後用剩下的布把傷口包紮好。我明知道自己活不了多久了，所以我無法解釋自己為什麼要這麼費事。大概就是俗話常說的，只要活下去就有希望。

我盡力照料傷口之後，就坐在炙人的熱氣中，看著這群人。他們三十個人聚集在那些四輪傳動車旁，正在用後擋板上的一盆盆水進行小淨。原先的槍手們已經從懸崖頂下來，這應該是個逃走的好機會——如果我能走的話。凍原早就預料到這一點了。

我觀察著他（碰巧是側面）脫掉頭巾和染了汗漬的T恤：他頭髮剃光了，軀幹比我的第一印象還結實，腋下延伸到他的第五肋骨處有個縫得很糟糕的槍傷舊疤。周圍其他冷酷的戰士都鋪好自己的禮拜毯。

凍原沒意識到我在觀察，我正要別開臉時，他伸手要抓一條小毛巾，因而臉完全背對著我。我暫停下來——此時我可以清楚看到他背部那一整片刺青。實物要比國安局增強過的影像更令人印象深刻多了。刺青的主人伸手拿毛巾擦乾身體時，刺青上的那對綠眼睛流轉著彷彿活了過來，而翅膀則持續起伏又收縮，看起來好像隨時都會飛起來。

我雙眼往下看，看到下方用西里爾字母寫著一些字，看起來似乎是一個兵團的名稱，但是因為角度的關係，我看不清寫了什麼。不過，在那些字旁邊，有三顆金色星星和兩道直帶，這表示他年紀比較輕的時候，的確曾是俄羅斯某個軍事單位的上校。

他轉身，看到我盯著他的背部。「你知道這是什麼嗎？」他問，伸手到肩後輕拍那昆蟲的頭部。

「一隻害蟲。」我說，幸好聲音比我的感覺更堅強許多。

他大笑。「農夫們可不是這麼說的。當他們看見第一隻出現，就知道有災難要來了——就連你們的《聖經》也是這樣預測的。」

「預測到蝗災？沒錯。」我說：「但是接下來的故事呢？在上帝的協助下，度過了災禍，農民們繼續生活下去。」

他還是在笑，不理會我講的，轉回頭去完成小淨。

「但是告訴我一件事，阿布．穆斯林．凍原，」我朝著他喊。這讓他停下來，轉身看著我，很驚訝我知道他是誰。「那十根象牙，你和你弟弟賣了多少錢？」

我這麼做大概很愚蠢，但是看到他徹底驚呆地瞪著我，完全啞口無言，給了我片刻的滿足感。

第二部

1

上校和他的手下執行完小淨，跪下來在炫目的太陽下進行晌禮，此時我就拖著受傷的腳爬過乾河道，終於來到一棵半死枯樹的陰影中。

一群黑色蒼蠅形成的濃雲在我臉前嗡嗡叫，我把一袋水全都倒在頭上，好減輕那種窒悶的熱，同時努力擬出一個計畫。逞英雄，抓一把武器，一場狂野的槍戰……即使我可以辦到任何一樁，然後要怎麼樣？一路後退，出了那兩塊緊貼的巨大岩石，然後徒步逃走？以我跛腳的狀態，唯一的辦法就是開車了。

我看著圍繞在這塊小空地周圍的那些豐田四輪傳動車：總共有十輛，其中五輛有加高的懸吊系統和特製的越野輪胎，而且車尾還裝了輔助油箱——這些設備太夠我開到阿富汗或巴基斯坦的國界了。沒有AK－四七，我就沒有地圖裝置，但我相信這些車子在眼前這種荒涼地帶行駛，車上應該有精密的GPS導航系統。

我不曉得自己怎麼有辦法控制住其中一輛車，但是間諜世界有一句格言：「幸運是留給準備好的人。」而且我知道，如果受傷的腳導致我發燒，那我就沒有機會實施任何計畫了。我腳踝周圍的皮膚摸起來發燙，發炎已經逐漸爬上我的小腿。眼前沒有強效抗生素，那就只有一個解決辦法。

在那些戰士大聲禮拜的伴隨下，我拆開包住傷口的破布，鬆開止血帶。傷口周圍的血本來凝結了，但現在壓住動脈的力量減輕，傷口又開始流血了。

我把繃帶全部拿掉，伸出腳，濃濃的血腥味引來蒼蠅。才幾秒鐘，不光是傷口，我的整隻腳都擠滿了蒼蠅，一片黑黑的挪動著。我往後躺，設法不去想太多。蒼蠅會在傷口產卵，短時間內就會孵化成為幼蟲，換句話說，就是蛆。為了生存，這些白色的蠕蟲會吃掉損壞的皮肉，而在一種大自然的怪異作用下，這些蛆為了消化所分泌的酵素，對傷口有殺菌效果。我避免去看，設法忽視我腳上被昆蟲爬滿的感覺，也不要去想那些蠕蟲鑽進我的身體。當我看到戰士們的禮拜即將告終，我就揮手趕走蒼蠅，動手重新把傷口包紮起來。

我才剛包紮好，那三個騎馬人就走向我。他們顯然是凍原的副官，年紀比其他戰友大，皮膚的顏色和質地就像鞣製過的皮革，而且顯然經歷過許多次戰爭。

他們逼我起身，半跳半跛地走向最破舊的一輛四輪傳動車，這輛皮卡車裝了最大的輔助油箱，之前我已經設定這輛就是我該下手偷走的最佳選擇。

總之，我來到車後沒多久，就明白凍原和他的人馬是有備而來。三名副官裡的領頭者伸手，把蓋住車斗的一塊防水布拉開，露出一個以粗鋼條製成的大籠子。

那個領頭的副官拉開兩個大門栓，打開籠門，用阿拉伯語命令我進去。我沒有別的辦法，於是低頭爬進那個活動囚室，坐在車斗的地板上，只能慶幸至少可以讓我受傷的腳不必承受重量。那男人扔掉菸蒂，把門栓推回原處，加上掛鎖。

「手。」他說，示意我把右手穿過鋼條。另一個衛兵交給他一副手銬，他把我的手腕固定在鋼條上。這樣我不但被鎖在籠子裡，而且幾乎沒法動。

剛剛想要搶走一輛車的念頭，不管有多麼蹩腳，現在都結束了，而任何逃走的希望似乎也隨之死滅。

2

從很多方面來看，這個大洞穴要比任何主教堂都壯觀。洞內從泥土地到拱頂高達三十公尺，火光在岩壁上舞動，暗影在古老的岩層表面嬉戲，而且從山裡深處傳來了一個聲音，那是在這塊殘酷大地上比任何東西都珍貴的物品：流水。

這個洞穴外頭居高臨下，眺望著幾個陡峻的深谷和一片沒有道路的山脈，景色令人驚歎。洞口狹窄得只勉強能讓車子通過，完全看不出洞內的空間那麼大。

從牢籠內往外看，我很確洞內的黑暗深處，在兩處灶火的光所照不到的地方，越過水道，沿著小通道往下，經過蝙蝠群居地、蠍子巢穴、動物骸骨，有史前時代所留下來的石頭壁爐。全世界最古老的洞穴畫是在五萬年前留下的，而如果有人告訴我，在這個洞穴的隱密深處、任何地圖都沒有標示的地方，有類似的古代藝術作品，我也不會驚訝的。

我們這十輛車（我被關在其中一輛的後方車斗裡）花了超過兩小時，大部分時候都行駛在沒有道路的地面，才終於辛苦地抵達這裡。在車隊出發之前，一名衛兵又把防水布蓋在籠子上綁好，所以我猜想，任何經過上空的人造衛星都拍不到我，這麼一來，即使蘭利運氣好能看到這個車隊，也無從知道發生了什麼事。被囚禁在黑暗中，而且在悶熱中努力呼吸，還因為崎嶇地形而被甩來甩去。每經過一道窄溝，我被銬住的手腕就差點要斷掉，腦袋不斷撞到鋼網，有大批蛆蟲寄生的腳痛得像是火在燒，有好幾次，我覺得這趟高速的艱辛車程可能就會搞死我。

但是，崎嶇的地面的確帶來一個意外的優點，那就是連防水布都無法撐住。上路一小時後，正當這輛卡車駛入一道陡峭的深谷，連懸吊系統都幾乎應付不了，此時夾住防水布的夾子有兩個終於斷了，咆哮的沙漠大風從沉重的防水布下方竄入，於是把剩下的夾子也扯斷，讓整塊防水布飛過幾哩耐鹽植物。這回的幸運不光是讓我的籠子立刻降溫，而且當車子開始爬上一片高高的山脊時，也讓我有機會看看之前經過的那片廣闊荒野。沒看到其他車輛，也沒有任何揚起的煙塵、可以顯示後方還有任何車馬。

我很驚訝，在我被鎖進籠子裡、罩上防水布之前，我看到凍原和其他三個副官騎上馬，掉頭往南去。我很確定他們是前往拉蕾和另外兩個黑水公司人員被抓到的那個路障，所以還滿心期待能看見別的車隊載著他們跟在後頭。結果沒有，而他們的延遲讓我想到拉蕾。她很年輕，那些被戰爭磨得狠心的男人抓到她，或許會決定把她當成戰爭的掠奪物，尤其他們的領導人已經宣判她的死刑了。

進入山洞時，這個念頭還縈繞在我心頭，我的目光掠過兩個灶火，藉著火光，我看到這個大洞穴已經被設立為一個前線行動基地，能夠避開人造衛星的監視，是派出無數巡邏隊去尋找我的理想地點。現在，任務已經達成，留守在裡面的幾個軍人正收拾著準備離開。此時，照進洞口的陽光開始減弱，暮色逐漸籠罩，我看到右方的那些陰影裡，有一個獨臂士兵在幾十個綠色小燈前忙碌。看起來他是負責通訊的，正在幫十來個高品質的無線電對講機和一架子夜視鏡換電池。

他轉身發現我正在看他，深色的眼珠瞪回來，然後走近籠子，嘴唇露出一抹冷笑。他指著他殘存的半條右手臂。「敘利亞。美國無人機。」他恨恨地用口音很重的英語說。

他正要繼續說下去，但是夾在他腰帶上的無線對講機發出噪響，顯然幾哩外有人要聯絡他。訊號非常糟糕，兩個人講著阿拉伯語都必須半吼叫，好讓對方聽見。

聽起來對方（顯然是個朋友）的車隊已經把拉蕾、戈爾拔尼、巴曼抓起來帶上車。在電子訊號干擾的刺耳聲響中，我聽到他們的車隊還在幾個小時之外，停在那條舊橋沿上游大約十公里的一個廢棄村落裡，對方要確定他們車隊到達時，食物已經準備好了。

「那三個囚犯怎麼樣了？」我聽到那個獨臂男問。

有短暫的片刻，電子風暴減弱了，我聽到他的朋友大笑。「唔，首先呢，」他說：「現在只剩兩個了。」

3

我沒再聽到別的了。我在籠子裡往前湊，拚命想知道誰活著、誰死了，此時山洞裡突然沐浴在一道明亮的光線中，機械的轟鳴震耳欲聾。

我轉頭看到兩個士兵站在一個柴油發電機旁；他們看到天光迅速消失，已經用一個手搖曲柄啟動那個發電機，頭頂上的幾排工作燈隨之亮起。

獨臂男人把無線電對講機湊在耳邊，但是在轟響的機器中什麼都聽不到，於是他轉身走向安靜得多的洞口，而我也就聽不到了。我往後垮坐，靠著籠子的鐵欄杆，很擔心在遠處一個廢棄的村落裡可能會發生的事情。

我沒法做什麼，任何人都無能為力。我看著被照得一片明亮的洞內，一時之間很羨慕那些有宗教信仰、可以從中找到撫慰的人，然後我垂下頭，設法入睡。今天是他們，明天就是我了，我心想。

4

我筋疲力盡，但是睡不著。有三小時我只是坐在籠子裡，幾乎沒動，腦袋裡思緒轉個不停，同時半期待著會有一波訊息從無線電對講機傳來，或是有凍原的車隊接近的引擎聲。

他們把食物扔進籠內，但是我沒有胃口。我的世界充滿了痛，每次的疼痛都是一次提醒，我感覺腳上傷口的灼痛忽然往鼠蹊衝去，痛得我猛吸氣。我的額頭原已冒出點點汗珠，現在汗水開始沿著脊椎流下，我感覺自己在發燒。隨著腦袋的劇痛和一波冷得讓我發抖的寒意，我知道我的免疫系統——另外希望加上那些蛆——正展開一場關鍵的戰役，設法要擊敗正在蔓延的感染。

我的體溫持續上升，我好想抓住放在籠子一側的水袋，倒在身上好讓自己降溫。但是我知道這麼做是大錯特錯，發燒是身體摧毀入侵病原體的一種方式，而我需要我能得到的各種幫助。我彎起雙腿，下巴放在膝蓋上，把身上骯髒的衣服拉得更緊，為下一波寒意來襲做好準備。我覺得自己的腦袋失靈，開始在記憶中漫遊，同時大批奇異的思緒淹沒了我……

我看到那信差被釘在十字架上，但現在是在耶路撒冷城外的一座山丘上。古羅馬的六個百夫長正在抽籤，看誰能得到一位被釘在十字架上的拿撒勒人木匠的財產，同時，沿著附近的稜線上，色彩鮮豔的佛教經幡開始在風中飄揚，而我正在喜馬拉雅山區跋涉，要前往加德滿都。日落時分，在一座壯觀寺院的露台上，我和一位中國異議人士碰面，他冒著生命危險穿越國界，遞給我一個小香盒，裡面有一個愛錢勝過愛國的中國官員名字。我看著裝在裡面的一根根線香，此時我站在吳哥窟寺廟的佛陀像前。一個身穿橙黃袈裟的和尚出現了，叫我點燃那些香。「父母永遠不會死去，」他說：「只要他們的子女還記得他們。」我劃亮一根火柴，白煙裊裊升起，我正走過安納波利斯海軍官校裡的四方院，口袋裡的手機響起鈴聲——

那是我在官校的第一年，我旁邊有兩個同學，我們正邊走邊聊運動，不時大笑，此時我看到了手機螢幕上的來電者是誰。我爸很少打電話——通常都是由我媽負責打——而且他絕對不會在大白天打電話。我開始驚慌起來，示意兩個同學繼續走，我停下來按了接聽鍵。那記憶好真實，那畫面好鮮明，我都可以感覺到東岸初夏的太陽照在我背上。

我爸向來自豪是個堅強的男子漢，從來不會情緒外露，但我立刻聽得出來他快流淚了。那天稍早，我媽被診斷有一種惡性乳癌，證據是它已經開始遠端轉移了。醫師們說會做一切能做的，但是我媽很可能只剩幾個月了。

這個消息對我是個沉重的打擊；我知道我媽變瘦了，但她連要去檢查都沒告訴我。這個災難性的發展，使得我從那天開始，只要一有機會，就開夜車到機場，趕最後一班飛機回佛羅里達。後來，完全就像醫師們預測的，我媽的情況惡化，於是我每星期都會回佛羅里達。每個星期五晚上，我總是會刻意穿上她以前買給我的那件昂貴毛衣（是她當年為了讓我融入預校裡那些富貴子弟的世界而買的），然後坐在她床邊、我爸對面的位子守著。在那裡，環繞著癌症病房區裡殺菌劑與恐懼混合的特殊氣味，到最後，我們就像病房區裡的大部分人一樣，默默地把我們所有的希望從醫學轉到奇蹟。當時我還年輕，還不滿二十歲，就像我爸跟我說過很多次的，年輕得不該當臨終病人的看護，但是我一直覺得，這種時候，如果一個人不陪在家人身旁——唔，那他就不是什麼好人，不是嗎？

當癌症終於走到無可避免的結局，我所有的關心就轉到我爸身上。他和我媽結婚三十年，我知道孤單對他來說會非常危險。雖然講電話時他總是努力打起精神，而且他還在經營他的游泳池維護工作，但是我知道他已經無心於此了。幾個月後，他默默地結束營業，逐漸進入退休生活，而且忙著找出各種修繕家裡的方法，好讓自己有事做。

之前我媽的死終於來臨時，我毫不驚訝，但是我爸就完全相反了。我們的醫院守夜才剛結束一年，在他事先完全不知道，也幾乎沒有任何徵兆（幾乎每個案例都是如此）的情形下，他有一段主動脈持續膨脹到超過正常的三倍大，成了所謂的動脈瘤。有一天，他為了又一個讓自己保持忙碌的整修計畫，去一家五金大賣場採買用品時，這個動脈瘤就破裂了。

當時他在佛羅里達州炫目的烈日下，正推著購物推車穿過停車場，忽然倒在地上，血壓立刻驟降，胃裡充滿鮮血，而他的心臟則奮力搏動著想恢復血壓。接著，鮮紅色的動脈血液從他嘴裡湧出，流到烤熱的黑色柏油地面。才幾秒鐘，就有好多血流在發燙的黑色地面上，因而一個正忙著把鋪路材料放上自家皮卡車的三十來歲黑人青年（是個包商）還以為這個六十歲、有著藍色眼珠的男子一定是中槍了。不過，多虧他不顧自身安危，跑去幫我爸，就是他打電話給九一一緊急專線，請他們立刻派救護車來。很不幸，那個傍晚的車輛已經開始增多，州際公路上已經塞了好長一排。或許，如果調度員派一架直升機來，事情可能會有不同，但最後的結果是，在救護人員趕到兩分鐘後，我爸死了，還躺在發熱的柏油地面上。

那位包商青年的體格像次重量級拳手，戴了一個金耳環，一邊二頭肌上有個毛利戰士刺青。在等待救護車的漫長時間中，他始終陪著我爸，握著他的手，努力安慰他，直到最後。

當我終於收到死亡證明書時，上頭說我爸的死因是醫師所謂的「AAA」：腹部主動脈瘤（abdominal aortic aneurysm）。沒錯，我爸死時心臟受損，但我不認為那是動脈瘤引起的，我想他的心早在一年前我媽過世時就破碎了。

好幾個月之後，我終於找到那位包商青年，可以當面謝謝他所做過的一切，我問他，儘管當時他知道自己也可能中槍，為什麼還是跑去幫忙我爸。他驚訝地看著我好久。「唔，不然你覺得我該怎麼做，就讓他躺在那裡？」他問。

「有些人會這麼做，」我回答：「你是基督徒嗎，大衛？」

他大笑。「在某種程度上，應該算是吧，」他說：「但是我向上帝祈求，你永遠不會去參加我的教會——那裡叫匿名戒毒協會。」

我也咧嘴笑了，望著下沉的落日，問他一件我心中納悶許久的問題。「他當時說了什麼嗎？」我問。「我的意思是，在他過世之前？」

「大部分時候他都在休克狀態，」大衛解釋，現在變得嚴肅了。「然後，最後，他只講了一個詞。」

「救命？」我大膽問。

他搖頭。「不，我想他知道求救太遲了——他知道自己就在死亡的門檻前了，」他說。「在他跨過去之前，他說了一個似乎代表一切的詞。」他暫停一下，看著我的眼睛。「他說了你的名字：雷利。」

這段回憶至今仍陪伴著我，在我腦海播放，然後在伊朗境內一個山洞內被照亮的岩壁上迴盪。我看看四周，好像第一次看到這個洞穴，無法判定自己是夢是醒，我低頭看了一眼自己的衣服，發現已經被汗溼透，於是明白自己退燒了。

我本來可能會繼續坐在那裡不動好幾個小時，但是從山洞外的世界裡，我聽到了陣陣引擎聲傳來。我轉頭看著洞口，不光是看到夜幕完全降臨，也看到凍原的車隊正要進入洞裡。

我跪起來，身子往前湊，抓著鐵欄杆，拚命想看到他們的囚犯是誰、是不是還活著。

5

那些車沿著洞穴一側緩緩停下，儘管離工作燈很遠，還是有足夠的光把他們照得清楚分明。隔著鋼網，我看到洓原帶領的那些士兵紛紛下車，朝後面放著食物的桌子走去，在岩壁上投下巨大的影子。他們精神高昂，但這只讓我的工作更困難，在那些移動的人群中搜尋，雙眼沿著那些車子檢查，想看有沒有戈爾拔尼、巴曼、拉蕾的蹤影。

我以為他們三個都被殺害了，正要別開臉，此時，看到車隊尾端一輛休旅車的後門打開。一名衛兵下車，片刻之後，把後頭的巴曼拖下來。瘦削的巴曼就算在最輕鬆的時候也是緊張兮兮的，現在他被上了腳鐐，看起來很疲倦——比較像是累垮了。我大感解脫，心想至少有個人保住了命，但是那衛兵才走了兩步，我的解脫感就煙消雲散：他帶著巴曼走向放食物的桌子，於是我完全知道這意味著什麼。如果他什麼都沒說，他們不會給他吃東西的。毫無疑問，他把他們想知道的一切都說出來了，關於他的情報網，以及他在德黑蘭的祕密情報來源。

我的目光又回到那輛休旅車，剛好看到一個衛兵把第二名囚犯拉下車。但那不是戈爾拔尼，而且一時之間，我幾乎認不出拉蕾了。她沒了頭巾，而且頭髮和眉毛都被剃光了，但是她還活著。

我稍微鬆了口氣，看著她四下張望著這個巨大的山洞，困惑又害怕，然後我看到她的目光落在我身上。她如釋重負地點了個頭，雖然我也被囚禁，但至少眼前她不孤單了。

那個衛兵大概覺得把兩個囚犯關在一起比較好看守，就扯著連接到她腳鐐的鍊子，把她拖向我的方向。我扯起一邊唇角朝她微笑，但是什麼都沒說；我不知道凍原是否跟戰友提過他懷疑她並非聾啞，但如果沒提，我當然也不想揭露真相。那衛兵用束線帶把她的手腕固定在籠子上，確認都綁好了，然後就兀自去吃飯。等他走到聽力範圍外，我把他們稍早扔給我的食物遞給拉蕾，從她狼吞虎嚥的模樣看來，顯然她挨餓了很久。她低頭把饢餅塞進嘴裡時，我看到她頭部和頸部有幾十個凝結的血痕，是他們幫她剃頭時割傷的。

在西方，傳統上，女人被剃頭是為了公然羞辱她——我聽說二次世界大戰剛結束時，法國有幾千名曾跟德國納粹合作的婦女，在大批喝采的群眾面前被剪光頭髮。在大部分中東和南亞國家，也有類似的功能——但是，以我的經驗，剃頭還有更糟糕的後果。伊斯蘭的法律禁止女人剃掉頭髮或眉毛。所以對拉蕾來說，男人剃掉一個年輕女人的頭髮，不光是羞辱她通敵，也表示在她所信仰的宗教裡，她再也不受真主恩寵。她是個被孤立的女人，而且有些人相信，一旦某個人被孤立，他們就可以對她為所欲為。

拉蕾一定感覺到我在看她的頭。她抬頭看了一眼，我看到她雙眼盈滿淚水：在許多文化裡，女人的頭髮是很珍貴的，現在其他人當然聽不到我們講話，我就示意她的腦袋，又因為我的阿富汗波斯語或其他阿富汗語言都不流利，於是我用阿拉伯語說。「很酷，」我說，露出微笑。「看起來真的很酷。」

她什麼都沒說，我擔心這個英語俚語的說法可能翻譯後會失真，於是用阿拉拉伯語問她：「你明白嗎？」

她點頭。「你的意思是時髦。」她用英語說。

我震驚地瞪著她。「我父親以前在喀布爾教英語，」她低聲解釋道：「我和我妹妹是他最好的學生。大部分時候，也是他僅有的學生。」

我沉默了一會兒，想著她以前的生活大概會是如何，還有她眼前的處境。

「謝謝你給我的食物，」她說，擦掉眼淚看著我。

我點頭表示心領。「巴曼都說了？」我問，調整一下綁住她手腕的那條束線帶，讓她有多一點活動的餘裕。

「你怎麼知道？」她問。

「他們帶他去吃東西。我很抱歉要問，」我繼續低聲說：「戈爾拔尼怎麼了？」

她看了我好一會兒。「你不會想知道的。」

「他們不曉得從哪裡冒出來，」她說，描述我跳出車子後所發生的事情。「還不到一分鐘，我們就被十多輛車子團團包圍住。」

「我看到你們被攔下了，」我說：「在那條路更後頭那邊看到的。」

「我也想過你可能會看到。」她回答。

「他們包圍了你們——然後呢？」

「他們把戈爾拔尼和巴曼拖下車，」她繼續說：「他們說，前一天他們有一架無人機看到我們在橋下紮營，知道我們在等誰。他們用槍指著他們的頭，問起你在哪裡，但他們還沒有機會回答，就有四個騎馬的人趕來，說已經抓到你了——唔，他們的領袖是這麼說的。」

「是啊，開槍射我的就是他，」我解釋道：「對西方來說，他是個叫『凍原』的恐怖份子。但是有幾個他的手下喊他上校。」

「沒錯，卡津斯基上校，」她不當回事地說：「羅蒙．卡津斯基。」

我瞪著她，啞口無言。全世界幾個最老練、最有權力的情報部門，利用旗下幾千甚至幾萬個祕密情報員和分析師都沒能做到的事情，卻被眼前這個面黃肌瘦，被人從一個充滿絕望男女的難民營裡拐出來的女孩做到了：她知道阿布．穆斯林．凍原在真實世界的名字。「什麼？」我終於開口。

「他的名字，」她說：「羅蒙・卡津斯基上校。」

「你是怎麼知道的？」我問。

她聳聳肩，不明白他的身分為什麼很重要，但她的臉終於稍有放鬆了。如果換了一個比較不那麼可怕的環境，她可能會露出微笑。「當人們不認為你會講話，也聽不見，」她說：「他們講話就不會太小心。我偷聽到兩個男人之間的交談。」

我再次覺得眼前的狀況諷刺極了——現在我知道虔誠軍軍事指揮官的真實姓名，儘管我完全不曉得他們在策劃什麼奇觀，但光是得知他的真實姓名，就已經是往前躍進了一大步。不過，我被關在伊朗荒山一個大洞窟裡的籠子內，沒辦法對外聯絡，所以知道了也沒用——這個情報很快就會跟著我一起消失在空無中，再也不會有人聽到了。

「那麼，羅蒙・卡津斯基趕到了，」我對拉蕾說：「接下來呢？」

「他看了戈爾拔尼他們的證件就大笑，」她繼續說：「接著，他問他們在德黑蘭真正的工作是什麼。他們兩個都說了自己的一套故事，然後又告訴他說，有一個男人付錢要他們幫忙找他的小姨子，但是就像你說過的，沒有人相信。他一直問他們關於中情局的事情，還有一個叫黑水的地方或是一個人。」

我沒糾正她有關黑水的部分；那不重要。「但是他們還是堅持自己的故事？」

她點點頭。「有好多次，卡津斯基問他們真正的工作是什麼，問他們怎麼聯絡、聯絡人是誰。他不肯放棄——我不明白為什麼。」

「他知道他們屬於一個情報網，」我說：「他想要一些可以用來跟伊朗公安警察談條件的資訊，換到他們的保護、武器、錢，任何他和他的組織所需要的東西。那兩個人是真主賜下的禮物。」

拉蕾注視著我。「所以他們說那些關於你的事情……是真的？你是間諜？」

我一時沒說話，然後微笑。「當然了，不過這是個祕密——可別告訴任何人。」這回她終於笑了。

「戈爾拔尼和巴曼還是不肯說，」我說，把她拉回原先的話題。「那個上校沒打他們，或傷害他們？」

「在路障那邊還沒有。」她回答。

「不然是在哪裡？」我說，有一種厄運臨頭之感。

「他下令手下沿著河床，朝舊橋的上游開車，」她解釋，隨著回憶而變得更小聲。「我們停在一個村落的遺址，那個地方幾乎被洪水沖光了。只剩幾家房子和一個舊廚房還在。

「上校從他的鞍袋裡拿出一套外科還是牙醫的背包——你知道，上頭有綠色十字標記那種——然後他們拿了迷彩紋防水布蓋住車子之後，就下令每個人進入廚房。我想是因為衛星的關係。

「廚房裡很暗，而且熱得要命，」她繼續說：「所有男人都圍成一圈，然後他逼戈爾拔尼和巴曼跪在中間的地上。

「他問他們更多問題，唔，其實是同樣的問題，但是問了更多次。他們還是堅持說他們去那裡是為了賺錢。他把焦點集中在戈爾拔尼身上，嘲笑他，然後開始威脅他。我不明白；就連我也看得出來，比較害怕的人是巴曼，為什麼不把焦點放在他身上？」

「因為那個上校是專家，」我低聲說：「你說得沒錯，巴曼是最脆弱的，但是卡津斯基是在下西洋棋——他犧牲了戈爾拔尼，好讓巴曼更恐懼，讓他開口講實話。戈爾拔尼被他們整得有多慘？」

「慘到極點，」她說：「上校命令手下把一根繩子往上扔，繞過屋樑；戈爾拔尼反抗，但是他們有電牛棒。我本來以為他們會吊死他，但他們捆住他的腳，把他倒吊起來，然後就拉著繩子，直到他的臉幾乎對齊卡津斯基的。」

「當時你在哪裡？」我問。

「我被上了腳鐐，靠著遠端一面牆坐著，他們不在乎我，總之還沒有。」她說，口氣帶著不祥。「但是，他們把巴曼往前拖得更近，逼他看。卡津斯基打開背包，拿出一袋工具。」

我的心往下沉。「什麼樣的工具？」

「手術刀，夾剪、鉗子、電工膠帶……」她說，但是其中有幾種她不曉得英語是什麼，於是就用阿拉伯語講。

「鑷子，」我說：「還有牙齒開口器。把這個開口器放在上下臼齒之間，以螺絲撐開，病人就沒辦法閉上嘴巴。接著牙醫——或是刑求者——就可以在被害人張開的嘴巴裡做任何想做的事情。我想戈爾拔尼應該是想反抗——」

「他沒辦法。他的雙手被綁住，但他還是抵抗了——他不肯張開嘴巴。」她說：「卡津斯基叫一個手下用夾鉗夾住他的鼻子，於是他就得張嘴才能呼吸。而他一張嘴，上校就打斷他兩顆牙齒，硬把開口器塞進去。這時候戈爾拔尼就真的開始尖叫了……」

拉蕾繼續說下去，但是我的思緒已經超前，把她的聲音拋在後頭。我再也不需要她說什麼了；我可以想像卡津斯基以各種中世紀的恐怖手法做了些什麼。

7

到最後，她靜靜坐在那裡，沉默和淚水是目睹那場殘暴的見證，比什麼話語都更有力。過了好久之後，我問她戈爾拔尼的舌頭被割掉之後，發生了什麼事。

「他們就讓他吊在那裡，」她回答：「我這才明白他們為什麼要把他倒吊起來——要是他站著，就會被那些血淹死了。

「卡津斯基轉向他的手下，」她繼續說：「指著巴曼，叫他們把他吊起來。巴曼開始尖叫，但是我猜想他已經學到教訓了。他開始哀求卡津斯基問他任何問題都行——」

「然後我猜，巴曼就全都說了，」我說。我幾乎可以想像，當他們圍捕他那個情報網的人員時，幾台起重機正在一個德黑蘭的廣場上組裝起來。但是我不怪巴曼——我不曉得世上有誰禁得起這樣的心理攻擊。「戈爾拔尼還活著嗎？」

「他還吊在那裡，」她回答：「然後忽然間，他發出一種聲音，應該是臨終喉鳴吧，然後他就走了。但是，我不認為那是因為失血過多。可能是心臟病發？」

「大概吧，」我說。「那你呢？」我盡可能溫和地問。「他們有沒有——」

「他們想要，」她回答：「不是全部，但是大部分。不過，卡津斯基命令他們發動車子，說他們晚些會有機會。」她指的是這個山洞，於是我明白為什麼她剛被拖下車時看起來那麼害怕。

「這裡？」她輕聲說：「你想會是這裡嗎？」

「不，」我回答：「他們正在收拾東西——今天晚上沒有月亮，我猜想再過一小時，等到天完全黑了，我們就會離開。你目前很安全。」

「我們要去哪裡？」她問。

「不曉得。」我回答。我看著她時，她的手指又去摸剃過的頭，羞愧感又回來了——我忽然有了個想法。我解開圍在脖子上幾個星期的印花大手帕，從籠子側邊的水袋倒出水來淋溼，把上面的塵土與汗水沖掉。

「給你當頭巾，」我說，把大手帕遞給她。她感激地看著我，我示意她身體前傾，這樣我們各用一隻能活動的手，就可以把頭巾綁好。「對嘛，這樣才叫時髦。」

她微笑，但是當我看著她時，我看到她臉上湧上一波新的焦慮。「他們會來找你，對吧？」

「誰？」我困惑地說：「卡津斯基？他已經抓到我了。」

「不，你們的人，」她說：「美國軍隊——他們會來援救他們的間諜。然後丟下我一個人跟這些人在一起，對吧？」她指的是山洞裡的幾十個男子。

我搖頭。「不，你不會被丟下的，」我柔聲說：「但是也不會有任何人來救我。我唯一的機會是戈爾拔尼和巴曼。我根本不應該在這個國家——華府甚至會否認我是幫他們做事的，他們會說我不是美國人，去跟英國或加拿大談吧。諸如此類的。不會有任何援救了。」

她垮下來。「那就結束了？我們兩個都完了？」

「在我們死前，都還不見得，」我說，刻意講得充滿希望。「我想過或許可以偷一輛車，但那是在這個之前。」我指著籠子。「就算我現在有機會，他們人數也太多了。但是我還在想。總有辦法的。」

我的這番話完全沒能減低她的恐懼。這個少女很聰明，我心想。「不過要是我能想出辦法，」我說：「要是在這次任務中，就這麼一次，事情能照著我的想法發展，我不會丟下你的——我跟你保證，我會帶著你一起走。」

她看著我好久，好像想要信任我，但是不確定。「大家都說，美國人講的任何話都不能相信。」最後她終於說。

「我的同居女友說我長得很英俊，」我微笑著說：「看吧，大家常常胡說八道的。我向你承諾，拉蕾。」

「如果這是真主的旨意，」她用阿拉伯語說。然後隔著籠子，她試探地碰觸我的手。

8

當卡津斯基和他的手下把最後一批裝備收拾打包，正要走向某處時，一萬一千公里外，另一組人馬也正在關閉種種設施，準備熄燈走人。

在蘭利那個臨時的戰情室裡，就是原先策劃出援救我的任務的那個會議室，現在技術人員團隊正在搬走那些電腦，收起高解析度螢幕。只有獵隼和麥德琳兩個人留下來，絕望地繼續等著黑水的救援小組傳來消息，說他們已經接走那個逃命的情報員，他現在正騎著電動摩托車前往國界。但是這兩個人永遠等不到這樣的消息了。

我知道蘭利的這些狀況，是因為幾個月後，麥德琳詳細告訴我局裡是如何被迫面對任務失敗以及情報員的損失。

「衛星看到你在那個機場跑道，」她說：「我們破解了SFGG訊息，也知道你會走陸路，設法抵達那座橋。兩天後，我們收到戈爾拔尼一則重度加密的訊息，是透過巴曼的電腦店發出的。裡頭說多斯圖姆閣下最能幹的走私人員已經運來了電動摩托車，車子現在裝上了一輛豐田車的貨車廂，他和巴曼就要出發前往會合點了。」她說。

「獵隼向整個團隊簡報過往下會有什麼狀況：持續整整三天的焦慮，查探那兩名開豐田車的黑水人員的下落，派直升機就位待命，監控那個地區的每一則無線電談話，還有最重要的，就是瀏覽每張衛星照片，看有沒有來自你的其他進一步訊息。他說，大家都不准離開這棟大樓，所以我們得標出某個角落是睡覺區，拆成兩組人輪流值班，好讓每個人都有機會吃飯跟睡覺。會議室裡只有少數幾個人對這類事情有經驗，他說，但是我們會全力投入——每組人值班十二小時、休息十二小時。」

麥德琳敘述這些事情時，朝我露出微笑。「當然了，除了獵隼，他值兩個班，碰到有機會時，他會去他辦公室的沙發睡幾個小時，其他時間，他就在會議室裡走來走去，跟國家安全局通電話、跟路線規劃人員確認，同時希望衛星能拍到你正前往那條舊橋。」

她的笑容逐漸淡去。「但是結果沒有任何照片，衛星也沒拍到任何可能是你留下的腳印或蹤跡——」

「他們都找錯地方了，」我說：「為了找水，我中間得繞到別的地區。」

「當時我們不知道，」她回答：「我們只知道衛星看到的，到處都是無人機，還有一則截獲的巴基斯坦通訊，讓我們知道虔誠軍正在追獵一名重要的逃犯。然後你在預計抵達會合點的時間沒出現。忽然間，你就遲到了，先是一天，接著是兩天，讓我們非常恐慌。」

「獵隼做了什麼？」我問。

「任何人能做什麼？只能繼續相信。然後一陣數位訊號傳送了一個密碼詞，透過哈薩克的一個伺服器，避開巴基斯坦，送到一個國家安全局的祕密網址。那是巴曼的電腦發出的，告訴我們你到了。你可以想像——整個房間爆出歡呼。

「消息傳得很快，正在休息的那組人也跑出來。獵隼告訴我們，那輛豐田車離開舊橋的五小時後，他應該就可以收到我們都在盼望的那個消息：你已經穿越國界，進入阿富汗了。」

「但願……」我說，想到戈爾拔尼開車甩尾轉彎，想到他被倒吊起來，在卡津斯基的鉗子碰到他的舌頭時發出尖叫——

「你還好吧？」過了一會兒，麥德琳問。

「只是想到當時我們離邊界有多近，那麼一切會有多麼不同，」我說。

「我知道，」她繼續說：「那一夜，我們再也沒聽說進一步的消息，所以我們以為，一切都會按照計畫進行。

「我們等著隨時會接到消息，通知我們說特種部隊剛接到電話、你已經越過國界，他們就要去接你了，」她說：「但是始終沒等到電話，過了二十分鐘，獵隼下令直升機升空，覺得他們或許會看到你。

「結果什麼都沒有，於是我們繼續等，」她說：「兩小時、四小時、五小時。然後，硬漢蹲在獵隼旁邊，跟他說應該讓大家解散了。獵隼點點頭，於是顧問們回到七樓，所有照片分析師和任務規劃師也拖著腳步走出去，很挫敗。到最後，就只剩下獵隼和我。」

「在窗裡留一盞燈。」我說。

「是啊，」她回答：「一萬一千公里外，直升機裡的特種部隊也做了同樣的事。一小時之後，他們聯繫，請求准許他們返回基地。我想事情很明顯了：他們當然應該這麼做。但是，獵隼拒絕，他說，或許你放棄了那輛越野摩托車，正步行要跨過邊界。

「到這個時候，你已經遲到六小時了。要是你真的在走，也走得太慢了。」她說：「我不相信有這個可能，而且我想獵隼也不相信。於是，我一開始很禮貌，後來就不太禮貌地說他應該回家休息。」她聳聳肩。「但是他根本不考慮，只是繼續坐在那排重要電話前面。

「那些電話一直沒響，我們就一直沒移動——我們唯一能做的，就是等待。」

9

夜幕已經降臨，麥德琳看著我，一時之間陷入記憶中。「最後是怎麼結束的？」我問。

「我累壞了，」她說：「最後我跟獵隼說我得回家補眠，就離開了。但是，後來我看了會議室裡的監視影片，他坐在那裡一整夜，裡頭幾乎是全暗的。

「他看起來心灰意冷，我還記得當時我覺得完全可以理解。這個行動失敗了，信差死了，兩個黑水的情報員失蹤了，而你顯然被抓起來，或者更可能，是被殺害了。」

「就在天快亮的時候，」她繼續說：「他站起來，關了燈，然後走出去鎖上門。我猜想他終於接受了。那天是星期四；次日他照樣來上班，但是沒有人看到他，他就一直把自己關在辦公室裡。」

「我不意外，」我低聲說：「就他的觀點，還有整個局裡的觀點，這個任務失敗了，完畢了。蝗蟲任務結束了。而那個所謂的奇觀，還繼續在進行中。」

10

想必是晚上九點左右，上校帶領車隊離開山洞，進入全黑的夜晚。開車的駕駛員都戴著裝了夜視鏡的頭盔——在一片火星地景中，看起來像外星人——於是他們就不必開車前大燈，也比較有機會避開人造衛星的監視。

稍早，發動的車子讓整個山洞充滿藍色廢氣之時，一個衛兵遵照卡津斯基的命令，檢查過我籠子的鎖，接著把拉蕾手腕上那根綁在籠上的束線帶割斷，拖著她走向車子的後門，把她推進去。接著他也爬進去，抓住她的手腕，銬在門上方的把手。

儘管她被銬住，仍設法扭過頭來，隔著後擋風玻璃看我；我想這樣有助於讓她確認我們仍在一起。無論是卡津斯基或其他軍人，都沒透露出任何跡象能顯示車隊要去哪裡，更別說打算要怎麼處置我們了。不管我們的下場如何，我都不指望能迅速、無痛苦地結束。

唯一的暗示是準備要走時，上校朝開車的士兵們喊：「要開十二小時，」他說，先是用阿拉伯語，然後用波斯語。「中間只有禮拜和加油時會停下來。所有人都不准耽誤——時間和潮水不等人。」

他轉向我，改講英語。「你知道這句話是誰寫的？」

我沒回答，想著他講得真奇怪。為什麼他要用「潮水」這個字眼？我們要去搭船嗎？如果是這樣，那麼船要航向何處？他正在等我回答，於是我把種種推測暫時放在一旁。「不曉得，」我說。

「傑佛瑞．喬叟（Geoffrey Chaucer）——有史以來最偉大的英語作家之一。雖然這裡是荒野之地，但是看看我們——兩個有教養的人還是可以討論詩歌。」

「當然了，」我回答：「而且有教養的人才會割掉別人的舌頭。」

他臉上掠過一種困惑的表情，我立刻明白自己犯了錯；怒氣影響了我的判斷。「你怎麼會曉得這件事？」他問。

我沒說話。「我明白了，」他說，看了拉蕾一眼，此時她仍透過後擋風玻璃看著我。「我早就懷疑了，這位難民其實不聾也不啞。我們的人會很高興——他們原本以為聽不到她尖叫，還覺得很失望。他們說女人的沉默會削弱其中的快感。」

他看著我。「你說你是沙烏地阿拉伯旅行者，那個信差假裝是我們忠實的僕人，而兩個在德黑蘭的工作者結果是黑水公司的情報員——現在我們又發現了一個啞巴其實會講話。這裡頭有很多祕密，我等不及想知道下一個驚喜會是什麼了。」我仍然沉默不語。「你不曉得？」他問。

「我的脫逃？」我回答。

他大笑。「然後你就會想著要怎麼殺了我。」

我什麼都沒說，他拍拍籠子。「對不起，這兩件事你都會失望了。」

11

我們離開洞穴，謹守著卡津斯基神祕的時程表，朝西南方駛去。此時沒有月亮，只有沙漠的刺骨寒風，還有一大片星星灑在天鵝絨般的夜空中。

我在籠子裡被甩來甩去，每回車子駛過溝渠，我就努力避免腦袋撞到鋼製籠頂。儘管之前跟上校說了大話，但是我知道自己沒有機會脫逃。雖然那個沒經驗的衛兵把我的手銬扣得太鬆了，又讓籠門的鎖面對著車後，但就算我能讓大拇指脫臼，或讓手腕骨折以掙脫手銬，然後又設法打開籠門的掛鎖，從後方跳下車，我那隻受了槍傷的腳也會阻撓我。跟之前一樣，看起來我唯一的希望就是能搶到一輛車。

五小時之後，我們進入一個荒涼的峽谷，先是下坡經過一個個隱藏的水窪，最後峽谷收窄到沒有空間。然後車隊彎彎曲曲往左，引擎尖嘯著開始往上爬出峽谷，我看到東方的天空開始變亮。很快地，卡津斯基就會暫停下來進行晨禮，我很確定我們車上的衛兵不會帶著拉蕾下車進行禮拜。

我知道這大概是我唯一的機會。我的腦袋正反覆檢視著一個剛成形的念頭，此時一堆事件突然開始迅速發生：車隊穿行過一片充滿巨石的地景，火紅太陽的上緣突然出現，卡津斯基讓車隊減速，開始尋找可以進行禮拜的空間。我知道，要是我為了擺脫手銬而弄斷了大拇指或手腕，這個傷勢加上我受傷的腳，就會讓我的身體能力大減，沒辦法再做下一次嘗試了，所以如果我要帶著拉蕾逃跑，現在就是最好的時機。

忽然間我飛起來——司機猛地煞車，我狼狽地跪地，發現我們來到了一片空地，前方的車子都已經停下了。我回到手腕銬住籠子的地方，儘管疲憊不堪又發過燒，卻覺得被抓到以來第一次精神這麼好。或許我可以辦到，或許我可以脫逃成功，或許我可以讓一名自認什麼都見識過的恐怖份子大吃一驚。

我振作起來，不去想接下來的巨大疼痛，哄著自己：我受過這樣的訓練。我用自由的那隻的手抓住被銬住的手，使盡全力捏，感覺到十來塊骨頭和關節開始被壓緊，讓那個複雜的結構盡可能縮小、變窄。我憋著氣，疼痛往上竄到前臂，然後我開始把那隻被壓扁的手掌往後拉，想掙脫金屬銬環。

手銬緊緊嵌入我的肉，我低頭看到血開始流到手腕和大拇指，但是想到卡津斯基可能會讓我遭到什麼痛苦，我就可以專注，更用力壓緊我的手掌，讓它更小一點，自己也更用力拉，感覺到金屬銬環嵌得更深了——

載著我的皮卡車終於完全停下，我沒有鬆手，看到自己這輛車前端的保險槓緊貼著前面一輛車尾沉重的備用燃油箱，幾乎碰到了，但幸好，車上的人都開始準備小淨，根本沒人注意我。除了拉蕾，她朝車後看，明白我在做什麼。我朝她點頭示意，然後往下看，咬住下唇，盡力扭著我那隻被銬住的手，希望可以拉扯出銬環。那手銬雖然扣得太鬆，但還是緊鎖著不放。

隨著血流集中到我那隻銬住的手，我準備好要用下一個辦法：我抓住大拇指，準備要讓它脫臼。禮拜已經進行到一半，我得趕快——要是大拇指脫臼還是沒用，我得有足夠的時間弄斷我的手腕。我咬著牙，用沒銬住的那隻手抓住另一邊大拇指，一腳抵著籠子側面，開始要扭彎，大拇指開始要脫離關節——

我聽到後方傳來的引擎聲，擔心會有人看見，趕緊扭頭朝聲音的來源看：一輛改裝過的荒原路華，原先一直在車隊的後方行駛，此時抵達這片空地。因為急著要加入禮拜，於是車上的駕駛員直朝我駛來，直到最後一刻才煞車，車子滑行著停下，離我這輛皮卡車的車尾還不到一呎。

我不敢置信地瞪著車尾看，然後抬頭看到拉蕾的臉。跟我一樣，她明白這意味著什麼。我們這輛車的前後都被別的車夾緊，困在裡面了。如果我們這輛車要出去，就得先把別的車移開，但是我們不可能及時做到，也不可能不被發現。

我挫敗地讓那隻充血的手垂下，知道一切都完了，但如果當時我稍微更深入思考，可能就會明白未必如此。從我們前進的方向和卡津斯基提到的潮水來判斷，我應該能提早幾個小時就曉得我們的目的地一定是波斯灣。

我現在連走路都有困難，所以也不可能跑了，但是我有辦法游泳；如果像我這個狀況的人還有一絲機會，那就會是在大海。

12

我們的囚車爬上一座山丘，在清晨的陽光中，我看到一片絕美的沙灘。朵朵白雲飄浮在一片半月形海灣的上空，沙漠連接著大片起伏的沙丘，波斯灣的松石綠海水輕拍著細細的白沙。

就我的估計，我們大約在伊朗那個偏僻海港倫格港南邊四十公里處，雖然這一大片荒涼的沙灘看起來就跟澳洲或南非一些空曠地帶的沙灘無異，但我知道隔著五百公里的水面外，就是卡達、巴林、沙烏地阿拉伯那些君主國了。

我看得出現在是滿潮時刻，海水淹上沙灘。在更遠處的海灣之外，風力正在增強，吹皺了水面，開始把白色浪花往南吹過狹窄的荷姆茲海峽。這個海峽大概是全世界最具戰略重要性的航路，西方海上強權和伊朗海軍有如地殼板塊一樣，天天都在此處彼此磨擦、碰撞。

但是在幾十艘超級油輪和戰艦通過這個三十二公里寬的咽喉之際，有一種風很可能製造出騷亂，而且這可不是隨便什麼風。當太陽升起時，從方向和那種炙人的熱度，我幾乎確定那種增強的風就是波斯灣的人所稱的「夏馬風」。[3]這種風跟沙漠一樣古老，每年都會吹幾次，從敘利亞吹過伊拉克，經過科威特，然後進入波斯灣。從西北方吹來的夏馬風，對沿途的所有人都是糟糕的

[3] shamal，阿拉伯文原意為「北方」。

風，對拉蕾和我更是如此。

即使現在還很早，太陽和炙熱的風已經把沙灘轉為火爐，我雙眼沿著沙灘看過去，很驚訝地發現沒有船、沒有突堤碼頭，沒有任何跡象顯示我們的未來將會有一場海上之旅。直到幾個小時後，過了滿潮時間，潮水迅速退去，露出一個舊碼頭的遺跡，我才開始理解潮水的意義。那個木結構的碼頭一定是在幾十年前的一場暴風雨中毀掉，只留下幾根直立的粗木柱，像是一排破爛的牙齒。

此時海灘已不再空蕩。成百上千名帶著重裝備、令人望而生畏的虔誠軍士兵，離開原來的基地（不管是在哪裡），來到海灘。那些爬下四輪傳動車的男子披掛著子彈帶，肩膀揹著突擊步槍，我看到另有三個人帶著高畫質攝影機和一根收音桿麥克風。我早該料到的：處決一名中情局間諜並公開影片，對虔誠軍會有極大的宣傳價值。

幾年前，另一個恐怖份子團體就曾對一個名叫丹尼爾．珀爾的男子做了同樣的事情。珀爾是《華爾街日報》南亞分社的社長，在喀拉蚩的大城飯店外被綁架，九天後遭到斬首。我很確定珀爾優秀且勇敢，而且當然比我更無辜，但是在這類事情的層級上，一個被抓到的中情局情報員，地位要遠遠超過他。

拉蕾也看到那組攝影人員了。之前衛兵扔給我們各一袋水之後，就下車走向那些正在烹煮食物的火爐，跟自己的戰友們會合，所以現在車上只剩我們兩個人。她用牙齒和可以活動的那隻手，設法打開後擋風玻璃中央那扇可以滑開的玻璃小窗。「他們要拍什麼？」她隔著窗子問我。

「我的處決。」我回答。

她稍微停頓一下。「還有我的嗎？」她問，幾乎是耳語了。

給她虛幻的希望是沒有意義的；她很快就會得知真相了。「我想，那應該是他們的計畫吧。」我說，往外看著四名繫著工具腰帶、手拿電鑽的虔誠軍成員，他們涉水走進淺水處，正在忙著處理兩根舊木柱。

「為什麼？為什麼要拍？」她問。

「徵募新兵，」我回答，聳聳肩。「我是個戰利品。這種影片會有強大的影響力：讓全世界和其他恐怖份子看到他們是一個重要的團體。再過幾個小時，他們就會把影片貼到YouTube上。當然了，影片會被禁播，但是這樣只會讓影片更瘋傳。到了明天，所有社群媒體和暗網就會到處都是。」

她努力想忍住眼淚。「這表示我爸媽也會看到了。」

「他們在哪裡？」我問。

「我媽在喀布爾，跟我妹妹，」她回答：「因為我爸教英語，又希望兩個女兒以後能工作，擁有自己的未來，所以我們知道他很危險。塔利班佔領了喀布爾之後，我爸媽就決定他應該離開。當時，他在午夜之前搭上了一輛開往坎大哈的巴士，然後經由陸路進入伊朗。但是接下來一整天，我一直擔心他——他年紀大了，還有糖尿病。」她暫停，喉嚨哽咽。「我好愛他……」

她的聲音愈來愈小，我轉頭看著她。她咬住下唇，想忍著不哭。「那天夜裡，我就決定跟著他去。」過了一會兒她說。

「你跟你母親說過嗎？」我問。

她搖頭。「她絕對不會讓我去的。」

「然後發生了什麼事？」我問。

「我留了一封信給她，搭上巴士，然後徒步進入伊朗。」她回答：「越過國界的第二天，我被一個邊境的巡邏隊攔下來。他們是虔誠的人，我在他們的手裡很安全，但是他們帶我到伊朗沙赫爾的一個難民營——」

「戈爾拔尼和巴曼就是在那裡找到你的？」我問。

她點頭。「我的手機在難民營裡被偷了，我沒有辦法再弄到一支。我想打電話給我媽，跟她說我很平安，另外當然，我很急著想知道有關我爸的消息。

「我知道如果他沒事，就會來接我，然後我就可以幫忙照顧他。一切都會沒事的，」她說。「但是要這麼做，我就必須有手機。他們跟我說不會有什麼壞事發生——說你從阿富汗帶著黃金要去德黑蘭賣，說你只是個走私販子。」

「我知道。」我回答。我很遺憾戈爾拔尼死了，但要同情他很困難。拉蕾的父母和妹妹明天看到新聞，就會看到她被處決前的臉，這全都是戈爾拔尼造成的。

「他們會怎麼進行？」她輕聲問。

我知道她為什麼會問。她就像麗貝卡，同樣有沉默的勇氣：她想知道要害怕什麼，她必須知道怪物長什麼樣子。我搖搖頭——方法不重要，而且無論如何，我心裡有更急迫的事情要解決。

「你會游泳嗎？」我問。

「會，」她說。「游得不好——游泳在阿富汗不是很普遍的運動。」她努力想擠出微笑，我也咧嘴笑了。「為什麼我會需要游泳？」她問：「我們有可能——？」

「有一個機會，」我說：「有一百個細節可能出錯，但是聽我說——你不必游得很好。我一直在觀察這個海灣，有一道強勁的潮水會流向南邊的沙嘴，然後進入波斯灣——這道水流可以把我們帶出去。」

她望著我後方的水面，想搞懂我的意思。「好吧——你說了算。」

「一旦我們脫身，在夏馬風中，我不知道會發生什麼事，」我說：「但是在脫身之前，你得憋住氣。*真的要憋住*。」

我的聲音很嚴厲，好讓她意識到我這些話的嚴重性：「無論你有多害怕，都一定要保持冷靜，不要掙扎或尖叫，那只會讓你的心跳加速，害你消耗更多氧氣。明白嗎？」

她點點頭。「他們會希望我們拚命掙扎，看起來很害怕，」我繼續說：「他們希望拍到那樣的畫面，但是無論我們有什麼感覺，都不能驚慌。每一秒鐘都很寶貴。一般人可以憋氣兩分鐘，但我猜想，我們得憋三分鐘。或許更多。」

她正要告訴我她明白，但目光忽然轉向我身後，眼神驚慌。我轉頭，看到剛剛坐在我們車上的兩個衛兵，每個都拿著一盤食物，正繞過一輛車朝我們走來。走在前頭的那個瞪著我，我猜他發現我們打開後擋風玻璃上的小窗了。

他用阿拉伯語咒罵著，大步走過來，猛地拉開皮卡車的後門，把拉蕾推到一旁，然後把那小玻璃窗用力關上。任何溝通都結束了——或許我已經告訴她夠多了，但是我無法確定。

13

傍晚的太陽朝水平線下降，把松石綠的海水變成粉紅色，此時卡津斯基來到我們這輛車旁，同行的那名男子穿得一身白，包括圍巾和遮住臉的面罩。

他周圍環繞著六名護衛，看起來並不年輕：灰色的絡腮鬍有幾綹從面罩下散落出來，那雙深色眼睛從面罩上的兩個洞看著我，是那種見識過太多生死且其中死亡大概更多的老人。在這片荒僻而沒有居民的海灘，幾百名穿得像貝都因部落的族人排列在他後方的沙丘，他看起來像一個幻象，一個先知，來自另一個地方和另一個時代。我知道他是埃米爾。

雖然不是一望即知，但他的衣服就像卡津斯基的服裝，都是對現代世界一種明顯的妥協。監視衛星的激增，加上臉部辨識和生物特徵辨識系統的大幅進步，無人機攻擊成了一大威脅。於是，在恐怖份子的世界裡，匿名是最有價值的事物，對其領導者更是生死攸關的大事，而站在我面前的這名男子絕對不會冒任何風險。面罩和寬鬆的外衣，表示現在沒有人可以對他進行臉部或生物特徵辨識。

他朝我又走近一步，仔細打量鋼絲籠裡的我，好像我是個實驗室動物。我沒理會他，只是對卡津斯基說：「原來，」我說：「我也有機會見到埃米爾。」

這一回，卡津斯基決心不要露出任何驚訝的表情，只是點了頭。

那埃米爾在一小時前抵達海灘，他們一行人是由五輛越野車所組成的車隊，根據車門上沾了泥的標誌，他們全都喬裝成一個「中亞野生勘查隊」的組織成員。這個所謂勘查隊裡，最大、也最顯眼的一輛車，介於豪華休旅車和卡車之間，我以前只在沙烏地阿拉伯和卡達這類富裕產油國看過。這是賓士汽車集團旗下的子公司AMG所製造的雙渦輪、六輪傳動車，以軍用底盤打造，可以穿越最嚴酷的地形。這種車極其昂貴，所以在波斯灣國家以外都不會見到，而且因為這輛車掛著巴基斯坦的車牌，我猜想是富有人士捐贈的，或者更可能是巴基斯坦三軍情報局提供的。在對抗國際恐怖主義之時，有個可靠的盟友總是很有幫助的。

那位埃米爾繼續瞪著籠子裡的我，但我的目光望著他後方走近的攝影團隊，他們正把攝影機對準拉蕾恐懼的臉。即使她蹲下身子，設法躲避鏡頭的拍攝，但是有個男人將身子探進車窗裡，抓住她的喉嚨，逼她看著攝影機。我只能想像她父母和妹妹必須看到這一幕。等到那個攝影師滿意了，就把鏡頭轉向，湊近來拍我的臉和埃米爾堅定的目光。拍到一半，這位一身白的埃米爾適時地轉向卡津斯基，隔著面罩用阿拉伯語開口。「執行判決吧。」他說。

他同意處決後就轉身，在護衛的伴隨下，走向一批遮陽傘篷，其中一個沙丘上特別為他擺了一張扶手椅——跟當初那位信差偷渡的照片中同樣的椅子。

「打開手銬，把他們弄出來。」卡津斯基用阿拉伯語對著六名衛兵說。

拉蕾被人從後車門拖出去時，我那隻傷痕累累、還在流血的手也脫離了鋼製手銬。籠門的掛鎖打開，我爬出去。我兩腿關在籠子裡太久，一稍微承重就發軟。我連忙抓住車尾擋板，咬牙忍著痛，讓兩腿的血液恢復循環，然後慢慢撐起身子。

卡津斯基轉向衛兵。「讓他們準備上柱子。」

我看到拉蕾望向那個毀壞的碼頭。乾潮時間已經過了好幾個小時，即使潮水還是會湧上沙灘一長段距離，但是那些斷牙般的柱子仍然外露。同時，卡津斯基拿掉圍巾、脫掉T恤，準備要涉水走向我們。

再一次，我看到他背部的蝗蟲刺青，還有代表上校的三顆星星和兩道紅槓，以及現在看得很清楚的西里爾字母，刺著他曾服役的單位。那是第三獨立近衛特戰旅，這支俄羅斯特種部隊歷史悠久，有種種殘酷的經驗：二次世界大戰期間是第一支進入柏林的軍隊，兩度在阿富汗作戰，而且曾參與科索沃、車臣、烏克蘭等地的戰事，還曾以無徽章軍隊的身分加入敘利亞那場無休止、骯髒的戰爭。

我還在看著那些刺青時，他轉向他的手下，指著拉蕾和我。「好了，脫掉他們的衣服。」他下令。

我恐慌起來：在我所有的計畫中，這是我從來沒預料到的。那些衛兵微笑，看著拉蕾，心裡已經幫她脫掉衣服了。她想後退，但那些人走到她後方，很樂意協助。

我心裡急了，沒空擔心她的女性矜持。無論如何，我得保住我身上穿的衣服。

14

「不，上校，」我對卡津斯基說：「不要羞辱我們，尤其是那個女孩——她才十來歲。取她的性命沒關係，但是讓她保住尊嚴。讓我們穿著衣服死吧。」

他瞪著我，好像我瘋了。「你看到攝影小組了嗎？」他問：「你知道他們為什麼在這裡？」

「為了 YouTube。」我回答。

「沒錯，為了徵募新兵。你知道我們最想找什麼樣的人嗎？年輕男人。我們可以在網路上貼漫長的說教；這是虔誠男人想要的。或者我們也可以放饒舌歌，脫光這個女孩，然後把她綁上柱子。你認為哪種的點擊數會比較多？」

我看著他，但幾乎沒聽進去，而是努力想著要怎麼爭取讓我自己不要脫衣服。他轉身要走。

「動手吧，」他對那些衛兵說：「把他們脫光，快點。」

那些衛兵朝拉蕾和我走來，我的思緒轉得飛快，拚命想抓住什麼，然後莫名其妙地，我忽然想到第三獨立近衛特戰旅，還有他前臂上那排刺青，列出了他曾作戰的戰場。在上頭，我看到「阿勒坡」這個敘利亞城市名，以及日期，不知為何，這個紀錄讓我特別難忘。那是一場知名的戰役，然後我明白，之所以出名有一個特別的原因，然後似乎毫無來由地，我腦中浮現出一段回憶，是有關一個曾裝過蘋果茶的箱子；我知道我該怎麼做了。「上校。」我大聲用俄羅斯語說。

卡津斯基正從我身邊朝海水走去，此時突然停下，轉回身來。

「長官，請允許我向第三獨立近衛特戰旅第一團指揮官報告。」我的俄語近乎完美，而且我是以俄羅斯軍人的方式稱呼他。

卡津斯基瞪著我看。「現在你會講俄語了？你的花招可真多。」

在場的衛兵、拍攝人員、拉蕾——所有人聽到我講俄語，都跟卡津斯基同樣震驚。「你有什麼事，士兵？」他用俄語問，就像他曾經擔任的軍官那樣，同時示意那些抓住我們衣服的衛兵放手。

「五月七日那天，我就在北敘利亞的阿勒坡。」我說。

才幾秒鐘之內，他第二度吃了一驚。「胡扯。那是好幾年前了，你在那邊做什麼？」他問。

「打仗，長官——在我加入中情局之前，是海軍陸戰隊的。」我撒謊說：「當時美國陸軍第七十五遊騎兵團在那裡，我有一個技能是他們需要的。當地講的是阿拉伯語，我們的同盟庫德族是講土耳其語，而且我們知道俄羅斯特種部隊在我們的敵方。這三種語言我都很流利，所以國防部認為我可以幫上忙。」我聳聳肩，好像這是理所當然的。其實除了我會講這三種語言，其他全都是謊話——我從來沒去過阿勒坡，我服役是在核子潛艦上，離海軍陸戰隊十萬八千里。但是相信我，我實在想不出更好的辦法了。

不過，我有一個優勢：阿勒坡五月七日的那場交戰，就是卡津斯基打過、在他前臂有刺青紀念的那場，在美國情報圈裡很有名。當時有整整三天，第七十五遊騎兵團和沒有徽章的俄羅斯特種部隊都圍繞著市中心那座中世紀古堡，展開一場致命交火，那時我是中情局蘭利總部裡一名年輕的情報人員。交戰剛結束時，因為我的語言知識，就被找去協助翻譯各方的眾多情報資料。

「你在那邊打過仗？」卡津斯基用俄語問道。

「在古城堡北牆的附近。」我撒謊道。

「胡扯。」他又說一次，但聽起來沒有把握，我猜他是在刺探我。

「好吧，長官。」我說著聳聳肩，一副不在乎的模樣。

「說下去。」他下令道。

「我們有六個人，屬於一個輕裝步兵單位，」我說，回想著我閱讀過的一篇生動報導。「第一天才剛天亮，我們就看到大約二十五名第三特戰旅軍人，他們帶領一支敘利亞部隊，沿著一條沒人料到的路線攻向城堡。我們想撤退，但是唯一的退路會經過一片無遮蔽的地面，所以我們只能跟他們交火。」我繼續說：「當時幾乎看不見對方的攻勢，但我們還是設法拖延了一陣子，好讓我們建立起一道防線。在那三十分鐘，我方有四個傷兵倒下，而如果你在那裡，你就會曉得，在整個城市幾百次的交戰中，每個小時都像那樣。」

卡津斯基瞪著我，沒有把握。「那場戰鬥結束之後，發生了什麼事？」他問。

「空襲逼得敘利亞和俄羅斯特戰部隊撤退之後？」我問。「我們出去帶回我們的陣亡人員，埋葬你們的。」

「為什麼要埋葬我們的？」他問。

「表示敬意。他們是勇敢的軍人；我們都見識過英勇行為。我們認為你們的陣亡人員有資格得到比野狗更好的對待。」有關埋葬敵軍的部分，我說的是實話，這樣的事的確發生過，當時所有的紀錄都提到了。

「那麼，你們埋葬他們的時候，做了些什麼？」卡津斯基說，還在刺探。

「我們盡力收集了屍體上的各種東西，」我說：「珠寶、軍籍牌、照片、日記，任何對他們家人可能有意義的東西。」

「然後呢？」

「我們把這些東西放在一個箱子裡，找了一個我們俘虜的敘利亞人，給他一面白旗，派他把箱子送去你們那邊。」我說。

卡津斯基看了我一會兒。「那是什麼樣的箱子？」他精明地問道。

有關那可怕的幾天，有太多報導了，其中有些登在軍事期刊上，描寫得很詳盡。但是我很確定，其中沒有一篇提到私人物品被歸還，或是用來裝的箱子。只有在那邊打過仗的人（無論是哪一方），才會曉得這個細節。讚美諸神，我心想，這件事在我閱讀的眾多目擊者證詞裡，至少有人描述過一次。

「一個資深中士在城堡裡的一個食品儲藏室裡找到一個紙箱，」我說：「本來是裝蘋果茶的，箱蓋上印了一幅果園圖，我們就用了這個箱子。」

卡津斯基沒吭聲。然後他轉向衛兵們。「那個美國人的衣服不必脫，」他說：「他當過士兵，就讓他死得像個士兵吧。」

「那個少女呢？」我追問。

「只留內衣，」他回答：「快點把他們帶走吧。」

15

在卡津斯基和衛兵們的陪同下，拍攝小組圍著我們打轉，拍攝影片。拉蕾只穿著內褲和胸罩，用雙手努力想遮住自己，同時我們被推趕著涉過淺水，朝碼頭遺跡走過去。

等走到那些柱子旁，水已經淹到我們的腰部了。潮水上漲得很快，我可以感覺到小腿上水流的力道比我預料的更強得多。至少這是好消息，表示如果我們能設法脫逃，很快就會被水流帶離沙灘，繞過那個沙嘴。

我們被推著走過淺水時，拉蕾有三度和我對上眼，無言懇求著我解釋接下來會發生什麼事。我都沒有回應，沒有給她任何撫慰，因為我怕卡津斯基或某個衛兵會意識到我不打算乖乖等死。我緊閉著嘴，雙眼直視前方，努力讓他們相信我將會默默承受厄運。

中間只有一次，卡津斯基走到前頭，去檢查他的手下釘在兩根柱子上的鋼製頸圈，拍攝人員也急忙跟上去，此時我才有機會趕緊低聲對拉蕾說話。「記住——水淹到胸部的時候，不要尖叫。你會需要你能保留的每一口氧氣。」

她點點頭，我看得出來，她知道我有個計畫後，就比較冷靜一點。但那是我們最後一次講話了，接著衛兵用槍打我們，逼我們朝柱子走得更快，而且把我們圍得更緊了。

我的目光掠過前方的那些人，清楚看到卡津斯基一手設計的死囚牢房：兩根溼黏的柱子並排而立，每個上頭都有一個金屬頸圈。那頸圈是硬化鋼材質，已經用長螺絲牢牢固定在木柱上。每個頸圈都有兩部分，樞紐在後方，在一分鐘之內，拉蕾和我就會被迫背靠著柱子，面對著海灘和攝影機，然後頸圈繞住我們的脖子，在前面用掛鎖鎖住。我們的雙腿會踩在沙灘上，但這個頸圈的巧妙之處（如果這是貼切的字眼）就是，儘管我們沒有脫逃的機會，但我們的雙腿和手臂仍然是完全自由的。我們可以尖叫、扭動、翻跳、揮動雙臂，或在愈漲愈高的潮水中踢著雙腿，直到最後，我們的鼻子將會淹沒在水面下。

一吋吋被處決，以慢動作淹死，就在那位埃米爾和聚集在沙丘上的眾多男人面前，而且會拍攝成高畫質影片，供全球觀眾收看。好個娛樂大片啊，我心想。

涉水過去的路上，我和拉蕾都至少有一次被強勁的水流搞得踉蹌，才終於來到柱子前。衛兵們立刻把我們轉身，推著我們背部緊貼著木柱。

接著卡津斯基親自動手，看著我們的雙眼，把鋼製頸圈圍住我們的脖子，先是拉蕾，然後是我。接著，他然後轉動鑰匙，用老式的沉重鐵掛鎖把領圈鎖住。

他看了我最後一眼。「晚安，美國，還有海上的所有船隻。」他說，然後跟其他衛兵一起離去，留下我們在上漲的潮水中等死。

16

槍聲齊發，劃破了這個傍晚的寧靜，嚇得一群海鷗飛起來，也逼得一群群鼠類從隱藏處竄出，奔過灌木叢，跑過沙丘。

隨著海水漲到我們的胸部，金屬頸圈緊箍著我們的脖子，水流拉扯著我們的雙腿，拉蕾和我看著沙丘上那幾百個男人的剪影，他們放低武器，移動得離埃米爾更近，然後坐下來，等著看我們死去。

攝影小組的三個人已經離開處決的木柱旁，去拍卡津斯基和衛兵們涉水回到岸上。此時，沙灘沐浴在落日的金光中，沙丘上那些狂野的士兵看起來就像一支剛從沙漠裡走出來的貝都因人軍隊，戴著頭罩的埃米爾坐在傘篷下，有如一名中世紀的君主，而卡津斯基背部的黑色蝗蟲起伏著，彷彿就要飛起來。我很相信，眼前這一幕將會吸引來幾千名新兵。無論你對他們的意識形態或手法有什麼意見，整個場景的確佈置得令人印象深刻。

我得跟拉蕾講話，解釋我們脫逃的唯一機會，但儘管攝影小組和其他人都已經走到聽力範圍之外，我仍擔心收音桿麥克風有辦法在長距離外接收到聲音，我不想冒這個風險。

拉蕾害怕得全身發抖，手臂抱住自己像是要保護，她試著想講話，但是我盡可能搖頭，示意她保持沉默。於是我們就站在那裡，背部僵硬地貼著柱子，各自沉浸在自己的恐懼中，努力保持冷靜，並控制自己的呼吸，雙臂垂在身側，看著海水漸漸爬上我們的肩膀，望著排列在沙丘上的那些人。

最後，攝影小組和他們的麥克風朝沙灘走了一半，我才轉頭對拉蕾講話。我擔心岸上的人若看到我沒大叫而是講話，會認為我在策劃些什麼，於是我垂下頭，雙手合十放在臉前，擺出基督徒祈禱的姿勢，然後低聲開了口。

我的話被沙丘上傳來的巨大吼聲蓋過了，他們認為這個美國間諜知道自己就要死掉而嚇壞了，想要向上帝祈求平靜。我隔著垂下的眼皮和上漲的潮水偷看，發現卡津斯基在沙灘上微笑。隨著群眾安靜下來，我繼續保持祈禱的姿勢。「我們只有兩分鐘，」我告訴拉蕾。「聽我講就是了，不要看我，直直看著前面。

「有件事我們還算幸運，」我說：「你站的地方比我稍微高一點，這表示你的鼻子會比我晚幾秒鐘淹到水裡，可以多吸幾秒空氣。這樣可能就會是生與死的差別。

「時間到的時候，」我說，雙手依然合十放在臉前，「水淹過你的嘴唇，就用鼻子吸一口最深的氣，充滿你的肺。但是不要憋住，一次呼一點出來。這樣會有助於讓你不會恐慌。」

她沒辦法控制自己；我不怪她。她一定害怕得全身癱軟。「到時候你會在哪裡？」她問，聲音沙啞。

「等到海水淹沒你的鼻子，我會在你下方，在水下。」我回答。其實我完全不確定會是這樣，但是我還能說什麼？我脫身且協助她重獲自由的可能性，對她來說實在太重大了，於是她想轉頭看我。「不要看這邊。」我粗聲道。

「現在聽好了，」我繼續說。「等到水快淹到你的眼睛時，抬起雙臂亂拍一下。盡量讓自己抬高——無論我在水底下做什麼，都要假裝你正在溺水。

「你雙臂舉起，握成拳頭，然後無力地落下。你得讓他們相信你死了。你的臉會在水下，他們沒辦法看到你，所以如果你演得夠逼真，他們就會相信的。」

她點頭，我低頭看水，發現已經淹到我的肩膀了，愈來愈大的夏馬風捲起一陣碎浪，擊中鋼製頸圈，潑濺到我臉上。隔著水花，我破裂的嘴唇嚐到鹹水，然後我望向海灘。

幾個貝都因人舉起步槍，正利用上頭的望遠瞄準器看我的臉，那個埃米爾坐在那張有厚墊的椅子上，身體期待地往前傾斜，幾個火坑裡冒出煙霧。只有卡津斯基完全不動，他離開眾人，單膝跪在沙灘上，雙眼在朦朧暮色中盯著我，等待著潮水——以及死亡——終於吞沒我。

海水完全淹過我的肩膀，我知道時間接近了。在水底下，我先舉起一腳，然後是另一腳，踢掉涼鞋。我放棄祈禱的姿勢，垂下雙手，聽到那些貝都因人發出的口哨聲和喝倒采，然後，我水下的雙手解開皮帶，從長褲的繫環裡抽出來。現在這件長褲實在太大了，於是就往下落到我的腳踝，我踏出來。

我一手緊抓著皮帶，另一手摸到銀色皮帶釦，檢查我之前在那個井水遭到下毒的小村所做過的縫補工作，發現仍然很牢固。我滿意了，就把皮帶釦上的釦針握在大拇指和食指之間，接著低頭看著海水。再過幾秒鐘，水就會蓋過那個沉重的掛鎖，然後我就可以開始動手了。

17

我一手拿著皮帶，另一手拿著扣針，看著海水蓋過金屬頸圈，淹沒掛鎖，終於快淹到我的下巴了。

我看到那些貝都因人全站了起來，連那位埃米爾都不例外：水即將淹到我的嘴巴和鼻子，我們的死亡時刻快到了。當然，他們以為我會崩潰，開始絕望地大叫。但結果，我只是凝視著前方，試圖給他們一種不屈服的印象，反抗到最後一刻。

但是在水底下，我的手指拚命工作。我是在剛進局裡、接受基本訓練的時候學過開鎖的，離現在已經好幾年，而且當初學的時候，當然不包括在水裡開鎖。

我摸索著把皮帶釦的釦針鑽進鎖孔，在上頭施加壓力，把釦針拗成必要的形狀，挑鎖時會更好用。我雙眼仍直視前方，盡可能讓呼吸保持深沉而規律，感覺到海水爬上我下巴，就要碰觸到我的嘴唇。我看到卡津斯基站起來，朝海裡走了幾步，目光依然堅定地注視著我。我看不出他只是在準備迎接我被完全淹沒的那一刻，或者是看到了什麼覺得可疑的。儘管我盡力保持冷靜，但仍覺得心跳加速，於是我朝拉蕾說話時咬著牙，嘴唇幾乎不動。

「我在擔心卡津斯基，」我說：「轉移他的注意力。開始去抓你的頸圈。尖叫，雙腿亂踢——讓他去看你，不要看我。」

「驚恐？」她回答，呼吸轉為短促的喘息。「我不必演。」如果換了別的狀況，我聽了會大笑。她開始拚命大叫，抓著頸圈，又試著著去抓她頭上的柱子，好讓自己增高一些，但溼黏的木柱讓她的手指沒法抓穩，她的手又滑下來。

卡津斯基幾乎沒理會她，他朝水海裡走得更近，盯著我。

我繼續在水下挑鎖，扭彎的釦針深入鎖孔，我只能憑觸覺，感謝老天保佑，那個掛鎖是老式的，鎖的機制也相對簡單。水淹到我嘴巴了，我估計在淹到鼻子之前，我只剩兩次呼吸的時間。這是我的挑鎖知識和月球的引力兩者之間的競賽。拉蕾繼續尖叫又亂抓，不肯放棄，而我的目光仍堅定看著前方，看到卡津斯基又朝淺水處走了一步，好像沒想到我會這麼無動於衷，於是擔心起來。

我盡量不去管他，逼自己專心，最後我終於感覺到釦針嵌入了部分機制。沒有扭力扳手——最古老的挑鎖工具之一——我現在只能將就，只憑著觸覺，設法引導釦針突破鎖內的機制。

我不肯看拉蕾，但是從她聲音中的恐慌，我知道現在沒有表演的成分了：那是真實的恐懼，我猜想水已經淹到她嘴巴了。

我猛地抬高頭，只夠讓我的嘴巴離開水面：「停止！」我告訴她，「這樣夠了。你得恢復規律呼吸，別讓恐慌影響你。我們就要開始行動了。」

「好的。」她說，但我沒再聽到別的。在淹沒之前，我只來得及再深吸一口氣。接著，水蓋住我的鼻子，我沒辦法再吸氣了。兩分鐘，頂多三分鐘，我告訴自己。之後我如果沒有脫身，就會死了。我感覺水流圍繞著我的臉打轉：我現在因為脖子被銬住，實際上被淹沒在水下了。

我只剩雙眼還在水面上，看到貝都因人開始對空開槍，慶祝我就要死了。此時，卡津斯基轉頭朝沙丘上喊。但他不是在慶祝，而是在示意著什麼。

我還在忙著挑鎖，看了拉蕾一眼：我判斷得沒錯，水已經淹沒她的嘴，不到一分鐘就會淹過鼻子。我正想要用眼神鼓勵她，此時挑鎖的釦針發現一個管道，滑進鎖內深處。

我必須專注——接下來幾秒會是關鍵。我持續施加壓力，朝一個方向扭著釦針，想要轉動，但是碰到徹底的阻力。我吐出一小口珍貴的空氣，知道我很快就會把氣吐光，肺臟已經開始發痛了，我又把釦針往另一個方向轉。

這回阻力更大了，然後，忽然間，一點阻力都沒了。我更用力轉，過了一會兒，那個改造過的皮帶釦針鉤到了鎖內的機制。我感覺到掛鎖打開。要不是我快溺水了，我會放鬆地大喊出來。

我抓牢了皮帶和皮帶釦，把鎖住頸圈的掛鎖拿掉：頸圈從我脖子上落下。我自由了。

但是我不能動，還得待在原來的地方，拚命憋住氣，否則卡津斯基或其他任何透過望遠鏡看著我的人，就會發現我擺脫了頸圈，一切就完了。我得等到水完全淹沒我的頭，他們再也看不到，才有辦法往下潛，鑽到拉蕾後頭，必要時浮出來吸一口氣，然後開始想辦法救她。

隨著海水拍擊著我的雙眼，我望向沙灘，看到卡津斯基之前示意的是什麼了：一個士兵交給他一副雙筒望遠鏡，然後他舉起來對準我。我們注視著彼此，卡津斯基想看有哪裡不對勁，而我也只能憋著氣等待。

我努力不要去想我胸部的灼痛，也不要想像拉蕾發生了什麼事。在我身後，太陽快要沉入波斯灣了，使得周圍的水面變暗，也拉長了沙丘上的影子，讓海灘看起來更美。這是魔幻時刻——然後消失了。上漲的海水充滿我的雙眼，我什麼都看不到了。我估計還要過十秒，水才會淹過我的頭，於是開始數。數到八，我看到自己在水面下了，於是抓住木柱，感覺肺像是著了火，彷彿就要爆炸了，我盡量往下頭鑽得很深，把那頸圈拋在後頭。

此時水已經淹過拉蕾的鼻子，我很怕她可能沒有節約使用氧氣，現在已經溺水了。我沿著底下的沙地，半游半抓地盡快朝她而去，然後看到了她的那根木柱。我從面海的方向過去，辨認出她身體的模糊輪廓，然後往前衝，抓住她的一隻腳踝。

一時之間，她沒有反應。我恐慌起來，開始想著她已經死了。然後那隻腳輕輕踢一下——她還活著。

我沿著木柱緩緩往上，決心不要冒險浮出水面，接著我看到她已經完全淹沒在水裡，睜大而恐慌的雙眼盯著我。她顯然氣快用完了。

我沒有別的辦法——只好繞到柱子後方，希望可以擋住沙灘那些人的視線，然後冒出水面，吸了一大口氣，充滿自己的肺。

我不曉得卡津斯基或岸上任何人是否看到了我，但我盡快潛回水中。接著我輕輕滑動一下，又來到拉蕾身旁，她垂著頭，嘴巴微張，就快不行了。

我把她的頭拉向我，讓她灰白的臉貼著我的，我們的鼻子相觸，然後我用嘴唇封住她的嘴，把肺裡所有的氣吹進去，而且一直沒放開她的嘴唇，以防萬一她張開嘴，開始會吞進水。當氧氣進入她的血管，她的雙眼忽然發亮，然後瞪著我。

據說你永遠不會忘了自己的初吻……唔，我可以保證一個阿富汗的年輕少女，在水裡，在伊朗的波斯灣岸邊，大概是永遠不會忘了她的初吻。我又浮上水面，又一次吸滿了氣，接著再度口對口給她空氣，接著我一直陪在她身邊，直到我覺得她的恐慌消失，肺部充飽了空氣，也可以憋著。此時，我才拿著皮帶釦開始挑鎖。

面對著鎖孔，看得到我在做什麼——即使是在水下——挑開鎖應該會更容易，但是她的掛鎖比我的那個更舊、腐蝕得更嚴重，我的釦針鑽進去感覺緊得多。我不想用蠻力硬扭，怕弄斷釦針就完蛋了，於是我只好逼自己慢慢來，而且有三度不得不浮出水面補充空氣。

第二度浮上水面時，在逐漸黯淡的暮光中，我看到卡津斯基往水裡涉得更深，而且不再瞪著幾乎完全淹沒的柱子看。他彎腰，開始從水裡拉起一個東西。

我不曉得那會是什麼，直到下一回我浮上去，眼睛略略高於水面，半躲在柱子後頭，這才看見他拿著一個什麼在頭頂揮舞，給沙丘上那幾百個人看，然後開始大喊著下令。原來那是我剛剛脫掉的長褲，隨著潮水漂過去了。

那條長褲一定證實了他的猜疑；出於某些原因，我剛剛一直堅持要穿著衣服。他開始涉水前進，尋找我或拉蕾的任何蹤跡。

我盡可能吸飽氣，潛回水裡，再度「吻」了拉蕾，然後回去拚命挑鎖。諷刺的是，卡津斯基的迅速反應成了我需要的刺激：我沒有時間小心翼翼了，於是決定把釦針再往左轉，這回更用力了。片刻的阻力之後，我感覺釦針滑入鎖內更深處：我猜對了。我繼續扭得更用力，期望釦針不會斷掉，然後我感覺到那些鏽蝕鬆開，釦針嵌入機械結構——鎖打開了。

我不想冒險再浮上水面吸氣，只是咬牙頂著胸口的劇痛，拿掉掛鎖，打開頸圈，把拉蕾放出來。

她垮在我懷裡，我擁住她，確定我們兩個都淹在水底下，即使我們的肺已經逼到極限，我還是堅持下去，讓始終強烈的水流開始帶著我們往海裡去。

我們唯一要做的，就是撐過接下來幾分鐘。要是能辦到，我有把握天色更昏暗時，我們就可以隨時浮出水面，直到我們過了那個沙嘴，進入波斯灣。只不過——

我懷裡的拉蕾開始搥我的肩膀，逼我看她。她再也憋不住了，已經開始要朝水面浮起。我沒辦法，於是跟她一起破水而出，吸了一大口氣——同時沐浴在一大片光線中。

我低估了卡津斯基——他一抓到那條長褲、判斷我們設法逃走之後，一定明白漸暗的天色是我們的優勢，也是他最大的難題。他一定是大叫著下令沙丘上的人奔向停在丘頂的車子，打開車頭大燈。大部分的皮卡車都在車頂橫槓上裝了聚光燈，現在那些燈也打開了，幫著照亮海面。

那些燈光照亮了海灣，延伸到波斯灣的黑暗中，尤其集中在處決木柱和沙嘴之間。卡津斯基的雙眼湊在雙筒望遠鏡上，正迅速沿著沙灘觀察淺水處，一路朝向沙嘴看過去，顯然意識到水流的方向。沙丘上的那些士兵已經紛紛舉起步槍。

我不必告訴拉蕾，只是盡快又鑽回水裡，因為她知道眼前是怎麼回事。我們兩人前臂緊扣在一起，深怕在黑暗中會失散，然後我們就隨波逐流，讓海流沖出去。我們只是一路修正方向，好確定能避開那個沙嘴。

直到肺臟實在受不了，我們才又讓頭部浮出水面吸氣。不過這一回，卡津斯基事先猜到我們可能會在哪裡冒出來，已經把燈光都集中在那一帶。我們聽到沙丘那邊傳來一陣吼聲，顯示他看到我們的頭，隨之是幾十支攻擊步槍的槍口冒出火花。我們又下潛，雙腳用力划水。

下一次我們又浮出水面時，那些士兵會對範圍更有概念，也會更有紀律。就算沒有，他們那些全自動步槍一分鐘能開六百發，只要其中一發走運，我們就完了。於是，我們盡可能憋氣憋得久一點，然後才在致命的亮光中冒出水面，而且盡可能保持潛水狀態，只有鼻孔在水面上，又快又深地吸入空氣，希望被風吹起的碎浪可以遮住我們。但結果沒有。

不過，很幸運地，水流逐漸增快，我們被帶到更遠的地方，超出那些槍手或卡津斯基的預料。他依然沿著沙灘奔跑，離我們更遠了，只能逼著沙丘上的人調整瞄準目標。

即使如此，一陣子彈頻繁射入我們和海岸之間的水面，至少有二十發離我們很近，我們都能聽見發燙金屬落入水裡的嘶嘶聲。有三顆子彈就射到我們面前，害我們兩個都瑟縮了一下，但是海水救了我們——海水的密度是空氣的八百倍，高速子彈射進水中，三呎之內就會失去任何殺傷力。不過，要是直接命中頭部仍會致命，所以拉蕾和我都往黑暗的水裡潛得更深。在浮上水面的短暫時刻裡，我匆忙看了一眼沙嘴，估計只要再浮上水面一次，我們就可以掠過那旁邊，進入波斯灣內，不必擔心子彈了。

然而，我低估了水流的速度，等到我們又冒出水面時，就在離岸四十碼的沙嘴尖端，正被水流迅速帶出去。由於這個小海灣的地形，岸上那些車和燈光無法追著我們跑。不過，一道銀光依然籠罩著我們，美得令人難忘。海平線上方懸著一輪滿月，在清朗的沙漠空氣中顯得更巨大。藉著月光，我們看到卡津斯基獨自站在沙灘上，沒帶武器，正望著水面在搜尋。

他一定是看到我們了，因為他忽然往前走，只是再也無法碰觸或傷害我們了。同時，拉蕾又潛入水中，只剩我還停留原地一會兒，踢著雙腿以對抗水流，面對他。

於是，神祕的阿布·穆斯林·凍原——一個在西伯利亞荒野長大、學會英語的小男孩，長大後變成俄羅斯菁英的獨立近衛特戰旅軍官，曾在阿勒坡的鍋爐地帶打過仗，漂泊進入沙漠、欣然接受一個伊斯蘭教的殘暴團體，接著在伊拉克一處安全屋被宣布死亡，又祕密復活、重生，然後成為眾人畏懼的虔誠軍軍事行動指揮官，現在被確認他的真實姓名是羅蒙·卡津斯基——現在他和我身在伊朗一處無名的沙嘴，位於波斯灣沿岸倫格港南邊，兩人隔著三十公尺月光照耀的水面，注視對方。

我們的目光僵持了多久？十秒？更久？我說不上來，只是感覺似乎是好久，然後，我再也無法抗拒水流，就抬起一手，比了個諷刺的道別手勢，然後被沖入波斯灣的海水和咆哮的夏馬風中。

即使在當時，我就有一種強烈的感覺，相信我們很快就會重逢。

18

「你一定是被夏馬風嚇壞了。」那名男子說，他的聲音很低，一副完全專業的態度。「你當時曉得自己要怎麼倖存下來嗎？」

「完全不曉得，」我說：「我們在水裡時，拉蕾也問過同樣的問題，我說那不重要，再怎麼樣都比回到那片沙灘好。」我微笑。「當你一無所有，你就沒有什麼可失去的。」我引用巴布・狄倫的歌詞。「我就是這樣告訴她的。」

「那她聽了怎麼說？」那男子問。

「巴布・狄倫，」我笑著回答。「她聽過很多西方音樂。雖然在阿富汗是非法的，但她以前在家裡偷聽過。」

此時我坐在盧卡斯・柯瑞根的個人辦公室裡，他是中情局人力資源部門的主管，雙眼像河裡的石頭般碧綠而冰冷。他面前的桌上放著我的檔案和醫療報告，要評估我是否適合重新回到外勤工作的崗位。任何像我復健這麼久的情報員，都得由人力資源部門進行評估，而就我以往和盧卡斯・柯瑞根打交道的經驗，我知道這個過程不會輕鬆。雖然後來我改變想法，但當時我還是同意一般的觀點，認為世界上只有兩種人：一種是受不了柯瑞根的，另一種是還不認識他的。

他六十來歲，整個人就像個幽靈，又高又瘦，頭髮剃光了，皮膚蒼白，那張臉上最明顯的就是綠色的大眼睛。他本來是醫師，後來改行拿到一堆心理學的研究所學位。他跟中情局有很深的淵源：一九七五年，西貢落入北越手裡時，他父親就是當地的中情局站長。在戰爭的最後時刻，置身於爆炸和曳光彈火光中，他父親拒絕離開大使館，堅持到最後一刻。當直升機忙著從屋頂撤走美國外交人員，北越的坦克正在衝破大使館的圍牆時，這位站長——被一堆堆鋼製箱子包圍著——獨自站在一個庭院裡，把幾百萬元美鈔持續扔進焚化爐中，以避免中情局的鉅額非法基金落入敵人手中。

所以後來不太意外地，他的兒子加入了中央情報局，而且因為有傑出的學位，一路升遷到目前的主管位置。

「我想這應該是很諷刺的事情，」他說：「後來夏馬風救了你，不是嗎？」

他的聲音不帶感情，而且這句話像是隨便說說，但是在我的倖存之旅中，夏馬風或其他任何事物所扮演的角色，並不是我們這場會面的目的。差得遠了。柯瑞根的職責是看透一個人——深入肉體狀況背後的脈絡中，設法評估他們的精神和情緒狀態。

身為部門主管，而且是幾百個員工中最有專業資格和經驗的人，他向來會負責處理最困難的案子，也就是從事諜報工作的人，這些人往往不循正道，欺騙已經是他們的慣用手段了。

「是的，夏馬風和那個女孩救了我。」我平靜地回答。我聽說過一些老練的幹員曾在跟他進行評估面談時，太遲才發現柯瑞根的謀略程度比自己高出一大截。我必須非常小心，因為中情局工作的獨特性質，我知道我的工作有危險了。

一份不利的報告，甚至只是擔心而已，都可能讓我離場幾個月，而且還要經過評估，才能重返職場。要是狀況發展得糟糕，幾乎可以確定我的外勤生涯就會告終，往後得從事內勤研究工作。中情局最不需要的，就是將一門失控的自走砲派出國。

我看著他翻閱桌上那些檔案，好像是要提醒自己有關拉蕾的事情，但其實我很確定他對報告的內容已經非常熟悉了。我知道這次談話會怎麼進行：他會帶著我溫習各個事件，要我描述或解釋，仔細觀察我的種種反應，無論我表現得多麼冷靜，他都會深入探究，尋找任何壓力或迴避的跡象，予以挖掘。

「我們來跳舞吧？」我問。

「跳舞？」他說。

「只是一個表達方式，」我說：「意思是：可以開始了嗎？」

他認真看著我。「好，我們開始吧。你說那個女孩幫忙救了你？」

我點頭。「我腳上傷口引起的發燒，已經在山洞裡退燒了，但也讓我變得虛弱。沙灘上所發生的事情又進一步削弱我的體力，在過了午夜十二點的某個時間，我努力讓自己漂浮在水面上，但是發現自己開始會不小心失去意識。這樣當然很致命，幸好拉蕾的游泳能力比她自認的要好，她一隻手臂鉤住我的脖子，讓我保持漂浮狀態。然後我又昏了過去的期間，她看見了它——隨著一股海浪升起。」

「一艘釣魚小船？」柯瑞根問，從他的電腦裡叫出一張照片。

「它半沉沒在水裡，」我說：「我猜想它原來停靠在北邊的某個地方，繫泊的繩索被風吹得脫落，船就往南被吹進波斯灣。拉蕾判斷不能丟下我、自己朝小船游過去，否則她在黑暗裡就再也找不到我了。所以她只是拖著我慢慢漂過去，直到離那艘小船夠近，抓住了船邊的護欄。」

「你失去意識多久？」柯瑞根問。

「我不曉得，我醒來時，發現她抓著小船，同時撐著我。等到我抓緊了小船，她就爬上去。就像所有小船一樣，那艘船上有個舀水的桶子，她開始把船裡的水清出去。但是船板一定是哪裡裂了，她清半天也沒用，所以最後我們就只是抓著小船的邊緣，拿來當成漂浮的工具。不過，拉蕾一直在動腦筋：她取下水桶上的繩子，捆住我的肩膀，繩子另一端綁在船尾的支架上——」

柯瑞根打斷我，「免得你又昏過去漂走了？」

「沒錯。而且我的確又昏迷了一次，但是有她照顧，確保我的安全。」我暫停一會兒，想著她和她所做的。「之前我雖然救了她的命，」我說：「但是她回報了我一百倍。如果沒有她，我不可能撐得過來。」

「應該吧，」他不帶情緒地說，只是陳述事實。「那麼現在，比方今天，你還是常常想起那一夜嗎？」他問：「那些感覺又回來了？」

我想這是個陷阱，如果我否認，他只會認定我在說謊。「那是一件大事，」我回答：「我當然會想到——這很自然。不過沒有什麼異常的地方。」

他沒說話，然後點點頭，好像贊同我的說法。「接著怎麼樣？你被她用繩子綁在船上，然後又昏過去了。」

「快天亮的時候，她把我搖醒。她跟我說地平線上有一面船帆。此時風已經轉弱了，海面比較平靜。我看著，在灰色的光線中，低空有一團團堆積的雲，她指的方向我什麼都看不見，所以我就要轉開眼睛。

「這時候雲散開，我看到一大面巨大的、幽靈似的船帆上端。拉蕾又大喊，我瞪著看，然後我們擁抱彼此。那面船帆根本不是船，而是一棟三百二十公尺高的建築物——五十層樓的高級飯店，阿拉伯塔——外型完全就像一面在沙漠風中漲滿的帆。

「『伊朗已經在海灣的另一邊，』我對她說。『杜拜就在我們前面——我們安全了。』」

柯瑞根沒有反應，他從檔案裡拿出一張照片遞給我。「你認識這個人嗎？」

19

照片裡是一名中年阿拉伯男子，有一張坦然、率直的臉，穿著維修工人的制服。

「不認識。」我說。

「他名叫穆司塔法．阿克索伊，」柯瑞根說：「土耳其人，他的工作是天亮時去維護阿拉伯塔沙灘俱樂部前面的沙。就是他發現你躺在高水位線。你被海浪沖上來，失去了意識，而拉蕾也好不了多少，她不願意或沒辦法說話。這些你還記得嗎？」

我搖搖頭。

「唔，然後他跑回沙灘俱樂部，」柯瑞根繼續說：「找飯店的保全人員過來。兩分鐘之後，他們來了，看到那艘毀壞的小船，船尾有伊朗的註冊號碼，又看到你的狀況有多糟糕，就打電話報警。他們把你送去醫院，安排在一個有警衛的房間，最後幫你裝上各種監視器和點滴。」

「這個我記得，我就是在裡頭醒過來的，」我說：「我身體的狀況很糟糕，所以他們就幫我做了一大堆檢驗。幾乎從一開始，事情就失控了。因為海水污染的關係，我的眼睛嚴重發炎，他們擔心會有永久性的損傷，於是找來眼科醫師。

「他檢查了我，跟警察說這件事他以前從來沒碰到過——我戴著一種特製的、手術置入的隱形眼鏡，以改變眼珠顏色。加上我腳上的槍傷和一艘伊朗籍的小船——唔，要說警方很驚慌還太輕描淡寫了。其中一位資深警察就走出病房，到走廊上打了幾個電話。二十分鐘後，阿拉伯聯合大公國的情報單位之一國安部的人員就來了。」

「他們的名聲很差，」柯瑞根說：「非常殘暴。你的反應是什麼？」

「什麼都沒有──我沒有恐慌，如果你是問這個的話。我已經想好一個計畫。在那之前，我難得說一個字，而且都只說阿拉伯語，但是國安部的人來了之後，我改講英語，讓他們嚇了一跳。我跟他們說我是美國公民，我想立刻見我們的大使。當然，他們沒理我。」

「他們不肯，對吧？」柯瑞根說：「他們是諜報組織，要先搞清楚自己手上有什麼籌碼，能不能換來對自己有利的條件，在此之前，他們是不會找任何人來的。」

「我早就料到這一點了，雖然他們自稱是我們的盟友，但其實比巴基斯坦人好不了多少──不過要求見大使，就讓他們把我當一回事；而趁著他們往上呈報時，也幫我自己爭取到一點時間。」

「然後你交了好運，」柯瑞根說，翻著檔案，拿出一張照片給我看，那是一個六十來歲的男子，穿著筆挺的淺褐色制服。「這傢伙現在是警督，但他以前是局裡的一個線人，在杜拜警察局的公關部門工作。他以前聽說了很多事情，會告訴我們，好賺點零用錢。比方喝醉的外交官、洩漏機密的狀況、伊朗官員祕密來訪──你知道，就是那些小事情。

「唔，他七年前跟我們斷了聯絡──大概是擔心被逮到，覺得為了那點錢不值得。顯然，他一路升官，升到了現在的職位。所以正當你努力避免被偵訊時，那天正好是他負責警方的聯繫工作。

「他聽說那艘船是伊朗籍、你身上有槍傷，而且你有變色隱形眼鏡，就幾乎確定你是從事諜報活動。他也曉得你要求見美國大使，這表示你是美國間諜。

「看起來，這個警察有點像我，」柯瑞根說，我一時以為他會露出微笑。我看著他，但幸好，他忍住了那個衝動，一切都還是正常運作。「他很不喜歡把東西丟掉。他回家到車庫裡找出了一個七年沒用過的加密手機，充了電，然後裝上一個拋棄式SIM卡。

「他按了一組號碼，不知道以前用的這個聯絡號碼是否還管用，然後他等著。電話接通後，另一頭沒有傳來聲音，但他並不驚訝，他只花幾分之一秒就傳送出一則簡訊，是兩個詞的代碼。幾年前他的聯絡人交代過他，要是有什麼大事發生，就傳這兩個詞，還說之後就會有人跟他聯絡。但是這一回，他不曉得電話那一頭是否有人接收訊息。」

「鳳凰升起，」我說：「我聽說他傳的簡訊就是這個。」

「沒錯，」柯瑞根回答：「收到簡訊的那個電話號碼早就沒在用了，但是國家安全局向來會維護這些號碼，不會淘汰掉。國安局總部米德堡那邊的專家查遍了資料庫，查到這個電話和代碼是真的——是一個中情局多年以前的線人打來的，要求緊急聯絡。沒人曉得怎麼回事，但是他們判斷，或許真的有大事發生了。

「接著，派駐在阿拉伯聯合大公國內美國大使館的中情局站長得到消息，就打去那位警督的加密電話。那位杜拜警督跟他說有個男人，幾乎可以確定是美國間諜，現在正在拉許德醫院九樓一個戒備森嚴的病房，要求見美國大使，但到目前為止，他唯一的訪客就是當地國家安全部的四位資深官員。

「這位中情局站長答應，如果確認這個訊息是真的，就要給這位警督一萬美元。二十分鐘後，大使就突然走進了那家醫院。」

我微笑。「當時我病房的門口一片混亂，」我說：「他們原先不肯讓大使進來，國家安全部的人打電話請求支援，在場的警察完全搞不清楚怎麼回事。直到大使威脅要打電話給統治杜拜的酋長，他們才終於答應。

「於是大使走進來，顯然不知道我是誰，他告訴我他叫什麼名字，然後介紹陪同他的人是大使館的軍事顧問。我沒見過他，但是我很確定他是中情局在當地的站長。

「大使要求其他人出去，」我繼續說：「但是醫師、警察、國家安全部門的人都拒絕，而我看到其他人都在場，當然也不打算說什麼。我把那位『軍事顧問』叫過來，示意他湊得愈近愈好，然後在他耳邊低聲說話，免得其他人聽到：『通知蘭利，那個來自塔布克的男人還活著。』

「那位站長點點頭，大概只是遷就我，他當然無從得知我講的話是否重要。他覺得或許我只是精神不正常在幻想，或只是一個騙子。他跟大使說他要回車上，用安全線路打一個電話。

「我往後倒回床上，直到我聽見走廊傳來的跑步聲愈來愈近，才又坐起身。那位站長回來了，態度變得很強硬。他跟那些警察和國家安全部的人說，美國國務卿正在跟酋長通電話，請他們立刻離開病房。

「他們震驚地看著他。等到他們一走出病房，那位站長就跟大使和我說，一輛軍方的救護飛機已經從沙烏地阿拉伯的祕密美軍基地起飛，要立刻把我送回美國。我們十分鐘內就要出發前往機場。」

「但是你不肯離開，對吧？」柯瑞根問。我有可能搞錯了，但他的口氣似乎變了，裡頭多了一絲敬意。

「只是暫時的，」我回答：「我跟大使和那位站長說：『有一個女孩。我不曉得她的狀況怎麼樣，也不曉得他們把她送到哪裡。她也是局裡的線人。她要跟我們一起走，好嗎？』

「那兩位大使館官員什麼都沒說，」我繼續說：「關於這個女孩是哪裡來的？她是誰，為什麼蘭利沒有問起她？他們都沒問。」

「你沒說實話，對不對？」柯瑞根問，但是沒有任何敵意。「她其實不是局裡的線人吧？」

「對我來說，她是。」我回答。

「其實是因為，她在波斯灣救了你之後，你不能丟下她不管，對吧？」

「有這個因素，但我也知道，阿拉伯聯合大公國國安部門的人會想拿她去跟伊朗交換些什麼。等到他們利用完她，大概就會把她交給虔誠軍。」

「這個我倒是沒想到，」柯瑞根說：「那位站長的報告說，他正要離開去找她，就有個醫師跑來了。這醫師說她在七樓的女子病房區。」

20

雖然我坐在柯瑞根的辦公室裡，但感覺上就像又回到那家醫院，我清楚記得那些人接近我病房時的阿拉伯語交談聲。

大使和那位站長轉向門，一個醫師打開門，我聽到一個年輕女人告訴其他兩位女性工友說她不需要輪椅了。

拉蕾走進門，我看到了她：洗過澡且吃了東西，穿著醫院的長罩袍和寬鬆的白色長褲，頭上包紮了乾淨的繃帶，看起來像是緊纏的頭巾，也掩蓋了她被剃頭的事實。上回我們在一起時，我躺在沙灘上，去了半條命，而現在她握住我的手，低頭咕噥說了些阿拉伯語，我沒聽清楚，但是聽起來像是祈禱文，慶幸我還活著且神智清醒。

有好一會兒，我們都無視於醫師和其他人，只是看著彼此：沒有人曉得我們經歷的一切是什麼滋味，那已經在我們之間形成一個牢不可破的連結。我看到兩位大使館官員盯著我們，可能是困惑，也可能是驚訝。那個站長首先恢復過來：「你的女兒嗎？」他試探地問。

「我看起來有那麼老嗎？」我說，嗓子還是啞的。他們兩個都點點頭，而且不是開玩笑的。

我示意拉蕾轉身。「拉蕾，」我說：「我要向你介紹，這位是駐阿拉伯聯合大公國的美國大使，另外這位是——」我暫停，及時忍住，沒有揭露這位情報人員的真實身分。「是資深使館官員。」

她羞怯地看著們——沒包頭巾，完全不習慣主動把自己的名字告訴陌生人。「大使先生，」我說：「你介意把手機借給拉蕾用幾分鐘嗎？」

那位大使困惑了半秒鐘，然後伸手到口袋裡。「唔，沒問題。」

拉蕾雙眼瞪著我，不太敢相信。「快吧，」我說：「打那個電話，她等很久了。」拉蕾按捺住激動，接過手機，按了一組號碼，等著對方接聽，然後開始輕聲地、結巴地說著阿拉伯語。

我轉向醫師和兩位大使館官員，「她是打給喀布爾的母親，」我說：「拉蕾失蹤好一陣子了，現在她打去跟母親報平安。」

然後，我看到拉蕾問出了佔據她思緒已久的那個問題。我看了其他人一眼，「她父親必須逃離喀布爾，打算穿過國界，進入伊朗。我們都知道，那一帶非常危險，她想知道家人是不是有她父親的任何消息。」

拉蕾沉默聽著她母親說，然後我看到她再也忍不住淚水了。她一直聽，邊聽邊哭，然後試著想講話，但激動得一時說不出來，試了兩次才成功。「我父親很平安。」最後她終於說。病房裡爆出一陣掌聲。拉蕾還在通電話，在解脫的淚水中想擠出微笑。

「他在路上被搶劫了，」她說：「不過還是抵達了德黑蘭，現在以翻譯為生。他已經找我找了好幾個月，擔心有最壞的結果。我媽說一等她掛電話，就會馬上打電話去給我爸，告訴他這個好消息。」

我轉向大使。「拉蕾救了我的命——還有整個行動，」我告訴他。「她不能回喀布爾，太危險了。她也不可能待在這裡，而且她在伊朗是通敵者，會被抓起來。所以我希望你能安排——」

「我懂了，」大使說，轉向站長。「里奇，從你在電話裡得知的狀況，我們要協助這個少女有問題嗎？」

「完全沒問題，」里奇回答，朝我露出微笑。「我們的組織非常……」他思索著字句。「唔，我告訴他們來自塔布克的男人還活著時，他們興奮得不知所措。」

大使轉頭，看到拉蕾已經講完電話，正要把手機遞還給他。「你叫拉蕾，是嗎？拉蕾，我可以發一份緊急授權文件，」他說：「如果你想要，二十分鐘內，往美國的一架飛機上就會有一個位置保留給你。」

拉蕾一臉糊塗——這個發展她再怎麼也想不到。對於一個年輕阿富汗女性來說，美國這個概念帶來了巨大的文化、宗教、歷史包袱。雙方有那麼多戰爭，那麼多恨意，那麼多毀棄的承諾。我想她需要某種形式的保證，於是她看著大使，指著床上的我。「我可以一起跟——」

她暫停，忽然明白過來。「我都不曉得你的名字，」她怯生生地說，不明白間諜都沒有名字，或至少間諜的名字都不能相信。我微笑，不想跟她說這兩位大使館的官員也不得要怎麼稱呼我。「薩狄卡（Sadiqaa）。」我說。

她朝我咧嘴笑了，醫師們也大笑。站長轉向大使，幫忙翻譯。「這是阿拉伯語，意思是『我的朋友』。」

21

柯瑞根的椅子往後一推，刮過地板的聲音把我拉回現實。我這才明白自己正凝視著他辦公室裡窗子的防彈玻璃，往外看著夜幕開始降下。

「然後你們搭同一架飛機來美國？」他問。

「是的。在飛機上，我的病情惡化了，」我說：「波斯灣每天有二十艘超級油輪經過，他們都把垃圾往船外扔，有人曾說那個那條航道是『超濃縮肝炎』。細菌應該是從我腳上的槍傷或手腕上的割傷進入，先經過了一段潛伏期，然後就開始肆虐。」

「很快地，你的皮膚就出現一塊塊色斑，」柯瑞根說：「呼吸困難，思緒混亂。敗血症嗎？」他問。

「醫師的診斷是這樣，」我回答：「幸虧飛機上有很好的醫師和醫療設備，但是等到我們降落在安德魯空軍基地時，我的狀況已經很糟糕了。」

「我相信是這樣，」柯瑞根說：「敗血症發作得很快。有可能一開始無症狀，四十八小時內就死亡。」

「他們很快就把我從安德魯空軍基地送到醫院，接著在加護病房待了好幾天，」我繼續說：「接下來是三個月的復健，然後是現在。就像我告訴他們的——我準備好要回去工作了。」

柯瑞根點點頭。「是的，你看起來絕對像是準備好了。」他停下來，打量我好一會兒。「但是他們送你去的醫院，不是原先計畫中的，對吧？你為什麼迴避談這件事呢？」

「我沒有迴避，」我回答：「我只是不覺得這件事有什麼重要性。」

「啊，那麼是我的錯，」柯瑞根平靜地說：「我想他們本來是要送你去華特·里德軍事醫療中心的。從各種標準來看，都是很傑出的醫院——」

「是的，」我回答：「而且你知道，因為那是軍醫院，所以也能為情報人員提供最好的保護措施。」

柯瑞根點點頭。「但是你和拉蕾抵達那一天，華府剛好有大雷暴襲擊。對不對？」

「當時一片混亂。我們降落時，不少地區都淹水了，某些道路封閉，很多地方停電，而且似乎有不計其數的意外和受傷——你說得出來的都有，」我說：「我當時不知道，但顯然華特·里德和貝塞斯達醫院所在的區域是災情最嚴重的，於是那家醫院只能靠發電機供電，還要處理一大堆緊急住院病人。

「院方預料，等到雨一停，就會有大量病人湧入，他們的行政人員只希望發電機的供電能夠挺住。我們離美國領空還有幾個小時的時候——當時我不是睡著就是昏迷了——蘭利就決定放棄原先的安排，改把我送到一家規模大很多的醫院，在南邊半個小時車程外，那個區域比較不受大雨和停電影響。

「以我的狀況來說，這是個小調整，當時我還以為我們要去華特·里德，總之，拉蕾和我就被送上一架直升機，展開最後一段旅程。」

我還記得拉蕾坐在直升機上，睜大眼睛望著外頭的美國，非常害怕。至於我，我仰天躺在那裡，看著直升機的內部旋轉又變形，同時雷雨雲團滾滾掃過華府，逐漸遠去，接著我發現自己看著一隻遊隼在伊朗荒原的上空高處飄移。我感覺到直升機——或是那隻遊隼——在狂風、大雨、持續的亂流中猛烈搖晃。最後，飛行員設法降落在醫院屋頂的停機坪，落地的撞擊力道之猛，讓拉蕾尖叫起來。

我記得有一組穿著披風式防水服的人正在等著我們。他們立刻把機上的兩張推床搬下來，而且用硬塑膠殼蓋住擔架，好擋住大雨。我看不到拉蕾，就被迅速推過一大片混凝土地面，穿過一道推門。

在途中，有人拿了一個透明的氧氣面罩蓋在我嘴巴上方，我覺得呼吸比較輕鬆了，隔著硬塑膠殼往外看，看到一間大大的等候室裡有好多人。兩名在推床前方領頭的護理佐理員開始大喊著有緊急病人，要其他人讓開，然後人群扭動又改變，接著我看到四個穿西裝的人推開人群，想要接近我。我不確定他們是真的還是幻覺，然後我們穿過另外一道推門，離開等候室。

接著，我們在醫院深處，是個白色的明亮空間，但是只稍微安靜一點而已。一個行政護理師在嘈雜聲中大聲說：「這是他嗎？國家安全局打來講的那個？」好像沒人知道，然後她跟著迅速前進的推床，又更大聲講了一次。「我需要他的名字。」

推床尾部的一個佐理員是出力最多的一個大塊頭男子，他抓起一個寫字板夾，看著病患的資料，然後喊道：「薩狄卡．汗。就是他們講的那個嗎？」

「沒錯。」那個行政護理師說，鬆了口氣。我心想，見鬼了，薩狄卡．汗是誰？真奇怪的名字。就像之前提到的，我的腦子還一團糊塗。

「第三診療區。」那個行政護理師指揮著，然後四名佐理員現在幾乎是用跑的，把我推進一個有白色簾子隔開的診療區，我從一輛四輪傳動車的車門跳出去，一邊肩膀撞上沙堆，立刻知道自己受傷了。

幸好，我翻滾到馬路上停下——離這片崎嶇不毛之地的一條破爛舊橋不遠——三個身穿白袍的醫師和幾個護理師彎腰朝著我看，臉上有焦慮的皺紋，他們開始喊著命令。他們是怎麼跑來伊朗的，我心想，而且為什麼他們都在講英語？我抬頭隔著那個仍沾著雨水的硬塑膠殼看著他們，一時之間，我想像自己看到麗貝卡的臉往下看著我。

我忍不住開始流淚——我好想她，經歷了那麼多艱困的時光，我真想擁住她。很快就可以了，我告訴自己，很快我就會回家了。或許我已經到家了，或許我其實不在伊朗了……

我想碰觸一個結實的東西，好確定什麼是真實的，我的手指從塑膠殼底下探出去，被一個女人伸手握住了。我想像那是麗貝卡，低頭隔著塑膠殼凝視著我的褐色眼珠，我氧氣面罩裡的呼吸變得急促。

「沒事的，汗先生，」那個女人說：「你病得很重。你嚴重感染了。我不曉得你能不能聽懂英語，但是我們會盡力幫忙，你會好起來的。」那女人連聲音都像麗貝卡，我覺得眼淚流得更厲害了。

「沒事的，」她說：「沒事的。」無論她是誰，我心想，她都很善良。

「塑膠殼拿掉，」有個人喊道。那塑膠殼拿掉了，醫師和護理師的臉繼續往下看著我，聲音像麗貝卡的那女人伸手摘掉我的氧氣面罩。我伸出一手，想碰她的臉——

那女人僵住，往下瞪著我，然後慌張地踉蹌後退。那反應太令人意想不到，太不像醫療人員了。我坐起身，一時之間震驚地回到現實。我瞪著那女人，她舉起雙手掩住嘴。是麗貝卡。我轉頭看著周圍。「我到底在哪裡？」我問。

一名身材瘦削、充滿活力的男護理師回答：「在急診室，汗先生。」另一個醫師和其他護理師想讓我躺下，沒人知道是怎麼回事，尤其是不懂麗貝卡的反應，她看起來好像快昏倒了。

「哪裡的急診室？」我問，聲音虛弱，而且連我自己聽起來都覺得好遙遠。

「醫星華盛頓醫學中心。」那個身材瘦削的護理師說。

我說不出話來。醫星華盛頓醫學中心就是麗貝卡曾擔任住院醫師、現在擔任急診室醫師的地方。我看過去——那真的是她。我想爬下推床，拚命想去找她，但好幾雙手按住我。一個資深的急診室女護理站在麗貝卡旁邊，握住她的肩膀，想照顧她。

「怎麼回事，麗貝卡——怎麼回事？」那位女護理師問。

「那是……那是我的男朋友。跟我同居的……」麗貝卡說，指著我。

「要命啊！」那女護理師說：「你是怎麼回事？你才沒有跟薩狄卡・汗同居呢。」

「那不是他的名字。」麗貝卡說，掙脫那位護理師，來到我旁邊。我不讓醫師又把我按回去——雖然發燒又有敗血症，但是我只是盯著她看。

麗貝卡一手握住我的手，另一手碰觸我的臉——充滿愛意，想知道是不是真的。她開始哭，身體痛苦地抽動著。「看看你，」她低聲說，很傷心。「他們傷害你，他們把你傷害得好慘。」然後她注意到：「他們把你的眼睛怎麼了？」

另一個醫師湊過來看，現在我才明白，他大概是急診室主任醫師——五十來歲，頭髮剃光了，這會兒他伸手到工具盤，抓起一把眼底鏡。他檢查我的右眼。「我不能確定，」他對麗貝卡說，想要安撫她。「我想他的眼睛沒事。不過有個人造眼膜黏在上面，或許是為了改變眼珠的顏色。」

麗貝卡點點頭，鬆了口氣，總之並不驚訝。其他人則否。用人造眼膜改變眼珠顏色？那位主任醫師沒時間管那個了。他放下眼底鏡，命令兩位護理師檢查我的生命徵象。接著，他調整一下輸入我手臂導管的點滴，檢查我的傷口，抓起從拉許德醫院一路跟著我的病歷檔案；然後又開始發出一連串命令。

麗貝卡將雙手放在我的肩上，推著我躺回去。我沒有抗拒，但也不肯放開她的手。我聽到我們後方的一個佐理員——出力最多的那個大塊頭——困惑地對著最接近他的一個同事說：「為什麼有人要動手術改變自己眼睛的顏色？」

「因為他是他媽的間諜啦，天才先生，」那個瘦削的護理師說：「這就是為什麼國家安全局的人會先打電話來，這就是為什麼他用假名送來這裡，而且這就是為什麼那四個穿著稱頭西裝的人會在外頭的等候室。」

十多雙眼睛看著麗貝卡和我：這個年輕醫師的同居男友是間諜，從傷勢和神祕性來看，顯然是才從——唔，沒人曉得哪裡——回來的。麗貝卡沒有理會，拿著我在杜拜的病歷檔案拚命閱讀，想要理解我的狀況和其他任何傷勢。

「來吧，各位！」那位主任醫師下令，制止眼前的討論。「還有幾十個其他病人，誰去打電話給加護病房，馬上送這位所謂的汗先生上去。」

診療區裡一陣忙亂，推床被推向電梯，麗貝卡仍緊握我的手，不肯放開。

22

加護病房是個截然不同的世界，裡頭燈光微弱、腳步輕柔，而且顏色黯淡、談話輕悄，凡此種種，都掩蓋了底下湧動的亂流。

之前在樓下的急診室，那裡的醫師（包括麗貝卡）都明白我的狀況在飛行期間惡化了，如果不趕緊治療，很快就會演變成臨床診斷上的嚴重敗血症。當然了，我顯示出所有的特徵：呼吸困難、精神混亂，心跳不規律，而且疲倦不堪。

危險的是，我隨時就可能轉入感染的下一個階段，完全進入醫療上的命危狀態。護理佐理員們推著我進入加護病房的一個床位時，我聽到負責的醫師跟麗貝卡談，她一直緊跟在我床邊，依然握著我的手。那醫師說有個數字超過百分之五十。在我的糊塗狀態中，我花了好一會兒才明白：敗血性休克有超過一半以上的病歷是以死亡收場。

「他的血小板計數是多少？」那個醫師問。

「他一進來我們就抽血了，」麗貝卡回答：「一直沒看到結果。樓下的狀況很混亂。」

那醫師轉向一個加護病房護理師，說他需要立刻拿到結果。那個護理師離開時，麗貝卡的手就滑進我的病人袍，手掌放在我裸露的胸膛。那是她所做過最令人感動的事情之一，我心想，接著才恍然大悟，其實這個動作跟愛情無關，她是在評估我的心跳變得有多不規則。

同時，她也明白我的身體抖得有多厲害，然後驚慌地轉向那位負責的醫師。「他的發抖更嚴重了，呼吸狀況也在惡化。」

那醫師點點頭。「我會加快靜脈注射的速度，換上支持他血壓的藥物。」他看著她，口氣和表情變得更柔和。「他們跟我說過樓下發生的事情，他是你的同居男友。敗血症不是什麼神祕的疾病，麗貝卡。他在杜拜和飛機上都得到很好的照顧。他們很快就控制住，我們知道該做什麼，而且這裡是全國最好的醫院之一。他不會死的——不過得在加護病房住幾天，然後要慢慢復健。」

我往上看著麗貝卡，她一手還是放在我胸口。我從她臉上看到，她想保持專業的決心壓過了憂慮，她努力擠出微笑，很感激對方的保證。

「對不起，但是你在這裡幫不上忙，」那醫師接著說：「你在樓下的急診室可以做很多事情。如果有什麼變化，我隨時會通知你的。」

她理解地點點頭。另一個護理師已經在靜脈注射導管裡加了鎮靜劑，我感覺到自己逐漸失去意識。麗貝卡彎腰湊向我，我感覺到她嘴唇印在我唇上，一時不曉得這會不會又是另一個發燒的夢。

「上帝保佑你。」她輕聲說，幾乎哭出來。然後我知道這一定是個夢——我的意思是，麗貝卡不信上帝的。

23

我沒看到她離開，因為此時鎮靜劑流入我的血管，讓我很快就陷入昏睡。然後，我看到自己開始漂浮，於是明白：不知怎地，我神奇地被轉到另外一家醫院了。

現在我的病床搭電梯被送上樓，來到一處白色病房區。不同於加護病房，這裡每一場醫療戰役都已經輸了。我沿著一條空盪的走廊往前，推開一間病房的房門，裡頭是我母親，虛弱地躺在床上，她轉頭看著我走到平常我父親對面的位置坐下；我又重訪了一段我永遠離不開的過去。最後，幸好，藥物引起的黑暗團團圍住我，我最後的想法是我只是個孩子，平安地回到父母的懷抱。

另一方面，麗貝卡則是繼續面對著真實世界。後來她告訴我，她離開加護病房區，走過轉角，看到四個穿著正式的人：三名西裝男子和一名年輕的套裝女子，坐在一個玻璃牆的小等候室裡。外頭的暴風雨更猛烈了，烏雲組成的雷雨雲團伴隨著一道道閃電，正掃過停車場，即使下午還沒過半，就已經讓等待室半籠罩在黑暗中。

麗貝卡從來沒見過這四個人，但她從其中最年長那一位男子的威嚴站姿和高雅的西裝，就知道他是華府的大人物。

麗貝卡身穿刷手服，只在黯淡的燈光下看了他們一眼，就繼續往前走，要回急診室。

「打擾一下，醫師。」一個聲音從後頭喊她，他轉身看到那個衣著高雅的男子已經走出等候室，同行其他人也站在門口，表情焦慮。

麗貝卡停下，站在走廊裡，也喊回去，「什麼事？」

「我想你們在急診室讓汗先生住院了，」那名男子說：「他們說他被送上來這裡——不曉得他的情況怎麼樣？」

「那你們是……？」麗貝卡問，開始要朝他走近。

「他的朋友。」那位衣著高雅的男子道。

「原來如此，」麗貝卡說：「如果你不介意我問的話，你向來都穿西裝去探望醫院裡的朋友嗎？尤其是在天氣有緊急狀況的時候？」

「其實，他比較像是我工作上的同事，」那男子說，微笑充滿魅力。

麗貝卡朝他走到一半，此時雷雨雲團籠罩，烏雲讓室內變得更暗，走廊上的燈光感應器於是有了天黑的反應，一連串天花板的燈亮起。麗貝卡頭一次清楚看到那名男子，立刻心裡罵了自己。她在新聞裡看過多次這名男子的照片，要不是剛剛她滿腦子想著加護病房的事情，就會認出他是「獵隼」魯爾克了。

後來她告訴我，在那一刻，她整個人憤怒不堪——氣眼前這個人，也氣中情局。但是，她按捺住怒氣。「工作上的同事？」她說，指著他們身上穿的深色西裝和套裝。「哪裡的同事？美國銀行？」

那個穿著高雅的男子看著她，不確定該笑還是該覺得被冒犯，但他什麼都沒說。「你剛剛提到工作，真是奇怪了，」麗貝卡又繼續說：「其他醫師跟我剛剛才在講呢。你可能不知道，但汗先生的手腕上有很嚴重的傷口。」

「是嗎？」獵隼驚訝地問。

「是的，治療過他的杜拜醫學團隊在病歷上提到了。其中一個醫師說，看起來像是因為金屬手銬造成的，簡直就像是他想掙脫一個手銬。」她看著眼前那四個人。「我知道——好詭異。但是他的大拇指也局部脫臼，所以似乎支持這個說法。你們會知道可能是怎麼回事嗎？」

四個人都搖搖頭。

「不知道？另外他腳上有個子彈造成的傷口……」麗貝卡說。

那些訪客沒有反應；子彈傷？「他是幾天前被射中的，」麗貝卡說：「然後有個人——我們猜想是汗先生自己——利用蛆想防止感染。這個療法在一千年前很普遍，也是個好主意。但是現在很少見了。唔，更精確地說，我們從來沒見過——主要是因為現在中槍的人都會去醫院，如果能活下來的話，就會用抗生素防止感染。」

根據麗貝卡自己的說法，她說到這裡聳聳肩，依然維持她那種講理的口氣。「看過他的腳之後，飛機上的醫療團隊幫他做了整體評估。這是標準程序。除了敗血症和大面積的曬傷之外，看起來他在非常惡劣的環境待了很久，不過最主要的傷勢，還是手腕和腳。」

「真糟糕，」獵隼說：「不過還算是不幸中的大幸吧。」他和其他人看起來鬆了口氣，但是還來不及進一步詢問，麗貝卡就修正了自己的說法。

「我應該說目前的主要傷勢。他們還注意到他左大腿有一個很醜的疤痕，他們認為是以前的舊刀傷。幾年前縫過的——我不敢說是外行人縫的，但絕對不是整型外科醫師的手筆。」她暫停下來，露出微笑。

獵隼或其他人都沒笑，他們知道那道傷是我去利比亞出任務時留下的。

「他一邊肩膀還有一道長疤，那就完全是另外一回事了，」麗貝卡繼續說：「杜拜那邊的醫師指出，那道疤一定是專業醫師治療的，原先是非常嚴重的傷。根據檔案裡的X光片，我覺得像是中口徑子彈所造成的穿入傷。你們或許不知道，但是我們醫院處理槍傷的經驗很豐富。很不幸，華府大部分的醫院都是處理槍傷的世界級專家。

「那顆子彈大概碰到脊椎時碎掉了。大部分都留在他的體內，必須移除，但是有一部分仍然從他背部穿出來，形成一個傷口，」她說：「縫合的地方還看得出傷口釘的痕跡。杜拜的醫師查出了那種傷口釘，在美國是找不到的。很有趣的是，這種傷口釘大部分是中東地區的人在使用。以我的意見，要是那顆子彈再往左偏一吋、而且往下一點，你們的薩狄卡．汗先生早就死了。

「那麼，」她繼續說：「刀傷和子彈傷。一個傷是由獸醫助理縫的，另一個傷是優秀的外科醫師治療的，工作的地方是敘利亞，或黎巴嫩，或可能以色列……」她的聲音愈來愈小，但是眼前四個人都沒吭聲。

「這讓我產生一個問題，」她繼續說：「你們這些人到底是在哪裡工作的？郵局嗎？」

獵隼收起了友好的口氣。「謝謝你，醫師，」他說：「我想我們不必再討論汗先生過去和現在的工作了。我只是想知道他的預後怎麼樣。」

原來華府的大人物是這樣威嚇別人的，麗貝卡心想，但是她氣得一點都不怕。「當然了，」她口氣平靜地說：「那麼我就告訴你我的評估。」

「麻煩了。」獵隼回答，顯然鬆了口氣。

「我會說，像你們這樣的人，」她責備他們，把她因為我受傷（無論是過去或現在）而感覺到的所有怒氣，開始發洩出來，「派年輕人進入某個孤立而危險的地方，讓他們像那樣回來。」她朝加護病房的方向指著。「我的意思是，如果他們能回得來。」

獵隼和其他三人瞪著她，不習慣這樣的強烈口氣。「像他這樣，整個人就毀掉了，」她說：「他們要為自己的生命奮戰。他們被開槍、被刀子割——據我所知，是被折磨——而且不止一次而已。從那些舊傷，任何有腦子的人都看得出來，你們是一次又一次派他們出去。」

站在後方的一名男子——五十來歲、高額頭、長年一張憂慮的臉——開口要反駁，但是被獵隼阻止了。「沒關係，硬漢——沒事的。」他對那位中情局的助理局長說。

麗貝卡幾乎沒聽到。「最後你們折起一面國旗，」她說：「你們告訴自己、告訴彼此說這是為了國家的利益，然後就碰巧忘記了其中的損失、痛苦、破壞，還有隨後的一切。

「你們從沒想過那些在家裡等待的人，聽不到任何消息，每一分鐘都活在恐懼之中，希望永遠不會有一輛平凡無奇的汽車開來，害怕會有人來敲門，開門後是一個他們不認識、以後也永遠不會再見到的男人，告訴他們一個最壞的消息，然後邀請他們去阿靈頓參加葬禮，在那裡，放進墓穴的很可能是一具空棺。」

那四名訪客很震驚——這個醫師到底是誰？她怎麼會曉得這種事？麗貝卡迎著他們的目光，呼吸沉重而猛烈。

「我要告訴你們，」她說：「有些人可能愛著那個男人。要是你們派他出去什麼鬼地方，他沒回來，這些人的人生可能永遠都不會恢復。事實上，他還是沒回來，他還是有可能因為在那裡受的傷而死掉。」

她一個接一個注視著他們。「你們懂了嗎？這就是我的評估。我希望對你們有幫助。」她轉身走了。

過了一會兒，獵隼在她後方喊道：「醫師？」她繼續走。「醫師，」他喊得更大聲了。「請問大名？」

她慢下腳步轉身。「麗貝卡——麗貝卡．汗，」她說：「『獵隼』魯爾克先生，我是薩狄卡的同居女友，不過，我們在床上時，我通常叫他另一個名字。」

她迅速轉身離開。中情局的那四個人都沒吭聲，看著她成為一個小小的人影，消失在醫院深處。

「哇，」獵隼終於開口，露出微笑——反正麥德琳後來是這麼告訴我的。「這一位可真夠嗆；我好久沒碰到有人這樣跟我講話了。」

24

「所以，你抵達安德魯空軍基地，以為自己會被送去華特・里德醫療中心，結果住進了醫星。」柯瑞根說，坐在他的辦公桌後頭仔細觀察我。

「為什麼你不想談這段呢？」他問。我一時沒回答，正在努力集中精神，但是他沒等我。「你擔心你女朋友對局裡的態度會是個問題嗎？她顯然對你的工作並不是很支持。」

我驚訝地看著他。「一部分是，」我說：「坦白說，我不確定你聽說過。」

「原來如此，」他說：「你也知道，當時局裡有四個人去醫院。獵隼、硬漢、麥德琳——我就是那第四個。」

「啊，要命，」我說，吸了口氣。「不過我剛剛沒說錯，」我繼續諷刺地說：「你不是聽說，你是親眼目睹了。」

他起身，伸展兩腿，然後走向角落電熱盤上的咖啡壺。「你剛剛說『一部分是』。我想你故意跳過你跟麗貝卡重逢的事情不講，是因為你也不想談，對吧？」

「的確不太想。」我承認。

他朝我的方向舉起咖啡壺，示意問我要不要。這是盧卡斯・柯瑞根第一次試著當個好主人，我在想，這個笨拙、不善於社交的人是不是在嘗試著表達友誼，或至少熱誠。我嚇了一跳，搖搖頭表示不要。

「為什麼？」他問。

「那是私人的事情，我覺得應該保留給我跟她就好。整件事就像個新傷口，一碰就痛，」我說：「到現在還是這樣——而且大概永遠都會是這樣。」

「跟她的重逢這麼難受？」

「那當然，」我說：「看到麗貝卡，可以碰觸她。之前有好多次，我以為我回不來了。在逃命的那幾個星期，我心裡跟她道別了一千次。後來再看到她的時候，我激動得要命。」

「情緒多到無法負荷？」柯瑞根問：「你坐在這裡，必須回顧那幾分鐘時，還是覺得這樣？」

「差不多吧，」我回答：「那個時刻很獨特，去回想的話，情緒上會很難受。」

「你是不是認為……該怎麼說呢？……在緊急狀況下崩潰，對你來說並不是好事？」

「大概吧，」我回答：「我們都知道獵隼常在說的——情緒是間諜最大的敵人。」

「獵隼，是啊……」柯瑞根說，拿著他的咖啡回到辦公桌後頭。「他是人際關係的專家。」再一次，他幾乎露出微笑。「即使如此，他在醫院裡的頭一個反應，就是想給你時間和空間恢復，也消化整件事。這是他人性的一面。但是他情報頭子的那一面，就是非得立刻趕到你床邊不可。」

「當時我們四個都還在等候室，」柯瑞根繼續說：「麗貝卡才剛朝急診室走去，我們不知道你經歷過什麼，但是她說你腳上中了槍，而且麥德琳說那是伊斯蘭國的典型手法。再加上你手腕上有手銬造成的傷，顯然你被虔誠軍抓起來了。

「獵隼推測，你很可能看到了埃米爾和有蝗蟲刺青的那個傢伙，但就算你沒看到，也還是有重大的資安情報。我們從你的求救訊息已經知道那個信差死了。當時最優先的事情，就是聽取你的任務彙報，而且必須趕快進行，免得虔誠軍有機會換地方，或是避開人造衛星。」

柯瑞根悽慘地看了我一眼。「獵隼說很不幸，但是資訊是第一優先，你的復元只能擺在第二。我跟他說他是個很了不起的情報主管，但是他想要怎樣並不重要，負責加護病房的醫師絕對不讓你接受訪談。獵隼說要是那醫師接到電話，就會准了。」

電話？我心想。什麼電話？

「是的，我當時也跟你一樣困惑，」柯瑞根說：「然後獵隼轉向麥德琳，叫她撥電話找總統的幕僚長。」

「要白宮幕僚長打電話給我的醫師？」我震驚地問。

「不。」柯瑞根回答。「是總統親自打電話。幾分鐘後，那個醫師就在等候室裡發防護袍和手套給他們三個人。顯然裡頭不需要人力資源部的人——」

「可惜，」我咧嘴笑了。「我相信如果你在場，一定會保護我的福利。」

「別傻了，」他回答：「我在這裡還想升官呢！」這一回他真的微笑了。我怎麼也想不到，盧卡斯和我居然會一起大笑，享受著這個爛笑話。

「醫師告訴我們，為了讓你立刻跟我們進行任務彙報，他的團隊已經開始給你抵銷鎮靜劑的藥物，」柯瑞根說：「所以，所有人一穿好衣服，他就讓獵隼和其他兩個人進入加護病房了。」

25

我獨自在隔離病房裡，躺在病床上。靜脈注射的點滴流入我體內，我感覺自己一下子進入扭曲、變形的現實，一下子又進入一種奇怪的、藥物引發的睡眠，在兩者之間變來變去。

當門打開，三個穿得像外科醫師的人走進來時，我正處於完全混淆的狀態。不過，我沒有被愚弄，還清醒得足已知道他們的出現是藥物引起的幻覺。「獵隼」魯爾克才不是醫師。

戴著塑膠浴帽的他露出微笑，走向床邊，戴著手套的手作勢跟我碰拳。「有好多次，我還以為自己看不到這一天了。」他輕聲說：「歡迎回家。」

我知道這不是真的，但同樣覺得很安慰。「謝謝，」我說，聲音聽起來好像來自遠方。「不過我很驚訝，你穿的看起來像是成衣。獵隼，我以為如果你當了醫師，至少會特別訂製醫師袍來穿的。」

他笑了，他身後那兩個幻覺形成的硬漢和麥德琳也笑了，每個人都很高興我的精神這麼好。

這樣其實不壞嘛，我心想。儘管我累壞了，但是我開始喜歡上這個幻覺的對話。我指著他的脖子。「那個領帶我就不確定了，獵隼。」

他低頭看了一眼。「這領帶有什麼不好的？」

「有點太俗豔了。」我說。據我所知，從來沒有人當面質疑獵隼的品味，所以我講得很樂；

我在心裡提醒自己要記住這種藥物的名稱才行。

獵隼看著我的表情開始露出疑問，但是無所謂，這只是我的想像。「在我認識的所有人裡頭，只有你能讓其他每個人都覺得自己屬於第三世界，」我繼續說：「我只是建議，美中不足的是那條領帶。」

他、硬漢、麥德琳交換一個眼色。「你不明白，」獵隼說：「我有品味；而大部分人只有胃口。」講得很好，我心想，然後笑了。

同時硬漢好像明白了什麼，於是跟麥德琳對望一眼，開始笑著搖頭。獵隼注視我，開始點頭，好像他也明白了什麼很深層的東西。我不曉得那是什麼，但是我不擔心。「還有，硬漢，你幹嘛不用皮帶，要用根繩子呢？」我問。

「我只有在穿便服的星期五才會用繩子。」他回答。

忽然我覺得完全筋疲力盡，於是往後倒下，等著那個幻覺終於轉為藥物誘發的睡眠。但結果沒有。獵隼和其他兩個幻覺醫師還是頑固地站在我的床邊。

「我累了，」我說：「這樣很好玩，但是你們該離開了。晚一點再來，就像貓王復出一樣，好嗎？」他們沒動。「去吧，回到空氣中，」我鼓勵他們。

我繼續看著他們，覺得疲憊突然消失，跟開始時一樣快。但是我眼前的狀況沒有改變：三位同事還是站在那裡，正在拜訪加護病房區的一個隔離病房，穿著防止感染的服裝，隨著每一秒都變得更真實。我們都看著彼此。「要命！」我說。

「我想那繩子的說法有點過分了。」硬漢說。

「對不起。」我回答。

「唔，現在你回來了，」獵隼說：「可以進行了嗎？」

「進行什麼？」

「任務彙報。」他回答，拿出他的加密手機，啟動錄音功能。顯然，這個提議是沒得商量了。

其他兩個人也跟進，於是有三個手機要錄下每一個字，我們準備好要開始了。不管是否有藥物影響，我告訴自己，我都得提防——這次行動有一些事情我無論如何都不能提起。至少我有個優勢：我很累，或是有藥物影響，而且人在加護病房。這表示我有充分的理由可以講得很簡短，也讓我可以避開一些最好不要談的話題。

「你在飛機跑道上排出的訊息，說那個信差死了。」獵隼說。

「是的，」我說：「他沒出現在第一個會合點，接著我去第二個會合點時又遲到了——」

「為什麼？」獵隼問。

「我沒走當初計畫路線中的那個峽谷，」我說：「我一到那裡，發現那裡看起來比衛星照片上危險多了。在我看來，那是個埋伏的完美地點。」我完全沒提到我當時的直覺和薩卡博不肯往前走。要是我提到那個來自未來的槍聲，他們就一定會把我送去精神病院了。

「好吧，所以你繞過那個峽谷了？」獵隼問：「然後呢？」

我談到那個交叉路口，那個販賣武器的市集，那種炎熱，以及塵土飛揚。然後我敘述看見那信差的情形：「交叉路口有個很大的木頭十字架，」我說：「他們把他釘死在上頭。」

「釘死在十字架上？」獵隼問。他和硬漢都處理過太多恐怖事件，但是這回連他們都很震驚。

「他們先折磨他，」我繼續說：「我不確定，但是從一片血跡看來，我想他們可能割掉了他的外生殖器。」我的聲音傳達出我的感覺：我很疲倦，毫無疑問，但那同時也是靈魂的疲倦。

「我想，釘死在十字架上是為了達到震撼效果，」獵隼說：「圍觀的群眾很多嗎？」

「兩、三百人，說不定更多。」

「那他的家人——我們要提供護照的那些呢？」他問：「有他們的跡象嗎？」

「我看不出哪些是他的家人，」我撒謊。就像我之前提到的：任何偏離行動本身的事情，或者介入其他事件，都是明確違反中情局規定的。我當時做了我覺得最該做的事情，而且也想辦法回到家了。那些事情又有什麼重要的？反正都是過去的事情了，我得把它留在過去。

「我一知道他死了，就燒掉護照、丟了那些金條，」我接著說：「我才剛處理完，收拾好東西，就聽到營地外有人。」幸虧，我現在講到比較實在的部分了。

「我抓了步槍，翻滾過去，正要開槍時，就看到一個面熟的男人——他之前就在十字架前的人群裡。」

「他怎麼會發現你？」獵隼立刻問。

「都是那些馬——稍早牠們被嚇到，其中兩匹一直在嘶叫。」我說，臨時編出說法：我不能說他們看到我開槍。我本來想略去有人來過我營地的事情，但是專業上，我不能不說出那個信差死前講的話。即使我不明白其中含意，但那些話可能是寶貴的情報，所以我一定得報告。

「那個人是信差的好友，」我說，又繼續臨時編故事。「之前虔誠軍逼著五個人挖出埋十字架的坑，他是其中一個。他們挖的時候，那個信差就躺在旁邊，快死了，交代他們說如果有個旅行者來這裡，請告訴他，他之前跟他們說的一切都是實話。每個字都是真的。」

「你確定？」獵隼打斷我。「他就是這樣講的？」

我點頭，至少這部分是真的。「我問他那個信差是否說過一個時間、一個或多個城市的名字，任何確切的資訊。」

「他講了嗎？」獵隼問，身體前傾，想多知道一些。

「不算是，」我回答，停下來喘口氣。我的狀況很差，於是試著坐直些，好讓呼吸不那麼吃力，接著我又盡力講下去。「我的訪客說，他們把那信差放上十字架，就在信差快被釘上去之前，他真的開始胡言亂語。他說印度有個城市，邪惡曾經隨風而來，一個悲劇永無止盡的地方。」

「什麼？」獵隼問道：「印度的一個城市？不是印第安納州？」

「不，是印度，」我回答。「根據那個傳話的人說，他講的確切字句就是這樣。但是，就像他講過的——這時候那信差已經在胡言亂語了，講的大部分都是有關他的家人。」

「即使如此，」獵隼說，轉身思索著。「這一定意味著什麼……這不像是他這種狀況的人會……顯然他認為這是很重要的。邪惡曾經隨風而來……一個悲劇永無止盡的地方，」他說，無法參透。「接著，你跟那個訪客談話之後呢？」

「我就跑了，」我如釋重負地說，很放心不必再談那個交叉路口所發生的種種事情。「我猜想，虔誠軍的人確定那信差已經把所有會面的計畫全都講出來之後，才把他釘死在十字架上的。」我聳聳肩。「我知道他們已經開始在找我了。」

「然後他們抓到你？」獵隼問。「麥德琳說那些傷口顯示是這樣。」

「對，我有榮幸見到他們。」我說。

「哪些人？」硬漢開口問，但我很確定他們每個人都想問這個問題。

「主要是我們的目標，有蝗蟲刺青的那位，」我回答。

「凍原？」獵隼問，幾乎不敢相信。「你跟凍原講過話？」

「他真正的名字是羅蒙．卡津斯基，」我說，他們三人瞪著我，現在是完全驚呆了。「羅蒙．卡津斯基上校。不過別感謝我，」我繼續說：「感謝我帶著一起回來的那個少女吧。」

沒有人說得出話來，就連獵隼這個靜不下來、永遠都在往前推進、總是急著問下一個問題的情報頭子，也一時無話了。

「卡津斯基曾在俄羅斯的第三獨立近衛特戰旅服役，」我又說，講得不太順。「他是個受勳軍官，打過一大堆戰役，包括著名的阿勒坡戰役。他小時候在勒拿河畔的一個村子長大。你們知道勒拿河嗎？」

他們全都搖頭。「你們是怎麼回事？」我問：「你們認為文明只到布達佩斯為止嗎？」

他們搞不懂我在說什麼。我笑了。「卡津斯基問我同一個問題時，就是這麼告訴我的。」我意識到自己講話開始會卡住，呼吸也變得更吃力了，關於卡津斯基的回憶也沒有幫助。「勒拿河畔的那個村子叫波克羅夫斯克。」

獵隼繼續驚訝地瞪著我。他本來以為已經死掉的手下大兵，現在看起來似乎把一個災難性任務轉為成功了。

「他父親來自舊蘇聯，在那裡撫養兩個兒子長大，」我又說。然後停下，他們大概猜想我講完了，但並沒有，還有一點事情要講。「大概就在我知道這些事的時候，卡津斯基綁住戈爾拔尼的腳踝，倒吊起來，割掉他的舌頭。」

接著是好一段沉默，讓我有機會振作一點。「基地呢？」獵隼最後問：「你看到他們的基地了嗎？」

「沒有，」我虛弱地說：「我只看到……有一個山洞，某種前線營地，他們一抓到我，就捨棄那裡，離開了。」

「其他人呢？」獵隼又問：「名字、外型描述、結構——領導階層？」

我搖搖頭——都沒有。

「埃米爾呢？」硬漢也追問。

「看到了。是個謎——從頭遮到腳。」我回答，此時聲音好小，他們都得湊近聽。「臉部辨識軟體也查不到他的。」

我看到他們失望的表情。「我們怎麼來得及找到他們？」獵隼問，對這個狀況感到憤怒。

「我們要去哪裡找——」

「搜尋……」我的聲音愈來愈小。「搜尋……」我又試了一次。「一輛AMG……六輪傳動，巴基斯坦車牌。」

「繼續說。」硬漢追問，他跟獵隼一樣，湊得更近，好確定能聽到我講話。

「中亞野生勘查隊……」我。「找到這輛車——就能找到那個埃米爾……他會帶你們找到基地。」我往上看著獵隼。「我想沒有其他可以說的了。」

「睡吧，」他說：「你做得太好了。」他輕推我肩膀，逼我躺下。「實在太好了。」

或許我做得不錯——或許他說的是對的。但最後還是害我丟了工作。

26

道路漫長而艱辛，但終將脫離黑暗而見光明。在三百五十年前，已失明的英格蘭詩人約翰．彌爾頓這麼說。這個句子用來描述中情局拚命搜尋卡津斯基、埃米爾、虔誠軍基地的情形，也很貼切。

我的三位訪客離開加護病房，回到等候室後，獵隼就打電話，下令全面搜尋那輛AMG車。三小時後，國家安全局駭入賓士汽車在德國司徒加總部的銷售資料庫，發現有史以來賣出的六輪傳動車不到一百輛，於是合理推測，其中只有一個買家有可能開到那片邊境地帶：購車的是一家空殼公司，跟一個基地在伊斯蘭馬巴德的巴基斯坦富商有關，這位富商老早被懷疑一直在資助恐怖份子團體。

國家安全局的這次駭入，也查到了這輛車交車給賣家的確切日期，加上中情局有能力運用大量的人工智慧，可以處理幾百萬張以前的間諜衛星照片和無數的檔案影片。在我告訴獵隼有關那位埃米爾的車子之後，不到二十四小時，中情局就發現了一段兩年前拍到的衛星影片，顯示這輛全新的六輪傳動車離開了伊斯蘭馬巴德的賓士汽車營業處，過了巴基斯坦邊界，到伊朗西南部的城市設拉子外的一個倉庫，交給四名神祕男子。

「毫無疑問，就是這輛，」獵隼告訴硬漢、麥德琳，以及其他聚集在獵隼辦公室裡看這段影片的分析師和高階主管。「我要看到每一格影片和照片，從在設拉子交車到現在，總共兩年。我們知道車子上有『中亞野生勘查隊』的標誌，這應該有幫助。硬漢，需要任何資源都儘管調度。」

於是，五十名額外的分析師和研究員被從家裡急召回來，這個龐大的團隊二十四小時輪班工作，成功在一些地點找到那輛車。光是找第一次，就找出了幾百張照片，三天後，硬漢去跟獵隼和七樓的顧問團開會。夜幕開始降臨時，他站在那裡，讓大家看大螢幕上那輛車的各種影像，全都是他的團隊找到的，從舊資料庫裡找到的一張照片開始，最後一批是大量的照片和影片。

「這是我們能追蹤到的最後一個地方。」他說。獵隼和其他人看著螢幕上出現的八K影片，出現一片崎嶇、荒無人煙的景色。畫面中央有個峽谷，上頭充滿了複雜的山洞——有些開口大得像機棚的門，有的則低得必須彎腰才能進得去。

那些高層主管看著一個隱藏的世界：一條古老水道的兩側排列著青翠的樹，樹枝下是一口口深色池塘，一大片泥土和草地上看得到瞪羚的足跡。最大那個山洞的開口是個幾乎完美的拱形，由千年的風蝕刻而成。這片無盡的景色中沒有任何人類或人造的跡象。那些隱密的山洞極為壯觀，似乎在傾聽著古遠的原始時代。

「這個地方叫什麼？」獵隼問。

「沒有名字。」硬漢回答：「很孤立，很少人知道這地方。」

「就連伊朗的戰場地圖或祕密地圖上都沒有命名嗎？」獵隼問。

「對，」硬漢說：「有個小組開始稱那裡為西妥拉波拉（Tora Bora West），大家也就跟著這樣講。」

「妥拉波拉？」獵隼說。

在阿富汗的官方語言普什圖語中，妥拉波拉意為「黑洞」，所以對於獵隼和其他人正在看的這片風景來說，是很適合的地名：周圍的山谷和峽谷似乎永遠籠罩在陰影裡。但是不只如此，「妥拉波拉」山洞群是在阿富汗境內更往東幾百哩處，曾經是奧薩瑪・賓拉登和蓋達組織的根據地。

「我們回溯了國家安全局的低軌道衛星資料，」硬漢接著說，把一大批資料和圖表放在螢幕上：紅外線熱影像、螢幕截圖、動作感測器。「在最近之前，這些山洞一年到頭都難得有訪客。只有少數幾個獵人，外加兩、三個走私客。」

然後他指著一個新的數據堆疊。「那現在呢？大量的人群湧入，隨著抵達的戰士愈來愈多，每天人數都在增加。」

獵隼什麼都沒說，其他人也不吭聲，但他們全都相信——現在即使我們有個線人已經被釘死在十字架上，有個嚇壞的黑水工作人員為了保住自己的性命而把所屬的間諜網供出來，有個黑水旗下的駕駛人被捆住腳踝倒吊起來、割掉舌頭，外加一名少女被銬在海裡要讓她淹死，還有一名本以為死掉的美國間諜被沖到岸上獲救——局裡已經達成了不可能的目標：他們找到了虔誠軍的基地了。

27

獵隼走進白宮西翼的大廳，搭電梯下一層樓，把他的電子用品暫時存放在接待櫃檯一個襯鉛的儲藏櫃裡，然後走進全白宮最戒備森嚴的戰情室。

從他第一次看到西妥拉波拉的那些山洞，至今已過了七十二小時，在這段期間，他堅持要一再檢查每一格畫面、每一個數據堆疊、每一種假設，因為將會聽到他報告的那些人，可不是以寬宏大量或容忍錯誤而聞名。

等在裡頭的有六個人，四男兩女，全都是美國政府最高層主管。獵隼才剛走進那道隔音門，朝他們點頭招呼，正準備要先進行他痛恨的閒聊，他身後的門就又打開了。

每個人都站起來。克里佛．蒙哥馬利總統是威嚴的高個子，當時將近七十歲，幾年後他將因結腸癌而虛弱且皺縮，且最終過世，成為將近一百年來，第一個非因暗殺而死於任內的總統。雖然獵隼跟他的政治立場不同（兩人對很多問題的想法南轅北轍），但他非常佩服這位總統的工作倫理和才智，以及正派和直率。另外，他的幽默感當然也有加分。

「那麼，獵隼，」總統說：「《時尚男性》雜誌的前線有什麼消息嗎？」

在場幾個人露出微笑，另外兩個討厭獵隼的人在偷笑，獵隼自己則是大笑。「今年冬天會流行大的法國袖釦，總統先生。除此之外，虔誠軍帶來的威脅是一天比一天大。」

他朝著坐在房間後方一個小控制間的國安會職員點了個頭，燈光暗下來，四個大型螢幕亮出一段高畫質影片，是那個山洞群。監視衛星重新設定，瞄準那個地點後，畫質大幅加強，拍到了眾多的人、武器、移動的車輛、鑿入山坡的軍火庫和炸藥庫。戰士們在一個先進的靶場裡連番射出高速子彈，另外在一輛卡車的後方，看起來像是某種吸附式水雷，這種爆炸裝置如果吸附在船殼上，可以炸毀任何船艦。顯然，這個峽谷再也不是個荒涼而古老的地方，它已經變得危險而暴力，而且是我們這個時代無法逃避的一部分。

「我們是在幾天前發現這裡的，」獵隼解釋道：「這裡是虔誠軍的基地，現在我們稱之為西妥拉波拉。」

會議桌沒有人能隱藏自己的反應。「真快，」總統說，非常佩服，其他少數人則是懊惱。

「可惜我們對蓋達組織沒有做到同樣的事——我們應該要更早找到他們的巢穴，展開攻擊，轟他個片甲不留。」國防部長荷西．裴瑞拉說，他是個巨大的男子，非常胖大。

「各位也知道，我們相信虔誠軍正在策劃一個奇觀，已經到了最後階段，但是細節還不清楚。」獵隼說，不理會他。「問題始終就是：他們有能力做到嗎？因為幾個理由，現在我們相信他們有能力……」

他朝控制室的職員示意，然後一張照片出現在螢幕上，是個中年、戴眼鏡的男子，穿著昂貴的西裝，滿頭深色頭髮，深橄欖的膚色，鷹鉤鼻，還有那種很有錢或有權的人常有的高傲表情。

控制室的人換掉了螢幕上照片，秀出了這個男子在瑞士達沃斯跟三位國際銀行的負責人擺拍合照，在沙烏地阿拉伯的一個宮殿跟該國王儲並肩微笑，在英格蘭皇家雅士谷賽馬會上的馬主圍場內……

「我見過他，」蒙哥馬利總統驚訝地說：「在阿布達比或哪裡的一個氣候會議。我記得那是一個大型餐會。他叫什麼名字？」

「尹倫·法赫茲，」獵隼回答：「巴基斯坦排名第三的富豪，跟他們的首相和情報單位非常熟。據說他代表執政黨裡六個最有權力的成員，私底下控制了超過十億美元。」

「年輕時是頂尖運動員之類的，」總統說：「我還記得英國人一直巴結他。」

「板球員，」獵隼說：「他是巴基斯坦的國家英雄。」

「所以他有什麼重要性？」裴瑞拉問。

獵隼又對控制室打了個手勢。「他買了一輛很昂貴的車，交給虔誠軍的領導階層。」間諜衛星影片開始在螢幕上播放，顯示出那輛全新的賓士六輪傳動車離開伊斯蘭馬巴德，送到伊朗的一處倉庫。「我們查了他隱晦的財務紀錄——現在我們相信，他在資助虔誠軍。要是他還沒有這麼做，那麼幾乎可以確定，他會是那個奇觀的首要資助者。以他這麼富有的人，那些錢根本不算什麼。九一一攻擊花了蓋達組織不到五十萬美元，但是反恐戰爭花了美國超過十兆美元。對法赫茲來說，一、兩百萬算什麼？」

這番嚴肅的分析得到的反應是一片沉默，最後獵隼又開口。「尹倫·法赫茲給了他們資金。而這個人給了他們能力……」

螢幕上那輛賓士車消失了，取代的是信差給的那張幾名男子在村內慶祝會上玩牌的照片。

「那個男人的背上是什麼？」總統問，認真看著那張增強過的照片。

「一隻蝗蟲，」獵隼回答：「這是我們所能找到僅有一張阿布・穆斯林・凍原的照片。」

「凍原？你為什麼要讓我們看他的照片？」裴瑞拉問。

「這照片是大約一個月前，在伊朗拍到的。」獵隼說。

「鬼扯，」裴瑞拉厲聲說：「不可能——凍原死了。」

「他沒死，還活得好好的。」獵隼平靜地回答。

「你錯了，」裴瑞拉反駁道：「你明知道發生了什麼事——我們轟炸了伊拉克的一棟房子，他被炸死了。」

「五角大廈說他在一場轟炸中被炸死了，但是沒有鑑識證據。」

「當然了——你知道這個是他，因為一個衛星或什麼的拍到了某個男人的背部照片？」裴瑞拉氣勢洶洶地說，讓他的大塊頭更顯得巨大。

「不——因為幾天前，我們的一個情報員在伊朗跟他講過話，」獵隼平靜地說，讓他們的驚愕有一點消化的時間。「沒錯，跟他講過話，而且發現了他的真實姓名是羅蒙・卡津斯基。」

他示意控制室，螢幕上出現了一份來自軍事紀錄的照片和資料，全是俄文的。螢幕中央是一張卡津斯基年輕許多的照片——剃光頭，皮膚比較不那麼粗糙，但是更英俊，雙眼同樣迷人而殘酷。「國家安全局駭入俄羅斯的軍事紀錄資料庫，找到了一份他的檔案，」獵隼說：「這張照片是他在俄羅斯特種部隊晉升為上校那天拍的，他是有史以來最年輕的上校之一。」

凍原不光是死而復生，而且美國終於查到他的姓名和臉部照片。卡津斯基的照片——穿著各種制服，站在一大堆遙遠的戰場上——繼續在螢幕上播放，但是獵隼背對著螢幕，朝著會議室裡的人說：「虔誠軍名義上的領袖是一個據知為埃米爾的男人——因為他對最嚴酷版本的伊斯蘭教全心投入，以及他對《古蘭經》的知識，給了這個軍隊宗教上的分量。但是經驗顯示，一個恐怖份子團體的軍事領袖，向來就是最危險的——」

「而虔誠軍的軍事指揮官，」總統低聲說：「就是凍原，現在我們知道他名叫羅蒙・卡津斯基？」

「是的，」獵隼回答：「他是伊斯蘭國的創辦者之一，受過高度的軍事訓練，而且大概是我們不幸碰到過最令人畏懼的軍事領導人，包括蓋達組織。」

「這個你確定嗎？」總統問：「你確定凍原沒有死？」

「確定。」獵隼說。

「你說有個請報員跟他講過話？」總統又問：「你對這個間諜有信心？」

「百分之百的信心。」獵隼回答。

「他是怎麼辦到的？他發現卡津斯基之後，發生了什麼事？」

「我不能透露，總統先生。」蒙哥馬利總統聽了，理解地點點頭，他知道這不是因為獵隼不信任他，而是因為中情局的局長不信任房間裡的人會不會多嘴說出去。畢竟，這裡是華府。

總統別開眼睛，消化著資訊，努力想衡量這些資訊的可靠程度，或許也想著虔誠軍和過去的奇觀。多年前九一一攻擊發生時，蒙哥馬利就在離華爾街五公里之處。

獵隼看著他，想起他有一回私下說起當總統的感覺。「每一天你都在爬一道憂慮之牆，」總統說：「而每一天唯一不同的，就是這道牆的高度。」

後來獵隼告訴我，那幾分鐘，從總統的臉上看來，憂慮之牆的確變得非常高。「所以，他們有資金，」最後總統終於說，轉向獵隼和其他人。「而且他們有軍事領導人。那麼我們對這個計畫知道些什麼？」

獵隼朝控制室的技術人員點個頭，螢幕上出現了印度地圖。「這是我們知道的唯一線索。」

「印度？」裴瑞拉輕蔑地問。獵隼懶得回答。在這個沒有窗子的會議室裡，其他每個人都瞪著那張地圖，上頭開始出現小小的電子紅點：一開始幾十個，迅速暴增到幾百個，然後幾千個，直到幾乎整個國家都充滿這些紅色小點。

「這些是什麼？」參謀長聯席會議主席問道。

「城鎮，或至少是符合描述的地方。」獵隼解釋道：「總共有兩千六百萬個。其中一個是『邪惡曾經隨風而來，此處是永無止盡的悲劇。』」

「就這樣？這就是線索？兩句詩？」裴瑞拉問：「『此處是永無止盡的悲劇？』我去過印度，要是你問我，那整個國家都是永無止盡的悲劇。」

獵隼只是聳聳肩，不然他能怎麼樣？「是的，這就是線索。我們在虔誠軍裡本來有個線人。

他被識破了，於是被釘死在十字架上。」

「你這是比喻吧？」總統問。

「不，我的意思是真的釘死在上頭，」獵隼回答：「這段有關印度一個城鎮的說法，是這線人最後的遺言之一。他可能是在胡言亂語，但也可能是想告訴我們什麼。」

「一個城鎮——而這個國家有兩萬六千個？」聯席會議主席問道，他是裴瑞拉在專業上和私交上的好友。「不是很有幫助。」

「一點也沒有幫助，」獵隼贊同道：「只不過卡津斯基的軍方紀錄又提供了另一個資訊。你比任何人都清楚，將軍——敘利亞無止盡的內戰，是有史以來最醜惡的戰爭之一。」

「當然。」主席回答。

「大家都參加了，各自站邊，包括我們自己、俄羅斯人、庫德族、民兵、部落領導人、傭兵。唯一明智的是中國人，他們不介入。」獵隼說：「到處都在使用化學武器：氯、芥子氣、沙林毒氣，任何可以致死或傷殘的。當然，這些都是禁止使用的，但是這種禁令，除了我們和英國人，誰會遵守呢？在早期的某個階段，俄國軍隊參與了一次激烈的戰鬥，地點在一個人口大約三萬人的城鎮卡夫爾齊塔周圍的區域。雖然俄軍人數佔優勢，但戰況對他們很不利，不過附近有一個停工的化學工廠，主要業務就是把液態氯轉換為氯氣。

「當時那位俄軍指揮官，」獵隼繼續說：「評估了一下風向，等到轉為往南吹，他就派一組人馬進入那個工廠，把巨大的鋼製儲存槽炸掉。他們利用延時引信，把那個儲存槽炸開，裡頭的氯氣像一團大雲似的冒出來，剩下的就交給風了。

「這不光是利用毒氣無差別殺人而已，還有另一個同樣重要的效果。因為你在被氯氣毒死之前聞得到氣味，所以人們逃跑時會引發恐慌。這就是當時發生的事情——村民、對方敵人、市民，甚至是動物都趕緊逃命。結果，俄軍就這樣從必敗的狀況下扭轉，贏得勝利。」

獵隼暫停下來，在場的國防部長、參謀長聯席會議主席、國務卿（一位年紀頗大的女人，有工程學博士，是政府官員中最聰明的人之一）都沒有說話，想像著那戰場的景象，想像那致命的毒雲接近，想像城內人逃離時的恐慌。

「當然了，那位俄軍指揮官第一手看到了這個殘忍的化學武器攻擊所造成種種毀滅性的效果，」獵隼說：「他名叫羅蒙・卡津斯基。」

28

在接下來那段悽慘的沉默中，獵隼看著螢幕，上頭只有那些小紅點發出亮光。「我可以給你們另一個化學工廠被摧毀的例證。這回沒有戰爭，而是全世界最嚴重的工業事故之一。

「在一個大城市的幾哩之外，有個巨大的鋼製儲存槽裡存放了一種致命毒氣，是用來製造殺蟲劑的。有一年聖誕節之前的一個夜晚，這個儲存槽開始過熱。因為幾種自動防止故障危害的措施沒有適當維護，溫度開始暴增，最後一連串活門爆裂，儲存槽噴出了將近五十噸的有毒化學物質到大氣中。

「不到兩小時，超過五十萬住在附近的人都暴露在某些毒劑中。」每個人都瞪著獵隼：五十萬人，這有可能是真的嗎？

「那些奔跑離開的人因為在做激烈運動，用力呼吸，於是比開車離開的人吸了更多化學物，」獵隼繼續說：「那種毒氣比空氣重，所以會往下沉，愈接近地面就濃度愈高。這表示兒童、矮個子會吸入比成人更多的毒氣。要說那天的生死是隨機造成，就太輕描淡寫了。」

種種細節聽起來都明顯真實可信，就連原先懷疑的人都深感慚愧。獵隼繼續說：「那一夜，這個地區的整個醫療系統崩潰了；七十二小時之內，所有樹的葉子都掉光，田野和谷地到處都是牲口和寵物的腫脹死屍。死亡人數始終不確定，即使到今天，已經四十五年後，還是陸續有人因為當初的中毒而死亡。但無論如何，大家都同意，死亡數字是幾萬人——」

「獵隼——這是發生在哪裡的事情？」國務卿輕聲問道。

「印度。」他回答，轉向地圖。

「博帕爾，」總統恍然大悟地說：「聯合碳化物工廠。我父親當時剛被任命為商務部長，我正在讀大一，我還記得我父親說過，聯合碳化物這家美國公司，是他所見過資本主義最醜陋的一面。」

獵隼指著地圖。「沒錯，總統先生，是博帕爾。」他說，然後那些紅色小點開始消失，最後只剩一個，接近那個廣大國家的中心點。「一般稱為湖泊之城，人口超過一百五十萬。周圍的國家公園優美無比，是老虎和花豹的棲息地。而聯合碳化物公司幾乎把這一切摧毀了。

「或許我們的線人，也就是被釘死在十字架上的那位，聽說了博帕爾的毒氣外洩災難，也或許他只是在胡言亂語，但有一件事很確定：有關一個城鎮『邪惡曾隨風而來』，你不可能找到另一個更好的例證。」

獵隼直視著國防部長。「這是詩嗎？或者是一個線索？」他誇張地說：「我個人的想法是後者，主要是因為這個。」螢幕上的印度地圖褪去，取代的是一些清楚的西妥拉波拉衛星照片。獵隼拿起一支雷射筆，指著幾個大型火山口和炸毀的車輛。

「在一個緊鄰的峽谷裡有一些狀況，我們相信是高效能的土製炸彈所造成的。這表示虔誠軍有個製作炸彈的人，而我們的證據指向了一個行蹤飄忽的人，名叫梭馬立——他曾在葉門的聖戰士恐怖組織青年軍裡受訓，後來成為伊斯蘭國的炸彈製作主將。一般認為，他是這一行最頂尖的好手。」

獵隼移動雷射筆，指著一個小車隊，正駛入一個炸彈庫。「第一輛卡車的後方，載著一個粗糙的吸附式水雷，不過『粗糙』並不表示不管用。」

「吸附式水雷是用來對付船舶的，」聯席會議主席插嘴說：「現在我們談的是油輪嗎？」

「用途這部分，你說得沒錯，將軍——但不是油輪，」獵隼說：「如你所知，吸附式水雷是貼在船殼上，可以炸掉任何水上容器。這種炸藥經過特殊設計，因為大部分大型輪船都有雙層船殼，炸藥必須摧毀一塊很厚的金屬，再穿過兩層之間的空間，接著穿透另一層金屬。除了輪船，還有另一種容器也是雙層殼的——」

「化學品和毒氣的儲存槽。」國務卿說，聲音顯現出她暴增的焦慮。

「而且狀況更糟糕的是，」獵隼說：「我們的監視影片和經驗告訴我們，這個炸彈製作者沒有興趣設計什麼最先進的吸附式水雷。他正在設計一種爆炸裝置，只要利用全世界各地都找得到的現成材料，就能組合起來。

「他在西妥拉波拉設計並測試這個武器，然後利用一個加密應用程式，把使用方法傳送給任何地方的個人或恐怖份子團體——紐約皇后區的一處倉庫、洛杉磯范奈茲的一家汽車修理工坊，或是離這裡幾哩外的一個室內停車場。這些非正規的『在地情報員』買個壓力鍋和其他一切所需的材料，就能製作武器。而這只是我們這裡的狀況，其他還有柏林、巴黎、倫敦——這份清單你們也都很清楚。」

「他們一定有個主要的目標。」總統說。隨著每分鐘過去，他在爬的那道牆也變得愈來愈高。「有什麼明顯的嗎？」

「主要目標是複數，」獵隼回答。「他們談到一個奇觀——我們認為是多次協同攻擊，就像九一一事件。目標就在我們周圍。在這個國家，有超過一百種高度危險性的化學劑用於製造業，而且這些化學劑儲存在某個地方——不，我收回，是到處都有儲存。」

他在銀幕上秀出一個化學方程式，接著是一個分子結構圖。「氰化氫，」他說：「是最廣泛使用的工業化學物質，包括採礦和塑膠、殺蟲劑、鋼鐵等許多項目的生產。光是在美國，每年就製造出超過十億磅的氰化氫。」

那些小紅點再度出現了，但這回是在美國地圖上，迅速增加。「這些是氰化氫儲存的地點，」獵隼說：「你們可以看到，有的儲存地點是在最主要城市的郊區，其中許多還不止一處。紐約、洛杉磯、芝加哥、紐奧良。而這只是一種化學品——還有上百種其他的。要是我把這些都放上去，這張地圖看起來會比印度更慘。」

總統盯著螢幕，看著那些代表化學品儲存地點的小紅點持續暴增。「我知道這只是一個例子，但是氰化氫真的有那麼糟糕嗎？」

「現在我們很少聽到氰化氫了，」獵隼說：「不過有一度，這種化學品非常有名，是以『齊克隆B』的商品名行銷——納粹黨在奧斯威辛集中營毒氣室使用的就是這個。所以，沒錯，總統先生，你可以說這種物質確實非常糟糕。」

29

「整個城市都變成毒氣室，幾百萬人死亡，無數個博帕爾——或甚至更糟的——在一夜之間出現？無止盡的恐慌，而且兒童因為個子小而先死？」總統說，看著會議桌周圍的其他人。

「比爾．柯林頓認為賓拉登是個孤立的極端份子，是住在洞穴裡的瘋子，」他繼續說：「我們對卡津斯基不能犯這種錯。我們來點燃這支蠟燭吧——接下來該怎麼做？」

國防部長在椅子裡直起身子；他一直在等待這一刻，他的大塊頭看起來更龐大了。「我們沒有別的辦法，中情局已經查出他們基地的位置，我們要摧毀他們。」

「怎麼摧毀？」總統問。

「瞄準西妥拉波拉，來個轟炸行動。用上半打炸彈之母，連最深的山洞都能炸掉。」國防部長回答。所謂「炸彈之母」是一種三十呎長的空爆炸彈，也是除了核子武器之外，美國軍火庫裡最有威力的武器。

「這是個好策略，」年老的國務卿說。她出身南方的富有家族，講話清晰而謹慎。「如果你想開啟第三次世界大戰的話。」

接著她又說：「或許荷西沒有注意到，西妥拉波拉在伊朗，是全世界軍隊人數第八大的國家。他們可以出動一百萬名受過訓練的武裝人員——幾乎跟俄羅斯一樣多——而且其中三分之一是菁英的革命衛隊。這可不是伊拉克或格瑞納達，總統先生，這會是真正的戰爭，會帶來巨大的傷亡人數。」

「不會有戰爭的，」國防部長回答：「他們會製造出一大堆聲音，但是不會反擊。我們用炸彈和飛彈攻擊他們，七十二小時就會結束了。」

「之前國防部的炸彈用來對付凍原在伊拉克藏身的房子，效果很好，」獵隼諷刺地說：「我無法想像誰會認為現在行不通。」

國防部長猛地轉身面對他。「你知道這個國家有什麼毛病嗎？獵隼。我們很會處理災難，但就是從來不聽警告。你去看那份該死的九一一事件報告吧。我們今天就行動；明天恐怕會來不及了——」

國務卿正要反擊，但是總統舉起一手，阻止了她。「獵隼？」他說。

「外科手術式的精準攻擊，就像以色列人，」獵隼回答：「鎖定領導階層攻擊；如果不想炸毀整個中東，這是唯一的辦法。也只有用這個辦法，我們才能確定知道我們殺了卡津斯基、埃米爾，還有其他任何接近金字塔頂端的人。虔誠軍可以繼續躲在山洞裡；一條沒有頭的蛇，對任何人都不是威脅——」

「好。那我們要怎們做？」總統問。

「現在我們知道他們的基地在哪裡，那裡除了四輪傳動車是很難進入的，」獵隼回答：「我們查出了他們的領導階層，等看到他們移動時，就用飛彈攻擊他的車子。」

「發射飛彈越過他們的國界？這太荒謬了，」國防部長插嘴說：「我們無法突破伊朗的防空護盾系統的。我們得先摧毀他們的整個系統，而這個系統是全世界最厲害的之一。飛彈一接近他們的國界，在半空就會被他們打下來，絕對行不通的。」

「荷西說得沒錯，」參謀長聯席會議主席說：「他們的防空系統是俄羅斯提供的，就是為了防止美國任何形式的攻擊。」

「什麼都逃不過這個防空系統，」國防部長繼續說：「虔誠軍躲在伊朗的盾牌後頭很安全。這就是為什麼我們要用大規模轟炸行動，先毀掉他們的防空系統，然後炸掉那些山洞。」

獵隼搖搖頭。「要擊敗伊朗的防空系統，有一個辦法，」他說：「我們可以用精準飛彈攻擊，除掉虔誠軍的領導人，也避開引起大戰的風險。這是外科手術式的攻擊，任何人都不可能發現是怎麼做到的。」他看著其他人的臉。「我們全都知道我在講的是什麼，對吧？」

全世界只有七個人知道美國最嚴守的祕密之一。這七個人這一天都在戰情室裡，沒有人講話。當時他們強烈感覺到，我事後也得知，在華府的一個星期四下午，他們正面對著歷史。

毫無疑問，實行獵隼的建議，將會永遠改變戰爭的本質。

30

這段沉默一直延長，最後終於被獵隼打斷：「如果沒有你的授權，我們就不能這麼做。」他對著總統說。

「我知道，」蒙哥馬利總統回答，他別開臉，陷入沉思中。然後他轉向他們。「所以這件事要由我決定，那麼就這樣吧——凱撒必須抵達盧比孔。❹」

獵隼想擠出微笑。「但是他會渡河嗎？」他問，盡力隱藏自己的悲觀：他和國務卿加起來，不如那些支持國防部長和參謀長聯席會議主席的人數，而且獵隼一直覺得蒙哥馬利是個高明的政治家，並不是會冒風險的人。一個傳統的轟炸行動，加上能登上各家電視台的晚間新聞，大概對他更有吸引力。

總統看著獵隼好一會兒。「凱撒說他想思考一下。」他站起來，朝門走去。

❹在古羅馬時代，盧比孔河是義大利本土與山南高盧間的分界線。羅馬共和國期，西元前四九年，凱撒率軍越過盧比孔河進入義大利，違反了當時禁止將軍率軍離開所屬行省的法律，形同向羅馬元老院宣戰。此後導致了長達三年的內戰，最後凱撒勝利，成為羅馬世界的統治者。「跨越盧比孔河」（Crossing the Rubicon）在後世即有破釜沉舟之意。

31

獵隼離開戰情室時，對於總統未來的決定抱著悲觀的預期，他想到這個國家又要冒險投入一場贏不了的戰爭，就覺得很絕望。他取回自己的電子設備，離開白宮西翼，後來他跟我描述，接著他碰到了這輩子所見過最不可思議的畫面之一：那年，維吉尼亞州發生野火，被風吹來的煙霧造成了巨大的血紅太陽，在天空射出紫色流光，此時太陽逼近地平線，開始落下。

在大氣干擾和時間的巧合之下，整個城市的邊緣一片黑暗，但是華府那些偉大的紀念碑沐浴在一片火紅的光芒中。有好一會兒他無法動彈：眼前的奇景提醒了他，儘管這個世界充滿了違背的承諾和失去的夢想、黑暗的祕密和喪氣的猜疑，但仍有一些事情是值得奮鬥的。種種象徵就在他周圍，有如烽火般燃燒著。

他開始快步往前走，他還有工作要做。雖然他擔心總統會決定要與伊朗展開一場最高戰備等級的衝突，但他知道命運的輪盤也有可能轉向對他有利的結果。要是真的如此，他必須能完全確定埃米爾和羅蒙．卡津斯基的身分。而據他所知，全美國只有一個人見過他們。

獵隼來到他的那輛黑色休旅車，車子正在一個優先停車位等著他。「好漂亮的燈光秀，嗯？」威爾說，他是獵隼的司機兼貼身保鏢，看到獵隼上了後面的座位便說。

「沒錯，」獵隼說：「大概就像喀拉喀多爆發過後的天空吧。」

威爾從後視鏡裡看了獵隼一眼。「你說什麼，局長？」

「印尼的一座火山，在一八八〇年代晚期爆發，」獵隼說：「那是全世界有史以來最響亮的自然聲音之一，住在四千哩外的人都聽得到。火山灰衝上九千公尺的高空，濃煙和碎片環繞著地球。重點就是這個：之後有好幾個月，倫敦可以看到紫色和綠色的詭異夕陽，就跟今天一樣。」

威爾微笑。「你覺得這是個預兆？」

「希望不是。」獵隼說。

「要回蘭利嗎？」威爾問，開向白宮的管制柵門。

「不，」獵隼說：「醫星華盛頓醫學中心。盡快。」

32

我很幸運，當初杜拜的醫師們立刻對我實施強效抗生素的靜脈注射療程，加上飛機上醫療團隊的優秀醫術，於是敗血症最糟糕的後果始終沒機會發生。

負責加護病房的那位醫師告訴我，我年輕又健康，又沒有潛在的醫療狀況，而且幸好，他們沒發現任何器官損害的證據。於是，我被移出加護病房，轉入幾層樓下的私人病房。而由於我工作的機密性，加上局裡決心不讓其他病人有機會打量我，於是我成了高傳染性疾病專門病房區的唯一病人。之前住在這個病房區的人死於伊波拉病毒，所以也不會有人來探病。如果有個訪客，或病人，或是未授權的醫療人員能通過三道警衛關卡，就會碰上兩位駐守在我病房門口的武裝海軍陸戰隊員。

顯然，獵隼派他們其中一個去找輪椅。我事先不曉得他會來，只看到門打開，以為是晚餐送來了，結果竟然是他。他在我的床邊坐下，問我覺得怎麼樣。於是我知道有事情在進行中了——我的狀況都會有人用手機頻繁通知他，所以他問起只是在找話講。「發生了什麼事？」

「我們找到虔誠軍的基地了。」

我很驚訝，完全想不到會這麼快。「那輛賓士車？」我問。

「對，它引導我們到一連串山洞，」獵隼說：「我們的衛星已經瞄準那裡好幾天了，另外我們也找過檔案影片。目前已經看到有幾百個人在那裡，大概還有好幾千，不過我們有個問題。」

他暫停一下。「這必須是個外科手術式的攻擊，這表示我需要確認攻擊對象的身分。你是唯一見過他們的——卡津斯基、埃米爾，還有其他三個你提到的副官。我需要你到蘭利來指認他們。」

「我不知道自己是不是能幫上忙，」我說，不情願地搖著頭。「當時他們很多人都戴著頭巾或面罩。就像我告訴過你的，其實我從來沒看過埃米爾的臉……」

他點頭。「我見過一個電影明星，」他說，好像只是在閒聊。「蘇格蘭人，幾年前演過間諜，在電影裡開一輛奧斯頓·馬丁。有一回他來蘭利進行公關拜訪之類的，在會議室等，我去了，看到他的臉、他的脖子、他的手臂都做了很好的整容。他看起來比實際年齡年輕了十歲或十五歲。

「然後他起身，走過來要跟我們握手，我才發現他走起路像個老人。再怎麼整容，也無法隱藏真正的他。我告訴你這些，是因為我們的身體所透露出來的，比我們的臉要多。你花了一輩子注意細節，因為你的性命可能就要靠這個。你可能沒意識到，但是你可以幫上忙的。」

我甚至不確定自己的身體是不是夠強壯。「你說這會是外科手術式的攻擊。怎麼攻擊？」我問，其實是想拖時間，試著做出好判斷。

「我們等到他們搭車離開山洞，然後在他們移動時，用飛彈攻擊他們。」

「攻擊時他們會在哪裡？」我困惑地問：「他們是要開車到阿富汗嗎？他們會離開伊朗的防

空護盾系統？耶穌啊，他們一定是瘋了。」

他狠狠注視著我。「我想在伊朗用飛彈攻擊他們。」

當情報員至今，我啞口無言的時候很少。但那一刻，我躺在華府一個傳染病房的床上，聽著中央情報局局長的計畫，我真的說不出話來了。「那你要怎麼讓飛彈通過伊朗的防空系統？」我問。

獵隼看著我，我們目光相遇，於是我知道，這個計畫很神祕，我再問也沒有必要了。他是高明的情報頭子，不會告訴我的。

「我知道你還沒復元，而且我知道這樣不合理，但是我需要你現在跟我走。只去幾天——我們在舊總部大樓有全套的醫療套房，我可以安排各種你需要的支援。有必要的話，我們就從這裡調醫師過去。好嗎？」

「或許行得通，這些醫療搞得我很厭煩……」我回答：「但是我明天要開始復健。問題出在我的腳，復健會很漫長——這隻腳到現在還沒辦法承受任何重量。」

「我剛好安排了輪椅。」他微笑著說。

「好吧。但是還有一件事。」我說。

「你擔心麗貝卡？」他問。

我點點頭。

「不怪你——見過她之後，換了我也會擔心的。」他喪氣地說。

我們大笑。「我可以告訴她多少？」我問。

「你就解釋說你是去幫忙看照片，告訴她這是國家級的大事。說如果我可以的話，我會帶照片和影片來這裡，但是安全的風險太高——對不起，但是穆罕默德必須朝山走去。」

然後他暫停一下。「不，還有更好的辦法——跟她說她可以來蘭利。我會向她證明你沒有實際參與行動，你很安全。」他露出微笑。「她可以確定，這回不會有一具空棺在阿靈頓出現。」

我瞪著他，不確定他打算做什麼，但我頭一次明白他的計畫有多麼需要我。我還來不及說話，他三支手機的其中之一剛好響起鈴聲。

是紅色的，這支他從來不關機，只有在緊急狀況或最優先訊息時才會使用。

33

等到獵隼講完話，我們已經上了他休旅車的後座，朝蘭利出發。我們跟司機之間的那塊隔音玻璃升起，我旁邊放著一對腋下拐杖，輪椅則已經收起來放在後行李廂。

「還記得你進入伊朗之前，曾經露營一夜的那些巴基斯坦三角塔嗎？」獵隼問。「剛剛那通電話是告訴我，那個監聽站截聽到了一通電話，使用了你能找到最重度的加密方式。」

我們的車駛出醫院，打開了車頂的藍色閃燈。

「那通電話是從一個鄉間別墅打出來的，屋主是一位巴基斯坦的富豪，名叫尹倫・法赫茲，向來很樂於資助恐怖份子組織。就是他買下那輛賓士車，交給埃米爾的。」獵隼說：「這通電話的接聽人位於伊朗，但是法赫茲向來會接觸恐怖份子和激進人士。而由於他跟巴基斯坦政府關係密切，所以巴基斯坦的情治單位不會管他打的電話，也從來不會把那些電話列入解碼目標。」

「那我們是怎麼掌握到的？」我問。

「因為那輛賓士車，我們就特別注意法赫茲。我們還是沒辦法從巴基斯坦那邊拿到電話的錄音，只不過當初美國提供了一些設備，用於那些三角塔——」

「然後國家安全局就在裡頭開了一個後門。」我猜測著說。

「沒錯，」獵隼回答：「巴基斯坦監聽到的電話，會自動下載到國家安全局位於馬里蘭州米德堡總部的設備。他們的一個分析師利用地理追蹤軟體，花不到一分鐘就查出那通電話的收話者是在虔誠軍的基地。」

「破解密碼的過程已經開始，我想七樓現在正在閱讀解碼過的對話了？」我說：「所以這就是為什麼我們要閃藍燈吧？」

34

獵隼帶頭走進「大氣泡」下方廣大的高度警戒區。而我則像個傻瓜（或是麗貝卡會說，像個典型的男性），讓男性尊嚴控制了我，於是在那輛休旅車停下後，我不肯坐輪椅。

我撐著兩根腋下拐杖跛行，很快就發現我嚴重高估了自己的身體狀況，而等到我們通過了X光檢查區、虹膜掃描機、生物辨識攝影機，然後進入會議廳（就是我第一次看到卡津斯基背部和蝗蟲刺青照片的地方，感覺上似乎是好久以前了），此時我已經累壞了。

裡頭的白噪音還是沒變，灰色鋼製門也沒變，但是門滑開時，我看到其他一切都不同了。在那個大空間的前後本來有兩道分隔的活動牆，現在牆收進地板裡，露出陡峭上升如體育館的一排排座位、一個大大的控制台、不計其數的電腦監視器，外加幾乎是三倍的分析師和專家坐在自己的工作站前。顯然這個會議區現在成了指揮中心，為了局裡有史以來最大的任務之一：追獵、識別、摧毀虔誠軍的指揮金字塔。

獵隼示意我走向中央控制台，我跛行過去時，正常的談話嗡嗡聲逐漸停下。在一片安靜中，我抓著腋下拐杖暫停，看到每個人都轉過頭來盯著我。我認得其中許多人，朝他們點頭招呼，很困惑為什麼會出現這種震驚的沉默。

然後我明白了：我的模樣出乎他們的意料，他們看到都嚇壞了。才幾個星期前，一個受過嚴格訓練的、年輕健康的情報員，曾經跟他們其中許多人坐在這個會議廳裡。現在他出任務回來了，雖然他們幾乎都不知道發生了什麼事，但只要看看我，他們一定很確定：一切都沒有按照我們當初精心的規劃進行。

我的體重減輕了將近四分之一，幾天前，麗貝卡從家裡帶來給我的牛仔褲和T恤只是更凸顯了這一點，衣褲掛在我有如骷髏的身上。更讓我的模樣像個鬼魂的是，我的臉憔悴而蒼白，皮膚緊繃，顴骨突出，雙眼深陷，而且還有黑眼圈。我身上的傷更加明顯了，我被剃了光頭以便清理，並縫起幾個傷口；我雙手包紮著繃帶，扭傷的手腕用夾板固定住，一腳包著繃帶，還套著雪靴保護，我的呼吸急促且吃力。

對於會議廳裡的每個人來說，這大概是他們第一次看到自己所規劃任務的後果。就像麗貝卡告訴過獵隼的——雖然局裡處理的問題似乎是情報方面的，但代價卻是人類，而或許那些坐辦公桌的人現在看到這一點了。這段沉默本來可能會延長到好幾分鐘，但是獵隼引導我到控制台，坐在一張木製扶手椅上，接著他就立刻進入正題。

「現在狀況怎麼樣，硬漢？」他朝著坐在我們前方一張桌子後的助理局長問。

「我們已經破譯了那通電話，但是沒辦法知道講電話的這兩名男子的身分，」硬漢回答：「有可能是埃米爾本人，另外一頭應該是金主或他的助理之一。雖然是加密過的電話，但是他們講話時還是拐彎抹角，混合了好幾種語言，但是我們認為，他們是想要安排一次會議——」

「一次會議？」獵隼問，更警覺了。「你們聽到了什麼？」

「目前還不多，」硬漢回答：「會議是通話一開始提到的。現在他們正在討論細節，還有不曉得什麼的尾款，」硬漢回答：「照我看，如果他們要攻擊我們，應該很快就要動手了。」

「好吧，先來討論這個會議，」獵隼說：「他們還針對這個說了什麼？」

硬漢搖搖頭。「聽到目前都沒說——不同語言的翻譯起來需要時間。」

「會議的地點無論是在哪裡，不會是阿富汗或巴基斯坦，」獵隼說：「那太危險了，他們會待在伊朗的防空護盾系統裡——」

瑪格麗特（那個老是把電子菸和尖酸當成榮譽徽章的女人）著急地插嘴。「你是對的，獵隼，」她說：「不是在阿富汗或巴基斯坦。」

她正注視著面前的電腦螢幕：一半秀出對話的逐字稿——已解碼，有旁遮普語、波斯語，還有其他幾種很冷僻的方言；另一半螢幕則是英語譯文。「我的進度比你快，我剛拿到譯者的第一批回覆。是在卡薩布蘭加（Casablanca）。」她說。

「鬼扯，他們才不會去摩洛哥呢。」硬漢說。

「我只是告訴你那通電話的逐字稿在說什麼。」瑪格麗特回答。

「卡薩布蘭加？」獵隼說，很困惑。「至少要攻擊他們會變得容易許多——摩洛哥是伊斯蘭國家，但是他們的政府還願意跟我們溝通。」

硬漢看著自己的電腦螢幕，也開始補上進度。「不，你可以劃掉卡薩布蘭加了。金主那邊的人說他們為了去開這個會議，從伊斯蘭馬巴德過去要開二十四小時的車。」

獵隼轉向全會議廳：「馬上給我伊朗的地圖——從伊斯蘭馬巴德開車二十四小時，可以開多遠？」

「一千七百或一千八百公里，」一個男性分析師喊道，他坐在體育場般後排的昏暗中，是那個地區的地理專家。「那裡的道路很不完善，所以就算很努力開，一千八百公里也是極限了。」

「幫我畫出伊斯蘭馬巴德方圓一千八百公里的範圍。」獵隼下令。然後，技術人員還沒來得及把圖像放到上方的大螢幕——

「獵隼！」又是瑪格麗特。獵隼轉身面對她。「西妥拉波拉那邊的人說，在人群中要更安全也隱匿得多。他正在告訴金主，那個地點是高度都市化的——」

「很好，」獵隼回答：「我們要找的伊朗城鎮是人口很多的，離伊斯蘭馬巴德不會超過一千八百公里——」

「札赫丹，」我盡可能大聲說：「我對那一帶很熟悉，」我又繼續說：「我本來是計畫要騎著越野摩托車從那邊跨過國界。那個區域沒有其他城鎮可以稱之為『都市化』……」

一個環繞伊斯蘭馬巴德周圍形成的圓形出現在螢幕上，到目前為止，札赫丹是最大的點。

「好吧，各位，」獵隼說：「我們有個理論——他們會在札赫丹開這個會議。」

「人口七十萬。」那位地理專家說，在螢幕上秀出一系列照片。從混亂的交通來看，這個小城市鐵定可以稱之為都市化。此外，擁擠的街道上排列著小商店，陽台上掛著晾曬的衣服。城市中央是一個大型露天市場，有幾百個小攤子；大大的傘篷遮住了一桶桶香料和一袋袋蔬菜，賣食物的小販排列在人行道上，一個個戴著面紗的婦女穿行，避開推著水果手推車的男子。

「Casa Blanca，」我對著任何能聽到的人說：「指的會不會是字面的意思：白色房子？」

獵隼轉身朝我微笑。「我也是這樣想的。」他對著全會議廳的人說：「在我們得到更確定的資訊之前，目前要找的是札赫丹的一棟白色房子。是的，我知道，伊朗幾乎每棟房子都是白色的。」

大家露出微笑，啟動各自的筆記型電腦。「每三個人一組，」獵隼繼續說：「把整個城市拆成不同的區域，調出監視衛星的照片，每條街道、每棟房子都要逐一檢查。找一棟白色房子或建築物。我們可以把範圍縮小——這棟房子一定很安全，大概還有夠大的空地，可以容納一批車輛。如果我是安排會議的人，就會挑一條沒有太多車的死巷。」

幾個比較年輕的分析師——幾乎可以確定是最有野心的——已經開始搜尋了，獵隼才剛回到座位上，自己動手把螢幕上的衛星圖片放大檢視，一個聲音就喊道：「局長？」

他轉頭看，是個年輕男子，根據他掛在脖子上的識別證，名叫狄倫．瓦森。「有一個可能的地點，在北緯二十九度三十分……」

他繼續報出座標，螢幕上的札赫丹照片開始放大，凸顯出一棟鮮明的白色建築物，位於一片狹窄泥土路所構成的迷宮中，那些泥土路比巷子寬不了多少。「這房子是在一條死巷裡。」他說。

「是清真寺？」獵隼說，看著那棟建築物。「對於一個重要的會議來說，不是太有隱私，尤其如果你是在策劃一場重大的奇觀。」

「這所清真寺有一棟附屬的房子，另外後方圍牆裡有一塊很大的空地，可以停幾十輛車，」狄倫緊張地說，不習慣成為被注目的中心，但還是趕緊把話說完。「這棟房子大概是教長的住宅，跟清真寺共用一個庭院。相當私密，局長。」

獵隼走向一面大螢幕，同時技術人員放大了一批建築物。那棟房子本身是傳統的舊式阿拉伯家宅：平頂的低矮建築物，而且一如慣例，面對街道那一側沒有窗子。一切都朝內，窗子都面對著一連串草木茂盛的私人庭院，同時每一扇門——尤其是通往道路，或是從訪客區通往家人區的——從外頭看進來都會被阻斷視線，這樣婦女在家中沒戴面紗，也不會有被屋外經過的陌生人看到的危險。

「穆罕默德．賈納提是那位教長的名字，」麥德琳坐在陡斜上升座位區的一半，一邊查閱著她筆記型電腦上的一個資料庫，一邊朝我們喊道。「有趣的人，將近四十歲，不常旅行——他幾乎登上了全世界每一份恐怖份子觀察名單。」

「他向來鼓吹聖戰，而且主張攻擊大撒旦，」獵隼說，一副倦怠的口氣。「過去幾年，我很多次看到有人提到他——除掉一個仇恨鼓吹者，就會又有三個像賈納提這樣的人冒出來，取代他的位置。這比打地鼠遊戲還糟糕。」

他更專注看著那棟無窗的房子，注意力放在那個幾乎被兩棵拱形的椰棗樹遮住的庭院。從照片中，勉強可以看到庭院裡有個一直在汩汩冒水的噴水池，於是幾乎不可能偷聽到任何談話。

「這是個祕密討論的好地方，」他說，簡直是自言自語。他轉向會議廳。「好吧，我贊同你的意見，請問你是……」

「瓦森。」狄倫緊張地回答。

「做得很好，瓦森先生，」獵隼說：「好吧，我們有一個推定的會議地點，但是每個人還是繼續搜尋；我希望能確定沒有其他的可能性。」

那些工作站前的人又回去看自己的螢幕，此時硬漢在一片安靜中開口了。「我想我們可能有日期了，」他說：「五天。」

每個人都看著他，不明白他怎麼會得出這個結論。「什麼？」獵隼問。

「回到最開頭，」硬漢說：「接近逐字稿的一開始。」我一直納悶硬漢為什麼都這麼安靜，現在我明白了，他沒在搜尋白色房子，而是試圖搞清下一個問題：日期。

「我一開始以為，那只是漫不經心的談話，」他說。逐字稿和譯文出現在螢幕上，硬漢在他的筆記型電腦上把一個句子特別標示出來。「這裡，」他說：「西妥拉波拉的人在大笑——他問金主方是否會保持夠好的身體狀況，可以參加一次會議。金主方的那個人也大笑，說他會有三天可以恢復。」

「從什麼恢復？」我問。

「這一點我剛剛才明白，」硬漢回答：「開齋節快到了。先跟不懂的人講一聲，伊斯蘭教最神聖的月份是『齋月』，而開齋節則是齋月結束的節慶。開齋節的最高潮是一場盛宴，在伊斯蘭世界是一件大事。我猜想金主方的意思是，他會有三天從盛宴中恢復過來……」

獵隼看著大家，催促道：「好吧，那麼這場盛宴是什麼時候？」

「星期三。」有個人喊道。

「之後花三天恢復——那麼就是星期六了，」獵隼說。他環視著會議廳裡。「除非能證明有別的可能，否則有一場會議在星期六，地點是札赫丹一棟與清真寺相連的白色房子。」他暫停一下，顯然他心中毫無疑問了。「恭喜了，各位。」

會議廳裡爆出一陣掌聲。獵隼轉身掃視著座位，直到他找到麥德琳，在掌聲中開口。「打電話給白宮（White House）——我指的是我們的白宮，」他微笑著說：「告訴幕僚長，我得跟總統談一下。」

每個人都知道獵隼為什麼要打電話。獵隼會告訴總統，說我們已經查出了一場會議的地點和日期，現在有可能摧毀虔誠軍的領導階層了。由於這個恐怖組織的威脅性太大，時間又太過急迫，應該沒什麼人會懷疑我們的總司令將會如何決定。

「這會是一場戰爭，全面性的戰爭。」瑪格麗特難過地對著硬漢說，也說出了好幾個人的心聲。「我們要轟炸札赫丹，就勢必要先毀掉伊朗的防空系統，什葉派不會乖乖吞下去的。我們這麼做，就正中恐怖份子的下懷。他們會把我們拖進另一場贏不了的戰爭，就像阿富汗一樣。基本教義派不必贏——他們只要等到我們累垮了放棄就好。在失去幾千條人命之後，我們就會做向來做的——宣布勝利，然後兩手空空地回家。」

只因為瑪格麗特尖酸刻薄，並不表示她講得不對，我是會議廳裡少數知道她為什麼這麼難過的人：他的弟弟在伊拉克喪命，那是另一場贏不了的戰爭。她是傑出的情報分析師——聰明得可怕，而且直覺精準——但是她可能沒有足夠的資訊。或許一場大型戰爭並非無可避免，我心想，回想起獵隼說過要針對虔誠軍的領導階層進行一次外科手術式的攻擊，而且他拒絕透露要如何穿透伊朗的防空護盾系統。

在我看來，一個大不相同的解答已經計畫好，要用來對付那些很快就要動身去札赫丹一棟白色房子密會的人，但是我沒有時間多想了。

獵隼看了一下手錶，拿起他的手機跟某個人講話，我想是他的執行助理之一：「打給我的司機，」他說：「叫他把輪椅送到大氣泡來。」

他沒有任何解釋，只是站起來，帶著我走向那扇灰色的門。

35

我獨自待在獵隼的辦公室，坐在輪椅上，望著窗外的月亮升到周圍森林的上方，此時，我聽到身後的門打開了。之前獵隼推著我離開大氣泡，上了七樓，然後又馬上離開，只說他得去處理一個訪客。

我轉頭看到他回來；他的訪客也一起來了，朝著我微笑。時髦但不過分，她高雅且迷人極了——至少在我的眼裡。

「我想你們已經認識了。」獵隼微笑說。

「當然，」麗貝卡回答：「你好嗎？薩狄卡。」

「要是能得到一些適當的醫療照顧，我會好更多。」我說。她吻了我的臉頰。

獵隼走到他的辦公桌後方，對著麗貝卡說。「我相信你明白這件事非常重要；如果不重要的話，我絕對不會把任何人從醫院裡帶出來的。很不幸，我們只有一個人可以認出一小群人的身分。」他把他的電腦螢幕轉過來，好讓麗貝卡可以看到。「我希望你來這裡，就可以親眼看到這事情絕對沒有任何危險。」他在鍵盤上輸入一個指令。

螢幕上出現一張照片，裡面是戒備森嚴的會議廳，獵隼和我坐在控制台上，周圍是大型的高解析度螢幕和體育館式座位。

「這是什麼？」她說，嚇了一跳。「登月任務的控制中心嗎？」

「差不多，」獵隼回答：「在我看來，只是更複雜一點點。」他又笑了。「你也看得到，這就是我們工作的地方——」

他正要繼續，但是他桌上電話的對講機響了叮聲。「總統回電，」他外部辦公室的一個聲音說：「三十秒後他就上線。」

獵隼歉意地看著我們。「對不起，」他說，然後走向一扇門，通往一個更小、更私密的空間，大概是全園區最安全的地方。

「真厲害，」麗貝卡對我說：「我才剛到這裡，總統就打電話給你的主管。」

「是啊，我們是特別為你安排的。」

「我想也是。」她回答。

她的目光回到獵隼的螢幕上，看著那張會議室的照片。在背景中，高高的螢幕秀出了資訊和照片，好讓所有體育館式座位區的人都看得到。雖然模糊不清，但也不是完全如此。

她指著埃米爾、卡津斯基，還有其他人在婚禮上玩牌的照片。「他們是恐怖份子嗎？」她問。

「是的，」我回答：「很壞的恐怖份子。」

「這是在哪裡？」她問，指著另一張模糊的照片，裡面是一片無比荒涼而嚴峻的地景。我搖搖頭，因為我不能說。

「可是你去過那裡，在那個環境？」她問。

「在附近。」我說。

「徒步？」

「大部分是。」

她又看著那片乾旱的風景，幾乎不敢相信。「要命啊，你是怎麼活下來的？」

「非常困難，」我說，露出微笑。「結果你也看到了。」

「要花多少時間？」她問：「我的意思是，去指認這些人——或者這也是要保密的？」

「幾天而已，」我說：「如果負荷太大、我碰到困難，離這裡兩百碼之外，有一個全套的醫療套房。」

「我知道——我剛到的時候，獵隼安排讓我去看過了。一個叫盧卡斯．柯瑞根的人帶我參觀的。從他的談話聽起來，他在轉攻心理學之前，大概是個不錯的醫師。我很驚訝他在這裡工作——他似乎非常親切。」

我瞪著她看。「你大概是唯一這麼說過的人。」

「真的？」她回答：「或許這解釋了很多有關美國情報界的狀況。」

「你說得可能沒錯。」我說，然後看著她身後，獵隼從那個安全室走出來。麗貝卡轉身，我們看著他心不在焉地走向我們。

他抬頭看，聳聳肩。「很難相信——一個政治人物剛剛做了正確的事情。」他走回辦公桌，按了對講機。

「打電話給國防部長，」他朝對講機裡說：「要是他不在，就留話。跟他說凱撒剛剛渡過了盧比孔河。」

36

我們認為應該可以避開伊朗防空系統的那些飛彈，大概是全世界最祕密，也最先進的武器。而現在，我們打算用來防止一場對西方的毀滅性攻擊。就在總統做出決定的十小時後，在阿拉巴馬州特洛伊市，這種飛彈裝上了一架美國空軍「全球霸王Ⅲ」運輸機。

這飛彈本身沒有什麼特殊之處，至少目前是如此。但是飛機本身就非比尋常了：登記的字母和號碼都塗掉了，飛行計畫書從來沒有交出，機上的機組員全都穿著美國空軍制服，但其實是中央情報局裡機密參與層級最高的員工。不過，這不表示他們對接下來將要發生的事情有任何概念。

「全球霸王Ⅲ」運輸機升空後，接下來的飛行路線非常迂迴，任何追蹤的人都很快就會發現，它進行的不是一般的短程飛行。不過，追蹤者也絕對無法追蹤它的路線——這架運輸機一離開美國領空後，向地面傳送即時飛航資訊的應答機就關掉了。對機組人員（以及任何其他的觀察者）而言，有非常古怪的事情正在進行中的另一個線索，就是這架負載重量高達一萬七千五百公斤的大飛機，卻只載運了四枚六呎長的飛彈。整體加起來，加上包裝箱子，重量只有四百一十公斤。

這款名為「地獄火飛彈」的武器，是在五十年前初次研發出來的，因為在戰場上很成功，於是陸續製造了幾萬枚。負責製造的是洛克希德．馬丁公司位於小城特洛伊市的工廠，從那裡，通常飛彈會裝上聯結車，然後上飛機，飛往全世界不同的戰爭地點。但今晚並非如此。這批飛彈預定要飛一萬八千公里，到地球上最和平的地方之一：印度洋上一個英美聯合軍事基地。

這個小小的環礁只不過是廣大海洋中的一個小點，名叫迪亞哥加西亞島，而且毫無疑問，是全世界最偏遠的地方之一。這裡有一個大型的美國軍事基地，以及一個長期對外否認其存在的中情局祕密監獄。另外，如果謠傳屬實，某幾個國家最先進、最具實驗性的武器，也是在這個地方開發與測試的。

小島本身就已經難以到達，而且有海軍巡邏艇不斷繞行其岩石海岸和沙灘，但島上還有一個更加嚴密控制、幾乎任何派駐人員都禁止進入的地區。於是，在這個周長約一百公里的小島北部，有混凝土牆加上刺刀網圍籬和三座守衛塔保護的這個區域內，沒有人確知裡頭到底發生了什麼事；在迪亞哥加西亞島上的這個禁區，是全球最祕密、最牢靠的地方之一。

這個星期一剛天亮時，又一個熱帶暴風雨掃來，把那些沿著幾哩原始海灘生長的棕櫚樹都吹彎了，此時，全球霸王運輸機低低飛過這個環狀小島周圍那圈窄窄的陸地，以及裡頭所封起的壯麗潟湖，降落在兩條飛機跑道——為了供美國空軍最重型的轟炸機起降而建造的——之一。在柏油鋪面的停機坪上，四個裝著飛彈的金屬運輸箱被送上卡車組成的小車隊，沿著環礁邊緣行駛。一路往北，一邊是潟湖，另一邊是海洋，他們其實是沿著一座巨大海底山脈的最高點行駛，環繞著他們的海水好清澈，卡車司機從駕駛室裡都能看見魟魚和成群的熱帶魚。

車隊經過一個廢棄的椰子種植園，裡頭的英國殖民式風格住宅早已成為廢墟，然後車隊開到島嶼北端這個孤立禁區的大門。過了金屬柵門旁的檢查哨，往裡頭開了好一段距離，卡車車隊繞過一個巨大的混凝土建築物。這個建築物外頭有一道防波堤和一片人工漁礁保護著，外牆和屋頂有重度的偽裝，而且建築物本身往外頭的深水區延伸好一段距離。我是到後來才看到這棟建築物的，但是以我進入情報圈之前的海軍官校生涯，我很清楚這棟是什麼：潛艦修藏塢。

對於大部分踏上這個與世隔絕環礁小島的人來說，最大的謎就是：為什麼這個潛艦修藏塢——巨大、無窗、牆壁厚達六公尺還內襯著一層鉛——會建造在這裡？現代核子動力潛艦可以任意環繞地球很多圈，動力足以讓這些潛艦運轉將近四十年，不必浮上水面添加燃料、水，或氧氣，所以為什麼要把一艘潛艦派駐在遠離任何衝突區域的地方？幾乎任何人都會認為，這個修藏塢似乎沒有實際的用處。當然，這個想法錯了。

在修藏塢外，幾乎被狂風陣雨遮得模糊的車隊駛向一批積木般的混凝土建築物。其中最遙遠的一棟，側面沒有漆上任何字母或數字以資標示，外頭圍繞著露頭岩脈、一片白色沙灘，還有幾叢棕櫚樹。

裝在運輸箱裡的飛彈卸下，等著一道巨大的液壓門隨著氣壓活塞發出嘶聲而打開，然後箱子被搬進去，放上一條輸送帶，運入一個玻璃牆的氣閘室裡消毒、除塵。然後箱子經過一道沉重的不鏽鋼捲門，就看不到了。

捲門的另一頭是一個洞穴般的空間，無菌且純白。巨大的發電機、空氣處理機、冷卻機組在地板下方不斷運轉，使得裡頭的溫度恆定不變，始終保持在攝氏二十三．三度。空氣保持正壓，於是灰塵或其他污染就不可能進入。在裡頭對著鋼製工作台工作的十來個人，都穿著杜邦的防靜電無縫全身防護衣，頭罩上只有眼睛處有一道透明材質。這是最終極的無塵室。

那四顆飛彈從運輸箱取出後，就用機械手臂舉到空中，看起來像是在漂浮，然後用高強度電燈照射。開始處理的技術人員們認出這是最新一代的地獄火飛彈，在電池科技和減輕重量方面有長足的進步。一直到最近，這種飛彈（由無人機或阿帕契武裝直升機發射）的射程還只有十公里，但這回在迪亞哥加西亞島上、正漂浮在半空中的這個新版本，則是可以從超過四百公里外射中目標。但是，對著工作台工作的那些人知道，武器的射程增加是逐步演進而來。而他們正在幫飛彈裝的那種特殊的、極其複雜的外殼（在島上設計、製造的），才是真正的革命。

當這個團隊的幾名成員利用手持裝置控制那些機械手臂之時，其他人則操作著遙控工具，靈巧地移除每個飛彈的黑色外殼，露出五個分離的部分，包括彈頭、導航、推進系統。現在，他們用來取代原先外殼的東西非比尋常：新外殼是幾百萬片、有可能幾十億萬片炫目的白色小瓷片製成，每一片都只比針頭稍微大一點。

在高強度電燈的光線下，那些小瓷片閃著微光，像是無數的鑽石般發亮，讓飛彈看起來十足未來感，而且奇異地不祥。這是外部；至於內部，無數瓷片的每一片都連接著一條光纖線（寬度只有頭髮的幾分之一），另一端連到長管狀飛彈尾部的一個控制盒。這些光纖線非常細，又包得很緊，而且數量太多了，使得彈殼內部看起來好像蓋滿了蛛絲。

儘管這個團隊的工作很艱難，但他們有一個優勢：這些飛彈裝的都不是易爆的彈頭。反之，是一種俗稱「壽司炸彈」的裝置所組成，壽司炸彈是「忍者炸彈」的直系後裔，而且是先進許多的版本。兩種「炸彈」的特性是：其實不會爆炸，是設計來殺死移動車輛裡的人，不會有任何火焰，這樣無辜的旁觀者就不會受傷或殘廢。這兩種炸彈的殺人手法，從俗稱的名字最能充分說明：壽司是用鋒利的刀子切成薄片。

以一種黑暗而扭曲的方式來看，壽司炸彈是絕妙的發明，過往歷史顯示，其預定的目標絕對逃不掉：遠遠沒有那麼精密，也沒有那麼致命的忍者炸彈，曾用上至少十二次，在五個國家除掉了十八名重要的恐怖份子，完全沒有誤傷任何車子外頭的人。

在沉默中，那些人員專心地把四個閃閃發亮圓柱體的最後一個裝配工作完成，再利用機械手臂把飛彈放回原來的運輸箱內。抵達迪亞哥加西亞島的二十小時後，這些經過特殊改裝的飛彈又裝回全球霸王運輸機，同時加上一套文件，掩蓋他們來過這個環礁小島的痕跡。然後就像無數之前的地獄火飛彈一樣，這些飛彈運到阿富汗的巴格蘭空軍基地——美國在阿富汗所有重新展開的行動，都以此為中心，而且此處離札赫丹的一棟白色房子也不太遠。

要是一切都按照計畫進行，卡津斯基和那位埃米爾的性命就快要結束了。

37

巴基斯坦上空一萬公尺，在這個大概是美國情報界有史以來最機密的行動中，另一個元素也就位了。三個之前互不相識、背景迥異，但各自身懷絕技的年輕人，正坐在一架從美國大老遠飛來的灣流V型商務噴射機上，才剛越過阿拉伯海，很快就要降落在巴格蘭空軍基地了。

這三個人是所謂的「攻擊小組」，兩男一女，全都是美國空軍精銳飛行員，不過他們沒有一個人曾在駕駛艙裡開過飛機。他們專精的技術是坐在一排電腦螢幕前，利用鍵盤和搖桿；而這一回，他們的任務，就是要遙控駕駛那四枚白燦燦的「智慧」飛彈，擊中其目標。

當他們坐在高空的黑暗與靜默中，其中兩個睡著了，第三個人的筆記型電腦放在面前打開來，正在查閱他從沒見過的一種武器的基本規格。這看起來是地獄火飛彈，而且是新一代的長射程版本，不過重量、內部設計，以及最重要的周長，都有大幅的改變。整個像是包上了一個全新的外殼。

他跟兩位同事一樣，都有能力深入挖掘這類資訊。他們三人全都是從頂尖大學畢業，有工程或理學學位，而且完成了許多進階飛行課程。不久以前，他們大概會從美國海軍戰鬥機飛行學校名列前茅畢業，但是對現代戰爭來說，戰鬥機飛行員的用處大概就跟拿毛瑟槍的步兵一樣。飛機上這三名還不清楚自己任務的飛行員，成長的環境中充滿遊戲和編碼，螢幕和現實之間的界線幾乎不復存在。當時沒有人明白，矽谷已經悄悄為他們鋪好未來的路，讓他們成為數位世界裡的數位戰士。

這位專注看著自己筆記型電腦的青年是康納．布萊恩特，是來自南加州杭亭頓海灘的二十四歲衝浪客，他在家裡四個小孩裡排行的老么，讀過三所中學，從來不是傑出的學生。然而，他手眼協調絕佳，而且有即時處理大量視覺資訊的過人本事。於是，他似乎天生適合操作無人機——現在則是飛彈——尤其是在極端的戰場情況下；更重要的是，他可以保持冷靜，從頭到尾都不慌張。空軍的研究已經顯示，操作員的失敗關鍵從來不在於他們的技術，通常都是壓力造成。在這方面，康納可以說無人能敵。

一如獵隼後來告訴我的，或許是因為藥物的關係：雖然這三位無人機操作員都對「獵隼」魯爾克一無所知，但他對他們可是瞭如指掌。而以這次任務的高度機密性質來看，他如果沒摸清他們的底，那就是失職了。

他知道康納在加州的嬉皮海灘長大，而且正碰上藥用大麻開始普及、禁令正迅速放寬，所以如果康納沒有花很多時間呼麻放鬆，那才更令人驚訝。這傢伙不喝酒（感謝老天，因為根據獵隼的說法，很多男女飛行員都已經逼近酒精成癮了），但是對大麻的喜好始終不減。不過出任務的時候不碰，他絕對不會做出危害任何任務，或危害自己事業的事情。而獵隼也很務實，知道這個世界變化太快，康納的技能遠比任何私人行為的問題更重要。

隨著曙光染亮了東方的天空，這架灣流V型商務噴射機朝向巴基斯坦和阿富汗之間的邊界飛去，這位年輕的無人機操作員可能望向機窗外，看到了廣大的荒野地形在他下方展開。雖然他還不曉得，但很快地，他就會操作著一枚飛彈，越過類似的一片風景，而且在完全祕密的狀況下，試圖侵入伊朗領空，這件事已經有超過五十年沒有任何國家做得到了。

從不止一個方面來說，新的一天已露出曙光。

38

獵隼一告訴國防部長說凱撒已經渡過盧比孔河，任務已經展開，中情局位於蘭利總部的整體氣氛就迅速變得非常凝重。

當三名無人機操作員和他們的飛彈正在前往阿富汗的長途旅程中時，就連會議廳裡最樂觀的人（以硬漢為首）都很快就明白，雖然會議的日期和地點已經查出來，但顯然這個任務的挑戰性，不光是用飛彈擊中一個遙遠城市的幾輛車而已。要是那個車隊有十多輛車呢？或是二十輛？就如獵隼說過的，這必須是外科手術式的精準攻擊：蘭利現在必須認出我們的主要目標，也就是虔誠軍的領導人，同時知道他們在哪一輛車裡。

而且我們必須提早知道這些資訊，因為發射飛彈的阿帕契直升機需要三小時才能接近伊朗邊境，而且飛彈一旦發射後，又要花四十分鐘才能飛過國界，來到札赫丹，而同時我們必須逐秒監控載著埃米爾、卡津斯基、其他虔誠軍領導成員的車輛，才能精準判斷他們要前往會議時，在哪個時間點會聚集在那條窄街上。這些完全不同且不穩定的線必須會合在一起——汽車的前進狀況、直升機的調度、四枚壽司炸彈的發射時間，都必須掌握得恰到好處。

「第一個元素，」獵隼對著會議廳裡的人說：「如果我們要追蹤那些領導人，就得認出是哪幾個。」他看著我。「我們有一個優勢：至少我們有個人見過他們。」在某種程度上，我心想。

接著，獵隼和硬漢準備好長達幾千個小時的西妥拉波拉衛星監視影片，有從檔案室調出來的，也有最近的，都是局裡收集來的。那個山洞區就是恐怖份子的大本營，所以我們自然認為，找出虔誠軍的領導人員在洞外活動的片段，就有認出他們的最大機會。

看著那些影片，我也開始試圖回想我跟虔誠軍在一起的每一刻畫面，希望能找出一些我原先忽略的。這個過程很痛苦，但是最糟糕的是我受傷所造成的疲憊，我坐在控制台的椅子上，分分秒秒都得很努力才能保持警覺，進入狀況。

那些衛星影片被拆開來，分配給幾十個三人小組，硬漢把我所提供的埃米爾、卡津斯基、其他三個領導人的外貌描述發給大家：身高、體重、刺青、其他任何可資辨認的特徵。這些小組正要開始做第一波篩選，剔掉任何顯然不符合大致狀況的人，我忽然坐直身子，完全清醒了。我的記憶回到那個前線行動站，就是我等著要看拉蕾是否還活著的那個大山洞，然後我開始思索著那個管理對講機的男子。我忽然意識到，一群人坐在多輛不同的車子上，要去札赫丹參加一個重要的會議，不用手機的話，就需要一個人負責通訊。然後，我的記憶又跳到拉蕾和我去沙灘的路上，被兩輛車夾在中間，當時我看到了那名開著加油卡車男子的臉。此時，我在座位上迅速轉身，望著一台旁邊的螢幕，裡頭標出了虔誠軍基地到札赫丹之間的距離，我當下明白，那個距離太遠了，他們中途一定得加油。

「我們犯了一個錯，」我朝著獵隼喊道：「我們之前都只考慮到那些領導人，但其實支援人員是很關鍵的。他們一定會帶著這些支援人員：司機、一個負責通訊的獨臂男子，還有一個負責加油的矮胖男子，肚子像個酒桶，他大概負責所有的後勤。」

獵隼咒罵自己。「我早該想到的。其他你還能想起來的任何人，就全都加入外貌描述清單裡吧。」

四小時後，顯然我再也想不起其他人了。在場的工作人員陸續把幾十個可能的人選都轉過來，讓我進一步確認，但是如同我稍早警告過獵隼的，大部分可疑人選都戴著頭巾和頭罩，加上鬆垮的外袍、垂下的圍巾、寬大的束腰外衣，就連要看出他們的身形都有困難。看了一小時之後，還是沒有成功的跡象，我猜想這群拒用手機的人也應該非常提防監視衛星；就我看來，他們只要在戶外，就會刻意掩飾自己的外型特徵。於是我叫獵隼過來。

「你還好嗎？」他走近時問。「你的氣色好差。」

「你也一樣。」我說，注意到他灰敗的臉色、皺巴巴的衣服，還有每個腳步裡那種深深的疲倦。

「行得通嗎？」他說，示意著螢幕上各個恐怖份子的照片。

「差得遠了。」我說：「他們很有紀律，完全理解現在的監視衛星有多厲害，尤其是他們的領導人，不會冒任何風險。我剛剛看到三個不同的人，穿著非常類似，同時走出山洞——任何一個都可能是卡津斯基，但是聽我說——」

「你有什麼點子嗎？」獵隼問。「希望是，因為我已經沒招了。」

「要是你認為自己可能被監視，但是你必須開車去參加一個重要的會議，你會怎麼做？」我問。

獵隼想了好一會兒，在腦袋裡琢磨著，進行他向來最擅長的：水平式思考。

「我會把每輛車都派出去，」最後他終於說：「我會讓整個區域擠滿車子，我會玩全世界有史以來最大的猜盅遊戲。我會讓幾百輛車都一起出發，讓人完全看不出哪一輛坐著那五、六個領導人。」

「換了我也會做同樣的事情，」我微笑著說：「我會清早出發，動用我能找到的每一輛車，把任何監視系統都壓垮。我會讓監視單位意想不到，根本不可能追蹤所有車。我會把所有車分成兩組、三組、十來組，我會要求這些車駛向東西南北的各個方向，繞回來，轉彎，分開，讓監視的人去白忙一場。」

「我們有一個優勢，」獵隼又說：「這是他們還不曉得的：我們知道他們的最終目的地。」

「沒錯，」我說：「快到白色房子的時候，那些領導人所搭的車就會聚集過來，要是我們追蹤每個人，就會看到他們這麼做……」

獵隼轉身對著全會議廳的人講話。「不必想找出領導者了，」他喊道：「開會的那天早上，他們會想把我們累垮，會有幾百輛車同時離開那個基地。但是我們會準備好；我們會跟著每一輛，直到最後，那些載著領導人的車子會在接近清真寺的最後一段路會合。這事情到時候會累死大家。回去休息吧，馬上回家。在此之前，你們也沒有事情可以做了。」

大家魚貫走出會議廳時，獵隼看著我。雖然他的職業生涯早已習慣隱藏自己的情緒，但仍無法掩飾自己的擔心。「你也是。」他說。

「我在飛機上會睡的。」我回答。

「飛機？」他說，好像完全不明白我的意思。「為什麼——你要去哪裡嗎？」

「其實沒有別的辦法，不是嗎？」我回答：「等到那些車輛離開會合點、駛向清真寺，一切都會發生得很快。我們很清楚會是什麼狀況——一定會非常混亂，從來沒有例外。那些載著領導人的車大概會遲到，車隊可能有十輛車或更多，開向白色房子時可能速度很快，我們可以動手的時間可能很短，一下就沒了。已經起飛的直升機必須丟掉任何多餘的重量，中間還要加油，而且那些神祕飛彈的飛行時間可能得縮短，而我們就得協調這一切，我得忙著盡量認出那些人。到時候不會有時間送訊息到半個世界外，而且冒著搞錯訊息的危險——我們必須人在那個房間，就站在攻擊小組旁邊才行。」

「是啊，我在幾個小時前就判定我會去喀布爾了，」他說：「但是你的身體夠強壯嗎？」

「我？」我回答。「再健康不過了。」在眼前的焦慮下，能有件事情讓我們兩人笑一笑是好事。

「那麗貝卡呢？」獵隼問。

「那部分會很棘手。」我回答，想著如果我跟她說我得飛到阿富汗，她會有什麼反應——根據她之前的說法，我連離開醫院都不應該。

「你不必告訴她，」獵隼建議道：「你可以一天跟她通幾次電話，跟她說你因為安全問題被隔離起來，還在蘭利這裡。」

我想了一下。沒錯，我可以這麼做。我並不樂意，但是她永遠不會知道。

39

大夜班開始好一陣子了，在巴格蘭空軍基地一個巨大的美軍補給品倉庫裡，兩男三女（全都是資深空軍人員）騎著電動摩托車穿行，檢查各種存貨，確認哪些要由叉式堆高機搬運。

稍早，值班時間剛開始時，這組人收到了一張大夜班工作表，上頭的第五項要他們把從阿拉巴馬州運來、十二小時前剛送到的（根據文件上的說法）四枚地獄火飛彈拆箱，檢查是否有損傷，然後送進緊鄰倉庫那個戒備森嚴的機棚。

這個工作分配給最資淺的成員，是一名剛晉升的年輕女子，來自科羅拉多州，這是她第一次派駐海外。此時，她環繞著堆得高高的軍用設備，操作著叉式堆高機，把飛彈箱子搬到一個大工作台上。接著，她一個人檢查著，把沉重木板運輸箱上的螺絲轉開，接著將飛彈連接到一個機械手臂上，然後她開始大叫。

同組其他四個人本來分散在這棟大倉庫裡的各個地方，聽到了立刻有所反應；大夜班向來很單調，除了凌晨三點的休息時間之外，不會有什麼干擾。就連慣常的飛彈或迫擊砲攻擊，也都只會發生在白天或傍晚。但忽然間，這個年輕女同事大喊著要他們快點過去。

第一個趕到的是這組的組長。個子很高，兩腿瘦長，他繞過一個轉角，目光掠過那些丟棄的包裝，難以置信地看著一枚亮晶晶的白色飛彈，已經由一個機械手臂舉起來，半脫離箱子。「到底是什麼——」他說，走得更近，瞪著那個武器在倉庫內一排排的金屬鹵化物燈下閃閃發亮。他從來沒見過這樣的東西。

其他三名組員也隨後趕到，站在他旁邊有同樣的反應：「那是什麼？」

「根據箱子上的標示，這是標準型、最新一代的地獄火，」那個來自科羅拉多州的年輕女子說：「我不曉得你們的經驗，但是這種飛彈我看過好幾十個，這個絕對不是什麼標準型。」

「這是哪裡來的？」組長問。

她指著自己的平板電腦和條碼掃描器。「製造貨單、運輸號碼、追蹤資訊全都說是從阿拉巴馬州的洛克希德．馬丁公司直接運來的。」

那個組長往前走，以便看得更仔細。出於某種他無法解釋的原因，這枚表面光滑的武器讓他膽寒。「查一下詳細規格和訂貨表格。」他告訴她。

「我查過了，」她回答，指著平板電腦，「上頭說這是為第四百三十二遠征軍——管他們是誰——特別製作的，有專門針對任務的偽裝。」

「是嗎？」他說。他在作戰區待得夠久，見過幾次「多光譜偽裝」，也知道通常是用於直升機。這是一種特別設計的塗裝，有一系列複雜的顏色，可以完全模仿直升機飛經的地面，減少被發現的機會。於是，這種偽裝就被大力研究，而且非常昂貴；比方說飛到巴基斯坦擊殺賓拉登的海豹六隊，他們的直升機就採用了這種偽裝。

這種偽裝沒有理由不能用在飛彈上，但是他搖搖頭。「說不通啊。填表可以隨便亂填。但是在一枚飛彈上用白色迷彩偽裝？要是你問我，那是偽造資訊——」

「是什麼？」另一個站在後頭的小組成員問。是個大塊頭、友善、出身芝加哥的二十二歲青年，他從軍是為了接受教育，但到目前為止，還沒有人想出該從哪裡著手教育他。

「我說這是偽造資訊——就是『鬼扯』的軍方說法。」組長解釋，繞著飛彈走，手摸著那些小瓷片。

「你不能確定那是鬼扯，」一個肌肉發達的女人說，她是這群人裡最年長的，脾氣很硬，習慣性會反駁每個人。「或許他們打算在雪地上使用這個。」

「是喔。」那個組長回答，走了一步，把頭頂上的電燈關掉。在半黑暗中，隔著一道穀倉式大門，忽然看得到這個大倉庫外頭的世界：堆高機駛過一片停機坪，維修小屋外一列列的噴射機和直升機，還有正忙著為兩架AH－七四阿帕契直升機（全世界最先進的攻擊直升機）做準備的加油車工作人員和武器技術人員。要是這組倉庫人員看得更仔細，就會注意到那兩架直升機沒有標示，而且完全拆掉了不需要的裝備以減輕重量，現在正裝上長程油箱。

倉庫裡的組長指著，在那兩架直升機和幾排噴射機之外，一輪滿月正照耀著遠處的白頂山脈。「現在是夏季尾聲，」他說：「阿富汗唯一有雪的就是那裡：高山的山頂。哪個山脈不重要——興都庫什山、巴巴山脈、薩菲德山脈——全都一樣，都是全世界最糟糕、最孤單的地方。在裡頭走上幾天、幾個星期，都不會碰到另一個人，要是運氣好的話，只會看見少數一些建築物的遺跡。」

他又指著飛彈。「他們送來的這些飛彈裝了特殊彈頭，是不會爆炸的。標準型的地獄火會炸死六十呎內的人，但這個寶貝可不是。這是壽司炸彈，不會傷害任何車輛外的人。這種設計是針對人多的地方，所以為什麼要用在某個根本沒人的山區雪地裡？不，這個偽裝絕對不是用在雪地上的。」

「那麼會是怎麼回事？」那個年輕女人問：「像這樣的地獄火飛彈，射程有四百公里——或許不是用在阿富汗的。」

「那麼會是在哪裡？」那個脾氣硬的女人問：「巴基斯坦？伊朗？」

組長搖搖頭。「巴基斯坦不需要用到飛彈。特種部隊和海豹部隊都可以進出那裡——他們對賓拉登就沒有用上飛彈，不是嗎？

「也不會是伊朗，」他說：「沒有人那麼蠢，就連國防部都不例外。他們不會朝伊朗發射飛彈的。不可能。」

40

「來到這裡，你知道我最失望的是什麼嗎？」來自南加州的那個衝浪小子康納・布萊恩特問，此時這個攻擊小組抵達喀布爾一小時了。

他們一起坐著（跟我稍後發現時一樣），置身的大房間是三十年前美國第一個特遣隊進入阿富汗後，所設立之總部裡的餐廳。而現在，總部搬到更大的地方之後，這裡就改變用途，成為美國有史以來最非比尋常的軍事攻擊行動之一的指揮中心。

「食物不好？」那個年輕女子說，看了這個淒涼的地方一圈。她名叫蜜拉，在佛羅里達州緊鄰墨西哥灣的地區長大，一頭被太陽曬出深淺不同顏色的頭髮，還有古銅色的皮膚都可以證明。

「是啊，那個也很失望，」康納回答，看著另外兩個正在喝可樂娜啤酒的同伴，他們正在彼此認識。「不，我指的是我們離一個叫巴爾赫的小城沒幾百公里，但是因為安全的考慮，我們不太可能去看九圓頂清真寺了。」

「什麼清真寺？」史賓塞・威爾森——小組裡的第三個成員，是來自東部、個性拘謹保守的職業軍官——放下啤酒，吃驚地瞪大眼睛問。

「九圓頂，是阿富汗最古老的伊斯蘭建築物，」康納繼續說：「據說那邊的氣氛很特別，有點神祕感。」

「真想不到，」史賓塞說：「我知道我們才剛認識，但是看看你，我絕對猜不到你對這類事情有興趣。」

「是啊，很多人都會低估我，」康納開心地說：「我超喜歡文化方面的東西。」然後他壓低聲音，要另外兩個人湊近聽，像在密謀什麼。「碰巧，巴爾赫也生產全世界最好的大麻。好，要是你們打算在巴基斯坦購物，忘了駱駝木刻版畫和各種手織地毯什麼的吧——巴爾赫才是該去的地方。」

蜜拉大笑。

「我一有機會，就要去跟那些直升機飛行員聊一聊，跟他們說我對那個九圓頂清真寺的興趣，」康納繼續說：「看能不能有機會搭便機過去那裡——頂多落地一小時，趕緊買一下，然後就走人。你看這個計畫怎麼樣，史賓塞？」

「為了避免誤會，我要講清楚，」史賓塞回答，狠狠看著康納，「我對娛樂性藥物是零容忍的。」

「這就有趣了，」康納和善地說：「非常有趣。好奇問你一下，你聽過有人因為硬不起來而死掉嗎？」

蜜拉剛喝的酒差點噴出來。幹得好，康納，她心裡一定這麼想。

「你指的是勃起？你在說什麼啊？」史賓塞問他。

「威而鋼。如果這不是娛樂性藥物，我不曉得什麼才是，」康納回答：「這種藥肯定不是救命用的。」

史賓塞瞪著他看，但是想不出反駁的說法。康納還是保持那種衝浪客的微笑，聳聳肩。「世界在改變，史賓塞。很多人想要上床爽一下，也有很多人想呼麻爽一下。」

蜜拉咧嘴笑了。「唔，這兩個我都想，」她說，緩和一下緊張的氣氛，但同時也截住康納的目光。史賓塞看看他們兩個——就連他這麼一板一眼的人，都看得出其中的邀約之意。

史賓塞還來不及再多想藥物或性愛，門就打開來，他們轉頭，看到之前剛抵達時見到的四個高官之一，是特種部隊的一位少將，之前介紹說是他們的任務簡報官，他是個強壯有力的平頭男子，走起路來大搖大擺。也就是說，跟其他幾百個資深軍官無法區別，就連名牌也不例外。他們的名牌全都拿掉了。這一點攻擊小組稍早就注意到，但是沒有人說什麼，光是穗帶和軍階徽章就已經足夠。而現在，他站在門口，他們立刻跳起來立正站好。

「稍息，」他說：「有兩個人從本土過來，再一小時就會到達。他們一落地，簡報就會開始。了解嗎？」

「了解，」三個無人機操作員齊聲說，等著長官離開，就又回去喝啤酒吃東西。「我看是有更多高官要來了，」蜜拉說：「原先就已經夠多了——你們見過那麼多大官嗎？」

「再來幾個高官是還好，」康納說：「要是中情局的人出現，那才是麻煩大了。」

41

新的一天，新的任務，我心想。此時我坐在又一架綠色能源公司的噴射機上，望著窗外地平線盡頭那片陰沉而不祥的興都庫什山，不禁想到底下這片土地染了多少鮮血，然後回憶起某個有名的人寫過這麼一句話：「阿富汗是帝國興起又死去的地方。」

阿富汗是通往印度，再到南亞其他地方的門戶，英國人、俄國人、美國人都曾冒險想爭取，結果全都挫敗且元氣大傷地離開。想到有這麼多白白浪費的生命和努力，也讓我的心情好不起來。

十二小時前，即將離開蘭利之際，我不顧獵隼的建議，還是打了電話給麗貝卡，跟她說我馬上就要搭飛機出發，結果這場對話比我原先預期的還艱難。當然了，她覺得獵隼和我早就計畫好會有這趟旅程，我也很難說服她並非如此——畢竟，我所服務的組織是以詭計和狡猾著稱的。我不肯告訴她目的地，只讓她更擔心這趟出差會危及我的健康。

「我沒搞錯吧——你不是剛從加護病房出來嗎？」她說，口氣清楚表明了她很努力忍著不要發脾氣。「你還是很虛弱，連走路都有困難，連復健都還沒開始。現在你又要飛到一個大概不是馬爾地夫的地方？你當初送來醫星時，我們漏掉了一件事，應該要檢查一下你的心理健康狀態的。」

「這是我的工作，麗貝卡——你知道的。你以為我會隨便跑去哪裡，沒有醫療的支援嗎？」

「請你的醫師來聽電話。」她要求，充滿懷疑。

幸好，獵隼已經安排好一個醫師和兩名護理師隨行，於是我把電話開擴音，請那位醫師加入。那是一位女醫師，她以同業溝通的形式，向麗貝卡報告我目前的狀況，也說了接下來三天的計畫。我從麗貝卡的反應知道，她聽到這是個短期旅行就鬆了口氣；然後我的隨行醫師告訴她，以我的疲倦和傷勢，不可能離開我駐守的那個房間，此時我明白，不知不覺間，她已經說服麗貝卡相信我不會有任何危險了。

我的隨行醫師可能未必完全贏得這場戰役，但至少雙方達成了武裝休戰的共識，然後麗貝卡要求跟我私下講話，她列出一份清單，要我監控自己的健康狀況，最後她低聲跟我說她愛我。儘管如此，等到我登機時已經累得全身無力，而正當我快要睡著時，又突然有一種死亡迫近之感，於是心臟狂跳地完全清醒過來。雖然這種情形在我回來之後曾發生幾次，但我從沒告訴任何人有關這種恐慌的感覺。會過去的，我告訴自己。

所以我沒有休息，而是坐在那裡思索著處於這一切漩渦中心的那個恐怖份子，他知道博帕爾的真正意義，而我們正要趕去殺了他。本來我可能不會跟獵隼說任何有關卡津斯基少校的事情或我的疑慮，但是當機長告訴我們再過五十分鐘就要降落時，坐在我前頭幾排、一直在睡覺的獵隼起身經過我，正要去沖澡。

「你睡了嗎？」他問。

我。

「不多。」我回答。

我的語氣大概讓他警覺起來，於是他看了我好一會兒，足以表明他知道有什麼事情在困擾我。

「他不會在那裡的，獵隼，」我說：「卡津斯基不會在任何一個車隊裡。」

「你錯了。」獵隼回答。

「我可以看到他站在沙灘上，」我說：「這是我最記得的事情之一——他真的很有領袖架勢，但是在伊朗海邊的那個沙嘴，我跟他揮手道別時，我看得出他有什麼感覺。他知道，獵隼——他知道如果一個美國間諜回到家，他們就完了。他只要想一下我看過些什麼、他跟我說過些什麼——是的，他希望我被夏馬風吹得淹死在海裡，但是無法確定，而且他永遠不曉得真相如何。他必須假設最壞的結果；他曾是俄羅斯特種部隊的上校，他了解策略和危險——我消失在波斯灣裡的那一刻他就曉得了，我的存在就是一個威脅，虔誠軍很有可能被消滅。」

「不，」獵隼回答：「再過幾星期，虔誠軍就要執行一個奇觀。他們不會跑掉的，不會是現在。你認為賓拉登，或是繼任他成為蓋達組織領袖的查瓦希里，或是他們的任何領袖，這些人會跑掉嗎？你太高估卡津斯基了。他只不過是又一個恐怖份子的指揮官，和其他人沒兩樣。這種人我們見識過好幾十個了，不是嗎？」

「他不一樣，」我回答，回想著我第一次看著他騎在馬上走向我，就像阿拉伯的勞倫斯。「他不一樣——我被他抓起來夠久，我了解他。」

「你不了解，雷利，」獵隼嚴厲地說：「我們從來不了解他們任何一個。我們無法了解。地球上再也沒有什麼共同點了——我們是一群不同部落的人，因為環境所迫，必須住在同一個山洞裡。這個世界就是這樣——所有一切都要分邊。萬物分崩離析；中心難再維繫。」

我看著他憂慮而憔悴的臉。「上帝救救我們吧，現在你居然唸起詩來，獵隼？」我說，露出微笑。「葉慈？」

他也咧嘴笑了。「是啊，我想應該引用這首詩：〈二度降臨〉——他最好的作品之一。『混亂降臨世間……純真被淹沒，』」他繼續引用詩句。「『最好的人缺乏信念，最糟的人卻滿腹強烈的熱情。』」

「這就是我們，」他繼續說，笑容隱去。「我們的政府缺乏信念。」他指著我筆記型電腦上虔誠軍基地的高解析度照片。「而恐怖份子卻滿腹強烈的熱情，」他看著我。「卡津斯基有熱情，」他說：「他會在車隊裡的。你等著瞧吧，我們會在殘骸中找到他的屍體。」

「或許吧，」我說：「如果真主希望的話。」

42

碰到某些降落跑道時，只有傻瓜才會不理會機長的指示，不把安全帶綁好。而巴格蘭空軍基地的降落跑道就是這種。

此處位於一個高海拔的高原上，降落的難度向來很高，飛機跑道兩旁散落的軍機殘骸，就是狂野的冬季暴風雪和炙熱的夏季強風所留下的證明。

在一場遮暗地平線的巨大沙塵暴中，我們這架灣流噴射機降低高度，飛過周圍的山脈，對抗著險惡的下曳氣流。最後撞上跑道時，力道大得那位醫師和一個護理師都驚嚇大叫。這是個酷熱的夏日，我望向窗外，發現機棚和數不清的一排排建築物在閃爍的熱浪中都幾乎看不見。

除了少數幾個人，沒有人知道獵隼和我來到阿富汗，也沒有什麼高階軍官或中情局的站長來迎接我們。在背景裡那片紅褐塵沙和白雪罩頂山脈的詭異景色中，我們緩慢——我的腋下拐杖嚴重拖慢了我們的速度——經過曬熱的柏油地面，走向一輛休旅車，開車的是一名大兵，他被交代要來接兩個搭私人飛機抵達的平民承包商。

我之前只來過這個機場一次，那是在我進入中情局的早期，被派來協助審訊四名恐怖份子，他們被關在這個基地最偏僻角落的祕密監獄裡。之後這個龐大的基地就六度關閉又重啟。美國的軍隊不時會縮減、增加、最小化、最大化，或是完全裁撤，一切取決於白宮的決策者是誰、認為怎麼樣最符合美國的戰略利益。當獵隼和我手忙腳亂地爬上休旅車後座時，整個基地正在歷經又一次大規模增兵的過程。

從任何標準來看，我們搭的這輛車都很奇怪，求生存的考慮勝過一切。即使在幾年戰爭之後，這個基地還是常常遭到火箭砲和迫擊砲的攻擊，改變的只有使用武器的叛軍團體：有一年是北方聯盟或塔利班，接下來十年後是重生的蓋達組織、伊斯蘭國呼羅珊省，或是普什圖人叛軍。而這輛休旅車就像大部分其他車輛一樣，必須有嚴密的保護。但是，巴格蘭屬於一個耗資龐大的部署行動，預算應該很緊，沒有錢讓休旅車這類運輸工具在工廠裝上專業的防護鋼板。於是，就把厚厚的生鏽廢鐵片用螺絲和鉚釘固定在車架上。這種名之為「鄉巴佬防護」的湊合金屬板，讓整輛休旅車看起來像是那種末日幻想電影的道具。

坐在這輛車的後座，我們朝向基地裡軍民所謂的「市中心」前進。多年來這裡的改變並不大：仍是交戰區內唯一會碰到塞車的基地。此處是個繁榮的小城。主要道路上有擁擠的速食店（所有常見的連鎖店都有），連鎖咖啡店外頭的人龍沿著塵土飛揚的街道排到半條街外，當地人所經營、一般稱之為「哈吉」（haji）的商店生意興隆，賣的東西從太陽眼鏡到私下交易的水煙斗都有，還有一排排路邊攤，其中有些是全世界最美味的印度小吃。毫無疑問，巴格蘭基地是我所見過最生氣勃勃、最有異國情調的小城之一——也絕對是唯一常有砲火攻擊的小城。

在商店街的盡頭，我們轉入一條空盪的長路，駛向一個設在高高圍牆下，有重兵看守的檢查站。

這道圍牆的頂部裝了攝影機和動作感應器，牆內有基地最敏感的設施，檢查人員用六種不同的方法檢查了我們的身分，五分鐘之後，休旅車停在這次飛彈攻擊的指揮中心前。沙塵暴已經退到遠方的地平線，雖然離開了這片高原，但仍讓整個地方籠罩在一種奇異的半黑夜狀態。獵隼攙著我的一邊手臂，協助我走進一道由兩名海軍陸戰隊員看守的門。

我們搭電梯下三層樓，沿著一道燈光明亮的走廊往前，然後進入一個大房間，裡頭排列著螢幕、電腦、大量由監視衛星傳回來的資訊，還有複雜的GPS資料。沿著一面牆設置了三個工作站，每個都圍繞著更多科技產品：幾個電腦螢幕、一個鍵盤，還有一個專業搖桿，像是最先進噴射戰鬥機的駕駛艙裡面用的。

三名飛彈操作員坐在工作站前的船長椅上，面對著擔任簡報官的上將和其他四名將領，正在等著簡報開始。

43

正當倉庫內的理貨人員操作著叉式堆高機、把拆開的飛彈送進戒備森嚴的機棚內，而兩架沒有標示的阿帕契直升機也一再進行檢查，此時三名飛彈操作員完全沉默地坐在工作站前。簡報已經結束，但他們三人都沒動，還是坐在各自的硬背椅上，瞪著眼前巨大的互動式螢幕。他們沒吭聲，仍處於震驚狀態。

不是因為他們頭一次看到了飛彈燦亮的白色外殼；也不是因為他們要操縱新一代裝備武器，而非他們花了多年駕馭的無人機。在這方面，他們對自己的能力是完全不擔心的。

他們沉默的原因就顯示在螢幕上——他們看到了自己將操縱這些飛彈的預定目的地。他們三人剛認識，但因為他們太有經驗了，很清楚另外兩人在想什麼：他們被要求去完成一個不可能的任務。

我跟他們一樣不解：我不曉得這些飛彈要怎麼避開伊朗的防空系統，摧毀那個車隊，而雖然我在簡報時疑惑地看了獵隼好幾次，但他都堅持不肯給出任何答案。

「會是那個衝浪小子，他會是開始問問題的人，」獵隼輕聲說：「這小鬼很聰明。」

過了一會兒，康納站起來，要求簡報官允許他講話。這是對一名少將（即使是沒有名牌的少將）該有的尊重，康納說在飛來喀布爾的飛機上，他閱讀了好幾十份有關阿富汗北部無人機飛行的相關報告。「那些飛行涵蓋了很大的範圍，從巴基斯坦國界到鄰近塔吉克、烏茲別克、土庫曼的邊境，」他低聲說：「很多次飛行都飛進了伊朗邊界。

「但是每次飛進去，伊朗的防空系統就會鎖定並追蹤那些無人機，直到他們離開。」他繼續說：「伊朗人從來不會漏掉，過去五年來一次都沒有，無論飛得多低又多快，也不管那些操作員有多厲害。」

「你說得沒錯，」少將回答：「伊朗有一套最先進的監視與防禦系統，是俄羅斯提供的。這套系統可以偵測到國界這一邊一百六十公里內的任何動靜——所以沒錯，的確非常厲害。你繼續說……」

「就算伊朗的系統沒偵測到，長官，」康納說下去，「或是控制這套系統的人正在打瞌睡，巴基斯坦那邊的一個前線監聽站裡，還有四座三角塔在掃描整個區域。這套系統是美國提供的，而且根據那些報告，這些監聽設施什麼都不會漏掉。我不是專家，但是我猜想他們如果發現有任何突然的侵犯，可能就會提醒伊朗人，好贏得他們的信賴。」

那位少將大笑。「我相信他們會的。」他說。

「老實說，將軍，我們會盡力而為，」康納說，然後看著史賓塞和蜜拉，這兩人點點頭。「但是我看不出有任何方法，可以讓我們的飛彈穿過一道電子牆。」

「我明白，」那位少將說，一副明理的態度，完全超出了三位操作員的預料。「不過，那車輛呢？」他按了一個遙控器上的一個鍵，啟動了互動式螢幕，上頭是衛星拍攝的、各種移動中的車輛：當然有豐田皮卡車，另外是日產途樂、改裝過的荒原路華，以及其他四輪傳動車。「你們有辦法擊中任何一輛嗎？」他問：「絕對不能出任何差錯。你們有把握嗎？」

康納、蜜拉、史賓塞都點頭。同樣的事情他們做過幾百回了，無論是實際飛行，或是在模擬裝置上，或是演習。

雖然那位少將滿意了，但獵隼可不滿意，他拿起自己的遙控器。「即使在這裡，在札赫丹？」螢幕上的圖像改變了，我將身體前傾，碰巧聽到康納跟自己的同事低聲說：「就像我說過的——一旦穿西裝的人出現，事情就麻煩了。」

我看不出獵隼是否聽到了，但是有兩位將領一定是：兩人都得忍住不要笑出來。

那個雜亂無序伸展的城市出現在螢幕上；在此之前，札赫丹只是一個名字和地圖上的一個小點。但是他們看過一個又一個影像後，「我不認為那會是問題。我們飛過一些更糟糕的地方。」康納說。

獵隼點點頭，播出一段特別設計的電腦繪圖影片，裡頭是各種車輛穿梭在札赫丹最繁忙的街道上，然後爬上一處山坡，有眾多窄巷交織，有古老的泥土色房屋，還有一座純白的清真寺。

「如果車子是高速行駛在狹窄、擁擠的巷子裡呢？」獵隼問：「你們有把握還是可以精準命中？」

三個人都點頭。

「不會有平民傷亡，尤其不會對清真寺造成任何毀損？」獵隼又進一步逼問。

「是的。」康納回答：「利用壽司炸彈，我們所受的訓練就是要辦到這個。」

「好吧，」獵隼說，按了遙控器，關掉螢幕。「就讓穿西裝的人擔心穿透伊朗防空系統的事情，你們只要擔心目標就好。」

44

「現在開始了。」獵隼說，聲音仍保持鎮定，但就連他這麼擅長隱藏的人，都無法掩飾那種潛在的焦慮。此時我們已經離開了簡報室，正緩緩走向緊鄰著補給品倉庫的那個戒備森嚴的機棚。

儘管環境乾燥又風大，這個龐大的空間卻乾淨得一塵不染，而且雖然整個空間可以停五十架直升機，但現在裡頭只有兩架無標示的阿帕契直升機。放在裡頭是為了保密，而現在幾名專門技師正拿掉四枚飛彈的防塵罩，準備要裝在機腹下方的發射架上。

我注視著那些飛彈——純白閃亮，在強力電燈的照射下，上頭的幾十億個小瓷片就像無數鑽石的切面一般。儘管從沒看過這些飛彈，也沒看過任何類似的，但是我當場就知道自己站在一個轉捩點，知道在某種程度上，這一刻是個分水嶺。

我看著獵隼，他的表情難以解讀，而且我看不出他是不是第一次看到這些飛彈。不過當然了，他知道其中的含意。「歡迎來到未來，」他說。

「一千兩百年前，有個中國的煉金術士，」他繼續說，雙眼看著那些飛彈。我不知道他往下要說什麼，但是很樂意讓他發揮。「他想發明長生不老藥，於是把三種元素混合起來，他認為這是很厲害的藥物。從某種角度來說，他想得沒錯——的確很厲害，只不過那並不是藥物。」他微笑，但其中毫無幽默成分，我覺得比較像是憂傷的苦笑。「那位煉金術士所做的，完全出於意外，是發明了第一種化學爆炸物。才幾十年，弓箭就被捨棄，棍棒和長矛也被遺忘——全都被炸彈或從管子內所拋射出來的砲彈所取代。他發明的這種化合物就是火藥。戰爭從此改變，人類再也無法回頭；一夜之間，整個世界完全改觀。」

他指了一下那些飛彈。「現在，你和我站在二十一世紀版本的煉金術士實驗室裡面。好好記牢了。」

戒備森嚴的機棚有一道自動鋼製門，是開向外頭的混凝土停機坪，那道門現在開始滑開，透過高聳的開口，我看到沙塵暴已經完全消散，太陽照在周圍的山脈上。開齋節結束至今三天了，星期六——如果真主希望的話——一批車輛將會前往一個白色清真寺會合，他們將會但願自己錯過這個約定。「這兩架阿帕契要飛往哪裡？」我問。

「飛到最高極限六千公尺，然後轉西南，找到一號國道，」獵隼回答：「他們會沿著那條柏油路，越過塔利班的根據地坎大哈，十二分鐘後，就會看到坎大哈河。他們沿著這條河飛七分鐘，來到一個城鎮叫加姆西爾（Garmasir），地名的意思是『熱地』，所以你就知道這裡很熱。往南四十公里，在沙漠中，他們會降落在三輛已經到達的全輪驅動油罐車旁邊，在那裡加油，等待。」

「這是他們最接近邊界，不會被伊朗防空系統偵測到的地方？」

「對，」他說：「兩架直升機會在阿富汗這邊，離伊朗的最大監視圈約十六公里。在我下令後，他們就會垂直上升，發射飛彈……」他聳聳肩。「接著就要靠攻擊小組操縱這些飛彈飛到札赫丹，擊中目標。」

「你漏掉了最有趣的部分，」我說：「有關它們飛過伊朗電子護盾的部分。」

「是嗎？」他回答。「我不曉得為什麼。」他微笑。「好吧，他們來了。」

他指著自動門外，我看到兩輛裝了防彈鋼板的吉普車朝我們直直駛來。在一般狀況下，會有幾十輛車輛進出停機坪，但今天早上停機坪一片空盪，因為獵隼下令所有人全部離開，只留下最必要的人員。於是，就只有我和獵隼看著三男一女身穿飛行服、手拿頭盔，下了吉普車。

他們全都在停機坪上暫停，四下張望：沒想到在之前凶猛的沙塵暴後，天氣已經轉為一個晴朗的夏日，天空清澈透亮；那就好像之前吹個不停的旋轉沙礫把整個國家都洗刷乾淨了。如果真是這樣就好了。

獵隼和我看著他們走進機棚。「他們全都是老手，去過伊拉克、敘利亞、科威特、葉門——每一場摧毀半個中東的戰爭，」他說：「說他們很在行，還太輕描淡寫了。」

我點點頭。他們的臉因為背光而籠罩在陰影中，而且被太陽眼鏡遮住一半，但因為制服和頭盔非常醒目，使得他們看起來比實際上更高大。

他們正要爬上阿帕契直升機時，馬達的嗡響和機械的咔噠聲讓他們往上看：機棚的整個屋頂開始收起，陽光照進來。這表示我們上方只有藍天，直升機可以盡可能隱密地起飛、離開混凝土地面、加速垂直上升，然後迅速飛走，任何在外頭的人都沒有機會看清楚飛機上載了什麼。

隨著直升機、飛彈、中途加油的油罐車都就位，獵隼帶著我走出機棚的門，來到混凝土停機坪上；從這裡我們可以看著飛機遠去，直到轉向西南方。我們沉默等待時，我看到他的目光掠過高原的邊緣，經過一個崎嶇的谷地，望向高聳的山脈和更遠的荒野。他有一回跟我說他有多麼喜歡荒涼的地方，尤其是沙漠。我不動聲色地觀察著他的臉，看到了那種嚮往……

「你的童年？」我輕聲問。

「什麼？」他回答，轉過頭來看著我。

「你是在哪裡長大的？新墨西哥州？還是西部的內華達州？」我說：「這就是為什麼你喜歡沙漠嗎？你的個人介紹文字裡從來沒提過你的父母，也沒提過你是在哪裡長大的。」

「你以為那是碰巧嗎？」他微笑著說：「我多年前就明白，在某些圈子裡，提自己的出身不是好事。不，我想我就像阿拉伯的勞倫斯——成長的地方和我後來喜歡的地方距離遙遠。我父親是威爾斯人，我生於美國南方沼澤地帶的一個小村——在那種地方，大家喜歡的娛樂就是班卓琴，而且至今還有把犯人們用鐵鍊鎖在一起做苦工的刑罰。」

他一定是看到我臉上閃過了驚訝的表情，於是大笑。「我是家裡唯一的孩子，」他說：「而且我從來不認識我爸。我大約四歲時，我媽就離家跑去大城市，把我丟給她姊姊，我就是由這個阿姨和姨丈撫養長大的。他們自己沒生小孩，也盡力撫養我，但是其中從來不包括愛。」

我看了他一眼，他又回去看著山脈和荒野了——一些難以企及的地方，我猜想。我不曉得他為什麼告訴我這些，或許他知道舊世界已經成為過去了，於是很樂意談談自己的往事；也或許純粹是因為沒有人問過他。

「我從小就很有野心——老天，我真的很有野心，」他說：「我想要旅行，但是有什麼希望？我十二年都沒有我媽的消息，然後有件奇怪的事情發生了——她出現了。或至少是紐奧良的一位律師寄了一封信來，說她死了。我從來不認識她，所以我也不知道該有什麼感覺。我想，只是對發生的事情很遺憾吧。她才三十五歲，子宮頸癌，但顯然她再婚嫁得很好，丈夫比她年長許多，已經在她之前過世了。

「她沒留下遺囑，我是唯一的後裔，發現自己繼承了紐奧良一棟覆蓋著松蘿鳳梨的大宅，以及鬧區裡靠近波旁街的三家酒吧。我全賣掉了，照顧我阿姨和姨丈，接著，我知道我會開始穿得好一點。」他又笑。「而且我會去旅行，最後去讀個長春藤大學。」

「耶魯。」我說。

「沒錯。」他回答：「還有比這樣更能確立地位的嗎？所以就這樣，像大部分間諜所做的，我創造了自己。就像你一樣，我發明一個門面身分，說是我的人生——你以前是海軍，現在跟一個醫師同居，你在喬治城的時髦餐廳和酒吧裡輕鬆自在。但你父親在佛羅里達州做游泳池維護師，而你母親接一些縫紉工作。硬漢營造出自己外表邋遢凌亂的形象，好讓人們低估他。但他的腦袋清楚得很——他父親是紐約紳士服裝名牌布克兄弟的首席裁縫師。麥德琳．歐尼爾只讓人看到一個年輕女人穿著正式套裝，但是她上大學之前，是跟四個手足同住一個房間，雖然是愛爾蘭人的姓氏，但她其實是猶太人。盧卡斯．柯瑞根不想當那個在越南的混亂中嚇壞的小孩，所以他把自己變成一個情感上疏離、受過高等教育、喜歡控制的人。」獵隼聳聳肩。「這就是為什麼我們這些情報界的人可以輕易接受門面身分——我們早就習慣扮演另一個人了。」

強大引擎的尖嘯聲引得我們轉頭看：飛行員已經登上阿帕契直升機，暖機時旋翼開始轉動。再五分鐘，我心想，如果獵隼的看法正確，未來就會降臨在我們身上了。「那麼荒涼的地方，還有沙漠呢？」

「就像我剛剛說的，我一直想要旅行，」他回答，目光又逐漸轉到山脈和更遠處。「我還不滿二十歲就有很多錢，於是我總是不停地流浪，尋找著什麼。就某個角度來說，我想我天生就喜歡流浪。最後我到了埃及，拜訪古代世界最偉大的紀念碑之一——尼羅河畔丹德拉的神廟群。

「我獨自一個人，開著一輛舊荒原路華，從北往南開到那裡。那是黃昏時分，到了之後，我覺得整個地方好像沒什麼特別厲害的。我正要放棄時，正好走到遺址外一道比較現代化的、高高的煤渣磚圍牆。附近沒有人，我打開一扇門，走進去——然後我就像通過了一個蟲洞，來到一個完全不同的星球。」

他回憶著露出微笑。「我是個來自美國南方沼澤地的小孩，家鄉小城沒人聽說過，所以我從來沒見過像那樣的東西。我走過聖湖旁，進入哈托爾神廟，看到石牆上埃及豔后克麗歐佩特拉的浮雕，瞪著無數古埃及象形文字的粉彩顏色。那個地方有兩千年歷史了，由歷屆法老王所建造，永遠留存下來。」他指著跑道上的那些噴射機和運輸機。「所以沒錯，西方文明也沒什麼了不起的。

「當時天快黑了，」他繼續說：「我從神廟背面走出來，在那裡，就在尼羅河畔，有一個貝都因部落的人搭了帳篷、生火煮飯，還有駱駝。完全不受時代影響，令人難以置信。」

「次日早晨，」他又說：「我改變了所有計畫，決定繼續開車往南，開向蘇丹邊境，腦中只有模糊的想法，想去他們的首都喀土木。我一路開，那條路後來離開尼羅河畔，四周景色變得愈來愈荒涼。在下午過半的某個時間，我把車停在路邊，下車爬上一道陡坡，想搞清自己的方位。

「我往西看，」他說：「看到一大片汪洋似的起伏沙丘在我面前展開。舉目望去，沒有任何腳印或植物，只有夕陽把沙丘染成不同深淺的紅色和橙色。風不斷吹過丘頂的沙子，讓整片沙漠看起來像是一直在動。唯一的聲音就是風的呼嘯。這時我才恍然大悟：我正站在撒哈拉沙漠的邊緣。」他暫停一下，回想著當時看到的第一眼畫面。「我站在那裡好久，太陽都下山了……不知怎地，我覺得自己屬於那片險惡而空盪的地方，我不明白為什麼。」

他的聲音愈來愈小，停了一會兒，然後又繼續說：「我想這就是為什麼我工作上總是得心應手，還有什麼地方比情報世界更險惡、更道德蕩然無存，或是更難以理解的嗎？」

這不是個需要回答的問題，反正我也回答不了。機棚裡震耳欲聾的引擎聲往上直衝。我看到兩架阿帕契直升機上升，飛過屋頂離開，主螺旋槳的槳葉快轉得模糊不清。獵隼和我還站在停機坪上，看著他們飛到建築物上方，爬升得好快速，太陽照在那四枚白色飛彈上的反光不會超過一秒鐘，然後飛機就傾斜轉彎了。

「我們最好走了，」獵隼說：「要是我們對猜盅遊戲的判斷正確，現在虔誠軍應該有一半正在移動。」

「那如果我們判斷錯誤呢？」我問：「要走向沙漠嗎？」

他大笑。「有何不可？那樣至少我會很開心。」

45

在指揮中心裡，康納、蜜拉、史賓塞看著獵隼和我在一整牆螢幕前的座位坐下。那十多個螢幕播放著監視衛星傳送的即時畫面，全都拍攝著西妥拉波拉的虔誠軍基地，只是角度不同。

無論是攻擊小組、簡報官，或是站在房間後頭的四名高階將領，都完全不曉得獵隼和我希望看到什麼，也不曉得我們焦慮的原因。我們看到螢幕上的那個基地並沒有大規模移動的跡象，只看到幾個臉部和身體都隱藏妥當的士兵，正在不同的掩體和洞穴間移動；三名男子正在射擊場連續射擊，看起來沒有什麼目的，技術也很糟糕；還有一組技工正在一塊大防水布的陰影下修理著幾輛車。中間有幾次，有一輛或兩輛汽車抵達或離去，但當然不算什麼異常狀況。這一天幾乎就是這片荒地裡尋常的一天。

我不時往上瞄一眼螢幕牆角落的數位時鐘，看到一分接一分過去。獵隼沒有查看時間，或者是不願意，但是我夠了解他，會往下看他的左手：他正在握拳又鬆開，每當他承受極大壓力時就會這樣。我很確定他在想的事情跟我一模一樣：如果我們這件事完全搞錯了呢？他會不會打電話給總統，叫他準備好會有一場毀滅性的攻擊，而我們根本不曉得要如何阻止？

「我們到底在找什麼？」康納問，觀察著我不停朝時鐘看一眼，他顯然很無聊，想知道這種沉默的警戒狀態會持續多久。

「車輛，」獵隼低聲回答，仍繼續看著那些螢幕。「幾十輛，布萊恩特先生，說不定有幾百輛。」

「為什麼會有那麼多車輛忽然離開山洞區？」

獵隼轉頭看著那位年輕的操作員，正要回答時，我抓住他的手臂，指著螢幕：四輛車正開出最大那個山洞的拱形開口。

我們兩個都睜大眼睛，期望能有更多車跟著出來，因為四輛車根本不算什麼，可能有任何解釋。「來吧……」我低聲說：「拜託……」

數位時鐘繼續分秒過去，我們的希望正要死滅時，一團土塵出現在拱道上：又三輛車出現了。才剛開出來，後頭又跟著兩輛；然後是五輛車從一個放置彈藥的掩體駛出。

「開始了，」獵隼說，緊接著是一連串旋風般的快速行動——脫掉他的飛行夾克，把螢幕上的某些畫面加強，然後按下遙控器上的一個指令。在攻擊小組和那些軍方將領的注視下，蘭利戰情室的大畫面出現在螢幕牆上方。我聽到後方有人猛吸一口氣，低聲咕噥著：我想他們都沒看過中情局總部的戰情室內部，更別說這種規模的。

中情局的助理局長走進畫面，「看到了嗎，硬漢？」獵隼問。

「看到了，」硬漢回答，看起來比平常更邋遢：他一整夜都在監視那些山洞。

「你們能跟蹤幾輛車？」獵隼問。

「他們開出幾輛，我們就能跟幾輛，」硬漢回答：「超過四百輛就可能有問題了。」

四百輛？我默念著，對這個規模很震驚，然後我看到硬漢讓到一邊，讓攝影機轉向拍下整個空間，會議廳比幾天前我坐在裡頭時要加大很多：更多牆面收起來，更多工作站塞在體育館式座位區。大量的螢幕現在從上方軌道垂掛下來，顯示的畫面就跟我們在巴格蘭基地的螢幕牆一樣：幾十輛車正離開山洞區，四散在荒野裡，駛向不同的方向。

「你們看得到現在有多少輛離開嗎？」硬漢問：「他們真的很努力，對吧？不過為了追蹤他們，我們不光是利用這裡的人員，還動用了澳洲松樹谷、安地斯山脈的好幾處、日本青森的三澤、英國的曼威斯丘，以及其他六個衛星與監視基地。」地圖上亮起烽火台形狀的燈，標示著他剛剛列出的那些祕密設施。「我們已經嚴密監控了整個伊朗南部，不光是視覺畫面，還有通訊，以及其他我們能想到的一切。」

「做得很好，硬漢，」獵隼說：「現在就要看虔誠軍了——我們已經沒有什麼能做的，只能等到他們的重要車輛開向會合點。」

「或者我們會發現被他們耍了，」硬漢回答：「完全愚弄了我們——結果他們沒有會議，而且那些領導階層全都坐在他們的山洞裡大笑。」他微笑著說，但這不表示他不是認真的。

「如果是莫斯科，或許吧，」獵隼說：「莫斯科有可能會耍這種花招，但不會是這些人，不會是今天。」

三小時後，那些高階將領和攻擊小組的人都垮坐在椅子上打盹，我也沒有好到哪裡去。此時，硬漢突然出現在蘭利會議室的畫面上，他的聲音吵醒了我。「我們發現有兩輛從完全不同方向開過來的車，都開向札赫丹。」

我立刻清醒過來。獵隼已經盯著兩個不同的螢幕，每個都拍攝著一輛四輪傳動車，上頭有硬漢標出的警示訊號。「假設這兩輛車不是誘餌——姑且說是真的目標——我們猜得出他們的會合點嗎？硬漢。」獵隼問。

「沒辦法，追蹤人員正在盡力預測，」硬漢回答：「他們說，有可能是機場，但是沒有人能確定。你會擔心嗎？」

「擔心他們去機場？不，他們不會飛到哪裡去——連卡薩布蘭加都不可能，」獵隼微笑著說：「不過，機場的停車場對他們來說會很理想——很多車子，人們來來去去，很混亂。有多少輛車離開山洞區？」

「兩百七十四輛。」

「耶穌啊，這麼多？除了那兩輛，還有其他幾輛是我們覺得可能去會合點的？」獵隼問。

「我們已經排除掉大部分了，」硬漢回答：「我們認為還有其他二十三輛很有可能。」

「那就是總共二十五輛了，」獵隼說，臉上再度露出擔心又焦慮的表情。「他們可不是鬧著玩的。如果他們決定派其中十輛到那個清真寺去，那我們的麻煩就大了。我們準備了四枚飛彈，這表示我們必須知道要攻擊哪輛車。」他轉頭看著我。

「是，我知道，獵隼，」我回答：「我們必須知道誰在哪輛車。」我直接對著硬漢說：「把那二十五輛車的畫面秀出來，好嗎？要是窗子降下或窗玻璃不是染色的，我可能就有辦法認出某個人。不如我們現在就開始吧。」

我等著螢幕切換畫面時，這才發現攻擊小組、高階將領、簡報官全都看著我。我怎麼有辦法認出其中任何人？他們一定心裡在想。我到底是何方神聖？

獵隼也看到他們全都注視著我——撐坐在我的椅子上，身體虛弱受傷，皮膚因為疲倦而灰白，而且還有醫師和護理師在門外待命——於是他轉向他們。「這事情我只說一次，」他告訴他們。「這個人，他的名字你們永遠不會知道，他是我所共事過最勇敢的人之一。我建議你們忘掉看過這張臉。這樣夠清楚了嗎？」

沒有人說半個字。我忍住尷尬，繼續看著螢幕上播放的那些畫面：二十五輛車在不同的荒野行駛。憑藉著機密衛星科技，不僅可以從上方拍攝到那些車輛，還至少可以拍到一部分側面角度，我很快發現其中四輛要不是車窗降下，就是玻璃沒染色。雖然我盡可能仔細檢視車裡坐的人，但是我很快就判定，從這種粗心大意的舉動看來，這四輛車裡的人都不屬於領導階層。

我轉向其他比較可疑的車，那些車窗玻璃的顏色深得幾乎是黑的，我研究了其中五輛之後停下來。我一直盯著一輛破舊綠色日產途樂車的後座車窗看，這輛車跟其他的一樣不起眼。

「怎麼了？」獵隼問。

我指著螢幕一側滾動的一份技術、輔助資訊清單，那是衛星和全世界地面站所收集到的，列在每輛車旁邊：速度、行駛方向、引擎型號，還有一大堆其他資料。「後座有個熱影像。」我說。

「那當然，有人坐在那裡啊，」獵隼回答：「監視衛星會讀取他們的體溫。」

「不，太強烈了。集中在一個點，」我解釋道：「那個人在抽菸。」

「唔，那裡是伊朗，他們的研究落後很多年。在那裡人人都抽菸。」

「是啊，但是很多人抽完了菸會做什麼？他們會丟——」

我沒機會講下去；獵隼立刻明白我接下來要說什麼，已經跟蘭利的硬漢直接通話。「第十四號攝影機的那輛車。綠色日產。鏡頭拉近後座車窗，停在那裡。」

沒幾秒鐘，硬漢一定是把消息傳到國安局，於是某個人立刻做了調整。從空中六百五十公里外，鎖定的車窗放大了，而且更加清晰。

什麼都沒發生。那輛車繼續高速駛過崎嶇的地形，我開始絕望了；運氣不好，我心想，偏偏碰到一個很有環保意識的恐怖份子會使用菸灰缸。然後那深色玻璃開始下降。整個房間的人都湊近了看。

那窗子繼續下降，我們看到一名男子坐在裡頭，為了抽菸而沒有遮住臉：他上了年紀，而且他抽最後一口香菸時，我可以清楚看到他的側臉。

然後他轉頭把菸蒂丟出車窗，我清楚看到他。「是他，」我對獵隼說：「是那個埃米爾。那頭灰髮，那個銳利的眼神，還有他舉起手的姿態。是他沒錯。」

獵隼的臉鬆懈地皺了一下，又回到跟硬漢的專線。「十四號確定，那輛綠色日產車。裡頭是埃米爾。」

硬漢一定是把專線的麥克風打開了，因為獵隼和我，以及指揮中心裡的每個人，都聽到了蘭利戰情室裡爆出的歡呼聲。「跟著那輛日產車，」獵隼繼續跟硬漢說。「別管其他車，埃米爾剛剛邀請我們去會合點了。」

然後他轉向攻擊小組。「準備上陣了。」

46

札赫丹國際機場外露天停車場的衛星影像一登上我們的螢幕牆，我們就看得出來，這裡顯然是完美的祕密會合點。

這座老舊且破爛的機場是一個主要的區域中心，為伊朗的眾多城市服務，因此面積夠大且極為繁忙，但是又小得沒有任何起碼的交通管理規劃。停車場和道路上到處是汽車、巴士、徘徊的人群，形成一片混亂。

監視衛星、地面觀察站、蘭利的幾百人，還有我們在巴格蘭這個指揮中心裡的所有人，全都從高處望著這個機場，而且毫無困難地跟著那輛綠色日產車東扭西轉，穿過幾十輛其他皮卡車和四輪傳動車。這輛車明確地讓我們知道，機場的停車場就是會合點。我們看著那輛日產車駛上人行道，好避開停車場入口付費處前那一長排等著取票的車，然後從鐵絲圍籬上的一個坍塌處進入停車場。誰會去跟那些可能用ＡＫ步槍回答你的人爭執？

我在椅子上身體前傾，看著那輛日產車開到停車場的一個角落，停在一大批展開來、好幫車子和行人遮陽的帆布篷下。儘管我不太相信卡津斯基會出現，但我還是無法把他趕出我的腦海，我很想知道（應該說是期望）他是否會跟埃米爾同行，是否隨時都會從那輛日產車爬下來，伸展雙腿。結果沒人下車；事實上，一分鐘過去，什麼都沒有發生，接著是十分鐘，然後是三十分鐘。

我跟獵隼交換了一個眼色，他跟我同樣困惑。然後他打開直通硬漢的麥克風，「你那邊有看到什麼——」

「我們完全不曉得他在做什麼，」硬漢簡短地回答。顯然，蘭利那邊也壓力很大。「慢著，」他講得更簡短了，隨即是如釋重負的口吻。「有三輛車剛剛轉入了一條通往機場的道路。」

我感覺壓力解除，肩膀隨之放鬆。然後硬漢又講了另一個最新狀況：「又多了兩輛車，不同方向，但是沒落後太遠。」

「六輛車，包括那輛日產——不是四輛，該死。」獵隼說。

「有事情發生了，」硬漢插嘴。「北方的角落，靠近機棚——」

獵隼、我、指揮中心裡的每個人都立刻看著牆上硬漢提到的那個螢幕。

「真聰明。」獵隼恨恨地說，看著八輛停下的車子忽然離開停車場的角落，駛向那輛日產。

「那些車早就安排好了，」獵隼繼續說：「過去幾天都停在那裡。準備好，我們的目標會開始轉到別輛車上。現在我們總共有十四輛車。要是他們全都要去那個清真寺，那就只能拜託老天幫我們了。」

我也已經得出了同樣的結論，此時專注地觀察著一齣精心編排的芭蕾舞展開：八輛駛近的汽車停得很靠近那輛日產車，然後五輛四輪傳動車抵達，加入了帆布篷下的混亂中，車門紛紛打開，直到忽然間，停在四十公尺外的一輛皮卡車忽然開始冒出大量火焰和黑煙。

我們的視線在不同的螢幕間轉來轉去，獵隼打開麥克風，跟蘭利的戰情室直接下令：「這是聲東擊西，」他大聲說：「大家專心看著那些目標車……」

這正是我在做的：設法不要被轉移注意力。在煙霧的遮掩下，我看到八輛駛近車的其中一輛——接近全新、乾淨得多的豐田陸地巡洋艦——停在那輛破舊日產車旁邊的空位。正當眾多女人和兒童被那輛起火的皮卡車逼得跑遠時，幾個男人衝過去想滅火，而那位臉再度完全遮起來的埃米爾就下了日產車，走了兩步，豐田陸地巡洋艦裡頭有人把後座車門打開，前後不到三秒，他就換了車，把門帶上。

沒有其他人離開那輛日產車，他顯然是車上唯一的乘客。我把注意力轉向其他車，希望能看到卡津斯基。我立刻看到兩個男人，儘管有面罩和長袍遮掩，但我很確定他們是我看過的騎在馬上的領導人物。然後我認出那個獨臂男子和加油人，接著又注意到另一個，我覺得看過他在沙灘上、站在埃米爾所坐的扶手椅旁邊。他們全都在混亂中換了車。我朝獵隼喊著指出他們時，他就把訊息轉告蘭利那邊，緊接著，他們進入的那些車子上頭就加了紅色標記。

至於卡津斯基，沒有他的任何跡象。兩分鐘之內，或許更短，停車場上的這齣芭蕾舞劇就結束了。此時，那輛皮卡車後方的火燒得更大，而載著埃米爾的那輛陸地巡洋艦則駛出原先的車位。其他車子開始跟在後頭，獵隼和我就觀察著那些車並未駛向出口，而是駛向圍籬垮掉那一段，也就是原先那輛綠色日產車駛入的地方。

「五輛車，包括那輛陸地巡洋艦，」獵隼說：「你有看到別的車嗎？」

「沒有，」我回答：「還有九輛車留在停車場。」

他點點頭。「所以，最後一回合剩下五輛車——不完美，」他說：「不過已經不算太糟了。」

他擔心地轉向攻擊小組。「你們能不能幾乎同時擊中前面兩輛車，還有最後面兩輛車？」

康納思索了好一會兒。「我不太喜歡這樣，不過應該可以做得很接近。為什麼？」

「每一枚飛彈都有個貯存器，裡面裝了高度易燃的燃料，」獵隼說：「這個貯存器設定，在飛彈擊中目標後，就會燃燒一百二十秒——」

「燃燒？液體燃料？」康納震驚地問。「我還以為這些飛彈是電動的。」

「是電動的沒錯，」獵隼回答：「那些燃料是要毀掉射出的飛彈，免得技術落入錯誤的人手中。在一條窄街上，前後夾著各兩輛起火的車，可能剛好足以毀掉中間的那輛。」

康納看著他的兩位操作員夥伴，無言詢問他們的意見：他們有辦法幾乎同時擊中四輛車，引發一場風暴性的大火嗎？蜜拉和史賓塞聳聳肩。「擊中那些車就已經夠困難了，但是我們沒得選擇，」蜜拉說：「不過我猜想這就是我們面臨的狀況：沒得選擇。」她說。

「今天是這樣，」獵隼說：「在這些狀況下是如此。」

他嚴肅地看著螢幕上那些車顛簸著駛過人行道，上了馬路。「要是我們運氣不好的話，」他對我說：「卡津斯基會在中間那輛車，而且成了漏網之魚。」

「也說不定他根本不會在這些車上，」我回答：「在那些人換車的時候，我沒看到他的任何跡象。」

「大部分乘客，我們都沒看到任何跡象，」獵隼反駁道：「相信我，他幾天前就離開西妥拉波拉了，他會在那些早已停在停車場的其中一輛車上。換了你就會這麼做，對吧？」

「不，換了我根本不會在那裡，」我回答，露出微笑，但是沒有開玩笑的意思。

「他當然會在那裡，他們不會料想到有飛彈。」獵隼說：「他們以為在防空護盾之內很安全。」

「或許吧。但是還有土製炸彈、簡易爆炸裝置，以色列情報及特殊使命局有一次在德黑蘭市外，利用手機遙控一把槍，突襲一輛裝滿伊朗高官的汽車。你自己也曾進入伊朗，去摧毀生產核燃料的離心機——」

「是啊，結果很順利，」他反擊道：「卡津斯基會在其中一輛車上的。要是他像你講得那麼聰明，那麼他就會在倒數第二輛車上，那是任何車隊裡最安全的一輛。」

我看著他指向一輛四門五人座的銀色RAM皮卡車，那是一輛車況很好的大車，車架結實，裝了越野輪胎，而且有加高的懸吊系統。或許獵隼的推斷在邏輯上是正確的，或許卡津斯基在這輛車上，但我心裡認為並非如此。「從他們現在的位置，開到那座清真寺要多久？」我問。

「我們才剛根據交通狀況計算出來了，」硬漢從蘭利回答。「差不多三十七分鐘吧。」

「那麼直升機升空、發射飛彈、在街上擊中他們，又要花多久的時間？」我問獵隼。

「三十五分鐘。」康納．布萊恩特立刻回答，看著螢幕牆上的那些地圖，在他的筆記型電腦上計算。

「他說得沒錯，」獵隼補充道：「所以我們還多了兩分鐘——你知道，以防萬一事情還不夠棘手。」

47

這裡幾乎沒有一絲風，於是營火冒出的煙直直上升，直到消失在一片白色成分多過藍色的天空中。阿富汗加姆西爾——地球上最熱的地方之一——南邊沙漠中的夏末就是這麼熱，在這個下午，四枚飛彈即將從阿富汗發射，進入伊朗。

這堆營火是由三個男人在一個陡峭的深溝裡點起的，他們打扮得像貝都因人，他們的職業意味著總是得努力避開大片的開闊空間。他們是走私客，走私的東西包括毒品、黃金、任何違禁品，三人各開一輛四輪傳動車，已經沿著這條深溝行進了六十公里，直到其中一輛的後軸終於壞掉為止。現在這輛車用千斤頂架高，拆掉輪子，準備換上備用的車軸，同時他們就在白天最熱的這個時間生火泡茶，休息一下。正當他們坐在石頭上，手裡拿著杯子，此時一陣捲起沙塵的龍捲風出現，伴隨著強大的引擎聲，掃過深溝頂端。

三個男人唯恐他們最害怕的敵人——阿富汗的空降兵——立刻就要到了，於是七手八腳去抓他們的攻擊步槍和榴彈發射器。他們會以戰鬥方式解決，不是因為害怕被逮捕，而是在走私這行打滾幾十年，他們已經知道阿富汗軍隊會私吞違禁品、處決他們，以避免任何不必要的麻煩。

這三個男人找好掩護，希望能以猛烈的開火擊中任何攻擊者，此時沙塵風暴持續著，引擎聲沒有減弱的跡象。隨著恐慌褪去，最年長且最有經驗的一個——將近五十歲，一隻眼睛戴著眼罩，太陽穴到脖子有一道深深的疤痕——爬上陡坡，來到深溝的頂端，在崎嶇的巨石間找到掩護，隔著灼熱的沙漠和乾枯的灌木叢觀察著。

出於一些他無法理解的原因，兩架沒有任何標示的阿帕契直升機降落在三輛同樣毫無特色的加油車旁邊。他不明白這兩架直升機來到全世界最荒枯的土地之一做什麼、又要去哪裡，但絕對不會是要去伊朗，人人都知道那是不可能的。他聽到身後一個聲音，急忙轉身，發現兩個同伴因為看到他沒被開槍，於是也大起膽子，跟著他爬上陡坡了。

他們在他旁邊躲著，看著那兩架無標示的飛機，其中最年輕的一個滿肚子問題，正要開始問他們的首領，此時引擎聲變得更大。直升機已經迅速加完油，正要升空。他們三個人半遮著眼睛，以抵擋沙塵和強烈的陽光，看著兩架直升機飛得夠高，然後稍微轉動，陽光直照著起落橇，折射在機腹下方的四枚飛彈上。那些飛彈表面上有幾百萬片有如鑽石般的小瓷片，炫目極了，這三個人一輩子從沒見過像這樣的東西——在幾十年的戰爭中，他們可是見識過各式各樣可以想像的武器——於是他們站起來，想要看得更清楚。

但是直升機上升得太快了，為了趕到事先安排好的發射點而大角度傾斜飛行，於是那些飛彈消失在陰影中，最後飛機在白晃晃的天空中幾乎看不見了。

三個男子開始拚命講話，完全不曉得他們正被嚴密觀察著。我們的監視衛星一路都監控著直升機的加油，所以也不小心拍到了這三個闖入者。雖然他們的出現一開始讓我和在場的高階將領有點緊張，但是獵隼置之不理。「他們看到了什麼又怎樣？兩架沒有標示的直升機和幾枚罕見的飛彈。老天，他們是走私客。他們能怎麼辦？去報案嗎？」

其他每個人都繼續觀察著直升機愈飛愈高，接近事先安排好的時間點，屆時飛行員將會按下一個鈕，傳送一陣電流到發射架，將那四枚飛彈發射出去，尾巴拖著一縷縷白煙。

獵隼雙眼緊盯螢幕，對著我講話，但聲音大得讓其他人都能聽到。「自從一九八〇年卡特總統批准鷹爪行動，讓美國軍方去援救幾十名被挾持在德黑蘭美國大使館的人質以來，五十年了……那是上一次美國間諜企圖進入伊朗領空。」

「那次行動是一場糊塗的災難，」我說：「希望我們這次能有更好的結果吧。」

48

監視衛星所傳來的札赫丹畫面顯示，我們追蹤的車隊已經脫離了停車場附近的混亂交通，經過了那些似乎環繞著全世界每個機場的、醜陋雜亂的工業建築物，然後上了一條直通市區的雙線道公路。

隨著每過去一分鐘，路上的車輛都變得比我們預期的更少，那五輛車由埃米爾搭乘的陸地巡洋艦帶頭，迅速經過一批快餐店。但是情勢惡化得很快，因為硬漢的臉出現在連接巴格蘭基地到蘭利戰情室的其中一個螢幕：「他們的進度比我們預期的快很多——」

「比預定時間提前多久？」獵隼打斷他。

「三分鐘。」硬漢回答。

「他們才走了四分之一，」獵隼焦慮而懊惱地說：「以這個速度，他們會提早十二分鐘到，我們就沒希望讓飛彈到達那條街道、射中他們了。到時候那些領導階層已經進入房子內——」

「或是清真寺裡，」我說：「那就完全碰不到了。」

「該死，」獵隼咒罵，左手以我從沒見過的速度握緊又放鬆。「我們要怎麼拖慢他們？」

沒有人說話，但根據我的經驗，每次成功的任務總會有某種巧合或妙招出現；我不知道這一天會是什麼，但我說：「紅綠燈？」

獵隼看了我一秒鐘，然後打開跟硬漢通話的麥克風。「車隊到白色房子之間有幾個紅綠燈？」

硬漢只需要花一秒就有答案。「三個。」

「馬上聯絡國家安全局，」獵隼下令。「叫他們駭入札赫丹的網路，控制全市的每一個紅綠燈。我們沒有時間挑選了。」

「全都變成紅燈？」硬漢說。

「不，」我打岔道：「駕駛人會開始不滿，慢慢開過十字路口。全部變成綠燈吧，車禍比較能拖慢他們的速度。」

「那就綠燈，」獵隼對硬漢說：「我們可能會拖慢太多，但是這個我們晚點再來對付。去吧。」

「直升機就位了，」康納向獵隼報告，指著一個螢幕，上頭的衛星影像拍攝出兩架直升機驚人的細節。飛機旁的一個圓圈閃著綠色，表示他們已經在正確的高度和正確的GPS座標上。

攻擊小組轉向自己的螢幕和控制台，準備好了：一旦獵隼下達開火命令，直升機飛行員就會發射飛彈，而康納、蜜拉、史賓塞就立刻會接手飛彈的操控。

「直升機發射後，三分鐘就會進入伊朗的監視圈，」獵隼告訴他們。「操作員準備好了？」

「是的。」攻擊小組齊聲道。

獵隼拿起連接直升機的麥克風。「發射。」他下令。

49

那輛陸地巡洋艦休旅車（還有跟在後面的車隊）迅速行駛，比預定時間超前許多，掠過了一輛慢車道的巴士，然後駛向一個大十字路口。

路口的號誌是綠燈，車隊之前的幾輛車都加快速度，想在燈號變換之前趕緊過去。綠燈保持不變，那些車（後頭跟著那輛陸地巡洋艦和車隊）進入十字路口，他們全都通過，沒有出事。札赫丹的紅綠燈系統仍然運轉正常。

往前又開了一公里半，車隊接近一個更大的十字路口，而且前方至少有十多輛車。一輛有嚴重凹痕的灰色賓士轎車看到是綠燈，急著要通過，就帶頭猛衝，進入十字路口，同時右邊有一輛白色福特廂型車也加速要通過綠燈，於是就撞上了賓士車側面。國家安全局的駭客們完成任務了。

重量比福特車輕許多的賓士車被撞得像個陀螺般旋轉，先擦撞到一輛旅行車，然後迎頭重上一輛小型麵包車，這才緩緩停下。它後方緊跟的三輛車連踩煞車的機會都沒有。

這些車都試著轉向，但只是徒增混亂，然後飛馳撞上了左右駛來、也要通過綠燈的車子，撞的力道太大，兩個擋泥板和一個引擎蓋都飛上天。那個引擎蓋撞破了一輛皮卡車的擋風玻璃，皮卡車司機本能地身子往下縮，車子立刻失去控制，然後就往前迎上了——

一輛急轉彎、猛踩煞車的水箱車。兩輛車相撞，水箱破裂，裡頭的水流到街上，兩輛車都尖嘯著停下，擋住了十字路口。

埃米爾那輛陸地巡洋艦的司機也趕緊踩煞車，朝人行道猛轉，撞壞了幾輛停在路邊的摩托車，才勉強躲開那個堵塞的十字路口。車隊的其他四輛車跟在後面，緩緩往前進，避開了由當地人所形成的人潮。

獵隼和我觀察著那些螢幕，看到車隊緊貼著人行道往前開，緩緩繞過那些撞壞的車，直到終於抵達十字路口的另一頭，準備要進入前面暢通的道路。

有個螢幕是專門估算那輛陸地巡洋艦預計抵達白色房子那條街的時間，現在亮出的數字顯示，故障的紅綠燈已經達到效果。我們又回到原先的時間表了。

50

康納面前有兩個螢幕，他瞥了一眼大批資料，又看了其中一個螢幕上的時鐘。「再過四十秒，我們就會進入防空護盾區。」他宣布，雙眼沒離開那些螢幕。

他負責遙控兩枚飛彈，我看著他操縱兩個搖桿、在鍵盤上輸入指令、用觸控板把資訊和座標數字標得特別醒目，讓我想起麗貝卡每隔一陣子就想「薰陶」我，有一回帶我去參加的一場古典音樂會。那是一位鋼琴大師的演奏，而我在眼前的康納身上，就看到那種完全控制、游刃有餘的狀態，讓人感覺他不光是能在薄冰上滑行，還可以不斷繼續下去。對照之下，蜜拉和史賓塞儘管也很優秀，但似乎很接近恐慌或災難邊緣了。

「關鍵時刻到了，」康納低聲說，大概只想說給蜜拉聽。「伊朗人會先鎖定，緊接著就是巴基斯坦的三角塔。再過十秒鐘，他們就會發現我們了。」他抬高嗓門，對著整個房間的人說。

「九秒。」

那些高級將領更湊近螢幕牆，我感覺得到身後他們的擔憂。然後我輕輕挪動一下，這才明白自己有多麼緊繃。我看了一眼獵隼的左手，滿心以為會看到他迅速地捏拳又鬆開，結果他兩手都插在口袋裡。無論他的焦慮是否達到一個空前的全新層次，我都無從知道了。

「七秒。」康納宣布。

我看著電視牆上的一個螢幕，看到那四個飛彈在陽光下純白完美，飛得很快，就要接觸到一個電腦畫出、由搏動紅線構成的圓錐形。

「四秒。」

攻擊小組動作一致地調整著，四枚飛彈往前直飛，準備好要撞上那個圓錐形。三名操作員在高背椅上坐得更直，似乎已經準備好會被伊朗和巴基斯坦的監視網鎖定。

「一秒。」康納說，聲音完全沒有透露任何情緒。

四枚飛彈碰觸到那些搏動的紅線。「時間到！」康納說。

什麼都沒發生，飛彈繼續平穩直飛。在攻擊小組的工作區裡沒有聲音，沒有任何急閃的警示。康納和其他兩人繼續操作飛彈往前，但是他們瞪著螢幕，顯然很震驚。

「伊朗人是怎麼回事？」康納檢查過他的數據後說：「都睡著了嗎？」

我不得不承認，我也嚇了一跳，但至少我事前有點知情。大房間裡其他人事先都完全不曉得。那些飛彈愈來愈深入監視圈，卻沒有任何被發現的跡象。

「巴基斯坦人都跑哪裡去了？」康納說，有點害怕，想知道答案。終於，他放棄了。「那是匿蹤技術……一定是……那些飛彈……它們是某種超級匿蹤技術。」他認真看了獵隼一眼，希望對方能有一點確認的暗示，或更好，有個解釋。

獵隼什麼都沒說，只是繼續看著那些飛彈急速前進。康納繼續盯著他看。「繼續飛就是了，布萊恩特先生。你得專心。」

康納的目光回到自己的螢幕上，他的專業精神終於壓過了心中的困惑不解。「我們通過監視圈了，」他說，看著飛彈從搏動紅線的另一頭穿出。「通過邊界……完成。我們進入伊朗了！」

五十多年來，這是頭一次有美國飛行員可以這麼說。那些高級將領鼓掌，我們聽到蘭利傳來一陣低聲的歡呼。唯一沒有表現出任何反應的人是獵隼；我想他從不懷疑，儘管任務總是有失敗的可能，但至少那些飛彈會證明是成功的。

那些高級將領走上前去跟他道賀，但緊接著康納看著他的資訊和GPS。

「離目標四十公里。」

51

一個五歲的小女孩飛上空中大笑著，浮動了一會兒，雙手開心揮舞，然後又落回地面。

她在空地上一張破舊的蹦床上，周圍環繞著父母和其他排隊等著玩蹦床的小孩，這片空地是一條窄街上的克難遊戲場。街道兩旁是擁擠的房屋，陽台上有幾個蒙著面紗的婦女正在曬衣服，在窄街的另一頭，是一座白色的清真寺。所有的房屋都年代久遠，建造時都沒有任何車庫的需求，所以汽車沿著街道兩旁胡亂停放，逼得行人只好走到馬路上。

一大群行人中有個坐在木輪椅上的男子，戴著一頂有英國曼徹斯特城足球俱樂部隊徽的棒球帽，自己推動輪椅沿著陡斜的窄街往上坡爬，他朝蹦床那邊的小孩們揮手，同時幾乎沒有打斷輪椅前行的節奏。

我看著他出現在螢幕牆時，想著虔誠的代價：一天五次，他得自己推著輪椅沿著那條陡斜的窄街上下坡，好去清真寺參加禮拜。而且他並不孤單，其他眾多男人以及不少女人，也都爬坡走向清真寺，經過一群在街上踢足球的十來歲少年、幾個在街邊小吃店外喝茶的男人，以及身穿黑布袍、手提採購雜貨返家的老婦人。要是這次攻擊能達成處決目的，沒有平民傷亡，那會是個奇蹟。

我的目光掠過那個輪椅男子，沿著馬路往下，看到一輛送貨卡車緩緩行駛，正在尋找停車位，接著司機找到一個，開進去，然後……

螢幕上出現那輛白色陸地巡洋艦，剛駛入這條窄街。

52

那輛車往前行駛，我看到其他四輛也緊跟在後，雖然我很努力，朝倒數第二輛——四門五人座的銀色RAM皮卡車——的深色車窗裡瞧，但還是看不出裡頭有幾個人，更不可能看出卡津斯基是否在車內了。

「五輛車都看到了嗎？」獵隼問攻擊小組。

「看到了，」康納回答：「紅綠燈發揮效果，他們比我們預計的晚八十秒抵達——我們可以動手了。」他看了蜜拉和史賓塞要確認，他們兩個點點頭；現在三個人即將開始真正的飛行了。

我看著螢幕牆，監視衛星拍到那四枚飛彈低飛在札赫丹上空，各自分開，要從不同的角度進入這條窄街。「現在確認攻擊計畫，」我聽到康納說。「再過五十四秒，我會從正面擊中那輛陸地巡洋艦。這會讓整個車隊停下。史賓塞？」

「我會擊中最後面那輛豐田車，把其他車子困在兩輛毀掉的車之間。」

蜜拉注視著自己的螢幕，用搖桿稍微調整一下。「我會擊中第二輛。四十秒。」

「我會盡快用我的第二枚飛彈，攻擊中間那輛RAM皮卡車，」康納說：「現在剩三十秒。如果運氣好的話，中間那輛就會燒成灰。好嗎？我們上吧。」

三名操作員專注工作時，房間裡一片安靜。我往上看了一下數位時鐘：剩二十九秒。我又看了獵隼一眼，他在自己的世界裡，所有注意力都集中在螢幕牆的四個螢幕上，分別播放出每一個飛彈的即時畫面。

我看著康納所操作第一個飛彈的螢幕，如果二十七秒內一切運作正常，那麼這枚飛彈就會摧毀埃米爾的陸地巡洋艦車和裡頭所有的人。閃閃發亮的白色飛彈掠過幾個屋頂上方，直朝那條窄街飛去。

那輛陸地巡洋艦繼續沿著窄街行駛，因為行人眾多而慢下速度，但是依然朝清真寺駛去。看起來似乎無可避免，飛彈一定會擊中擋風玻璃的正中央。剩二十二秒。

蹦床上那個小女孩的臉突然出現在螢幕上——她又跳起來了。康納趕緊用搖桿調整一下，於是那枚六呎長、時速一千三百公里的純白飛彈就完全避開蹦床，繼續往前。

我注視著螢幕，康納和其他每個人都是。我們剛剛見證了一件非比尋常的事情。

那塊空地裡沒人有反應，無論是那個小女孩，或是父母們，或是其他小孩。彷彿他們什麼都沒看到，彷彿那個飛彈根本不在那裡。當然了，那個飛彈的行進速度很快，但即使如此，一定會有一個模糊影子、一道閃光、一陣白色的動態，可以抓住他們的目光、讓他們注意到吧。那就好像……好像……

三個飛行員、我自己，還有獵隼除外的其他每個人都說了相同的：「到底是什麼……？」

「安靜。」獵隼命令道。

史賓塞顯然按捺下自己的驚訝，正操作著他的飛彈往上坡飛，沿著路中央直直往前，離地面才四呎高，打算從後方摧毀車隊最後一輛豐田車。他經過了在街邊咖啡店喝茶的那些男人，避開了那些踢足球的少年和輪椅男子。再一次，那些人都沒有反應，沒有看到。

就像空地上的那些小孩和父母，街上沒有人顯露出任何害怕或恐慌，沒有人指著或尖叫。

「他們看不到那些飛彈，」康納說出了我的想法。那是我唯一的解釋。「沒有人看得到，」他說，聲音充滿震驚。「這些飛彈是隱形的，完全——」

「繼續飛！」獵隼說。

康納照做，雙眼緊盯著自己控制的第一枚飛彈，看著它往前直直朝那輛陸地巡洋艦飛馳過去。「三秒，」他說：「二，一。」

雖然我們在幾百哩外，但是我覺得房間裡的每個人都準備好要承受那種衝擊。「零。」康納說。那飛彈擊中車子，擋風玻璃碎裂，彈頭自動展開。那是壽司炸彈。

53

我很清楚壽司炸彈是怎麼運作的——我曾看過一次實地示範，打算之後要用在葉門，去對付一個我協助找到的殘酷軍閥。

就像這回的埃米爾一樣，那個軍閥是在搭乘有防彈鋼板的汽車時最容易攻擊，不過問題是他很少離開亞丁；這個葉門的港市人口稠密，居民有一百萬人，要是有任何爆炸，都一定會連帶害死幾十個，甚至上百個旁觀者。

我當時被邀請到位於馬里蘭州的陸軍亞伯丁測試中心，看著那個圓形的炸彈穿透玻璃和強化鋼，擊中一輛裝了四個假人的車子。幾秒之後，飛彈進入車內，十多把有如鐮刀的長鋼刀（以調質鋼製成，刀刃極其鋒利）就立刻從旋轉球裡展開。

在美國陸軍的圖像模擬中，這些超過兩呎的長鋼刀呼呼作響，旋轉得極其快速，立刻切過司機的頸部，將他斬首；把皮椅和頭靠切碎；也對司機旁的那個人做同樣的事情。

然後那一球長刀的速度大幅減緩，繼續深入車子，來到車廂的下一個部分，攻擊兩名後座乘客。一根長刀削去了其中一個乘客的頭皮，接著其餘仍在呼呼作響的長刀摧毀了他身體的其他部分，還有座位，和鄰座的男人。

此時，在巴格蘭空軍基地的指揮中心裡，離馬里蘭州非常遙遠，我看到了實際的運作過程。

才幾分之一秒，監視衛星透過碎裂的擋風玻璃所拍攝的畫面，在螢幕牆上秀出來：沒遮住臉的埃米爾在後座大叫。影像消失在一大片血雨中，同時埃米爾、司機、其他乘客都被割成碎片

現在，那輛陸地巡洋艦的司機死了，於是突然停下，緊跟在後的那輛車就猛撞上前車的車尾。

在車隊的末端，那輛豐田車的司機知道前面有事情不對勁了，於是用力踩下煞車，車子尖嘯著停下——無意間提供史賓塞一個固定不動的靶子。史賓塞迅速操作著搖桿，調整瞄準目標，然後我們看著螢幕牆上他的飛彈衝進那輛豐田車的後擋風玻璃。

一陣玻璃碎片落下，飛彈進入車廂，長刀展開，裡頭四個身分不名的男子可能只有時間大叫，內臟就都飛濺在車子深色玻璃的內側了，遮住了車內發生的大屠殺，讓監視衛星拍不到。

我看一下監視這條窄街的那些螢幕，發現街邊咖啡店那些人都不知所措地瞪著那輛豐田車，同時幾個踢足球的少年困惑又好奇地朝停下的車隊走近。然後，他們看到兩輛車裡面的屠殺景象，開始大叫，而街邊陽台上曬衣服的那些婦女也探出身子，想搞清發生了什麼事。但是，沒有人恐懼得奔跑或大叫，整條街都知道有事情發生，但到底是什麼，沒有人能解釋。除了砸碎的擋風玻璃，他們都沒看到或聽到什麼。

在他們的困惑中，蜜拉的飛彈擊中第二輛車的擋風玻璃，一秒之內就解決了裡面的三名男子。四個足球少年被碎玻璃噴到，而且近得被濺上了一波血。這對他們就足夠了；他們轉身奔跑，差點撞倒了那個輪椅男。那輪椅男已經明白街上有人莫名其妙地死去，於是朝空地的那些小

孩打著手勢，示意他們不要靠近。

蜜拉完成自己的工作，剛剛緊繃的壓力讓她的衣服已被汗水溼透，此時她看了一眼剩下的三輛車，然後注視著影片中人群湧入街上。「他們是怎麼回事？」她說：「那些飛彈有六呎長。他們為什麼沒看到？」

「他們看不到。」史賓塞回答，他的工作也完成了，正甩著雙手，好釋放緊繃的壓力。

「當然看得到。他們人就在那裡，在螢幕上……」蜜拉說，指著康納正在操作的第四枚飛彈，此時從晴藍的天空降下，開始朝路中央衝去。

「螢幕上當然看得到，我們看到的飛彈是電腦的演算繪圖，是虛擬化身，是電子表現形式，隨便你怎麼稱呼都行。有一件事是很確定的——在伊朗的雷達和那條街上，那些武器是看不到的。」

蜜拉瞪著他。那是什麼樣的武器？她轉向獵隼，像是打算要提問，但是一看到獵隼依然專心看著螢幕上康納所操作的第二枚飛彈畫面，她就不吭聲了。

蜜拉轉頭，看到前一夜跟她睡過覺的康納的確是厲害的操作員：窄街上充滿了困惑的老百姓，而為了擊中那輛銀色RAM皮卡車，飛彈必須提升高度。

他有一個優勢，那輛RAM裝了大輪胎，又有架高的懸吊系統，於是整輛車可以看得很清楚。我身體前傾，仔細觀察著：要是卡津斯基在車隊裡，幾乎可以確定就會搭這輛RAM皮卡車。

康納的飛彈已經抬升了高度，迅速逼近車隊。時間彷彿壓縮了，只見飛彈朝下方的窄街衝去，避開困惑的旁觀人群，在那輛血腥且毀壞的豐田車後方拉平，稍微上升一點，掠過豐田車的車頂。

飛彈擊中RAM皮卡車，這回街上有一半的人都尖叫。當那輛車的後擋風玻璃在一片爆開的玻璃中消失，我只來得及看到車裡三名男子的輪廓，那些長刀就展開，把坐在後座的那名男子割成碎片。那是卡津斯基嗎？幾乎可以確定那個位置是他會坐的，但是在飛濺的碎玻璃和血花中，我不可能看清楚。到底是不是他？我完全不曉得。

我看著那輛RAM皮卡車的殘骸，一點感覺都沒有，也當然沒有成功之感，只是興味索然得反常，就在這種奇怪的心情中，我聽到蜜拉低聲對康納說：「你剛剛說超級匿蹤技術。就是這樣嗎？」

「我想遠遠不止是那樣，」他筋疲力盡地說，拿起一罐水，潑在自己臉上。他本來還要再說些什麼，但是沒有機會了。

隨著第一枚飛彈裡裝了特殊設計燃料的貯存器——燃燒的溫度遠比汽油或航空煤油更高——起火，那輛陸地巡洋艦爆出火焰，白熱的火焰迅速吞噬了車輛內部。玻璃窗和後擋風玻璃被高熱燒得往外爆開，火焰高高衝上天空。街上的每個人都趕忙退到安全距離外，接著其他三輛車裡的燃料貯存器也啟動。四輛車冒出的火焰太熱了，就連在陽台上曬衣服的那些女人也不得不後退，而車隊中間那輛日產途樂車（也是唯一沒有飛彈瞄準的）裡面的四個人，在此之前都被嚇呆了沒動，現在則設法想把車門打開。

但是在攻擊剛開始的混亂中，這輛車也被後車狠狠撞擊，此時車上的人才發現車架和儀表板都撞得嚴重變形。車門要不是彎曲得太嚴重，就是自動上鎖的機制被啟動了。無論如何，裡頭的人想把門打開，但同時前後車的火焰跳過來，立刻把車子的藍色烤漆燒得融化。

當車裡的人大叫求救時，火焰燒到引擎下方的油底殼，於是車子的前方爆出了紅色火焰和黑色煙霧，迫使人群更後退。車上沒有人活著逃出來。

獵隼疲倦地起身，穿上他的飛行夾克，跟我交換了一個言神。「博帕爾，你知道這個字眼現在意味著什麼嗎？」他問。「什麼都不是——一個沒有人聽說過的印度城市。」

他看著攻擊小組。「謝謝各位操作員，」他說：「這一切都沒有發生過。我們晚上再開會討論細節。現在先去休息吧。」然後他轉向簡報官。「將軍，收好所有的東西。筆記、任務計畫、影片。二十分鐘內，會有一個移動式活動三層焚化箱來這裡。」

他走向門口，那三名操作員也開始拿起自己的外套和水瓶，留下我看著那輛ＲＡＭ皮卡車悶燒的殘骸，很想知道裡頭的人是誰。

54

我在指揮中心的好一段距離外找到獵隼，他獨自站在一片陡坡上，雙手深深插在口袋裡，隔著一片平坦的荒原看向遠處的山脈。此時太陽低斜，舉目不見任何村落，你很容易想像自己身在沙漠。或許是埃及。

聽到我走近的聲音，他轉過頭來。我走得很慢，兩支腋下拐杖搞得崎嶇的地形更難走了。

「你不該出來這裡的，」他說：「醫師們知道嗎？」

「不知道，」我停在他旁邊回答。「他們現在大概出來找我了，」我微笑著說。指著眼前延伸的空曠風景。「清靜，不是嗎？我想是個思考的好地方。」

他什麼都沒說。

「剛剛裡頭的壓力真的太大了，獵隼。」

再一次，他沒有回答。

「他們只是螢幕上的一些符號，」我繼續說：「只不過是那些飛彈的圖像表現形式。」

「是嗎？」他假裝天真地說，轉頭看著我。

「一點也沒錯，我們全都看到了，現場每個人都看不到那些飛彈，街上沒有一個人看得到。」

他點點頭。「是啊，你說得沒錯——我相信我們都見證了同樣的事情。我來告訴你我看到了什麼——一群恐怖份子策劃一場奇觀要攻擊西方，幾個人正要去開會，一次執行完美的軍事攻擊，而且今天的世界比昨天更安全了。」

「這些我也看到了，」我回答：「有個操作員剛剛也說那是匿蹤，超級匿蹤技術。」

他想了好一會兒，然後搖搖頭。「不，並不是，這樣的評價太輕描淡寫了。把匿蹤技術用在飛機上，還是會留下簽名——會被雷達發現。你永遠過不了伊朗的航空護盾那一關。這個叫做隱身衣技術，已經研究好幾十年了。」他暫停。「這將會永遠改變戰爭，改變全世界。」

我以為他講完了，沒想到他又繼續說：「想像一下，一個戰場裡有四百輛坦克車就位。這些坦克車沒有迷彩，沒有偽裝，他們在攻擊，但是敵人看不見他們。敵人不曉得他們的存在，因為他們有隱身衣。敵人首度知道他們的存在，就是自己被砲彈打到的時候。」

「這是怎麼辦到的？」我問。

「他們告訴我，其中的科學原理相當簡單。我們能看到一件物體，只因為這件物體會反射光線。如果你站在一個充滿家具的房間裡，然後完全遮住光。那些家具還是在，但是我們看不見，因為他們不會反射任何光線。

「隱身衣技術的科學原理就是這樣，」他繼續說：「把一件物體周圍的光線都扭彎。要是沒有光線照在上頭，就不能反射，於是物體看起來就好像不存在，成了隱形的。」

「那些瓷片？」我問。

「沒錯，」他回答：「他們巧妙地操縱，把光線扭彎——你看到整個飛彈的外殼都是那些小瓷片形成的，全都由彈頭後方的一個小隔間裡控制。」

「這是第一次運用這種科技？」

「沒錯，第一次。」他說。

「這種技術還有什麼計畫？其他武器系統也能運用嗎？」

他微笑。「你明知道我不能講的。」

我理解地點點頭。「不過我還有一件事要跟你談——」

「那你得趕快，」他說，看著我身後。「你的車子來了。」

我轉身，看到一輛吉普車載著醫師和一位護理師，正揚起一陣沙塵，直朝我們駛來。

55

三輛加裝了克難防彈鋼板的休旅車開過來，停在一架綠色能源公司的噴射機旁，兩位護理師協助我下了最後一輛車，爬上登機梯。

我們這趟也順便帶攻擊小組的人回美國，他們和獵隼、醫師都已經先登機，等到我上機後沿著走道往前時，他們已經都在自己的位子上坐好了。

兩位護理師開始引導我走向一排空位，但是我阻止他們，指著獨自坐在前排的獵隼。「我就坐在局長旁邊吧。」我說。

獵隼困惑地看著我。

「是有關卡津斯基的事情。」我說。

「他有什麼好談的？」獵隼回答：「他死了。」

「他沒死，獵隼——他不在車隊裡。」

「所以你預料的沒錯？我來扮演一下佛洛伊德吧。你難道不覺得，為了堅持自己一定是正確的，因此蒙蔽了你對這件事的判斷嗎？」

「不，我不覺得。」我說。

「只因為飛彈攻擊時、我們沒看到他的臉，並不表示他不在其中一輛車上。」獵隼繼續說：

「那五輛車裡頭有幾個人？十二個？十四個？我不認為我們能看清任何一張臉。」

「重點不是有沒有看到他。要是他在裡頭、而且死了，我想我會……」我的聲音愈來愈小。

「會感覺到一些什麼？」獵隼問，露出微笑。「你的力場會有些騷動，諸如此類的嗎？」

我沒回答。他說得沒錯——聽起來很荒謬。

「你累了，這幾天很辛苦。對你來說更糟，因為你身上有傷，在這個任務開始之前你就已經累壞了。等到你回家，去復健中心，感覺會很不一樣的。」

我沉默坐著思索，然後低聲開了口。「還記得你在加護病房聽我做任務彙報的時候嗎？」我問。「我說過我怎麼會走另外一條路徑、避開那個峽谷？」

他看著我。「當然記得。你的重點是什麼？當時你說，你認為那個峽谷是完美的偷襲地點，於是你改變路線。那是任何好情報員都會做的事情。」

「我那時聽到了槍聲。」我說。

「那麼，難怪你會避開那個峽谷，」他微笑著說：「換了我也會避開的。」

「不，這個有點像預感，獵隼。是來自未來的槍聲。不是實際發生的。」我說。

他雙眼緊盯著我，明白我是認真的，於是他的笑容隱去。「來自未來的？槍聲？」

我點點頭。

「這件事嚇到我了。」他說。

「也嚇到我了，」我回答：「我不知道這是怎麼回事。是直覺？時間出現了某些小小的、詭異的裂縫？無論是什麼，我聽到了槍聲，於是知道不要走那條路。」

「因為你聽到了這些聲音？天啊。」他說，轉身望著飛機另一頭，開始打手勢。

「不，」我堅定地說：「我們不需要醫師。」

「需要，」他回答：「我不該帶你來的，那種壓力，那種勞累。你受傷了。這對你來說太辛苦了。對不起——」

「不，」我又說一次。「叫醫師回去。」

我們的目光相遇，兩個人都意志堅定，我想他明白我不會讓步。最後，他又舉起手，示意醫師回到自己的座位。

「我是對的，」我繼續說：「虔誠軍的士兵當時的確在那個峽谷裡面等。無論那是直覺或什麼，總之都救了我——那是百分之百正確，而現在我有同樣的感覺，獵隼，卡津斯基沒死。差得遠了。」

他繼續看著我，表情既擔心又驚慌。「我知道帶你來是有風險的，但我實在沒辦法。我們就忘記這段談話發生過，好嗎？我們不要告訴任何人。一回到美國，你就回醫院，跟麗貝卡談。我們可以把這件事情理清的。」

我搖搖頭。我精神上沒有生病，至少我心裡這麼覺得。不過話說回來，瘋子從來不認為自己瘋了，不是嗎？

「聽我說，」他說，毫不動搖，而是試著安撫我。「伊朗人現在會趕到那個攻擊區。他們會想查出被害人的身分，然後他們會聯絡俄羅斯人——不是想找牙醫和ＤＮＡ資料，就是通知他們卡津斯基死了。國家安全局會駭入他們的通訊，就能證明他死了。我要你去後頭，找個位子，睡一下。」

「ＤＮＡ測試和伊朗人聯絡俄羅斯，會花上好幾個月，」我回答：「而且那些訊息會是精確的嗎？俄羅斯人或伊朗人可能希望我們認為他死了，有可能編出假消息——」

「老天在上，雷利！」他大怒，但還是壓低聲音。「不然我們還能做什麼？我要你現在就去私下跟醫師談。這是命令。」

我們瞪著彼此，然後他轉身開始調整自己的枕頭。我沒辦法，他已經命令我離開，所以我站起來，正要沿著走廊往後，此時我忽然想起自己去「大墳墓」拜訪的事情。

「找他的聲紋。」我說。

「什麼？」獵隼回答，很懊惱，幾乎沒在聽。

「你問我們還能做什麼。我們就去找他的聲紋。今天就做。」我說。

「聽我說，看在老天的份上，去睡覺就是了。」

「不，」我說，冒著更激怒他的危險。「硬漢說幾個地面站和監視衛星都從那些車子上抓到了數據。車隊裡的每個人從機場開車去會合時都會講話——這表示那些談話被錄音了。你剛剛說了什麼，十幾個人？我們聽那些對話，把他們的聲音跟卡津斯基的比對，如果找到符合的，我們就知道他在車隊裡，而且已經死了。」

他瞪著我。

「要是真的這樣，我就會去跟醫師談，他們可以想辦法治好我。」我說。

「少可笑了，」他回答，氣憤又憐憫。「我們要怎麼比對出符合的？要拿去跟什麼比對？我們從來沒拿到過卡津斯基講話的錄音，連幾秒鐘都沒有。如果沒有他的原版聲音，要怎麼進行比對？」

「不，」我說：「有一份他的錄音，我們確實有一份原版可以拿來比對——」

「什麼錄音？我們根本沒有，」獵隼說，還在跟我爭辯，但比較沒那麼有把握了。

「我要離開蘭利，去跟那個信差會合的前一夜，」我說：「我沒有機會告訴你。我下樓到『大墳墓』去，聽到他的聲音了。」

「怎麼聽到的？」他簡短地問。

「我本來不是想找他的聲紋，而是想找他那輛防彈車的聲紋。」

獵隼看了我好一會兒——或許覺得我畢竟沒有發瘋。「你們找到那輛車的聲紋，然後跟著車子在鍋爐地帶跑？在中間某一點，你們聽到他的聲音？」

「是的。」我回答。

「為什麼沒有通知我？」他冷冷地說。

「那是好幾年前的錄音，」我說：「並沒有情報價值。」

「有沒有情報價值是我決定的，不是你，」他凶巴巴地說：「告訴我他說了什麼。」

我吸了口氣。「你對挖掘長毛象（mammoth mining）知道些什麼？」

「你是說大型採礦？鐵礦、煤礦、露天開採——這類事情？」❺

「不，我指的是有毛的長毛象，」我回答。

「大象？」他說，瞪著我，顯然再度把我歸入瘋子那一類了。

❺ mammoth 原意為長毛象，用作形容詞時則指龐大、巨大之意。

56

檔案主任克雷・鮑爾走出地下室的巢穴，兩手抱著一大堆裝了大量影音錄製檔的硬碟，來到獵隼辦公室隔壁的會議室等著我們。

在飛回美國的長途飛機航程中，獵隼和我一路交談，結果就是見到硬漢時，我們兩個都處於類似的沉重心情——儘管札赫丹的攻擊似乎是成功的。

獵隼在飛機上時，就已經先打電話給硬漢，說了有關幫卡津斯基驗聲紋的可能性，剩下的就交給助理局長硬漢安排。等到我們坐下，會議室另一頭的木頭鑲板牆面滑開來，露出了佔據一整面牆的大型高解析度螢幕，燈光暗下，我們彷彿又回到了札赫丹的那條窄街上。

克雷手裡拿著遙控器，擔任指揮的工作。「從監視衛星錄到的錄音檔，我們鑑定出五輛車裡十六個不同的聲音。「這些人興致高昂，興奮談論著某種形式的奇觀，不過很明顯，我們標示為司機和保鏢的那些人，其實完全不知道這個奇觀到底是什麼。不過，為了謹慎起見，我們還是紀錄了每個人的聲紋。」

螢幕上的畫面變成了幾年前的場景：卡津斯基的戰鬥車駛向日落，他周圍的不毛地帶轉為一片燦爛的紅色和橘色。「這就是我們參考的依據，」克雷說：「是他談到狼群攻擊時。於是，我們把車隊裡的十六個聲音，跟這個聲音進行比對——」

「然後……？」獵隼問。

「沒有吻合的，」克雷說：「卡津斯基沒在前往清真寺的車隊裡，也沒被飛彈擊中。」

獵隼深吸一口氣，累得沒辦法隱藏他的失望。我什麼都沒說。在這樣的事情上，雖然結果證明我是對的，也沒有任何喜悅可言。「還有另一個可能性，」獵隼最後終於說：「他有可能睡著了，或是沒講話——」

我放棄了原先不開口的承諾。「什麼——難道他是得了什麼嗜睡症，獵隼？每回他一上車，就會立刻睡死？要是我們想讓他安靜，就根本不必朝他射飛彈，派一輛計程車過去就行了。」

獵隼很有風度地露出微笑。「好吧，我同意你的看法，」他說：「的確是機會不大——」

「是不可能，局長。」克雷說。

「為什麼？」獵隼問，很驚訝克雷這麼有把握。

「車隊裡沒有找到吻合的聲音，」克雷回答：「我就查了那天上午離開西妥拉波拉的其他車輛——或許卡津斯基的身體出了狀況，或是計畫有改變。」

「兩百七十四輛車。」硬漢提醒我們。

「這個搜索範圍很大，我們加了很多班，局長，」克雷微笑說：「總共有四十個人在查，但是忙了五小時、聽了幾百個聲音之後，一點結果也沒有，所以你可以想像——我已經準備要放棄了。然後我們交上好運；有一輛車開始變得突出。車上沒有人聲，完全沒有，然後我終於明白——車上只有司機一個人。在兩百七十多輛車裡，他是唯一單獨上路的。其他車大部分都至少有兩個乘客，所以我們就開始注意這位獨行俠……」

克雷按了遙控器，螢幕上出現的影片是一輛大幅改裝過的豐田皮卡車，車尾焊接著幾個長程油箱和輔助水箱，車子加速駛過一片空曠地帶，揚起一道長長的沙塵。雖然我疲倦不堪，仍設法仔細觀察那名駕駛人，但是有兩、三回，我只看到他出現在深色車窗玻璃後方，只能看到他穿戴著阿拉伯頭巾和深色太陽眼鏡。有可能是任何人。

「如果他沒有談話的對象，要怎麼比對他的聲紋？」獵隼問。

「不曉得，」克雷回答：「但是沒有乘客實在太獨特了，我們就繼續挖，把這輛車的影片都找出來，追蹤他的路線。結果事情變得更詭異。他開了四、五個小時，離基地幾百公里之後，其他車子都開始掉頭回家了，但這位獨行俠還繼續開了兩個小時，然後停下來。」

「停在哪裡？」

「荒郊野外，」克雷說，又按了遙控器。「在一個虔誠軍儲存長程油料和補給品的掩體裡。」

衛星影片開始在螢幕播放，那輛豐田車駛入一個人造山洞：建在一片山坡旁，籠罩在陰影裡，有一扇沉重的鋼製門保護著。駕駛人沒下車，什麼都沒做，只是待在車上，同時在他周圍，那片廣大而荒涼的環境一片安靜，只有車子冷氣的嗡響。

「有三十二分鐘，他都坐在那裡，」硬漢說：「然後他接了一通衛星電話，總共講了十二秒鐘，剛好夠我們執行軟體，把這個駕駛人的聲音和卡津斯基的錄音做比對。」

獵隼和我什麼都沒說，等著答案揭曉。

「我很遺憾要告訴你這個消息，是他的聲音，」克雷說：「卡津斯基離札赫丹的車隊有好幾百公里。」

獵隼仍注視著螢幕，或許是想著：美國兩度企圖殺掉這位化名「凍原」的恐怖份子領袖，但是竟然又再度失敗。然後他轉向我：「是你先猜到的，」他說：「我得向你道歉，我應該要認真聽我的情報員所說的話。」

我聳聳肩。這只是個表面的勝利。「那通衛星電話是什麼時候發生的？」我問。

「攻擊之後八分鐘。」硬漢說。

「他在札赫丹有眼線，」獵隼說，很氣自己沒預料到。「當然是這樣。你逃走之後，他猜想虔誠軍的領導階層會被當成目標攻擊——完全就像你告訴我的那樣——於是他派了個手下去札赫丹，跟他說可能會有這麼個攻擊。打電話給他的，就是那個手下。」

我點點頭，相信他說的是正確的。「那通電話之後，卡津斯基做了什麼？」我問克雷。

「他下車，打開那扇鋼製門，幫豐田車加油，把所有輔助水箱加滿——無論他接下來要去哪裡，都在很遠的地方——然後趕緊離開那個地方，活像是後頭有惡鬼在追他似的。」

「往北？」我說，看著克雷播出的那段影片，卡津斯基回到豐田車上，甚至沒費事把那個掩體的門鎖上；虔誠軍現在不會需要那些補給品了，還不如留給走私客或野狗。

「往北走了一陣子，」克雷說：「然後他就不見了——監視衛星沒再盯著他或其他車子；所有監視資源都集中在札赫丹那條窄街，想知道那些車被飛彈擊中後的狀況。我們不曉得他去了哪裡。」

「德黑蘭，」我說：「有將近兩千公里，而且因為安全的關係，他會盡量不走大馬路——這就是為什麼他需要那麼多汽油。」

其他三個人看著我，不明白我為什麼那麼確定。「一個一千萬人口的大都市，」我繼續說：「很容易在裡頭消失。他會燒掉自己的身分證明文件；到最接近德黑蘭的港口瑙沙赫爾，然後賄賂一艘貨船的船長，帶他度過裡海。我們知道裡海的另一頭是什麼——」

「俄羅斯。」硬漢說。

「他要回家，」我說：「那是他所知道最安全的地方——我們很難進入，而且幾乎不可能在裡頭展開行動。他會重新召集人馬，盡量募款。他會有個計畫——博帕爾或是什麼更可怕的。要是過往可以提供什麼線索的話，那就是化學或生物方面的。然後他會再度出現，我們會發現他重回鍋爐地帶。永遠沒有人是安全的——」

「人會改變，會累，」獵隼說：「他是軍人，有可能終於覺得盡完了自己的責任，於是退休了。他回到俄羅斯祖國，覺得很安全；或許他想要悄悄消失。」

「不，他現在真的有事情要證明了——不光是對自己和對上帝，也是對我們。我們擊敗他了，獵隼。他不會放棄的。今天不會，永遠不會。」

我們沉默地站在那裡，無從知道他會怎麼做，只能慢慢等著看。而在那個星期天的傍晚，我想像他站在一艘舊貨船的甲板上，穿越裡海。然後，莫名其妙地，就像來自未來的槍聲那般，我聽到了一個遙遠的嗥叫聲。

在美國情報界的龐大組織中，只有一個禁入區域間諜會講卡津斯基祖國的語言，又熟悉那個國家的種種危險，而且還親眼見過卡津斯基。

於是我知道我會去俄羅斯——我已經聽到狼群在呼喚我了。

Storytella **238**

蝗蟲之年(上)

The Year of the Locust

蝗蟲之年/泰瑞.海耶斯(Terry Hayes)著；尤傳莉譯. -- 初版.
-- 臺北市 ： 春天出版國際文化有限公司, 2025.05
冊 ； 公分. -- (Storytella ； 238-239)
譯自 ： The Year of the Locust.
ISBN 978-626-7637-50-0(上冊 ： 平裝). --
ISBN 978-626-7637-51-7(下冊 ： 平裝)

874.57　　114001686

ISBN 978-626-7637-50-0
Printed in Taiwan

This edition is published by arrangement with William Morris Endeavor Entertainment, LLC. through Andrew Nurnberg Associates International Limited.

作　者	泰瑞・海耶斯
譯　者	尤傳莉
總編輯	莊宜勳
主　編	鍾靈
出版者	春天出版國際文化有限公司
地　址	台北市大安區忠孝東路四段303號4樓之1
電　話	02-7733-4070
傳　眞	02-7733-4069
E—mail	bookspring@bookspring.com.tw
網　址	http://www.bookspring.com.tw
部落格	http://blog.pixnet.net/bookspring
郵政帳號	19705538
戶　名	春天出版國際文化有限公司
法律顧問	蕭顯忠律師事務所
出版日期	二〇二五年五月初版
定　價	540元
總經銷	楨德圖書事業有限公司
地　址	新北市新店區中興路二段196號8樓
電　話	02-8919-3186
傳　眞	02-8914-5524
香港總代理	一代匯集
地　址	九龍旺角塘尾道64號 龍駒企業大廈10 B&D室
電　話	852-2783-8102
傳　眞	852-2396-0050